LINA AREKLEW

Schärennacht

AF178897

GOLDMANN

Lina Areklew

Schärennacht

Kriminalroman

Aus dem Schwedischen
von Susanne Dahmann

GOLDMANN

Penguin Random House Verlagsgruppe FSC® N001967

4. Auflage
Deutsche Erstveröffentlichung April 2022
Copyright © Lina Areklew, 2020
Copyright © der deutschsprachigen Ausgabe 2022
by Wilhelm Goldmann Verlag, München,
in der Penguin Random House Verlagsgruppe GmbH,
Neumarkter Straße 28, 81673 München
produktsicherheit@penguinrandomhouse.de
(Vorstehende Angaben sind zugleich Pflichtinformationen nach GPSR)

Published by arrangement with Nordin Agency AB, Sweden
Umschlaggestaltung: UNO Werbeagentur, München
Umschlagmotive: © Arcangel/Ivy Ho; FinePic®, München
Redaktion: Julie Hübner
KS · Herstellung: ik
Satz: GGP Media GmbH, Pößneck
Druck und Bindung: GGP Media GmbH, Pößneck
Printed in Germany
ISBN: 978-3-442-49240-4

www.goldmann-verlag.de

Für meine Familie –
es gibt keine Worte.

Prolog

Der Pullover ist in der Schwimmweste hängen geblieben, der Rücken ist nackt. Die Schuhe sind weg, vielleicht noch da drinnen, aber er spürt keine Kälte. Eine Frau ruft herzzerreißend, fleht ihn um Hilfe an, doch er hat weder die Zeit noch die Möglichkeit, etwas zu tun. Ohne auch nur eine Sekunde zu zögern, lässt er sie zurück, wirft sich an die Reling. Menschen kämpfen um ihr Leben, um festen Halt, während das Schiff krängt. Soll er versuchen, wieder unter Deck, zurück zu Mama und Papa zu kommen? Irgendetwas sagt ihm, dass er jetzt auf sich gestellt ist. Er muss es allein schaffen. Mit neuer Entschlossenheit hievt er sich über die Reling. Das Schiff krängt mit jeder Woge mehr, und schon bald kann er die Außenseite der Fähre hinunterrutschen. Er schaut auf das krängende Schiff hinunter und denkt, dass es wie ein sterbender Wal aussieht, dessen weißer Bauch direkt über die Wasseroberfläche blitzt. Und es befinden sich noch viele Menschen in seinen Eingeweiden.

Angst brennt in seinem Brustkorb, aber er bewegt sich weiter. Die Füße rutschen über den Metallrumpf vorwärts. In der Dunkelheit stößt er auf andere. Verwirrte und panische Menschen, die alle auf die Welle warten, die sie hinaus in die schwarze Leere mitreißen wird. Überall sind verzweifelte Rufe nach den Liebsten zu hören. Wieder denkt er an Mama und Papa. Er hat die Eltern nicht mehr gesehen, seit er sich inmitten der Kette von Menschen die sich neigenden Treppen hochgezogen hat.

Er tritt auf eines der Fenster, spürt den Unterschied zwischen dem dicken Plastik und dem kalten Rumpf. Die Kajüte dahinter ist leer. Die Familie, die dort geschlafen hat, muss es rausgeschafft haben. Decken, Kissen und Taschen liegen durcheinandergewürfelt auf der geschlossenen Tür. Ein rosafarbener Teddybär ist in der Garderobe festgeklemmt.

Die Beleuchtung blinkt ein letztes Mal auf, dann wird es dunkel, und der gellende Ton des Signalhorns ist zu hören. Der Himmel wird von Notraketen rot erleuchtet.

Die ganze Welt ist gekentert.

Er hebt den Blick und sieht eine Welle nach der anderen über die Rettungsinseln schlagen, die zu Wasser gelassen wurden. Der Wind nimmt sie hoch und lässt sie über die Wasseroberfläche kreiseln. Jetzt muss er sich entscheiden. Bleiben und mit in die Tiefe gezogen werden oder sich in das eiskalte Meer stürzen.

Man kann das hier nicht überleben. Das begreift er. Das Leben wird in dieser Nacht zu Ende gehen.

DONNERSTAG, 20. JUNI 2019

1.

Der Mageninhalt schoss in einem ungebändigten Schwall aus Fredrik Frödings Mund. Als er zwischen den Würgeanfällen Luft zu holen versuchte, brannte es ihm in der Nase. Vor der Kloschüssel kniend, die eine Hand um den Toilettenpapierhalter gekrallt, beförderte er den letzten Rest aus sich heraus.

Er erhob sich auf zitternden Beinen und fuhr zusammen, als er sein Spiegelbild sah. Das Weiß seiner Augen war hellrosa und von grellroten Blutgefäßen durchzogen, die sich bis in die Iris hineinschlängelten. Beim Anblick seines grauen Gesichts und der unrasierten Wangen wendete er den Blick ab.

Er wollte einen Schritt Richtung Tür machen, aber seine Beine trugen ihn nicht, und er sackte zusammen. So blieb er auf dem Badezimmerteppich liegen, den Blick auf die verstaubte Plastikverkleidung um das Abflussrohr des Handwaschbeckens gerichtet, und versuchte, den Raum dazu zu bringen, sich nicht mehr zu drehen.

Es waren wieder zu viele gewesen. Nach den ersten beiden Tabletten hatte er weniger als eine halbe Stunde gewartet, bis er zwei weitere genommen hatte. Jetzt war der Blister leer. Der Alkohol hatte die Wirkung verstärkt, und die Begleiterscheinungen hatten nicht auf sich warten lassen. Wie ein Sandsack traf ihn der Schwindel, und dann kamen auch schon die Übelkeitsanfälle. Seit seiner allerersten Tablette war ihm immer wieder dringend ans Herz gelegt worden, die angstdämpfenden Medikamente nicht mit Alkohol zusammen einzunehmen. All die Jahre war er in der Hinsicht sehr vorsichtig gewesen. Der letzte diesbezügliche Fehler war ihm an der Uni unterlaufen, das war bald fünfzehn Jahre her. Damals war er mit seinen ausgeschlagenen Vorderzähnen in der Hand in einem fremden Hauseingang aufgewacht.

Fredrik blieb noch ein Weilchen auf dem Badezimmerteppich liegen und wartete, bis sein Atem sich beruhigte. Aber bald musste er aufstehen. Wenn er sich nicht aufraffte, die Treppe hinunter- und zur U-Bahn ging, würde er die Stunde bei Torsten Bredh verpassen. Er versuchte, den Weg vor sich zu sehen, und bildete sich ein, dass sich der Knoten in seinem Innern mit jedem Schritt, den er in Gedanken unternahm, ein wenig mehr löste. Mit einer Kraftanstrengung gelang es ihm, auf alle viere zu kommen. Die Beine sackten noch einmal unter ihm weg, doch am Ende stand er, ohne zu schwanken, auf dem kalten Plastikteppich. Indem er sich an der Badezimmerwand abstützte, schob er sich zur Dusche vor und drehte den Hahn auf. Schon bald stieg Dampf über dem Duschvorhang auf. Vorsichtig ließ er die Wand mit der einen Hand los und zog sich die Boxershorts aus, vermied aber, sich im Spiegel über dem Waschbecken anzusehen, als er nackt unter das brühheiße Wasser stieg.

Fünfundvierzig Minuten später stand er draußen auf dem Karlavägen. Menschen hechteten vorbei, genau wie immer, mit Tüten in den Händen und gestressten Mienen. Scheinbar völlig unwissend in Bezug darauf, wie schnell sich das Leben ändern konnte. Fredrik beneidete sie. Er fantasierte gern über die Menschen, die ihm unten, wo früher das Esplanad-Kino gewesen war, im ICA-Supermarkt begegneten. Verschwitzte Väter mit kleinen Kindern an den Händen, die durch Taco- und Gemüseregale pflügten. Wenn er nur einer von ihnen sein könnte. Einer, der das freitägliche Abendessen plante, Windeln wechselte, All-inclusive-Familienreisen unternahm.

Er zog den Reißverschluss der Lederjacke hoch, ging vornübergebeugt die Treppen hinunter und nahm Kurs auf die Rolltreppe jenseits der Absperrungen zur U-Bahn. Auf der obersten Treppenstufe ließ er sich erschöpft nieder und rieb sich keuchend das Gesicht. Menschen räusperten sich und seufzten laut, während sie sich vorbeidrängelten, doch er tat so, als würde er sie nicht bemerken. Er schloss die Augen und hielt das Gesicht in die kühle Luft, die sich ihren Weg aus den dunklen Tunneln heraufbahnte. Er stellte sich vor, dass sie Schwindel und Übelkeit mit sich fegen würde.

Dieses Mal hatte sich die Angst fast fünf Jahre lang nicht blicken lassen. Fünf Jahre Ruhe, doch jetzt war alles mit einer Macht zurückgekehrt, die ihn erschreckte. Er wusste, was der Auslöser gewesen war, hatte sich aber nicht davor schützen können. Es war wie eine

Kraft, die an ihm zerrte, und er ertappte sich selbst dabei, wie er im Zeitungskiosk stand und in Sonntagsbeilagen mit Headlines wie »Das Leben nach *Estonia*« blätterte oder Artikel von Müttern mit süßen Kindern an der Hand verschlang, die am Djurgårds-Denkmal Blumen ablegten: »Elsa durfte ihre Großmutter nie kennenlernen.« Zudem hatten die Journalisten und Fotografen ihn, obwohl so viele Jahre vergangen waren, immer noch im Visier. Manchmal waren es nur ein paar wenige Interviews um den Jahrestag herum. Dann wieder mehrere am Tag. Die runden Jahrestage waren am schlimmsten, aber inzwischen gaben sie immer schneller auf. Es war nicht mehr wie am Anfang, als sie mehr oder weniger vor dem Krankenhaus ihre Zelte aufgeschlagen hatten und, als er dann nach Hause entlassen worden war, wochenlang die Straße vor der Wohnung seiner Großmutter belagerten. Sie waren sich nicht zu schade gewesen, Fotos von ihm, seinen Freunden, seiner Schule zu machen. Hatten scheinheilig gefragt, gelockt, gedroht und bestochen. Alles nur, um die beste denkbare Geschichte über den völlig am Boden zerstörten Dreizehnjährigen zu verfassen, der in der schlimmsten Fährkatastrophe Europas seine komplette Familie verloren hatte. Und jetzt war es wieder so weit. Zeit, an den Gedenkbeilagen zu feilen. Auch wenn die Versuche bisher nicht besonders aggressiv gewesen waren, hatte ihr Drängen doch genügt, um ihn wieder in eine Abwärtsspirale zu schleudern und zurück in Torsten Bredhs Praxis zur Behandlung von posttraumatischem Stress zu bringen.

Fredrik erhob sich mit weichen Knien. Er konnte den Bahnsteig sehen. Drei Minuten bis zum nächsten Zug.

*

Sofia Hjortén schielte auf den freien Parkplatz neben dem vollgepackten Wohnmobil. Der Golf, den sie auf Ulvön stehen hatte, war rostig und hatte mehrere Dellen an den Türen. Ein Wegwerfauto. Doch hier auf dem Festland war sie sorgfältiger mit der Wahl des Parkplatzes. Ihr schwarzer Volvo XC60 war erst ein Jahr alt, in den wollte sie sich ungern eine Beule fahren. Sie sah noch einmal hin und entschied, dass die Lücke groß genug war.

Im Schatten vor dem Wohnmobil saß eine Frau auf einem Hocker und stillte ein Baby. Zu ihren Füßen schlabberte ein brauner Hund gemächlich Wasser aus einer Plastikschale. Amüsiert nahm Sofia noch eine Reihe ähnlicher Gespanne auf dem Parkplatz wahr. Immer Mütter mit einer unterschiedlich großen Anzahl von Kindern und Haustieren, die ausgeführt werden mussten, aber nie irgendwelche Väter.

Sie schloss das Auto ab und ging in den Outlet-Shop. Das Jagd- und Angelgeschäft an der E4 war ein selbstverständlicher Stopp für viele Touristen, und das Gedränge im Sommer konnte ziemlich nervig sein. Das galt vor allem für die Bekleidungsabteilung, wo die Besucher aus der Großstadt sich um zur Hälfte im Preis reduzierte Daunenjacken und warme Wanderschuhe rissen, die doch niemals auch nur in die Nähe eines

Berges kommen würden. In der Angelabteilung hingegen war Sofia zumeist die einzige Vertreterin ihres Geschlechts.

Bengt kam auf sie zu und umarmte sie. Eigentlich fand sie nicht, dass sie einander gut genug kannten für eine Umarmung. Sie hatten die letzten drei Jahre derselben Hechtangelmannschaft angehört, aber das war's auch schon. In ihren Augen waren sie höchstens Bekannte, aber sie wusste auch, dass ihr Maßstab für ein soziales Miteinander nicht derselbe war wie für normal veranlagte Menschen.

»Bist du schon aufgeregt wegen des Wochenendes? Norwegen, das ist echt ein Ding! Ist mehrere Jahre her, dass ich da geangelt habe. Du weißt ja, dass der Bus am Samstagmorgen schon um neun Uhr losfährt, dieses Jahr also keine Mittsommerparty!«, ermahnte er sie über die Schulter hinweg. »Oder arbeitet die Frau Kriminalkommissarin möglicherweise am Feiertag?«

Bengt nickte zum Glastresen weiter hinten im Laden, um ihr zu signalisieren, dass sie ihm folgen solle.

»Nein, die Frau Kriminalkommissarin hat tatsächlich frei«, erwiderte Sofia. Es war nach drei Jahren das erste Mittsommerfest, an dem sie keinen Dienst im Polizeirevier Örnsköldsvik schieben musste.

Bengt tauchte neben dem Tresen ab, wühlte zwischen einer Menge Kartons herum, die noch nicht ausgepackt waren, zog etwas Luftpolsterfolie beiseite und hob dann andächtig eine goldfarbene Angelrolle heraus.

»Da ist sie. Ihre Majestät die Shimano Calcutta Conquest 400 höchstselbst.« Bengt verbeugte sich leicht und reichte ihr die Rolle. »Du bist doch Rechtshänderin, oder?«

Sofia nickte und nahm die Rolle entgegen. Sie testete Freilauf und Bremse und genoss für einen Moment die fast lautlose japanische Präzision.

»Heftig, oder?«

Die Rolle würde sie ein kleines Vermögen kosten, aber das war es wert. Der Sieg in der Pike Challenge war voriges Jahr an ihre Mannschaft gegangen, aber zwei ihrer besten Wolfcreek-Ruten und ihre letzte Shimano-Rolle hatten dran glauben müssen.

»Die Schnur ist mit 110 Meter und 0,35 aufgespult, das dürfte doch für dich passen, oder? Brauchst du eine Rute? Und ein Gummi vielleicht?« Er grinste breit über seinen eigenen Witz. Sofia konnte dem erwartungsfrohen Strahlen nicht widerstehen.

»Real men use jerkbait, weißt du doch.«

Bengt kicherte, während er die Rolle wieder entgegennahm und sie einpackte.

»Zwei Tage noch«, sagte er mit strahlender Miene, »dann kracht es!«

2.

»Fredrik?«

Torsten Bredh schnippte mit den Fingern und legte den Kopf schief, um seinen Blick einzufangen.

Draußen vor dem Fenster des Psychiaters schien die Sonne, und Fredrik betrachtete die Schmutzränder auf den nicht geputzten Scheiben. Er war tief in Gedanken versunken. Hörte die Taue am Gummiboot schaben. Spürte Niklas' kalte Hand, die krampfhaft die seine umklammerte, wenn die Wellen über sie schlugen.

Erst hatten sie gelacht. Dann vor Freude darüber geweint, wie absurd es war, dass sie beide es raus- und dann hinunter- in dasselbe Rettungsboot geschafft hatten. Doch je länger sie auf Rettung warten mussten, desto stiller waren sie geworden. Fredrik hatte getröstet, hatte versucht, seinen kleinen Bruder davon zu überzeugen, dass alles gut werden würde. Obwohl die Gedanken an die in der Fähre, im Wasser, in der Tiefe Verbliebenen ihn innerlich zerrissen. Die Gedanken an Mama und Papa. Schließlich hatten sie einander nur noch umarmt, sich am anderen festgeklammert und beruhigende Worte ohne Bedeutung geflüstert. Direkt neben ihnen waren zwei Menschen gestorben, doch keiner der anderen im Boot hatte das kommentiert. Sie hatten einfach nur wie versteinert dagesessen. Bis diese letzte Welle kam ...

Fredrik hob den Blick und ließ ihn über Torstens im Hippie-Stil eingerichtete Praxis wandern. Sein zweites Zuhause im dritten Stock eines Hauses am Sveavägen. Die gesetzliche Krankenversicherung hatte ihn schon lange aufgegeben, da war die private psychiatrische Praxis das Einzige, was noch blieb. Als Fredriks Arzt nur resigniert mit den Schultern gezuckt und angefangen hatte, über Frührente zu reden, da hatte Torsten seine Praxis mit der Ausrichtung auf Trauerarbeit und Posttraumatisches Stresssyndrom gerade neu eröffnet. Fredriks Krankenakte war an Torsten übermittelt worden, und seither kam er hierher.

Die meisten von Torstens anderen Patienten waren inzwischen schon weitergezogen. Hatten sich ein neues Leben gesucht, die Wunden heilen lassen. Er nicht.

»Fredrik?«

»Ja?« Er blickte auf die grünkarierte Hemdtasche des Psychiaters.

»Ich habe gefragt, woran Sie denken.«

»Niklas.«

Torsten gab sich große Mühe, seine Enttäuschung zu verbergen, doch seine hochgezogene Augenbraue verriet, dass dies nicht die Antwort war, die er hatte hören wollen.

»Gestern habe ich ihn wiedergesehen.«

Torsten senkte den Blick und ließ die Luft langsam durch die Nasenlöcher entweichen.

»Aha. Wo ist er denn diesmal aufgetaucht?«

Fredrik war durchaus bewusst, dass Torstens Frage nicht aus einem ehrlichen Interesse herrührte, deshalb zuckte er nur mit den Schultern.

»Spielt das noch eine Rolle?«

Torsten antwortete seinerseits mit einem Achselzucken. Dies war ein gut eingeübter Tanz zwischen ihnen beiden.

»Fünfundzwanzig Jahre ist das jetzt her, nicht wahr?«

Eine rhetorische Frage, aber Fredrik nickte dennoch.

»Haben die Medien Kontakt zu Ihnen aufgenommen?«

Noch ein Nicken.

Torsten lehnte sich auf seinem Stuhl zurück.

»Erzählen Sie, wo haben Sie ihn gesehen?«

Das hier war das Finale des Tanzes. Es entsprach kaum einem der zahlreichen Behandlungsprogramme oder einer der Methoden, die Torsten in der Hoffnung, dass Fredrik sich weiterentwickeln würde, mit ihm zusammen ausprobiert hatte. Stattdessen ließ er ihn inzwischen wieder und wieder von der Trauer, der Angst und dem quälenden schlechten Gewissen reden, mit dem er lebte. Die Schuld, die er darüber empfand, in jener Nacht die Hand seines Bruders losgelassen zu haben. Dass er ihn nur wenige Momente, ehe der Rettungskreuzer sie erreichte, hinaus ins schwarze Wasser hatte gleiten lassen.

»Wo haben Sie ihn gesehen?«, wiederholte Torsten.

Fredrik schloss die Augen und legte den Kopf in die Hände.

Er war guter Dinge gewesen und den Karlavägen entlanggegangen. Zwei Kollegen von der Pass-Stelle in Sollentuna hatten ihn gefragt, ob er nach der Arbeit auf ein Bier mitkommen würde. Um auf den bevorstehenden Urlaub anzustoßen. Sie waren in einem Gartenlokal in der Nähe des Stureplan gelandet, und aus einem Bier waren mehrere geworden. Eine schlechte Kombination zusammen mit den vier Tabletten, die er am Nachmittag genommen hatte. Sie hatten über die Arbeit geredet und darüber, welche Pläne alle für den Sommer hatten. Fredrik hatte gelogen und gesagt, er würde mit ein paar Freunden segeln gehen. Das hatte sich gut angefühlt. Fast wie ein richtiges Leben. Auf dem Nachhauseweg hatte er am Kiosk Halt gemacht, um ein Wasser zu kaufen. Als er die Geheimzahl der Kreditkarte eingeben musste, war es ihm schwergefallen, den Blick zu fokussieren, und als er sich an der Schlange vorbei zum Ausgang quetschte, torkelte er.

Und da war es passiert.

Vor dem Laden kam ein Mann mit schwarzer Schirmmütze und hellem Kapuzenpullover in raschem Tempo so dicht an ihm vorbei, dass Fredrik abbremsen musste, um nicht in ihn hineinzulaufen. Er sah dem Mann nach, der mit gesenktem Kopf, als würde er seine Schuhe betrachten oder sein Gesicht verbergen wollen, zum Fußgängerüberweg ging. Fredrik hatte schon ein kurzer Blick auf das Profil des anderen genügt.

Es war Niklas. Er wusste es.

Noch ehe er reagieren konnte, war die Ampel auf Rot gesprungen, und auf der vierspurigen Straße fuhren die Autos. Er hatte gerufen. Wieder und wieder hatte er

Niklas gerufen, doch der Mann hatte nicht reagiert. Ohne nachzudenken, hatte sich Fredrik auf die Straße zwischen den Autos gestürzt und war gerannt, bis ihm das Herz in der Brust zu explodieren drohte. Er war zwischen den Abendspaziergängern hindurchgekreuzt und hatte die ganze Zeit versucht, die schwarze Kappe nicht aus den Augen zu verlieren, die sich schnell durch die Menschenmenge bewegte. Das Letzte, was er von Niklas sah, war, wie er an der Ecke vom Humlegården auf den Eingang des Hotel Ceder City East zusteuerte und einem rothaarigen Mann, der draußen stand, die Hand gab, um dann im Hotel zu verschwinden. Fredrik war wie gelähmt stehen geblieben, plötzlich unsicher, ob er sich nicht doch getäuscht hatte.

»Fredrik.«

Er öffnete die Augen und sah zu Torsten, der sich nach dem Laptop streckte, der ein Stück rechts von ihm auf dem Schreibtisch stand. Ein sicheres Anzeichen, dass ein neues Rezept ausgestellt werden würde. Torsten achtete immer darauf, seinen Bürostuhl so zu verschieben, dass der Schreibtisch nicht zwischen ihnen stand. Als ob der Psychiater gezwungen wäre, dicht bei ihm zu sitzen, um das innere Chaos zu verstehen, das in ihm und all den anderen armen Teufeln herrschte, die in dieser Praxis landeten.

Du wirst es nie verstehen. Ganz gleich, wie viel du deinen Bürostuhl auch herumschiebst.

»Fredrik, wenn Sie wieder Halluzinationen haben, bin ich verpflichtet, mit Ihnen über die Einweisung in eine psychiatrische Klinik zu sprechen. Ich möchte Ihnen ungern weitere Tabletten verschreiben, ohne dass wir einen Plan für die Zukunft haben.«

Fredrik nickte und holte Luft. Für gewöhnlich war Torsten nicht knickerig mit den Medikamenten. Er empfing ihn zu jeder Tageszeit, hörte ihm zu und verschrieb ihm dann Tabletten, doch es kam vor, dass er eine Gegenleistung verlangte. So hatte er Fredrik schon mehr als einmal in Spezialkliniken und zu experimentellen Behandlungen geschickt. Manchmal half das für eine Weile, manchmal nicht. Jedenfalls kehrte die Angst immer wieder zurück, und dann brauchte er seine Tabletten.

Torsten fixierte seinen Blick.

»Fredrik. Sie wissen, dass Ihr kleiner Bruder tot ist, nicht wahr?«

Fredrik schaute wieder aus dem Fenster. Schreckte zusammen, als er hörte, wie draußen etwas mit einem Kreischen auf den Asphalt schlug. An die Geräusche erinnerte er sich am besten. Wie das Wasser um ihn herum zu kochen schien. Die Fenster der Kajüten, die vom Druck explodierten. Eines nach dem anderen, wie Silvesterknaller.

Was Torsten sagte, spielte keine Rolle. Nichts, was irgendjemand sagte. Niklas musste in ein anderes Rettungsboot geklettert sein. Es waren mehrere in der Nähe gewesen. Und Helikopter auch. Er trug eine Schwimmweste. Vielleicht hatte er zu sehr unter Schock gestanden, um zu sagen, wer er war, oder er war mit jemandem verwechselt worden. Oder aber, er war … Nein, Niklas musste überlebt haben.

Als Fredrik aus Torstens Praxis kam, brannten seine Handrücken vom Kratzen. Mit schnellen Schritten ging er den Sveavägen hinauf und in die erstbeste Apotheke. Kaum wieder auf der Straße, riss er schon die Verpackung auf, nahm zwei Tabletten und lief dann zum Hotel. Aus Angst, dass er sich wieder getäuscht haben könnte, hatte er gestern nicht gewagt, das Gebäude zu betreten. Aber jetzt war er entschlossen. Er würde hineingehen.

Fredrik blieb auf der anderen Straßenseite stehen und betrachtete die Menschen, die durch die breiten Glastüren kamen und gingen. Er strich sich mit beiden Händen das etwas zu lange dunkle Haar aus der Stirn, zögerte einen Moment, steuerte dann aber mit entschiedenen Schritten auf den Eingang zu.

Der Portier in blauem Jackett hielt ihm höflich die Tür auf. Er ließ ein älteres Paar vorbei, das, jeder mit einem Kabinenkoffer ausgestattet, auf dem Weg hinaus war, und stand dann mitten in der in Gold gehaltenen Lobby. An der Decke hing ein riesiger Kristalllüster, und entlang der einen Wand verlief ein langer Rezeptionstresen aus Chrom. Dahinter standen junge Frauen und Männer, die ebensolche blauen Jacketts trugen wie der Portier. Fredriks Sichtfeld verschwamm an den Rändern, und er musste seinen ganzen Körper drehen, um den Raum scannen zu können. Er trat an den Tresen, streckte die Hand aus und lehnte sich dagegen, als ein Mann mit zum Seitenscheitel gekämmtem schwarzem Haar ihn ansprach.

»Bitte schön, wie kann ich Ihnen helfen?«

Fredrik drehte sich weg, um so tun zu können, als habe er ihn nicht gehört. In der vergeblichen Hoffnung, dass Niklas vielleicht dort stehen würde, lebendig, ihm vergebend, ließ er den Blick noch einmal durch den Raum schweifen. Der Mann mit dem Seitenscheitel ging um den Rezeptionstresen herum und kam auf ihn zu.

»Kann ich Ihnen irgendwie helfen?«, fragte er mit einem Blick auf Fredriks abgewetzte Lederjacke.

»Niklas Fröding. Hat er hier eingecheckt?« Die Zunge fühlte sich dick an, und zu seinem Entsetzen hörte er, dass er lallte.

Der Mann, dessen bestickte Brusttasche verriet, dass er Theodor Hake hieß und der Hotelchef war, legte ihm die Hand auf den Arm und zog ihn beiseite.

»Leider können wir die Namen unserer Gäste nicht weitergeben. Wenn Sie also sonst nichts ...« Er nickte vielsagend zu den Eingangstüren hinüber.

»Gestern war er hier.« Fredrik erhob seine Stimme, was einige Blicke auf ihn zog. »Ich habe ihn reingehen sehen.«

Der Hotelchef packte Fredriks Ellenbogen etwas fester und schob ihn auf die Türen zu. Fredrik versuchte, seinen Arm mit einem Ruck aus dem Griff zu befreien.

»Lassen Sie mich los!«

Ein Rezeptionist kam um den Tresen herum, und zwei der Gäste, die darauf warteten, einchecken zu können, sahen beunruhigt zu ihnen hin.

»Wenn Sie sich nicht beruhigen, werden wir gezwungen sein, den Sicherheitsdienst zu rufen.« Der Hotelchef griff nach dem Handy in der Hosentasche.

Vergeblich versuchte Fredrik, sich loszureißen. Im selben Augenblick, als der Hotelchef begann, den Kollegen vom Sicherheitsdienst die Situation zu erklären, kam ein rothaariger Mann seelenruhig auf sie zu.

Fredrik erkannte ihn sofort. Das war der Mann, den Niklas vor dem Hotel begrüßt hatte.

»Was geht hier vor?« Die Stimme klang autoritär.

Fredrik riss sich los und rückte seine Jacke zurecht.

»Ich suche nach meinem Bruder Niklas. Niklas Fröding.«

Der Mann nahm ihn in Augenschein.

»Mein Name ist Adam Ceder, ich bin der Besitzer dieses Hotels. Folgen Sie mir.« Er umrundete den Rezeptionstresen, tippte ein paar Augenblicke auf die Tastatur des Terminals und sah dann auf. Der kalte Blick ließ Fredrik erschaudern.

»Da muss es sich um ein Missverständnis handeln. Wir haben keinen Gast dieses Namens.« Ceder lächelte ihn bedauernd an.

Das Lächeln eines Lügners. Da gab es gar keinen Zweifel. Fredrik klatschte seine Hände auf den Tresen und griff dann nach Ceder.

»Sie lügen!«

Im Augenwinkel sah Fredrik den Hotelchef näher kommen, doch Ceder schüttelte ruhig den Kopf und hielt, ohne ihn aus den Augen zu lassen, die Hand hoch.

»Wie gesagt, es muss sich um ein Missverständnis handeln.« Mehr konnte er nicht sagen, ehe zwei Wachleute auf sie zukamen. Sie packten Fredriks Oberarme in einem harten Griff, der keinen Widerstand zuließ.

»Das können Sie nicht tun!«, rief er laut über seine Schulter.

Ceder stand da und sah ihm gedankenverloren nach.

»Ich will Niklas sehen!«

FREITAG, 21. JUNI 2019,

MITTSOMMERABEND

3.

Vorsichtig zog Sofia ihren Arm zu sich heran und robbte ein bisschen von Kaj weg. Die Armbeuge klebte vom Schweiß an seinem Nacken, und ihre Hand war eingeschlafen. Sein grau meliertes Haar hatte sich in der Wärme gekräuselt und stand in Locken von den Schläfen ab.

Sie lag eine ganze Weile auf dem Rücken und starrte zur Balkontür, die halb offen stand und eine kühle Meeresbrise hereinließ. In der Ferne konnte sie die Wellen auf den Kiesstrand schlagen hören.

Kaj musste schon heute Abend wieder bei seiner Frau in Stockholm sein, doch das machte ihr nichts aus. So sah ihr Arrangement nun einmal aus, und außerdem hatte sie morgen ja den Angelwettbewerb in Norwegen, auf den sie sich freuen konnte.

Zu ihrer Erleichterung hatte Kaj es abgelehnt, zum Festland gebracht zu werden. Sie musste ihn nur unten in Ulvöhamn am Anleger absetzen, dann konnte er selbst die Fähre nehmen, und Sofia hätte noch den ganzen Nachmittag, um ihre Angelausrüstung zu ordnen. Außerdem würde sie sich mit Hingabe um ihr Boot kümmern, auch wenn es sich nicht zum Hechtfischen eignete. Tord, ihr Patenonkel, hatte ihre kostbare Riva

Ariston im Winterlager gehabt. »Das Rennpferd« hatte ihr Vater das Boot immer genannt. Sein italienischer Augenstern mit dem Temperament eines jungen Füllens. Mal sanft, mal widerspenstig, aber schnell wie der Wind, wenn es sich ins Zeug legte. Jetzt gehörte das Pferd ihr, ob sie wollte oder nicht. Bis zum nächsten Jahr musste sie ihr altes Bootshaus auf Vordermann bringen, damit sie ein eigenes Winterlager hatte. Tord wurde langsam alt. Es war schon Aufwand genug, dass er im Winter jede zweite Woche zum Haus ging, um die Veranda vom Schnee freizuschaufeln, während sie wie der Pascha in ihrer warmen Wohnung in Örnsköldsvik hockte. Ihr Vater würde sich im Grab umdrehen, wenn er das wüsste. Seine Tochter – eine Büromaus auf dem Festland.

Sofia angelte nach dem Handy und fuhr mit dem Finger übers Display, um zu sehen, wie spät es war. Viertel nach neun. Der ganze Morgen war schon rum.

Kaj seufzte im Schlaf und drehte ihr den Rücken zu. Der Bettbezug bewegte sich mit ihm und hüllte seine langen Glieder wie in einen Kokon. Sofia blieb nackt auf dem warmen Laken liegen. Sie betrachtete ihren Körper, der im scharfen Morgenlicht so unattraktiv aussah. Der platte Bauch, die hervorstehenden Hüftknochen und die drahtigen Beine. Sie hatte schon immer wie ein Kind ausgesehen. Nur die kleinen Brüste mit den hellrosa Brustwarzen verrieten, dass sie eine erwachsene Frau war.

Doch Kaj hatte sich nie über ihre mangelnde Weiblichkeit beklagt, sondern fand sie im Gegenteil anziehend. Warum, das hatte sie nie begriffen. Ihre Beziehung ging seit zehn Jahren on and off, doch die Leidenschaft war nie abgekühlt. Kaj hatte niemals den Wunsch nach irgendwelchen Ausschweifungen in ihrem Sexleben geäußert. Was Sex anging, war er eine Generation älter als sie, für ihn war das immer noch etwas Schönes zwischen zwei Menschen, die sich liebten. Brasilian Waxing, One-Night-Stands und Onlinedating war nichts, womit sich Kaj Marklund befasste. Das machte ihr Arrangement noch seltsamer.

Vorsichtig setzte sich Sofia im Bett auf. Manchmal fiel es ihr schwer zu begreifen, was er in ihr sah. Trotz des Altersunterschieds von dreiundzwanzig Jahren konnte man meinen, dass sie die Ältere wäre. Die Langweilige. Kaj hatte ein aktives soziales Leben mit vielen Freunden, während Sofia ihr Zuhause kaum verließ. Und im Vergleich mit Mette Severin Marklund, diesem kunterbunten, das Leben genießenden Kanarienvogel, den Kaj geheiratet hatte, war Sofia bestenfalls gewöhnlich.

Manchmal fragte sie sich, wie alles wohl gekommen wäre, wenn sie nicht schwanger geworden wäre. Würde sie dann noch in Stockholm leben? Möglich. Dennoch war die Schwangerschaft eine positive Überraschung für sie gewesen. Sie hatte sich immer Kinder gewünscht. Die Chance, einem kleinen Menschen die Kindheit zu geben, die ihr selbst vor allem wegen Claire, ihrer Mutter, gestohlen worden war. Aber mit einem Vorgesetzten ein Kind zu haben, das war eine Schande, die zu tragen sie nicht bereit gewesen war. Schlimm genug, dass hinter ihrem Rücken schon getuschelt worden war, weil Sofia so schnell Karriere gemacht hatte. Sich nach oben zu schlafen gehörte nicht zu ihrer Vorstellungswelt, aber die Gerüchte waren nicht zu bremsen gewesen. Da spielte es auch keine Rolle, dass Kaj derjenige gewesen war, der sich an sie herangemacht hatte, und nicht umgekehrt.

Drei Tage, nachdem sie von der Schwangerschaft erfahren hatte, beendete Sofia die Beziehung und kündigte ihren Job als Ermittlerin bei der Mordkommission Stockholm City. Ihr war klar, dass es Kaj hart treffen würde, aber sie bildete sich ein, dass es für alle das Beste wäre. Sie war nicht bereit, das Kind aufzugeben, und wusste, dass sie nicht stark genug wäre, um Kajs Druck standzuhalten, falls er für eine Abtreibung votieren würde. Also hatte sie ihre Koffer gepackt, ihren Chef angerufen und gesagt, dass sie eine Versetzung nach Örnsköldsvik wünsche, und hatte das unwahrscheinliche Glück gehabt, fast nahtlos dort anfangen zu können. Kaj hatte sie monatelang gejagt, hatte angerufen, Briefe geschrieben und Blumen geschickt, doch sie hatte sich konsequent geweigert zu antworten. Ungefähr zeitgleich mit dem Termin des zweiten Ultraschalls hatte er aufgegeben, und Sofia hatte die Bilder des Kindes, das sie im Bauch trug, von ihrer und Kajs Tochter, allein in Empfang genommen.

Anfänglich war sie mit ihrer Entscheidung zufrieden gewesen und hatte sich stark und bereit gefühlt, der Zukunft als alleinerziehender Mutter zu begegnen. Doch dann war alles in Stücke gegangen. Die schreckliche

Fehlgeburt und die Krankschreibung danach hatte sie isoliert. Ihre linkischen Versuche, sich in der neu-alten Stadt ein soziales Leben aufzubauen, waren misslungen, und als sie schließlich wieder ins Arbeitsleben zurückkehrte, war sie bereits als Eigenbrötlerin abgestempelt. Wer nichts von der Fehlgeburt wusste, ging davon aus, dass sie schon nach wenigen Wochen an ihrem neuen Arbeitsplatz durchgedreht war, und damit galt sie auch als Schwächling. Überdies hatten sie die Jahre in Stockholm zu einer von den »Null-Achtern« gemacht, wie man im restlichen Schweden die verhassten Hauptstädter unter Verwendung der Stockholmer Vorwahl nannte – für jemanden, der selbst ursprünglich aus Norrland stammte, war das der schlimmste Titel überhaupt.

Die Einsamkeit war zu einem Mantel geworden, den sie getragen hatte, zunächst gezwungenermaßen und später mit einer Art Stolz. Warum sie an jenem Februartag vor vier Monaten den Hörer in die Hand genommen und Kajs Nummer gewählt hatte, wusste sie nicht, aber er war überglücklich gewesen. Trotz der drei Jahre, die vergangen waren, war er bereit, die Beziehung wieder aufzunehmen. Alles war wie immer, abgesehen davon, dass er Mette kennengelernt und geheiratet hatte und Sofia sich nun mit der Rolle der Geliebten abfinden musste.

Sie fasste ihr langes blondes Haar zu einem Dutt oben auf dem Kopf zusammen, den sie mit dem Haargummi befestigte, das sie immer ums Handgelenk trug.

»Guten Morgen.«

Sie fuhr zusammen, als sie Kajs kratzige Morgenstimme hörte. Er streckte sich nach ihr und zog sie unter das Betttuch. Sie ließ sich einfangen, machte aber den Rücken rund, um seinem verschwitzten Brustkorb zu entkommen.

»Ich habe von dir geträumt«, murmelte er mit den Lippen an ihrem Nacken.

»Es ist schon nach neun.« Sofia entzog sich ihm vorsichtig. »Ich würde vorm Frühstück gern noch laufen.«

»Du meinst, vor dem Mittagessen?«

Das Mittagessen an Mittsommer. Sie unterdrückte den Seufzer, der sich durch ihre Luftröhre schob. Kaj hatte auf dem traditionellen Mittsommeressen mit Hering und Schnaps bestanden. Traditionen waren ihrem verheirateten Liebhaber wichtig.

»Wenn du hierbleibst, könntest du auch ein bisschen Bewegung bekommen«, versuchte er, sie zu locken, und zog die Bettdecke herunter, um seine erwachte Männlichkeit zu entblößen. Doch Sofia war bereits aufgestanden.

»Bleib ruhig noch ein bisschen liegen. Ich nehme die lange Runde.«

Kaj sah ihr enttäuscht nach.

»Okay, dann kümmere ich mich um das Essen, bis du wieder da bist.«

Sofia wühlte ein Paar Joggingschuhe aus der Tasche, die auszupacken sie noch nicht geschafft hatte. Kaj betrachtete sie.

»Wie lange hast du Urlaub?«

Sie zog sich ein verwaschenes T-Shirt mit dem Logo der Hechtfischervereinigung über den Kopf und beugte sich hinunter, um die Schuhe zuzubinden.

»Vier Wochen. Wenn nichts passiert.«

Kaj lächelte.

»Was sollte hier schon passieren?«

4.

Die Nacht war gleichermaßen kurz wie lang gewesen. Fredrik hatte es gerade so nach Hause geschafft, ehe die Angst ihm ein Loch in den Brustkorb gerissen hatte. Die Angst, dieses geschlechtslose Wesen, das ihm mit scharfkantigen Absätzen über die Brust tanzte, bis nur noch blutige Fetzen übrig waren. Sechs Tabletten hatte er bereits aus der Schachtel genommen, und das hier war das letzte Rezept, das er bekommen würde. Da war Torsten sehr deutlich gewesen. Er hatte ihm die Nummer einer Klinik bei Sundsvall gegeben, die er anrufen könnte. Wenn er noch mehr Tabletten wollte, dann musste er sich für mindestens vier Wochen Intensivbehandlung dort einliefern lassen.

Er setzte sich auf den Holzstuhl, der in der Küchenecke stand. Die Sonne warf durch das Fenster ein grelles Licht über den Fußboden. Seine Behausung war heruntergekommen. Früher einmal war es eine gemütliche und schicke Wohnung im Miniformat gewesen, jetzt war das Parkett abgenutzt, und es gab weder Teppiche noch Möbel. An den Wänden entlang stapelten sich Kartons und Tüten, und in allen Ecken sammelten sich Wollmäuse. Den afghanischen Teppich und mehrere der antiken Möbel seiner Großmutter hatte er während seiner letzten Krankschreibung über Kleinanzeigen verkaufen müssen. Jetzt waren nur noch das Bett, der Holzstuhl und der Küchentisch übrig. Näher als mit dem Job in der Pass-Stelle war er einer Anstellung als Polizist nicht gekommen, und das Gehalt, das die Behörde für die meist eintönigen und niedersten Jobs zahlte, reichte kaum, um seine Rechnungen zu bezahlen.

Obwohl er nicht viel ausgab, reichte es trotzdem nicht, um etwas zu sparen. Essen, Miete, Handy und vielleicht ab und zu ein Kinobesuch. In diesem Jahr hatte sein gesellschaftliches Leben bisher aus dem After-Work-Treffen bestanden, zu dem er zwei Abende zuvor gegangen war. Ansonsten war die ganze Zeit von Januar bis Juni ohne eine einzige vom Job losgelöste Zerstreuung verstrichen. Diese Erkenntnis war so trist, dass es ihm den Hals zuschnürte.

Fredrik schaute sich in der Wohnung um. Er spürte den mahnenden Blick seiner Großmutter von dem Foto, das einsam und mit Staub bedeckt in der Fensternische stand. Sie war so stolz gewesen, als er es auf die Polizeihochschule geschafft hatte. Er erinnerte sich, dass sie an dem Abend wie immer, wenn sie etwas zu feiern hatten, ins Restaurant gegangen waren, ins vornehme *Riche*. Sie hatte jedem vom Personal lang und breit erzählt, dass ihr Enkelsohn jetzt tatsächlich Polizist werden würde. Fredrik lächelte. Großmutter Greta. Die binnen einer einzigen Nacht Mutter, Vater und Versorgerin der Familie hatte werden müssen, und das, obwohl ihre jungen und kraftvollen Tage bereits lange hinter ihr lagen. Zu

Anfang hatten sie gestritten. Fredrik war dreizehn Jahre alt, ein Waisenkind, das sich nach seinen Freunden im Vorort Bromma zurücksehnte. Greta Fröding war seit fünfundsechzig Jahren treues Mitglied des Inner-Wheel der Rotarier und lebte ein geruhsames Leben in einer Zweizimmerwohnung auf Östermalm mitten in Stockholm. Voller Scham erinnerte sich Fredrik an die Male, als sie ihn beim Rektor der Schule abholen musste. Erst hatte sie mit ihm geschimpft und ihn dann getröstet, wohl wissend, welche Trauer auf ihm lastete. Ganz allmählich war ein neues Dasein herangewachsen, das er im Laufe der Zeit akzeptiert und in dem er sich schließlich auch wohlgefühlt hatte. Fast zehn Jahre lang hatten sie in ihrer seltsamen Familienkonstellation gelebt. Bis zu dem Morgen, an dem Fredrik sie im Bett gefunden hatte, kalt und mit grauen Lippen nach einem heftigen Schlaganfall.

Bei dem Gedanken an Großmutter Greta war ihm, als würden plötzlich Glasscherben seinen Körper besetzen. Er konnte hier nicht bleiben. Er musste etwas tun. Mit jemandem reden.

Draußen vor der Haustür erwachte gerade die Stadt. Um den Kiesweg roch es angenehm nach frisch gemähtem Gras. Der U-Bahn-Waggon war fast leer, und er ließ sich auf einem Sitz ganz hinten nieder. Die Sonne schien bereits von einem tiefblauen Himmel, und unterhalb der Tranebergs-Brücke waren Familien dabei, ihre Boote mit Essen und Getränken für das heutige Mittsommerfest zu beladen. Fredrik lehnte den Kopf an die kühle Fensterscheibe und bewunderte den Ausblick. Stockholm erstrahlte in Sommerkleid und Pyjama.

Er wechselte auf die Tvärbanan, stieg an der Haltestelle Ålstens gård aus und ging in die Richtung von Philips Haus. Familie Lindén wohnte in derselben Straße, in der er selbst fast seine gesamte Kindheit verbracht hatte. Der einfache Charme der weißen, legoartigen Reihenhäuser und die Nähe zur Stockholmer Innenstadt hatten die Preise in den letzten Jahrzehnten durch die Decke gehen lassen. Jetzt lagen sie viel höher als Mitte der Neunzigerjahre, als sein eigenes Elternhaus hatte verkauft werden müssen.

Solange er sich erinnern konnte, hatten Hans und Inga Lindén davon gesprochen, im Alter das Haus zu verkaufen und in eine Wohnung in der Stadt zu ziehen. Er hatte den Verdacht, dass sie das längst getan hätten, wenn ihr achtunddreißigjähriger Sohn endlich ausgezogen wäre.

Fredrik klopfte an die Haustür. Falls Philip schon schlafen gegangen war, würde er ziemlich lange klopfen müssen, doch anstelle des Freundes aus Kindertagen tauchte Hans in der Tür auf.

»Er war die ganze Nacht auf und hat sich eben hingelegt. Geh nur rein, aber du weißt ja, es ist schwer, ihn zu wecken.«

Hans betrachtete ihn eingehend.

»Wie geht es dir?«

»Gut«, log Fredrik, betrat mit entschlossenem Schritt die Diele und nahm Kurs auf die Kellertreppe, um weiteren Fragen aus dem Weg zu gehen. Drinnen waren die Reihenhäuser identisch strukturiert, und Fredriks eigenes Zimmer war früher wie das von Philip der Hobbyraum gewesen. Er schob die Tür auf, ohne zu klopfen. Philip lag auf dem Bauch im Bett, die Decke um die Beine gewickelt. Auf dem Schreibtisch verteilt standen mehrere Flachbildschirme, den Rest des Raums besetzte ein Ledersofa vor einem großen Fernseher. Auf dem Fußboden türmten sich Haufen von Kabeln und Konsolen zu verschiedenen Videospielen und Rechnern.

Sie kannten sich, solange Fredrik denken konnte. Beste Freunde, die sorglos auf der Straße vorm Haus Fußball und Hockey gespielt hatten, verbotenerweise Moped gefahren waren und im Jugendtreff abgehangen hatten. Äußerlich war Philip genau wie alle anderen, doch in seinem Innern war er anders. Er steigerte sich leicht in Dinge hinein, und dann fiel es ihm schwer, wieder aufzuhören. Wenn die anderen zum Essen nach Hause fuhren, konnte er auf der Waldlichtung zurückbleiben und sorgfältig ihre versteckten Pornoblättchen nach Datum oder Farbe oder was auch immer ihm einfiel sortieren, völlig gleichgültig gegenüber dem Inhalt, an den zu denken die anderen kaum aufhören konnten. Hans und Inga mussten abends oft losziehen, um ihn zu suchen. Fredrik akzeptierte Philips Eigenheiten, doch die anderen Freunde waren einer nach dem anderen verschwunden. Philip isolierte sich immer mehr, und eine tiefe Angst vor der Außenwelt hatte von ihm Besitz ergriffen. Als Fredrik zu seiner Großmutter gezogen war, hatte Philip ganz aufgehört, aus dem Haus zu gehen, und lebte nur noch für seine Computerspiele. Vom Hobbykeller aus machte er eine Ausbildung und arbeitete danach als freiberuflicher Systementwickler. Ein Job, der nur ein Minimum an menschlichem Kontakt erforderte und der von jedem Ort der Welt ausgeführt werden konnte.

»Philip.« Sanft rüttelte Fredrik an der mageren Schulter.

Der Freund rollte sich auf den Rücken und öffnete ein Auge.

»Verdammt noch mal, Fredde, wie spät ist es?«

»Gleich halb zehn.«

Philip rollte sich zurück auf den Bauch und zeigte Fredrik hinter seinem Rücken den Stinkefinger.

»Hau ab! Ich war grade eingeschlafen.«

Fredrik ging zu dem rechteckigen Oberlicht und öffnete es, um ein bisschen Luft hereinzulassen. Als er sich umdrehte, sah er sich selbst in dem Karomuster aus Spiegeln über dem Bett, das aus Philips Teenagerzeit übriggeblieben war. Kein ansprechender Anblick. Sein dunkles, ungewaschenes Haar war lang genug, dass er einen Dutt daraus hätte machen können. Er musste sich einen Friseurtermin besorgen.

Fredrik ließ sich aufs Sofa fallen und betrachtete die dünne Gestalt im Bett.

»Er war es«, sagte er. »Diesmal bin ich hundertpro sicher, dass es Niklas war.«

Philip antwortete erst einmal nicht, doch Fredrik sah an seinem angespannten Rücken, dass er nicht wieder eingeschlafen war.

»Fredde ...« Widerwillig drehte sich Philip im Bett herum und schwang die Beine über die Kante. Seine Stimme klang mitleidig und verärgert. Er schüttelte den Kopf und rieb sich mit den Handflächen das Gesicht.

»Wieder zu viel Benzo?«

Fredrik senkte den Blick und kaute auf einem Nagel. Nur das dumpfe Surren der ausufernden Elektronik im Raum war noch zu hören.

»Es ist ja nun nicht gerade das erste Mal, dass du ihn siehst.«

Es war schon mal passiert, schon oft, aber diesmal war es anders. Er war sicher, Niklas vor dem Hotel gesehen zu haben. Ganz sicher. Warum Adam Ceder ihn hatte auflaufen lassen und so getan hatte, als würde er Niklas nicht kennen, konnte er nicht begreifen. Oder warum sein Bruder sich vor ihm versteckt hielt.

Fredrik holte den Blister aus der Tasche und drückte demonstrativ zwei Tabletten heraus, die er dann schluckte. Sein Sandkastenfreund sah mit ablehnender Miene zu, als er die Augen schloss und sich auf dem Sofa zurücksinken ließ, darauf wartete, dass die chemische Mischung ihre Wirkung tun würde. Nach einer Weile wurde die Atmung ruhiger, und die Hände juckten nicht mehr so, aber das Herz klopfte immer noch unregelmäßig in der Brust.

»Kapierst du nicht, dass er es nicht wirklich war?« Philip sah ihn vorwurfsvoll an. »Warum nimmst du diesen Scheiß?«

Fredrik öffnete die Augen.

»Weißt du, wer Adam Ceder ist?«

»Nein, sollte ich?«, Philip klang müde.

»Die Ceder-Kette?«

Philip nickte.

»Und? Was zum Teufel hat das mit dem Ganzen zu tun?«

»Ich habe Niklas zusammen mit Ceder vor seinem Hotel gesehen.«

Im oberen Stockwerk hörte man einen Staubsauger.

»Fredde, verdammt …«

»Okay.« Fredrik hob die Hände. »Du musst mir nicht glauben. Das Einzige, worum ich dich bitte, ist, diesen Ceder zu checken. Ich bin sicher, dass er etwas über Niklas weiß.«

»Warum checkst du ihn nicht selbst? Du musst ja wohl nur jemanden bei der Arbeit darum bitten.«

»Und wie würde das aussehen?«

»Ja, wie würde das wohl aussehen?«, echote Philip ironisch.

Fredrik scherte sich nicht um seinen Sarkasmus. Er musste einfach mehr über Ceder herausbekommen. Was für einen Grund hatte sein Bruder gehabt, das Hotel aufzusuchen? Und warum behauptete Ceder, Niklas nicht getroffen zu haben?

Philip erhob sich widerwillig und ging, immer noch die Decke um sich gewickelt, zum Schreibtisch und fuhr seinen Laptop hoch.

»Wenn ich das jetzt mache und nichts über ihn finde, lässt du dann los? Ein für alle Mal?«

Fredrik nickte und erhob sich vom Sofa.

»Ich schwöre.«

Philip sah ihm in die Augen, und beide wussten, dass es nicht die Wahrheit war. Fredrik würde Niklas niemals loslassen. Nicht noch einmal.

»Wohin willst du jetzt?« Philip sah Fredrik nach, als er zur Treppe ging.

»Ich werde mir Adam Ceder vorknöpfen.«

Vor dem Ceder City East war ordentlich was los. Noch längst nicht alle hatten die Stadt in Richtung Schärengarten und Sommerhäuser verlassen. Ein steter Taxistrom spuckte Touristen aus, die alle über die grünende Natur mitten in der Stadt staunten. Adam Ceder kam heraus und begrüßte eine Gesellschaft, die mit Horden von Leibwächtern in schwarzen Wagen eintraf, um sogleich im Eingang des Hotels zu verschwinden.

Fredrik wusste, dass es nicht sinnvoll war, ihm zu folgen. Er hatte beschlossen, Ceder erst einmal aus der Entfernung zu überwachen. Während er wartete, drückte er noch zwei Tabletten in seine Hand und schluckte sie ohne Wasser. Der bittere Geschmack beruhigte ihn schon, ehe sie überhaupt anfingen zu wirken. Maximal vier am Tag hatte Torsten gesagt. Er schaute auf den Blister. Es war noch nicht einmal Mittag, und er hatte schon vier genommen.

Nach dem Besuch bei Philip hatte er die U-Bahn nach Hause genommen und das Auto geholt, das ein paar Blocks entfernt in einer Parkgarage stand. Auch das hatte seiner Großmutter gehört. Ein silberfarbener Skoda. Nicht gerade ein spektakulärer Schlitten, aber gut gepflegt. Das Auto zählte zu den wenigen Dingen, die er noch nicht verkauft hatte. Es gab ihm ein Gefühl der Freiheit, auch wenn er nur selten bis nie überhaupt irgendwohin fuhr.

Diesmal würde Ceder seinen Fragen nicht entkommen können. Einen Menschen zu stalken war definitiv ein Übergriff, aber da Ceder sich weigerte, ihm die Wahrheit über Niklas zu sagen, gab es keine Alternative. Fredrik würde warten, bis er herauskam, und ihm folgen. Dann würde er von ihm Auskunft darüber verlangen, warum Niklas zum Hotel gekommen war. Laut Adressbuch wohnte Ceder in einer Villa auf Djursholm. Wenn sie dort, fern von jeglichem Sicherheitsdienst, angekommen wären, würde Fredrik aus dem Auto springen und ihn stellen. Das war der Plan.

Fredrik brauchte nicht lange zu warten. Schon gegen zwölf Uhr tauchte Adam Ceder wieder vor dem Hotel auf. Jetzt war er leger gekleidet in ein gelbes Polohemd und Kaki-Shorts, und er hatte eine Sporttasche dabei. Er plauderte einen Moment mit dem Türsteher, dann hielt ein schwarzer Mercedes-SUV vor dem Eingang. Der Fahrer stieg aus und reichte Ceder den Schlüssel, der in den Wagen sprang und kaum, dass die Tasche im Kofferraum verstaut war, davonfuhr. Fredrik startete seinen Skoda, rollte vorsichtig auf die Straße hinaus und folgte dem schwarzen SUV.

Schnell merkte er, dass sie nicht auf dem Weg nach Djursholm waren. Ceder nahm den Karlavägen nach Norden und arbeitete sich dann geschmeidig die Spuren wechselnd auf die E4 vor. Fredrik folgte in angemessenem Abstand. Sowie sie auf der E4 waren, drückte

Ceder aufs Gas und fuhr bald 130 Stundenkilometer. Der Skoda quälte sich, als Fredrik versuchte, dasselbe Tempo zu halten.

Die Staus stadtauswärts hatten noch nicht eingesetzt, und bald waren sie am Flughafen Arlanda und an Uppsala vorbei. Fredrik sah besorgt auf die Tankanzeige. Wie weit wollte Ceder eigentlich fahren? Er fummelte das Handy aus der Jeanstasche und versuchte mit einem Auge auf der Straße und dem anderen auf dem Display herauszufinden, ob es nördlich von Stockholm irgendwelche Sommerhäuser gab, die der Familie Ceder gehörten, fand aber nur weitere Ceder-Hotels.

Zwei Stunden später fuhren sie immer noch und waren inzwischen an Gävle vorbei. Fredrik war noch nie weiter nördlich in Schweden gewesen. Die Unruhe brannte ihm im Magen. Sollte er umdrehen? Nein, das ging nicht. Ceder kannte Niklas, dessen war er sich so sicher, wie er hier jetzt saß. Wenn er eine Chance haben wollte herauszufinden, wo sein Bruder sich befand, dann war er gezwungen, mit Ceder zu sprechen.

5.

Als Sofia von ihrer Laufrunde zurückkam, hatte Kaj bereits das Mittagessen auf der Veranda vorbereitet. Auf dem Tisch lag eines von Großmutters bestickten Leinentischtüchern aus dem Schrank in der Diele, darauf stand eine Vase mit Wiesenblumen. Es gab Hering, Eihälften und Knäckebrot, und Kaj hatte für sich selbst Bier und ein Schnapsglas bereitgestellt und für Sofia ein Mineralwasser.

Sie hatte keinen Hunger, aber weil Kaj insistiert hatte, dass sie eine gemeinsame Mittsommermahlzeit einnahmen, ließ auch sie sich am Tisch nieder und legte sich eine Serviette auf den Schoß. Kaj ging in die Küche, um die gekochten Mandelkartoffeln zu holen. Sie strich Butter auf eine Scheibe Knäckebrot und nahm einen vorsichtigen Bissen.

»Also, diese Aussicht!« Kaj setzte sich und nahm genüsslich einen Schluck von seinem Bier. »Wenn Mette das hier sehen könnte. Sie liebt das Meer.«

Sofia antwortete nicht. Sie hatte nichts gegen Kajs Frau, aber sie in ihr Sommerhaus einzuladen, kam dann doch nicht infrage.

»Wir fahren morgen nach Yxlan«, fuhr Kaj in dem Versuch fort, eine Konversation in Gang zu bringen.

Sofia nickte wenig engagiert und ließ den Blick über Steg und Boote wandern.

»Wie läuft es auf dem Revier? Geklaute Außenborder und Angler ohne Angelschein?« Kaj schob sich einen großen Bissen Senfhering und Kartoffel in den Mund und grinste schief.

Obwohl sie niemals gemeinsam an einem Fall gearbeitet hatten, war die Arbeit doch das Gesprächsthema, das sie immer zusammenbrachte. Täterprofile und Morde gingen Hand in Hand, und mehr als einmal hatten sie am Esstisch gemeinsam Theorien entwickelt. In den Jahren ihres Zusammenseins hatte es kaum Grenzen zwischen Privatleben und Arbeit gegeben.

»Ganz ehrlich, Sofia, ist es nicht Zeit für dich, wieder nach Hause zu ziehen?«

»Das hier ist mein Zuhause.«

»Du weißt, was ich meine. Zurück nach Stockholm. Mein Gott, du bist noch nicht einmal vierzig, und wie sehen denn deine Karrierechancen hier aus?«

»Es geht das Gerücht, Vera würde in Pension gehen.« Kaj schnaubte.

»Das glaube ich erst, wenn ich es sehe.« Er kannte Sofias Chefin gut, denn die beiden hatten vor ein paar Jahren in einem unangenehmen Fall zusammengearbeitet. Die vermisste Mutter von zwei Kindern war vergewaltigt und ermordet aufgefunden worden, und Kaj und seine Kollegen von der Profiler-Gruppe waren gerufen worden, um die Ermittlungen zu unterstützen. Das war aber gewesen, bevor Sofia wieder nach Örnsköldsvik gezogen war.

»Wie alt ist Vera eigentlich?«

Sofia zuckte mit den Schultern. »Also, auf jeden Fall eigentlich nicht alt genug, um in Pension zu gehen.«

»Du meinst, nicht so alt wie ich?« Kaj lächelte sie über das Bierglas an, und Sofia konnte nicht anders, als das Lächeln zu erwidern.

»Sowas in der Art.«

Er wischte sich den Mund mit der Serviette ab und legte dann das Besteck auf dem Teller zusammen.

»Du kannst ja zumindest mal über die Sache nachdenken.«

»Über welche?«

»Zurückzuziehen. Ich würde dich gern öfter sehen.«

Sofia nickte, doch in ihrem Innern wusste sie, dass es nie dazu kommen würde. Sie würde niemals den Ort verlassen, an dem ihr Vater begraben lag.

Und ihre Tochter.

*

Als es auf halb sechs zuging, war Fredrik über fünf Stunden lang Adam Ceders SUV gefolgt. Am Fenster schienen unendliche Wälder vorbeigezogen zu sein. Mehrmals hatte er erwogen kehrtzumachen, es sich aber im letzten Moment anders überlegt. Nur noch ein paar Kilometer, dann würde er umdrehen. Doch er hatte nicht angehalten. Abgesehen von einem kurzen Stopp an einer Raststätte in Tönnebro, wo Ceder schnell rausgesprungen war, das Auto betankt und sich einen Kaffee gekauft hatte. Fredrik hatte es gerade mal geschafft, ein paar Liter Benzin in den Skoda zu schütten, da fuhr Ceder schon weiter Richtung Norden.

Drei weitere Stunden waren sie gefahren, ehe Ceder schließlich auf der Höhe von Bjästa, direkt südlich von Örnsköldsvik, abbog und weiter zum Fähranleger Köpmanholmen fuhr.

Fredrik blieb auf Abstand und parkte so weit wie möglich von Ceder entfernt. Sein Magen revoltierte beunruhigend, als er sein Zielobjekt gelassen den breiten Kai entlangschlendern sah, wo Unmengen von Touristen vor einer roten Holzbude Schlange standen, um Fährtickets zu kaufen. Auf der anderen Seite der Bucht lag unberührter dunkelgrüner Wald wie eine Decke über den steilen rotbraunen Felsklippen. Höga Kusten – die Hohe Küste. Fredrik war klar, woher die Umgebung ihren Namen hatte.

Er blieb noch ein Weilchen im Auto sitzen. Was sollte er jetzt tun? Es war offenkundig, dass Ceder vorhatte, sich aufs Meer hinauszubegeben. Sollte er versuchen, ihn hier anzusprechen, ehe er an Bord ging? Den Gedanken konnte er jedoch nicht weiterverfolgen, da er schon die Fähre in die breite Meeresbucht einbiegen sah und Ceder im Menschengetümmel verschwand. Er warf das Handyladegerät und sein Portemonnaie in eine Stofftasche mit Coop-Logo, die noch aus den Zeiten seiner Großmutter im Handschuhfach lag, und öffnete die Autotür.

Meeresgeruch schlug ihm entgegen, als er aus dem Wagen stieg. Das roch nach Tod. Sofort fingen seine Hände an zu jucken, und er kratzte sich nervös den einen Handrücken. Während er zur Fahrkartenbude lief, drückte er zwei runde Tabletten aus dem Blister und schluckte sie. Sechs Tabletten an einem Tag. Zwei zu viel.

Vor ihm in der Schlange schubsten sich ein paar Jugendliche und lachten. Hinter ihm reihten sich weitere Reisende ein. Es war die letzte Fahrt für heute, und alle schienen es eilig zu haben, an Bord zu kommen. Kaum hatte die Fähre angelegt, setzte sich die Menschenmenge auch schon in Bewegung. Er konnte Ceders gelbes Poloshirt weiter vorn in der Schlange erkennen.

Einen Schritt vor. Dann noch einen. Es stach in den Haarwurzeln. Das Herz schlug so heftig, dass es wehtat, aber er konnte jetzt nicht stehen bleiben. Eine Frau mit einem Schal um den Kopf seufzte ungeduldig, als er zögerte, den letzten Schritt auf die Gangway zu tun.

Noch ein Schritt. Die Panik setzte ein, und er war nahe daran zu fallen. Ein Mann von der Besatzung in einem weißen Hemd und mit tätowierten Unterarmen griff im letzten Augenblick nach seiner Hand.

»Hier, lassen Sie mich Ihre Tasche nehmen.« Er lächelte und wollte nach dem Stoffbeutel greifen, aber Fredrik riss ihm diesen aus der Hand.

»Ist schon gut«, murmelte er und lief eilig zu den Treppen, die aufs Achterdeck führten. Dort, so weit wie möglich vom Bug entfernt, warf er sich auf eine weiße Bank und wischte sich den kalten Schweiß von der Stirn. Der erste Teil war geschafft, jetzt blieb noch die Reise selbst. Er schirmte die Augen mit der Hand ab und sah zu den kargen Klippen hinaus. Würde er es schaffen, dorthin zu schwimmen, falls das Boot sank? Wohl kaum.

6.

Ulvön, 1979

Adam hängt über der Reling und betrachtet die Wellen, die um den Bug schäumen. Kleine salzige Tropfen spritzen ihm ins Gesicht.

Die Sonne scheint, und die Fähre ist voller Menschen. Ein kleiner Junge um die sechs Jahre hüpft aufgeregt auf der Stelle, als er den Hafen von Ulvön hinter der Landzunge auftauchen sieht.

»Ich kriege doch ein Eis, oder, Papa?«

Der Vater lacht und umarmt den Jungen.

Weiter hinten auf dem Deck warten die anderen. Insgesamt werden sie zwölf im Sommerlager sein. Adam kommt es schon jetzt wie ein Gefängnis vor. Gestern sind sie über sieben Stunden mit dem Bus gefahren. Als sie ankamen, war die letzte Fähre schon weg, also mussten sie bei einer Bekannten des Pfarrers übernachten, einer fetten Tante, die nach altem Essen und Schweiß stank. Er musste sich eine bucklige Matratze mit Thomas teilen, und dann waren sie schon um sechs Uhr geweckt und zur Fähre gebracht worden.

Es fühlt sich an, als wären sie auf dem Weg nach Alcatraz, der Gefängnisinsel, von der er in der Schule gehört hat.

Plötzlich kneift ihn jemand in die Seiten. Er fährt zusammen und fällt fast nach vorn über die Reling.

»Hör auf!«

»Was denn, ich hab mir gedacht, dass du sicher gern baden gehst.« Thomas hat sich angeschlichen und lacht jetzt.

Die russischen Mädchen sind auch rausgekommen und kichern begeistert über Thomas' Scherz. Er zwinkert ihnen zu und ruft in holprigem Englisch.

»You want to swim?«

Sie lachen und nicken.

Thomas geht zu einem der Mädchen, packt sie um die Taille und tut so, als würde er sie über die Reling werfen wollen. Adam wendet sich wieder dem Meer zu. Er kann nicht begreifen, warum alle so aufgekratzt sind. Vier Wochen lang werden sie von zu Hause weg sein. Auch wenn seine Mutter nervig ist, wäre er doch lieber in der Stadt geblieben als auf einer verdammten Insel mitten im Niemandsland.

Der Hafen kommt näher. Eine lange Reihe rot gestrichener Bootshäuser säumt die Hafenbucht. Trotz des schönen Wetters sieht es öde und geisterhaft aus. Am Kai steht eine kleine Gruppe Menschen und wartet. Der Pastor mit weißem Kragen und schwarzem Mantel, dazu zwei Mädchen in Adams Alter. Die eine sitzt im Rollstuhl. Sie hebt die Hand und winkt ihnen zu. Adam winkt vorsichtig zurück. Thomas lacht.

»Sieh mal die da!« Die russischen Mädchen lachen auch, obwohl sie nicht verstehen, was Thomas sagt. »Voll die Behindertenrallye!«

Seine laute Stimme hallt über den Sund, und das Mädchen im Rollstuhl windet sich.

Adam holt Luft und schaut zum Himmel.

Bald wird er wieder zu Hause sein.

7.

Nach zwei schrecklichen Stunden meldete der Kapitän durch den Lautsprecher, dass sie nun den Hafen von Ulvön ansteuerten. Fredrik hatte die gesamte Fahrt über den Blick fest auf den Horizont gerichtet. Nach unten in den Salon wagte er nicht zu gehen, auch nicht auf die Toilette. Er wollte weder in den Eingeweiden des Schiffes gefangen sein, wenn es sank, noch Ceder begegnen. Erst als die dicken Taue um die Poller gelegt worden waren, lockerte er seinen krampfhaften Griff um die Bank. Er öffnete und schloss die Hand ein paarmal, um die steif gewordenen Finger wieder zum Leben zu erwecken, und blickte derweil über den Hafen. Der Kai war voller Menschen, und es herrschte Hochstimmung. Fahrräder, Kinderwagen und Kühltaschen wurden an Land geschleppt, und alle halfen einander. Manche wurden mit einer Schubkarre erwartet, in die das Gepäck verfrachtet werden konnte. Es wurde umarmt und gewinkt. Fredrik entdeckte Ceder, der entschlossenen Schrittes über die Gangway marschierte, um dann nach rechts auf den Kiesweg abzubiegen.

Fredrik beeilte sich, von der Fähre herunterzukommen. Auf der linken Seite stand ein einfacher, rot gestrichener Kiosk, davor ein bunter Eismann aus Plastik.

Daneben entdeckte er eine Tankstelle mit einer Infotafel. Er presste sich an einer Gruppe junger Mädchen mit allzu kurzen, bauchnabelfreien Pullovern vorbei, achtete aber darauf, nicht zu nah an Ceder heranzukommen. Als er an der Infotafel vorbeikam, blieb der andere plötzlich stehen und sah auf sein Smartphone.

Auch Fredrik hielt an und tat so, als würde er die Karte studieren, die auf der Tafel angebracht war. Ulvön bestand eigentlich aus zwei Inseln, der nördlichen und der südlichen. Das Hotel lag weniger als einen Kilometer nach Osten auf der nördlichen Insel, auf der er sich selbst gerade befand. Wahrscheinlich war Ceder auf dem Weg dorthin. Laut Karte gab es noch ein paar Dörfer auf der Insel, Fjären, Norrbyn, Norrbysbodarna und Sörbyn, alle ein paar Kilometer weiter nach Norden. Ansonsten schienen die Inseln nicht dicht besiedelt zu sein. Sein Blick fiel auf eine Anzeige zu dem Fischerdorf Sandviken. Ein Kulturdenkmal aus der Mitte des 17. Jahrhunderts mit Fischerhütten, die man zur Übernachtung mieten konnte. Er schielte zu Ceder, betrachtete aber weiter die Karte, als er merkte, dass der Hotelbesitzer nach wie vor auf etwas wartete. Fredrik las. »Auf Ulvön ist die älteste Produktionsstätte für Surströmming beheimatet, sowie eine Eisenerzgrube aus dem 17. Jahrhundert …«

Endlich rührte sich Ceder.

Fredrik stand einen Moment lang still und zögerte, als ihn plötzlich ein harter Schlag gegen die Schulter fast rückwärts fallen ließ.

»Oh, sorry, ich …«

Eine blonde Frau lächelte ihn entschuldigend an. Er war gerade im Begriff, Ceder weiterzuverfolgen, als die Frau seinen Arm berührte.

»Fredrik Fröding?« Sie beugte sich zu ihm vor, und noch ehe Fredrik sich wehren konnte, hatte sie ihn etwas linkisch umarmt. Als sie einen Schritt zurück machte, sah er ihr in die grünen Augen und versuchte vergebens, das bekannte Gesicht einzuordnen. Viel zu lange dauerte es, bis er begriff, dass er hier mit Sofia Hjortén zusammengestoßen war. Sie fing schon an, sich zu winden.

»Sofia.«

Beide atmeten aus.

»Lange nicht gesehen.«

Sie war immer noch schön. Die grünen Augen waren von dichten blonden Wimpern umrandet, und das lange blonde Haar war zu einem hohen Pferdeschwanz gebunden.

»Ja, wirklich. Wie geht es dir?« Fredrik fuhr sich mit der Hand durch das ungekämmte Haar.

»Gut.«

»Und was machst du hier?« Er lächelte entwaffnend, und Sofia erwiderte das Lächeln.

»Ich wohne hier. Zumindest im Sommer. Ich habe ein Haus draußen bei Norrbysbodarna. Vielleicht hast du es ja gesehen, als du mit der Fähre reingekommen bist. Weiß, mit dreieckigen Fenstern über der Veranda.«

Fredrik nickte beeindruckt. Er hatte das große weiße Haus gesehen, das nur etwa hundert Meter vom Wasser entfernt wie ein leuchtender Stern mitten im dichten Wald lag.

»Du bist also nicht in Stockholm geblieben?«

»Nein, vor ein paar Jahren bin ich wieder hierher in den Norden gezogen«, antwortete sie. »Und du?«

»Ich wohne immer noch in der Wohnung in der Brahegatan.«

Eine leichte Röte zog über ihre Wangen, als er die Wohnung erwähnte. Sie beschirmte die Augen mit der Hand und sah ihn an.

»Arbeitest du als Polizist?«

»Nein. Ich … nein, daraus ist nichts geworden.«

Fredrik sah den Kiesweg hinauf. Ceder war weg.

»Ich muss gehen. Schön, dich getroffen zu haben. Und schönes Mittsommerfest«, murmelte er gestresst und ging davon, noch ehe sie geantwortet hatte.

Ceder war schon weit vor ihm. Ab und zu sah Fredrik das gelbe Polohemd, während sein Zielobjekt sich mit schnellen Schritten Richtung Osten bewegte. Es war eine schöne Insel. Kleine pittoreske Sommerhäuser und Bootshütten säumten den Kiesweg. Abgesehen davon, dass jedes Haus eine andere, von der Sonne ausgeblichene Farbe hatte, sahen sie alle gleich aus. Die Fenster waren mit Spitzengardinen eingefasst, und auf den Fensterbrettern konnte man altmodischen nautischen Nippes erkennen. Alles war wie aus einer Astrid-Lindgren-Geschichte. Das Mittsommerfest schien in vollem Gang zu sein. Angetrunkene Jugendliche schwankten scheinbar ziellos auf den Wegen herum. In der Ferne konnte Fredrik einen Musiker spielen und Menschen klatschen hören.

Weniger als zehn Minuten dauerte es, bis er dort war, wo das Ulvö Hotel liegen sollte, doch da war nichts von dem etwas müden, rot gestrichenen Holzhaus mit verschnörkelten Balkongeländern zu sehen, das er auf dem Spaziergang im Handy gegoogelt hatte. Stattdessen türmte sich ein hippes Seglerhotel vor ihm auf, mit einem eingezäunten Pool unterhalb einer Veranda voller Rattanmöbel. Der Hotelsteg war ausladend, und jeder Bootsliegeplatz war belegt.

Ceder marschierte zielgerichtet durch die gläsernen Eingangstüren. Fredrik wartete draußen, während er mit der Rezeptionistin sprach. Er beobachtete eine Schlüsselübergabe, dann verschwand Ceder eine Treppe hinauf. Als er nicht mehr zu sehen war, wagte sich auch Fredrik hinein.

Eine Frau um die fünfzig, das lange blonde Haar mit einer Klemme hochgesteckt, begrüßte ihn. Auf dem schwarzen Pullover war in Weiß »Mona« eingestickt. Nun musste er sich entscheiden, wie es weitergehen sollte. Da er schon bis hierhergekommen war, konnte er seinen Plan auch ganz in die Tat umsetzen. Er musste Ceder zur Rede stellen.

»Ich hätte gerne ein Zimmer.«

Mona sah ihn kurz an, dann wandte sie den Blick zu einem Logbuch, das auf dem Tresen lag.

»Unser IT-System erhält momentan ein Update. Sehr unpassend, so direkt an Mittsommer.«

Sie blätterte in dem Buch.

»Normalerweise sind wir am Mittsommerwochenende ausgebucht«, stellte sie ganz selbstverständlich fest, als müsste er das wissen. »Aber heute Nachmittag wurde tatsächlich ein Zimmer storniert. Sie müssen morgen auschecken, aber wenn Sie das Zimmer für nur eine Nacht möchten, dann gehört es Ihnen.«

Fredrik schlug ein, und nachdem er seinen Namen und seine Kreditkartennummer angegeben hatte, wies Mona ihn mit einer Geste an, ihr zu folgen. Auf dem Weg die Treppe hinauf berichtete sie stolz von den bekannten Hockeyspielern, königlichen Hoheiten und Politikern, die das Hotel seit seiner Renovierung bereits besucht hatten. Wegen des breiten Dialekts, den sie sprach, fiel es Fredrik manchmal schwer, ihr zu folgen, aber er nickte beeindruckt, wenn er einen Namen erkannte, hielt aber gleichzeitig nach Ceder Ausschau, als sie an der Bar und dem Eingang zum Restaurant vorbeigingen. Vor seiner Zimmertür angekommen reichte sie ihm höflich einen Schlüssel.

»Dann wünsche ich Ihnen einen angenehmen Mittsommerabend.«

Sie hatte ihm schon klargemacht, dass es sich um eines der besseren Zimmer handelte. Die Einrichtung war ländlich und die Farben in Weiß und Grau gehalten. Fredrik öffnete das Fenster, das aufs Meer und den Sandstrand auf der südlichen der beiden Inseln hinausging, die im Volksmund »Andersia« genannt wurde – eine norrländische Verkürzung von »andere Seite«, wie ihm Mona ebenfalls erklärt hatte.

Er ließ sich auf der Bettkante nieder. Das Meer glitzerte in der Sonne, und vom Restaurant des Hotels war Lachen und Rufen zu hören. Bilder von Niklas flimmerten vor seinen Augen. Ruckartige Filmsequenzen, denen ein Fokus zu fehlen schien. Schneller und schneller lief der Film, und er hatte zunehmend Schwierigkeiten zu atmen.

Was mache ich hier?

Er saß auf einer Insel fest. Er hatte einen völlig fremden Menschen fünfhundert Kilometer weit verfolgt. Und was immer er tat, er wäre auf jeden Fall gezwungen, sich noch einmal auf eine Fähre zu setzen, wenn er jemals wieder hier wegwollte. Diese Erkenntnis war vernichtend. Die Wände des Zimmers schienen immer enger zusammenzurücken, das Herz hämmerte ihm wie wild in der Brust. Er beugte sich vor und versuchte, ruhig zu atmen. Konzentrierte sich auf jeden Atemzug und zählte das Einatmen und das Ausatmen, wie Torsten es ihm beigebracht hatte, doch nichts half. Also grub er in seiner Tasche nach den Tabletten und schaute sich nach etwas um, womit er sie hinunterspülen könnte. Sein Blick fiel auf eine Miniweinflasche und zwei Weingläser, die auf einem Tisch am Fenster standen. *Unter gar keinen Umständen dürfen die Tabletten mit Alkohol zusammen eingenommen werden.* Diese Ermahnung war ihm tief eingebrannt, doch gegen die Regel hatte er in dieser Woche bereits einmal verstoßen. Was spielte es schon für eine Rolle, wenn er das noch einmal tat? Was spielte überhaupt noch eine Rolle?

Er erhob sich vom Bett und öffnete die Flasche.

8.

Der Geruch nach Moos und altem Wald umfing Sofia beim Laufen. Es war die zweite Runde heute. Eigentlich sollte sie nicht so viel laufen, das schadete der Knochenhaut, aber ihr Körper litt an einer Art Rastlosigkeit, die nur durch Laufen bezwungen werden konnte. Draußen war es noch warm, obwohl es schon fast Nacht war. Nach nur etwa einem Kilometer auf dem Waldweg hinunter nach Sandviken musste sie schon stehen bleiben und das T-Shirt ausziehen. Jetzt lief sie nur im Sport-Top. Ab und zu zerkratzten trockene Tannenäste, die sich mitten auf den Weg streckten, ihr die Arme, aber das war ihr egal. Es gehörte zum Abenteuer. Der dunkle Wald machte ihr keine Angst.

Sie lief hier jetzt schon so viele Jahre, dass ihre Füße die kleinsten Wurzeln kannten, ohne dass sie hätte nach unten sehen müssen. Ihr Vater hatte sich Sorgen gemacht, als sie im Alter von dreizehn Jahren entschied, mit dem Orientierungslauf anzufangen. In diesem Wald gibt es Bären und Wölfe, pflegte er immer zu sagen und sie dabei mit einer Sorgenfalte zwischen den Augenbrauen anzusehen. Ich kann vor jedem Bären und jedem Wolf locker wegrennen, hatte sie dann geantwortet, obwohl sie beide sehr genau wussten, dass auf der Insel noch niemals ein Wolf oder ein Bär gesichtet worden war. In richtig kalten Wintern war der ein oder andere Elch übers Eis gekommen, doch vor denen hatte sie keine Angst. Solange man auf Abstand blieb, wenn sie mit Kälbern unterwegs waren, hatte man nichts zu befürchten.

Orientierungslauf und Hechteangeln. Das waren nicht gerade die Dinge, denen sich ein süßes kleines Mädchen widmen sollte. So hatte sie es ihr ganzes Leben zu hören bekommen, wenn auch nicht vom Vater, so doch von ihrer Mutter. Warum wollte sie denn nicht zum Tanzen oder in den Chor gehen, so wie Claire selbst, als sie klein war? Dass ihre Mutter sich furchtbar darüber geärgert hatte, war schon damals der halbe Spaß dabei gewesen und machte auch heute noch ein Gutteil des Vergnügens aus, dachte sie manchmal.

Sofia bog auf der Anhöhe Richtung Norrbytjärnen ab. Sie überprüfte die Pulsuhr und stellte fest, dass sie ein paar Sekunden vor ihrer üblichen Zeit lag.

Ihre Gedanken wanderten zu Fredrik, in den sie buchstäblich hineingelaufen war, nachdem sie Kaj an der Fähre verabschiedet hatte. Er hatte einfach dort gestanden, mitten in der Menschenmenge, wie ein Kind, das seine Mutter verloren hatte. Wie ein Tritt in den Magen hatte es sich angefühlt, ihn wiederzusehen.

Seit ihrem letzten Zusammentreffen waren fünfzehn Jahre vergangen, mehr als ein Jahrzehnt. Er war schmaler, als sie ihn in Erinnerung hatte, aber immer noch erschreckend attraktiv. In Jeans und einem hellen Hemd mit aufgekrempelten Ärmeln. Mit sehnigen Unterarmen und olivfarbener Haut. Die dunklen Augen hatten geradewegs durch sie hindurchgesehen.

Er war der erste Mann, in den sie sich verliebt hatte. Lächerlich, natürlich, sich mit dreiundzwanzig zum ersten Mal zu verlieben, aber davor hatte es keinen gegeben. Manchmal war sie sich nicht sicher, ob es denn danach jemanden gegeben hatte. Natürlich hatte sie Kaj geliebt, aber nicht so, wie sie Fredrik geliebt hatte. Während des sechs Wochen langen Sommerkurses in Kriminologie hatte sie ihn aus der Entfernung angeschmachtet, und Fredrik hatte kaum bemerkt, dass sie überhaupt existierte. Jedenfalls nicht bis zu jenem Abend, an dem sie gemeinsam zur U-Bahn gegangen waren. Er wollte nach Hause in seine geerbte Zweizimmerwohnung aus der Jahrhundertwende mit hohen Decken und tiefen Fensternischen. Sie wollte in ihre versiffte Studentenbude in Spånga, für die sie zehnmal mehr bezahlte, als ein Zimmer zu Hause in Örnsköldsvik gekostet hätte. Sie hatte so viel geredet, dass sie versehentlich an seiner Haltestelle mit ausgestiegen war. Das sah ihr so überhaupt nicht ähnlich, dass sie selbst erstaunt war. Als sie an seiner Haustür ankamen, hatte er lachend gefragt, ob sie auch dort wohnte – wohl wissend, dass dies nicht der Fall war. Es war ihr peinlich gewesen, aber er hatte nur weitergelacht und sie auf einen Tee eingeladen. Dazu war es nie gekommen, aber sie war trotzdem fast zwei Tage lang dortgeblieben. Die Erinnerung an diese beiden Tage war in ihr Gedächtnis eingebrannt. Jederzeit konnte sie Bilder von sich und Fredrik in seinem Bett in der Sommernacht und bei offenem Fenster aufrufen.

Wie er sie liebkost hatte, wie er … Jetzt reiß dich zusammen! Sofia schüttelte sich im Laufen. Nicht einen Moment glaubte sie, dass diese Nächte ihm genauso viel bedeutet hatten wie ihr. Und das war auch egal.

Es war nicht das erste Mal, dass sie hier jemandem aus ihrer Stockholmer Zeit begegnete. Die Insel lockte jedes Jahr Tausende Touristen an, und sie war es gewohnt, auf alte Kollegen und Kommilitonen zu treffen, die, manchmal mit ihren Familien im Schlepptau, hier an Land gingen, um in die Geschichte der Insel einzutauchen und Surströmming zu essen. Eigentlich war zu erwarten gewesen, dass auch Fredrik früher oder später hier auftauchen würde. Es bedeutete überhaupt nichts.

Sofia lief schneller. Versuchte, an den bevorstehenden Wettbewerb zu denken. Sie freute sich darauf, von hier wegzukommen. Ihre Taschen standen schon zusammen mit Ruten und Rollen fertig gepackt in der Diele. Früh am Mittsommertag würde sich die Mannschaft treffen und dann gemeinsam mit einem Charterbus nach Norwegen fahren. Das Einzige, was sie an dem Urlaub störte, war, dass ihr übermäßig ehrgeiziger Kollege Mattias Wikström nicht frei hatte. Er würde weiter dort in der Sommerhitze hocken und wie ein Geier Veras Stuhl belauern.

Kriminalkommissarin Vera Nordlund hatte die begehrte Position der Leiterin der Ermittlergruppe seit mehr als zehn Jahren inne. Sie war einer der wenigen Menschen, die von Sofias Fehlgeburt wussten, doch darüber hinaus gab es keine weiteren persönlichen Verbindungen zwischen ihnen. Genau wie alle anderen wahrte Vera einen gewissen Abstand zu Sofia, obwohl sie nun seit bald drei Jahren zusammenarbeiteten. Dass jemand bei der Kripo in Stockholm gearbeitet hatte, konnte man zu den Meriten zählen oder es einfach nur in Ordnung finden. Doch das Jantelag, das ungeschriebene Gesetz, dass niemand sich über den anderen erheben sollte, war hier oben besonders stark verankert – das war Sofia bewusst. Der Unterschied zwischen ihrer Chefin und den anderen war lediglich, dass Vera alle gleichermaßen distanziert behandelte. Sie blieb für sich und sprach niemals über ihr Privatleben. Während der Jahre, in denen Sofia nun zurück in Örnsköldsvik war, hatte sie Vera nie auch nur ein Wort über Fußballspiele von irgendwelchen Enkelkindern oder eine Urlaubsreise auf die Kanarischen Inseln verlieren hören. Nicht einmal die örtliche Hockeymannschaft Modo erwähnte sie, obwohl es sich damit für alle in der Region so verhielt wie mit den üblichen Gesprächen übers Wetter. Die Arbeit war Veras Leben. Doch nun ging das Gerücht, sie habe angefangen, von Pension zu reden, und da wurden Zähne gefletscht und Messer gewetzt. Viele wollten die begehrte Stelle haben, und Sofia gehörte selbst zu ihnen.

Sie lief weiter, schweißgebadet, nahm das T-Shirt, das sie in die Trainingshose geklemmt hatte, und wischte sich Gesicht, Bauch und Rücken damit trocken. Über fünf Kilometer hatte sie bereits geschafft, entschied aber dennoch, die ganze Strecke bis zum alten Fischerdorf Sandviken zu laufen. Das wären am Ende über zehn Kilometer, mehr als sie sonst lief, aber das machte nichts.

Ihre erschöpften Muskeln hatten ja jetzt mehrere Wochen Zeit, um sich wieder zu erholen.

Sofia hielt die Arme vom Körper weg und ließ sich von der kühlen Luft trocknen, während sie zu den Sanddünen hinunterlief. Die Sportschuhe sanken mit jedem Schritt in den nassen Sand. Um keine Schmerzen an der Knochenhaut zu bekommen, musste sie kurze Schritte mit dem Schwerpunkt auf dem Vorderfuß machen. Am besten wäre es, überhaupt nicht bergab zu laufen, aber jetzt strömten die Endorphine, und es fiel ihr schwer anzuhalten. Sie schwenkte nach rechts an der von Steinen gesäumten Wasserlinie vorbei, steigerte dann das Tempo und bog wieder auf den Waldweg ein. Sie hielt den Blick auf die Pulsuhr gerichtet und steigerte aus reiner Lust noch einmal das Tempo.

Das würde eine Rekordzeit geben.

9.

Er spähte in das dunkle Bootshaus hinein. Trotz des blassblauen Lichts, das durch die Öffnung fiel, war es schwer, etwas zu erkennen. Doch seine Augen gewöhnten sich schnell daran, und dann konnte er ein metallfarbenes Boot mit doppeltem Außenborder ausmachen, das unter die Decke der Hütte gewinscht war. Rechts befanden sich Haken mit Netzen und Schwimmern. Ein silbriger Fisch schlug in der Bucht mit dem Schwanz und durchbrach die Stille. Er blieb eine Weile stehen und betrachtete das Muster der wachsenden Ringe, bis es verschwand, und ging dann hinein. Obwohl er nur einen einzigen Whiskey getrunken hatte, verfehlte er die Schwelle und schwankte.

Konnte das hier wirklich der richtige Ort sein? Er holte das Handy heraus, und mit einer gewissen Anstrengung gelang es ihm, die Nachricht zu lesen. Die Buchstaben flossen ineinander. Wie war es nur möglich, dass er von einem winzigen Whiskey so betrunken wurde? Doch, die Beschreibung stimmte. Und wo war seine Verabredung jetzt?

»Hallo. Ich bin da,« rief er laut ins Bootshaus.

Linkisch blieb er stehen und wartete in der Dunkelheit, bis er ein Geräusch hörte und sich umdrehte. Ein schnelles, rhythmisches Klicken, vom Klingeln einer Glocke gefolgt. Er sah schnell, woher es kam. An der Tür stand ein Engel, ein zerbrechlicher weißer Spielzeugengel, der sich mit zum Gebet gefalteten Händen auf der Stelle drehte. Als er klein war, hatte seine Mutter genau so ein Spielzeug gehabt, allerdings war es bei ihr ein Hund mit blauem Halsband gewesen. Der stand auf dem Wohnzimmerregal und grinste höhnisch, wenn sie ihm eine Strafpredigt hielt. Er war ihr liebstes Stück, und man durfte ihn nie anfassen, weil dann die empfindliche Feder im Rücken des Hundes kaputtgehen könnte.

Er beugte sich vor, um den Engel hochzunehmen, und bemerkte in dem Augenblick ein blasses Gesicht mit eisblauen Augen, die ihn aus der Dunkelheit ansahen.

»Hallo.« Die Stimme war kindlich und sanft.

Dann kam der Schlag.

Das Geräusch seines zerbrechenden Schädelknochens erfüllte ihn ganz. Es klingelte in den Ohren. Er fiel rückwärts auf die harten Planken. Wollte schreien, aber es kam kein Laut. Er war gelähmt, ob vor Angst oder wegen der Verletzungen konnte er nicht feststellen, jedenfalls wollte nichts gehorchen. Die Arme lagen schlaff neben dem Körper, als wäre er ein auf seinem Posten gefallener Soldat. Sein Kopf war zur Seite geneigt, und nur wenige Zentimeter von seinem Gesicht entfernt sah er den Engel sich auf der weiß lackierten Holzscheibe drehen. Als der Schlüssel im Rücken stillstand, näherten sich ein paar braun gebrannte nackte

Füße. Das Spielzeug wurde noch einmal aufgezogen. Er sah die langen Finger, die zärtlich über die Puppe glitten, hörte, wie liebevolle Worte in die tauben Porzellanohren geflüstert wurden. Er begriff, dass er sterben würde, empfand aber weder Schmerz noch Angst. Im Augenwinkel sah er, wie der Engel sich wieder zu drehen begann. Rosige Wangen in einem kreideweißen Gesicht und goldenes Haar, das in Locken über den Rücken fiel. Das kleine Lächeln fast tröstend.

Allmählich wurde es schwer, Atem zu holen, und er hustete angestrengt. Rote Tropfen regneten über den Engel.

Eine Minute verging. Vielleicht eine Stunde. Nur seine rasselnden Atemzüge störten die Stille. Und der Engel, der, sowie er stehen blieb, neu aufgezogen wurde. Wieder und wieder.

Noch einmal klingelte die Glocke.

Dann wurde es still.

SAMSTAG, 22. JUNI 2019,

SAMSTAG NACH DEM MITTSOMMERFEST

10.

Schon beim Öffnen der Tür bemerkte Sofia den Geruch von Angst. Das Gefühl war in seiner Einfachheit so erschreckend, so wohlbekannt. Sie betrat die Küche, und kaum, dass sie über die Schwelle war, sah sie ihn. Einen gelbbraunen Hund, der auf der Seite lag. Das Maul war offen, und die toten Augen schienen sie flehend anzublicken. Er badete in Blut. Die Wunde klaffte groß und hässlich in dem aufgeschlitzten Bauch. Sie sah zum Küchentisch. Darunter saß ein Junge, die Knie unter dem Kinn und das hellblaue Schlafanzugoberteil über die Beine gezogen. Er konnte nicht älter als drei Jahre sein.

»Hallo, ich heiße Sofia. Ich bin Polizistin.« Sie streckte sich unter den Tisch. »Komm, wir beide gehen in ein anderes Zimmer.« Der Junge reagierte nicht, als sie die Hand über seine kalten Füße legte.

Plötzlich knallte es. Ein Stuhl wurde umgestoßen, ein Arm schloss sich um ihren Hals. Sofia wurde so schnell nach oben gerissen, dass ihr Kopf an die Tischplatte schlug.

»Du fasst ihn nicht an, du verdammte Bullenfotze!« Der Mann stank nach Alkohol und Zigaretten. Seine Bewegungen waren schwankend, aber der Griff um ihren Hals fest. Erst stieg Panik in ihr auf, doch dann übernahm die Routine, das Muskelgedächtnis. Es gelang ihr, den Arm des Betrunkenen so weit zu lockern, dass sie sich zu ihm umdrehen und ihn auf die Innenseite seiner Schulter schlagen konnte. Er verlor das Gleichgewicht, und sie fielen beide rückwärts auf den Boden und über den leblosen Hund.

»Lass sie los!« Vera stand mit gezogener Waffe in der Küchentür.

Das Knie des Mannes traf Sofia mit voller Kraft in den Bauch, und sie spürte, wie etwas in ihr zerriss. Der Schlag war so hart, dass er durch den ganzen Körper vibrierte, der Schmerz so intensiv, dass sie für einen Augenblick meinte, Vera habe versehentlich auf sie geschossen. Die war schnell zur Stelle und fesselte dem Mann die Hände auf den Rücken. Hustend kam Sofia auf die Knie. Ihre Hand tastete sich vor zum Bauch und runter zwischen die Beine. Die Jeans war rot von Blut.

Sofia erwachte aus dem Traum mit beiden Händen auf den Bauch gepresst, um den Blutfluss zu stoppen. Doch da war kein Blut. Sie sah auf und versuchte, sich zu orientieren. Immer noch in Trainingskleidung, mit einer Strickjacke um sich geschlungen saß sie auf dem Sofa. Mein Gott, wie lange hatte sie denn geschlafen? Verdammt, der Angelwettkampf! Der Bus ging um neun Uhr.

Auf der Küchenarbeitsplatte klingelte wütend das Handy. Die Uhr auf dem Display zeigte zehn Minuten nach fünf.

»Sofia Hjortén.«

»Hier ist Karim. Habe eben mit dem Diensthabenden auf dem Revier gesprochen. Bist du auf Ulvön in deinem

Haus?« Die Stimme des Kollegen klang genauso verschlafen wie ihre.

»Ja, wieso?«

»Vera ist zusammen mit der Küstenwache auf dem Weg dorthin. Sie haben unterhalb der Segler-Toiletten am Hotelsteg einen toten Mann gefunden. Du musst hin, ehe die Touristen aufwachen. Die Leiche liegt komplett offen da. Vera und Mattias sind in dreißig Minuten vor Ort.«

Das Gerät gab zwei Klopftöne von sich, um zu signalisieren, dass ein Anruf von Vera Nordlund wartete. Sofia drückte Karim weg und ging ran.

»Wir sind auf dem Weg. Fahr du schon mal hin und sperr alles ab«, befahl Vera ohne weitere Erklärung.

»Ich habe kein Absperrband im Haus.«

»Nimm verdammt noch mal irgendwas und sorg dafür, dass niemand in die Nähe der Leiche kommt. Wenn nötig, bitte das Hotelpersonal um Hilfe!«

Sofia schob das Handy in die Tasche der Strickjacke. Sie machte sich nicht die Mühe, sich umzuziehen, obwohl sie Uniform und Poloshirt zu Hause hatte. Auf dem Weg zum Auto griff sie sich noch schnell die Wäscheleine aus Plastik, die zusammengerollt in einem Korb lag. Sie musste an den schlimmen Traum über den Tag denken, an dem sie ihr Kind verloren hatte. Es war lange her, dass sie den geträumt hatte. Nervös rieb sie sich den Nacken. War das ein Omen?

Der Platz vorm Hotel war menschenleer. Da es auf der Insel quasi keinen Autoverkehr gab, existierten auch keine Parkplätze, also stellte sie den Wagen einfach auf dem Hügelkamm ab. Bevor sie ausstieg, warf sie noch einen raschen Blick in den Rückspiegel und zupfte den Dutt zurecht.

Die Mittsommertouristen hatten einen Kater und waren glücklicherweise noch nicht auf. Im besten Fall würden sie es schaffen, die Leiche wegzubringen, ohne allzu großes Aufsehen zu erregen. Sofia sah übers Wasser. Zwanzig Minuten waren vergangen, seit Karim angerufen hatte, und das Boot der Küstenwache müsste jeden Moment ankommen. Unten vor dem Eingang des Hotels stand eine magere Frau um die zwanzig und fingerte nervös an ihrer Servierschürze herum. Sofia ging zu ihr und stellte sich vor.

»Sofia Hjortén. Ich bin von der Polizei. Können Sie mir zeigen, wo die Leiche liegt?«

Das Mädchen nickte wortlos, und sie gingen schweigend an dem überdimensionierten Steg vorbei zu den Personalunterkünften. Ein Stück weiter unten Richtung Strand war eine ältere Frau zu erkennen, deren langes blondes Haar von einer Klammer zusammengehalten wurde. Sie sah unter ihrer Sonnenbräune blass aus und lächelte verzagt. Kleine Schweißperlen glänzten auf ihrer Oberlippe, und der Blick flackerte zwischen Sofia und dem Hotelgebäude hin und her.

»Mona Höglund. Ich betreibe zusammen mit Christine Karst das Hotel.«

Die Begrüßung war formell, obwohl Sofia und sie einander schon bei einer Reihe von Gelegenheiten begegnet waren. Mona Höglund stand offenkundig unter

Schock. Ihre Hände zitterten, als sie dorthin wies, wo die Leiche lag.

»Ich war es, die ...«, begann sie und zeigte etwas unbeholfen zu der Steinböschung am Wasser hinunter.

»Sind Sie hingegangen und haben die Leiche angefasst?«

»Ja. Erst dachte ich, dass er nur ohnmächtig sei. Erst als ich näher kam, sah ich die Wunde am Kopf.« Sie räusperte sich, damit ihre Stimme nicht brach. »Ich habe gefühlt, ob er noch Puls hat. Ich bin ausgebildete Krankenschwester.«

»Wissen Sie, wer es ist?«

»Er hat gestern eingecheckt. Ich muss den Namen heraussuchen«, antwortete Mona, ohne sie anzusehen.

Sofia nickte und zeigte auf die junge Bedienung, die neben ihnen stand.

»Laufen Sie ins Hotel hinauf und holen Sie eine Decke oder ein Laken, um ihn zuzudecken!« Dann wandte sie sich Mona zu. »Bitte halten Sie das hier fest, ich will versuchen, das Gelände abzusperren.«

Die Frau nahm gehorsam ein Ende der Wäscheleine, die Sofia dann zwischen zwei Laternenpfähle zog, um den Weg zu dem steinigen Abhang abzusperren. Sie betrachtete ihr Werk und stellte fest, dass es auf jeden Fall Menschen daran hindern würde, zum Wasser hinunterzugehen, wo die Leiche lag. Als sie fertig war, kam auch die Bedienung mit der Decke zurück. Sofia nahm sie entgegen und kletterte vorsichtig die steile, steinige Böschung hinab, in der Hoffnung, keine Spuren zu zerstören. Obwohl sie weder Handschuhe noch Füßlinge oder

Schrittplatten zur Verfügung hatte, wollte sie doch nicht länger damit warten, die Leiche zuzudecken. Schon bald würden die Bootsgäste aufwachen und sich auf den Weg zu Toiletten und Duschen machen.

Sofia ging in die Hocke, schaute übers Wasser und holte tief Luft. Dann sah sie die Leiche an.

Der Mann lag auf dem Rücken, Arme und Beine wie bei einem Seestern ausgestreckt. Nur der Kopf und eine Schulter lagen an Land, der Rest des Körpers befand sich im Wasser. Die Haut schimmerte weiß und wirkte unter der Oberfläche aufgeweicht. Der Pullover war hochgerutscht, und der Brustkorb war nackt und wirkte unnatürlich mager, fast eingesunken. Ein Auge war blutverkrustet, das andere starrte blicklos zum Himmel. Auf der Stirn hatte er mehrere Schürfwunden, aber der Körper war nicht aufgedunsen oder verfärbt. Über dem rechten Ohr klaffte eine offene Wunde, und etwas Klebriges war ins Haar gesickert. Es war offensichtlich, dass dem Mann nicht mehr geholfen werden konnte.

Die Insel zählte nur um die dreißig echte Einwohner, und Sofia konnte sogleich feststellen, dass es sich hier um einen Besucher handelte. Sie deckte auf möglichst würdevolle Weise die Decke über den Mann, wandte sich um und sah Vera, die gerade mit einem Kriminaltechniker im Schlepptau auf die Behelfsabsperrung zustiefelte. Ihre hochgewachsene Figur warf lange Schatten über den Strand, und die Füße in Größe zweiundvierzig steckten in Plastikfüßlingen.

»Was zum Teufel noch mal ist denn hier passiert?« Ihre Stimme hallte über die Bucht. Kriminalkommissarin Vera Nordlund pflegte eine etwas ungewöhnliche Sprache. Sofia kannte niemanden, der so viele Kraftausdrücke in einem einzigen Satz unterbringen konnte.

»Es sieht nicht so aus, als hätte er sonderlich lange hier gelegen.« Sofia sah über den Strand. Das Wasser kräuselte sich in der leichten Brise, aber ansonsten war alles still. »Glaubst du, dass wir es mit einem Unfall zu tun haben?«

Vera hob die Decke an und betrachtete die Leiche, ohne zu antworten. Sie schob die Brille auf die Stirn und beugte sich näher hinunter. Ihre Nasenlöcher weiteten sich.

»Zumindest riecht er nicht nach Alkohol, aber für einen Unfall sieht das schon verdammt brutal aus.«

Sofia nickte.

»Mal abwarten, was die Techniker sagen. Die Gerichtsmedizinerin aus Umeå ist unterwegs hierher.«

Ein paar Stunden später war das Hotel voll erwacht. Die Frühaufsteher unter den Gästen, die sich zum Frühstück auf die Terrasse begeben hatten, starrten neugierig einen der Hundeführer an, der auf dem Steg auf und ab ging. Obwohl langes Feiertagswochenende war, hatten sie es geschafft, zwei Hunde zu besorgen. Sofia konnte den anderen weit draußen auf dem steilen Steinstrand erkennen. Die Schäferhündin wedelte mit dem Schwanz, um das Gleichgewicht zu halten, als sie zum Wasser hinunterlief.

Am Ufer war ein weißes Zelt aufgestellt worden, um die Leiche, die immer noch im Wasser lag, vor Blicken zu schützen. Eine Reihe herbeigerufener Polizisten stand in einem Kreis bei der Absperrung. Als Sofia näher kam, sah sie Mattias neben Vera stehen und telefonieren. Insgesamt waren sie zu acht – mehrere Kollegen vom gleichen Revier hatten ihren Urlaub abbrechen müssen. Sofia lächelte David, einem der Polizeianwärter, mitleidig zu, der besonderes Pech gehabt hatte, als er heute Morgen ans Telefon ging. Er war auf einem Familienfest gewesen und noch nicht einmal ins Bett gekommen. Sicher waren außer ihm noch andere in eigentlich viel zu schlechtem Zustand, um arbeiten zu können, aber jetzt wurden alle gebraucht.

»Okay, können wir uns hier mal alle versammeln?« Vera winkte ihnen zu, und der Kreis rückte enger um sie zusammen. »Also, unser Opfer ist um fünf Minuten vor halb fünf hier unten auf der Böschung von einer Angestellten des Hotels gefunden worden. Der Mann hat erkennbare Verletzungen am Kopf. Das Gelände ist abgesperrt, und unsere Gerichtsmedizinerin Caroline Fridell ist eben angekommen. Wie immer möchte sie, dass wir uns von der Leiche fernhalten. Macht, was sie sagt, sonst gibt es ein Mordstheater.« Vera warf einen Blick auf ihre Armbanduhr und wies nach Westen. »Die erste Fähre ist bereits gefahren. Wir haben exakt vier Stunden, ehe die nächste geht. Im Moment betrachten wir den Fall als Gewaltverbrechen, und ich möchte, dass ihr das übliche Prozedere befolgt. Keine verdammten Wildwest-Verhöre.«

Einer der Techniker in Schutzoverall entschuldigte sich und drängte sich an der Gruppe vorbei. Er flüsterte Vera ein paar Worte zu, ehe er runter zum Zelt verschwand.

»Wir haben keine Erlaubnis erhalten, den kommerziellen Fährbetrieb stillzulegen, und unsere Befragungen werden Verspätungen verursachen, stellt euch also auf eine Menge Gemecker ein. Es wird ein höllisches Theater geben, wenn all die verkaterten Touristen versuchen werden, hier wegzukommen. Wir müssen mit so vielen wie möglich reden, ehe sie die Insel verlassen!«

Der restliche Tag verlief chaotisch. Nach einem kurzen Verhör wurde die junge Bedienung zusammen mit Mona Höglund, die ja die Leiche gefunden hatte, ins Krankenhaus von Örnsköldsvik gebracht. Eine Befragungsrunde bei den Inselbewohnern in der Nachbarschaft war ohne Ergebnis geblieben. Vera hatte Mattias gebeten, ihr bei der Vernehmung der Hotelgäste zu helfen, und das Personal hatte aus dem Konferenzsaal des Hotels einen provisorischen Verhörraum gemacht. Es grämte Sofia natürlich, dass sie nicht auch von Vera gefragt worden war, aber sie wusste, dass es keinen Sinn hatte zu protestieren. Stattdessen stand sie mit zwei Kollegen zusammen und notierte Namen und Telefonnummern von allen, die auf die Fähre warteten. Zu Anfang waren die meisten entgegenkommend und ehrlich entsetzt über den Todesfall, doch je länger sie in der sengenden Hitze herumstehen mussten, desto unleidlicher wurden die Leute. Mehrere Stunden waren vergangen, ohne dass sie einen einzigen vielversprechenden Tipp erhalten hätten. Niemand hatte etwas Ungewöhnliches gehört oder gesehen.

11.

Als Fredrik aufwachte, wusste er erst nicht, wo er sich befand. Er blinzelte angestrengt und sah sich um. Die Wand neben ihm war mit weißen Holzpaneelen verkleidet, und im Zimmer zog es. Sein Nacken schmerzte, und er lag in einem seltsamen Winkel. Als er um sich herumtastete, spürte er kalte Emaille an den Fingern.

Die Badewanne.

Seine Armbanduhr zeigte ihm, dass Mittag schon vorbei war. Mit großem Kraftaufwand hievte sich Fredrik aus der Wanne und landete mit einem Rumms auf dem Boden. Er schaffte es gerade so zur Toilette zu kriechen, als sein Magen sich auch schon umdrehte. Ermattet lehnte er sich an die Badezimmerwand und schloss die Augen. Blätterte die mageren Erinnerungen vom gestrigen Tag durch, konnte sich aber nicht erinnern, wie viele Gläser er getrunken hatte, nachdem er zur Hotelbar hinuntergegangen war. Ein diffuses Erinnerungsbild von einer Bedienung, die fragte, wie es ihm gehe, zog vorüber. Und dann war da noch irgendwas mit Adam Ceder.

Plötzlich sah er Ceders Gesicht vor sich. Angespannte Kiefer und vor Zorn zitternde Hände. *Was tun Sie hier? Verfolgen Sie mich? Lassen Sie mich in Ruhe, Sie werden es sonst bereuen, das verspreche ich Ihnen!* Die Worte klingelten in seinem Kopf. Er hatte ganz dicht vor ihm gestanden. So dicht, dass er Ceders Atem wie wütende Luftstöße im Gesicht gespürt hatte. Oder hatte er das geträumt? Hatte er etwas von Niklas gesagt? Er konnte sich nicht erinnern. Das Letzte, was er noch wusste, war, dass jemand ihm aufs Zimmer geholfen hatte, aber dann war alles dunkel.

Nachdem er geduscht und das Hotelzimmer einigermaßen aufgeräumt hatte, begann Fredrik, seine Sachen zu packen. Das ging schnell, weil er ja kaum etwas dabeihatte. Er stellte die Stofftasche an die Tür und kehrte ins Zimmer zurück, um ein letztes Mal zu kontrollieren, ob er am Abend zuvor nicht irgendetwas umgeworfen oder kaputt gemacht hatte.

Und da entdeckte er sie.

Die Tasche unter dem Bett.

Die musste jemand dort vergessen haben, und er hatte sie beim Einchecken nicht bemerkt, dachte er zuerst. Er setzte sich auf die Bettkante und zog die Tasche hervor. Es handelte sich um eine schwarze Sporttasche, deren Logo auf der Außenseite von ihrer Herkunft aus einem der teureren Läden zeugte. Vorsichtig zog Fredrik den Reißverschluss auf. Ein paar Hemden, ein paar Hosen, ein Rasierapparat, ein Necessaire, eine Plastikmappe mit Papieren und ein silberner Laptop. Dasselbe Modell, das er zu Hause auch hatte. Er drehte und wendete den Rechner, konnte aber keinen Hinweis darauf finden, wem er gehörte.

Bis er ihn aufklappte.

Erschrocken ließ er den Laptop auf das Bett fallen und wischte sich die Hände an der Hose ab, als wäre er von einem ansteckenden Virus befallen. Sofort juckte es wieder, und er kratzte sich nervös den Handrücken. Sein Blick blieb an einem Aufkleber hängen.

Adam Ceder, Ceder City East. Hinter dem Namen stand eine Telefonnummer.

Wie zum Teufel war die Tasche in seinem Zimmer gelandet? Hatte er bei Ceder eingebrochen? Alles, woran Fredrik sich erinnerte, war, dass ihre Unterhaltung kurz und laut gewesen war und sie dann getrennte Wege gegangen waren. Oder nicht?

Natürlich musste er die Tasche zurückgeben. Das hier ging viel zu weit. Was fiel ihm nur ein? Verfolgte einen Fremden und stahl seine Sachen. Und warum sollte Ceder über Niklas gelogen haben? Welchen Grund könnte er dafür haben? Keinen. Wohl wissend, dass seit dem Abend zuvor weitere Tabletten fehlten, fuhr Fredrik mit der Hand über den Blister in seiner Tasche. Das hier musste ein Ende haben. Diese Tabletten zerstörten sein Leben. Verschoben seine Wahrnehmung der Realität. Vielleicht war es jetzt wirklich an der Zeit, endlich die Wurzel des Problems anzugehen, anstatt es mit Medikamenten zu überdecken, die nur noch mehr Probleme schufen. Er musste nach Hause. Im schlimmsten Fall würde Ceder ihn anzeigen, aber das musste er dann eben aushalten. Er würde von seinem Hintergrund erzählen, von den Tabletten und dem Alkohol. Ceder um Entschuldigung bitten und diese ganze idiotische Geschichte vergessen.

Und Niklas auch.

Außerdem würde er, sowie das Mittsommerwochenende vorbei war, Torsten aufsuchen, um mit ihm über diese Einweisung in die Klinik in Sundsvall zu sprechen. Ja, das würde er tun.

Dann hatte er eine Idee. Er könnte doch die Tasche mitnehmen und an der Rezeption abgeben. Auf diese Weise würde er das Richtige tun, aber einer Anzeige aus dem Weg gehen. Er könnte sagen, er habe sie im Flur gefunden. Da er sich ja nicht erinnerte, könnte es durchaus genauso gewesen sein.

Eine junge Frau mit aschblondem Haar, das sie zu einem Dutt gedreht trug, stand hinter dem Tresen und sprach mit einem Polizisten in Uniform.

»Ich würde gern auschecken. Fredrik Fröding.«

Die Rezeptionistin suchte nach seinem Namen auf einer Liste und nickte dem Polizisten zu.

»Das ist der Letzte.« Der Polizist stand da und betrachtete Fredrik.

Verdammt. Er konnte die Tasche ja wohl nicht gut vor der Nase eines Polizisten zurückgeben.

Die Frau an der Rezeption riss die Liste vom Block und gab sie dem Polizisten, der sie mit dem Handy abfotografierte, aber keine Anstalten machte, sich zu entfernen.

»Ist etwas passiert?«, fragte Fredrik, ohne den Polizisten anzusehen.

»Ein Unfall«, murmelte die Rezeptionistin, während sie Fredriks Kreditkarte in den Kartenleser steckte. Nichts geschah.

»Ich glaube, der Chip ist kaputt. Haben Sie eine andere Karte?«

Fredrik schüttelte den Kopf. In seinem Magen zog es immer noch.

»Ich probiere es noch einmal.« Kurz darauf surrte die Quittung aus dem Apparat. Der Brechreiz kam jetzt in Wellen, aber Fredrik gelang es, ihn zu unterdrücken. Er nahm die Quittung entgegen und wollte schon zum Ausgang gehen, als ihn eine Hand auf seinem Arm aufhielt.

»Kommen Sie bitte mit mir.«

Fredrik sah den Polizisten an.

»Warum denn?«

Der Uniformierte antwortete nicht, sondern bedeutete ihm mit einer Geste, ihm die Treppe hinaufzufolgen. Fredrik begriff nicht, wie die Polizei bereits von der Tasche wissen konnte, machte aber keinerlei Anstalten zu protestieren. Aber wie sollte Ceder denn wissen können, dass ausgerechnet er die Tasche gestohlen hatte? Hatte er Fredrik auf frischer Tat ertappt? Mein Gott, er konnte sich aber auch an so gut wie gar nichts mehr vom vorigen Abend erinnern.

Es spielte keine Rolle, wie sie es erfahren hatten. Es genügte, dass sie es wussten. Aus der Sache konnte er sich jetzt nicht mehr rausstehlen.

Der uniformierte Polizist blieb vor einer großen Doppeltür im ersten Stock stehen und wies ihn an hineinzugehen. Jemand hatte in einen Raum, der scheinbar ein Konferenzsaal war, einen Klapptisch und drei

Stühle gestellt. Das restliche Mobiliar stand an der Wand entlang. Durchs Fenster konnte Fredrik das Meer sehen.

Am Tisch saß ein hochgewachsener blonder Mann in seinem Alter. Der dunkelblaue Pullover mit dem Emblem der Polizei spannte um die muskulösen Oberarme. Er war geradezu lächerlich attraktiv und schien sehr wohl darum zu wissen. Neben ihm saß eine ebenso hochgewachsene Frau in grauem Jackett. Sie erhob sich, kam ihm entgegen und reichte ihm die Hand. Das kurze Haar war in einer pflaumenroten Nuance gefärbt, und um die Schläfen herum changierte es in Grau. Sie strahlte Ruhe und eine offensichtliche Autorität aus.

»Vera Nordlund.«

Der Mann auf der anderen Seite des Tisches neigte kurz den Kopf zur Begrüßung, sagte aber nichts.

Vera Nordlund legte souverän eine Hand auf Fredriks Schulter und wies ihm einen Stuhl an. Die Geste war wohlwollend, irritierte ihn aber dennoch.

Sie setzte sich wieder und schob ein paar Papiere, die vor ihr auf dem Tisch lagen, zusammen, legte sich ihren Notizblock zurecht und sah ihn an.

»Nun, dann fangen wir vielleicht mal an, oder?«

Sie schaltete das Tonbandgerät ein, das zwischen ihnen auf dem Tisch stand.

»Zeugenverhör mit Fredrik Fröding. Samstag, 22. Juni. Zugegen sind Kriminalkommissarin Vera Nordlund und Polizeiinspektor Mattias Wikström.« Sie schob das Gerät näher zu Fredrik und lehnte sich auf ihrem Stuhl zurück.

»Sind Sie darüber informiert, dass wir hier auf Ulvön heute Morgen einen toten Mann gefunden haben?«

Fredrik schüttelte den Kopf.

»Sie müssen Ja oder Nein antworten«, erklärte Vera freundlich und zeigte auf das Tonbandgerät.

»Nein.«

»Wir haben den Verdacht, dass es sich um ein Verbrechen handelt.«

Fredrik sah von dem blonden Polizisten zu Vera.

»Wann sind Sie auf die Insel gekommen?«

»Gestern, am Mittsommerabend. Ich bin von Stockholm hierhergefahren.«

Vera machte sich interessiert Notizen, obwohl das Gerät alles aufnahm.

»Kann das jemand bezeugen?«

Fredrik nestelte ein Bündel Quittungen aus der Tasche seiner Lederjacke und fand das Fährticket.

Vera Nordlund zog eine Lesebrille aus der Brusttasche und betrachtete das Ticket eine Weile, um es dann, ohne zu fragen, ob sie es behalten durfte, in einen Plastikbeutel zu schieben.

»Haben Sie im Laufe des Abends etwas Ungewöhnliches bemerkt? Jemanden, der sich seltsam verhalten hat? Jemanden, der sich mit irgendwem gestritten hat?«

Fredrik schüttelte den Kopf, und Vera zeigte wieder auf das Tonbandgerät.

»Nein.«

»Sind Sie sicher?«

»Ja.«

»Wo arbeiten Sie?«, flocht Mattias ein.

»Ich bin Sachbearbeiter in der Pass-Stelle in Sollentuna.«

Mattias grinste und gab einen Laut von sich, der wie ein Kichern klang.

»Haben Sie einen Hintergrund als Polizist?«, fragte Vera neugierig.

»Ich war auf der Polizeihochschule, habe aber meine Anwärterzeit nicht abgeschlossen. Was hat das mit der Sache zu tun?«

Sie hob ihre Hand in einer abwehrenden Geste und schüttelte den Kopf.

»Nichts, wir finden es nur immer interessant, einen Kollegen zu treffen. Wo waren Sie gestern Abend?«

»Hier im Hotel. Ich war den ganzen Tag gefahren und entsprechend müde. Ich habe ein Glas Wein an der Bar getrunken und bin dann ins Bett gegangen.«

»Mit anderen Worten keine große Mittsommerparty?« Vera schnalzte mit der Zunge. Der Ton war sanft, doch klang eine gewisse Schärfe durch.

»Gibt es jemanden, der das bestätigen kann? Ich meine, dass Sie den ganzen Abend hier waren?«

»Da war eine Bedienung …«

Mattias zückte den Stift.

»Name?«

Fredrik schüttelte den Kopf.

Vera schob ihren Stuhl zurück und erhob sich.

»Warten Sie bitte einen Augenblick hier. Ich bin gleich zurück.«

Mattias blieb sitzen und sah ihn abschätzig an, während Vera den Raum verließ. Fredrik hielt den Blick gesenkt, ohne den Versuch zu unternehmen, ein Gespräch zu beginnen. Nach ein paar Minuten war Vera zurück.

»Ja, also, Fredrik.« Sie trommelte mit den Fingern auf die Tischplatte, als sie sich setzte. »Ich habe mit einer der Bedienungen gesprochen. Sie erinnert sich sehr gut an Sie. Möchten Sie, was den gestrigen Abend angeht, noch etwas hinzufügen?«

Fredrik wand sich auf dem Stuhl.

»Ich war wohl ziemlich angetrunken«, murmelte er.

»Entschuldigung? Ich habe sie nicht verstanden.«

»Ich war betrunken. Ich hatte zu viel getrunken, und ... ich war ganz einfach besoffen.«

»Die Kellnerin sagt, Sie seien so betrunken gewesen, dass man Sie nicht mehr bedient habe.«

»Das stimmt wahrscheinlich.« Er zuckte verlegen mit den Schultern. »Ich weiß nicht, wie spät es war, aber ich glaube, die Bar war geschlossen, als ich ging.«

»Haben Sie danach mit jemandem gesprochen?«

»Mit der Rezeptionistin. Sie hat mich nach oben gebracht.«

»Sie müssen lauter sprechen!« Vera schob das Tonbandgerät näher zu ihm hin. »Hat jemand vom Personal Ihnen in Ihr Zimmer geholfen?«

Fredrik nickte.

»Oder nein, nicht ins Zimmer, glaube ich. Ich erinnere mich nicht richtig.«

»Sie erinnern sich nicht richtig«, echote Vera. »Können Sie vielleicht aus Ihrem Gedächtnis fischen, wie sie hieß?«

»Ihren Nachnamen weiß ich nicht, aber es könnte sein, dass sie mit Vornamen Mona hieß.«

»Sie hieß Mona Höglund und ist übrigens die Chefin des Hotels«, stellte Vera säuerlich fest. »Offensichtlich waren Sie nicht in der Lage, selbst aufzuschließen. Sie hat Sie um halb drei vor Ihrem Zimmer zurückgelassen. Stimmt das?«

»Das ist möglich«, gestand Fredrik mit einem Seufzen.

Ohne noch mehr zu sagen, sog Vera verärgert Luft durch die Zähne ein. Mattias holte ein Handy aus der Tasche und wischte darauf herum. Dann legte er das Gerät mit einem Knallen vor Fredrik auf den Tisch und klopfte auffordernd aufs Display.

»Erkennen Sie ihn?«

Fredrik spürte, wie ihm die Luft abgeschnürt wurde. Er wollte den Blick abwenden, konnte ihn aber nicht von dem makabren Foto losreißen. Darauf war ein Mann zu sehen, der auf einem Steinstrand lag. Die rechte Seite des Kopfes war blutig, und die roten Haare hingen in klebrigen Zotteln um das eine Ohr. Fredrik unterdrückte erneut einen Brechreiz und sah auf. Die Kriminalkommissarin betrachtete ihn ruhig.

»Ist er das, der …?« Seine Hände wanderten aufeinander zu.

»Haben Sie ihn schon einmal gesehen?«

Ja.

Fredrik schüttelte ruckartig den Kopf. »Nein.«

»Sind Sie sicher? Er hat nämlich diese Nacht hier im Hotel gewohnt.«

Fredrik konnte sich an nichts außer an ihren kurzen Wortwechsel erinnern. Was war eigentlich passiert? Mein Gott, glaubte die Polizei etwa, dass er …

Die Wände des Raumes schienen sich auf ihn zuzubewegen. Er würde niemals hier wegkommen. Sie würden ihn festnehmen. Kein Alibi und Ceders Tasche dabei. Er schielte zu Vera hoch und meinte, lange Wolfszähne aus ihrem Mund wachsen zu sehen. In seinem Kopf drehte sich alles, und er packte die Armlehne des Stuhls, um nicht nach vorn zu krachen.

Hatte er einen Menschen getötet?

Hatte er Adam Ceder getötet?

Fredrik öffnete den Mund. Er würde alles gestehen und die Polizei den Rest erledigen lassen. Doch Vera war schneller. Sie legte das Handy weg und sah ihn an.

»Nun denn, Fredrik. Danke, dass Sie sich die Zeit genommen haben. Wir wären Ihnen dankbar, wenn Sie sich in den kommenden Wochen erreichbar halten würden.« Sie zog eine Visitenkarte aus der Brusttasche und reichte sie über den Tisch.

»Wenn Ihnen noch irgendetwas einfällt, rufen Sie uns bitte an.«

Fredrik nickte, wagte aber nicht, einen der beiden anzusehen.

»Entschuldigen Sie, ich muss mal zur Toilette.«

»Raus und dann gleich rechts.« Vera zeigte auf den Flur.

»Danke.« Im Gehen fischte er die Tasche auf, die neben der Tür stand, und schob sich dann an dem Uniformierten vorbei, der immer noch draußen wartete. Seine Blicke brannten ihm im Rücken.

In seinem Kopf heulte ein Feueralarm. Fredrik sah die Tür mit dem WC-Schild, ging aber weiter. Die Beine bewegten sich, ohne dass er sie zu steuern vermochte, die Treppe hinunter und dann an der Rezeption vorbei. Nur noch wenige Schritte. Die Glastüren glitten lautlos vor ihm auf, er stand draußen.

Frei.

12.

Gegen Nachmittag brannte die Sonne auf die wartenden Passagiere nieder, aber niemand wollte seinen Platz
in der Schlange aufgeben, um Schatten zu suchen. Eben
hatte eine Fähre angelegt und die Gangway ausgefahren.
Im darauffolgenden Gedrängel wurde eine Frau ins
Wasser geschubst und musste wieder herausgefischt
werden, was weitere Verspätungen mit sich brachte.

»Was hast du?«, keuchte Mattias in Sofias Handy. Es
klang, als wäre er draußen unterwegs.

»Noch nichts.«

Er seufzte übertrieben. Als würde die gesamte Ermittlung damit stehen oder fallen, was Sofia in ein paar
Stunden Arbeit aus den Leuten rausquetschen konnte.

»Und ihr?«

»Würde ich anrufen, wenn ich was hätte?«

Das war immerhin ein kleiner Erfolg, wenn Mattias
auch nichts herausgefunden hatte.

»Ist das Sofia?« Im Hintergrund war Veras Stimme zu
hören. Offenbar hatte sie das Handy übernommen.

»Sprich weiter mit allen, die an Bord gehen, und mit
allen, die mit privaten Schiffen im Ankarviken liegen.
Wir haben zwei Mann auf dem Festland, die die Fähre
drüben am Köpmanholms-Kai erwarten.«

Vera trank etwas. Wahrscheinlich die zehnte Tasse Kaffee des Tages.

»Wir haben soeben den letzten Gast verhört. Niemand hat etwas gesehen oder gehört.«

»Das Personal?«

»Auch nichts. Aber die Identität wäre jedenfalls schon mal so gut wie festgestellt. Adam Ceder, der einzige Gast, der fehlt. Die Familie muss das natürlich noch bestätigen, aber höchstwahrscheinlich ist er es.«

»Adam Ceder, wie in Hotelkette Ceder?«

»Ja, das sagt jedenfalls die Hotelchefin Mona Höglund. Er hat gestern Nachmittag bei ihr eingecheckt, seither hat sie ihn aber nicht mehr gesehen. Die Techniker haben seinen Raum durchgekämmt, aber der war mehr oder weniger leer. Keine Koffer oder Wertsachen. Das Hotelzimmer war nicht der Tatort, das haben sie schon ausgeschlossen.«

»Keine Koffer?«

»Nein. Wir arbeiten daran, Zugang zum Serverraum hinter dem Rezeptionstresen zu bekommen. Da sind die Überwachungsvideos. Mona Höglund ist die Einzige, die den Code zu dem Raum besitzt, und sie ist noch im Krankenhaus.«

Vera räusperte sich geräuschvoll. »Wir werden jetzt erst mal alle Verhöre durchgehen, und dann müssen wir sehen, was die Gerichtsmedizin sagt.«

»Fahrt ihr zurück aufs Revier?«

»Ja, hier können wir nicht mehr viel tun. Die Küstenwache nimmt uns mit. Du, die Sache mit deiner Norwegenreise …«

Sofia hätte Vera am liebsten gebeten, sich zum Teufel zu scheren, und ihr Handy ins Meer geworfen.

»Ich schaue nur noch kurz nach dem Haus. Ich nehme dann morgen früh mein eigenes Boot zurück.«

*

Fredrik ging in Richtung Hafen, wo die Fähre ihn tags zuvor abgesetzt hatte. Er wollte sich beeilen, aber es ging nicht. Abgesehen von der Hand, die krampfhaft Ceders Tasche festhielt, fühlte sich sein Körper wie betäubt an.

Im starken Sonnenlicht lief ihm der Schweiß unter dem Hemd über den Körper. Er konnte einfach das Gefühl nicht abschütteln, dass ihm die hochgewachsene Kriminalkommissarin mit dem blonden Polizisten im Schlepptau auf den Fersen war. Ab und zu warf er einen Blick über die Schulter, doch da waren nur andere verschwitzte Reisende, die wie er mit starrem Blick zum Kai eilten.

Als er über den Hügel kam, blieb er stehen und schaute sich um. Verärgerte Menschen drängten sich zwischen Fahrrädern, Zelten, Lebensmitteltüten und Kinderwagen. Die Schlange zur Fähre ringelte sich an der Tankstelle vorbei bis weit den Schotterweg hinauf. Das Schiff fuhr gerade ein, und die Menschenmenge schob sich wie ein großes Etwas auf den Kai zu. Von der Mittsommeridylle des gestrigen Tages war nichts mehr zu spüren. Ein erschlagener Mann am Strand hatte dazu geführt, dass Hering und Tanz um den Mittsommerbaum mit einem Mal gegen Polizeiverhör und vorzeitige

Abreise ausgetauscht wurden. Mehrere uniformierte Polizisten kreisten um die Wartenden, stellten Fragen und machten Notizen. Fredrik registrierte mindestens vier von ihnen, die aussahen, als würden sie sich rückwärts durch die Schlange auf ihn zuarbeiten.

Er rieb sich mit den Handflächen über die Augen. Adam Ceder, den er fünfhundert Kilometer weit mit dem Auto verfolgt und dessen Tasche er jetzt in der Hand hatte, war tot. Unbegreiflich. Der saure Geschmack in seinem Mund ließ ihn angestrengt schlucken. Überall schienen die Menschen ihn anzustarren. Eine Mutter mit einem kleinen Mädchen an der Hand lehnte sich zu ihrem Mann und flüsterte etwas. Tuschelten die über ihn? Die beiden Polizisten, die am nächsten standen, schienen Blickkontakt mit ihm zu suchen. Je mehr er sie anstarrte, desto überzeugter war er, dass sie sich in seine Richtung bewegten. Er machte ein paar Schritte zurück, wobei er sofort der nächsten Person in der Schlange hinter ihm auf die Füße trat. Die ältere Frau mit weißen Segelschuhen und marineblauem Rock öffnete ihren verkniffenen Mund, um zu schimpfen, aber als sie seine aufgerissenen Augen und das schweißbedeckte Gesicht sah, überlegte sie es sich anders und ging ihm aus dem Weg.

Er musste hier weg. Die Fähre, die Polizei, die Tasche. *Adam Ceder war tot.* Seine Handrücken brannten wie Feuer, und er kratzte sich manisch mit den abgekauten Fingernägeln.

Fredrik murmelte eine Entschuldigung und entfernte sich, ohne die Polizisten aus den Augen zu lassen, aus der Schlange. Als er im Schatten hinter der Tankstelle war, begann er zu laufen.

*

Nachdem Sofia die letzten Befragungen abgeschlossen hatte, kehrte sie zum Hotel zurück, um ihren roten Golf zu holen. Noch ehe sie den Schlüssel ins Zündschloss steckte, wählte sie die Nummer von Eva, ihrer Assistentin und dem Mädchen für alles des Reviers, die zudem die einzige Kollegin war, die Sofia wirklich zu mögen schien.

»Sind Vera und Mattias schon zurück?«

»Vor einer Viertelstunde gekommen.«

Sofia ließ den Wagen an und setzte zurück Richtung Steg, wobei sie darauf achtete, nicht über die Ausrüstung der Techniker zu rollen, die direkt vorm Hoteleingang bei der Minigolfbahn zusammengepackt lag. Zwei der Kollegen waren dabei, das Zelt einzupacken und Schrittplatten und Fähnchen einzusammeln. Das blauweiße Absperrband war immer noch angebracht.

Sie war dankbar, dass die technische Untersuchung so schnell gegangen war. Nur wenige Stunden nach dem Auffinden der Leiche hatten sich schon verschiedene Unternehmen gemeldet. Geschäftsleute, Vermieter von Hütten, Restaurantbesitzer. Sie alle waren wirtschaftlich davon abhängig, dass die Touristen weiter auf die Insel strömen durften. Da sie Verbindungen sowohl zur Polizei als auch zur Insel hatte, war ihre Mailbox voller Anfragen, wie lange das Hotel von den Technikern belagert

100

sein würde und wann man damit rechnen könne, dass alles wieder beim Alten wäre. Natürlich wollte man die Ermittlungen nicht stören, fragte aber doch ergebenst, ob sie sich nicht ein bisschen beeilen könnten. Und obwohl es eigentlich geschmacklos war, an Geld zu denken, wenn jemand sein Leben verloren hatte, konnte sie die Sorge doch verstehen. Die Sommermonate waren schon kurz genug. Eine Unterbrechung des Stroms von zahlenden Besuchern könnte für Ulvön den Todesstoß bedeuten.

»Angeln abgesagt?«, erkundigte sich Eva mitleidsvoll.

Sofia brummte ins Handy, das sie zwischen Ohr und Schulter eingeklemmt hatte, während sie langsam den Schotterweg entlangfuhr. Es gab zwar nur ungefähr zwanzig Autos auf der Insel, aber dennoch waren der Autoverkehr und die Geschwindigkeitsbeschränkungen ein vieldiskutiertes Thema, und als Polizistin fand sie es wichtig, mit gutem Beispiel voranzugehen.

»Könntest du mir bei einer Sache helfen?«

»Klar.« Sofia hörte, wie Eva auf ihrer Tastatur tippte, während sie sprach.

»Kannst du bitte eine Christine Karst für mich überprüfen?«

Vera hatte gesagt, Mona Höglund sei die Einzige, die im Besitz des Codes zum Serverraum sei, doch Sofia nahm an, dass die Besitzerin des Hotels auch Zugang dazu haben musste, auch wenn sie inzwischen nur noch selten oder nie einen Fuß auf die Insel setzte. Vor Mattias an die Bilder der Überwachungskamera heranzukommen wäre ein ziemliches Erfolgserlebnis.

»Karst?« Eva scrollte am anderen Ende schnell mit der Maus. »Sie haben schon versucht, die Dame zu erreichen. Mattias war vorhin hier und hat mich gebeten, Informationen über sie zu beschaffen.«

»Okay.« Sofia versuchte, nicht sauer zu klingen. Eva hatte die Tendenz, aus ihrem Glaskasten mitten im Polizeihaus heraus allerhand Gerüchte über Rivalität und Konflikte zu befeuern.

»Ich bin jetzt zu Hause. Wir sehen uns morgen.«

Eva legte auf, und Sofia schaltete den Motor aus, verharrte aber mit der Hand auf dem Türgriff des Wagens.

Da saß jemand auf der Veranda.

13.

Das knirschende Geräusch vom Kiesweg ließ Fredrik zusammenfahren. Er war an die Haustür gelehnt eingeschlafen, und im Moment des Erwachens sah er auch schon Sofias misstrauischen Blick durch die Scheibe eines roten Golfs. Er packte das Verandageländer und versuchte, sich auf die Füße zu ziehen, musste sich aber wieder setzen. Da er vergessen hatte, dass die Tasche auf seinem Schoß lag, purzelte diese jetzt die Treppe hinunter und auf den Kiesweg. Langsam öffnete Sofia die Tür und stieg aus dem Auto.

»Fredrik? Bist du den ganzen Weg hierhergelaufen?«

Es rauschte unangenehm in den Ohren, und saurer Mageninhalt wanderte seine Kehle hoch.

»Ist etwas passiert? Ich meine, du bist natürlich willkommen, aber …« Sie schlug die Autotür zu und sah mit zusammengekniffenen Augen in die tief stehende Sonne. »… wenn man bedenkt, dass du fünfzehn Jahre lang nichts von dir hast hören lassen, kann man ja mal fragen.« Sie lächelte. »Übrigens siehst du aus, als hätte man dich durch die Mangel gedreht.«

Mit ein paar Schritten war sie bei ihm und half ihm auf die Füße. Noch ehe er sie aufhalten konnte, hatte sie die Tasche genommen und sich über die Schulter geworfen. Sie zuckte zusammen, als der Laptop ihr in den Rücken knallte.

»Mein Gott, was hast du denn da drin? Ziegelsteine?«

Fredrik versuchte ein Lachen, das aber mehr wie ein raues Krächzen klang. Er hatte keine andere Wahl, als Sofia ins Haus zu folgen. Sie stellte die Tasche hinter der Tür ab und warf ihre Schlüssel in eine Schale, die auf einem blau angestrichenen Büfett stand. Rechts ging eine Treppe ins obere Stockwerk ab, und geradeaus sah er die Küche und den meilenweiten Meerblick aus dem Küchenfenster. Sofia ging vor ihm durchs Haus und öffnete die Terrassentür im Wohnzimmer. Sie zeigte auf die blau gestrichenen Holzgartenmöbel, und er ließ sich nieder.

»Saft oder Wasser?«

»Wasser, bitte.«

Sofia verschwand im Haus, sprach aber weiter durch die offene Tür mit ihm.

»Schwer Mittsommer gefeiert?«

Noch ehe Fredrik antworten konnte, war sie mit zwei Gläsern zurück. Sie gab ihm das eine und setzte sich dann in den Schaukelstuhl ihm gegenüber.

»Wohnst du im Hotel?«

Er sah sie an und schüttelte den Kopf. »Nein, ich habe ausgecheckt. Ich muss nach Hause.«

»Aber du hast gehört, was passiert ist, oder?«

Er nickte.

»Aber ich habe nichts Ungewöhnliches bemerkt«, beeilte er sich zu sagen. »Hatte zu viel getrunken und bin dann schlafen gegangen.«

Fredrik schaute übers Wasser zur Sonne, die sich allmählich auf den Horizont zubewegte. Draußen bei einer der Schären kreiste ein Schwarm Fischmöwen über einer unsichtbaren Beute. Dasselbe schreckliche Meer, aber von Sofias Terrasse aus wirkte es fast friedlich.

Sofia trank einen Schluck Wasser und sah ihn über das Glas hinweg an.

»Wie geht es dir eigentlich?«

»Nicht so gut.«

Fragend zog sie eine Augenbraue hoch.

»Warum nicht?«

»Also, ich habe ein Angst-Problem. Manchmal muss ich Tabletten nehmen, weil … Ich war auch ein paarmal schon im Krankenhaus deswegen.« Schamerfüllt begegnete er Sofias Blick.

Sie sahen einander einen Moment an.

»Du siehst aus, als könntest du etwas Schlaf gebrauchen«, sagte Sofia schließlich.

Die sanft, aber bestimmt klingende Stimme ließ ihn spüren, wie erschöpft er war.

»Ist es okay, wenn ich mich ein bisschen hinlege?«

»Das Bett im Gästezimmer ist bezogen.«

SONNTAG, 23. JUNI 2019

14.

Kaffeegeruch strich Sofia liebkosend um die Nase, und sie drehte sich träge im Bett herum, um dann für ein paar Momente zurück in den Traum zu fallen. Sie war nackt, raue Hände streichelten ihren Körper ...

Dann, wie das Scheppern vom längst kaputten Wecker ihres Großvaters, ein lautes Klappern der Besteckschublade. Sie schlug die Augen auf. Die Erkenntnis, dass sie nicht allein im Haus war, spülte die letzten schlaftrunkenen Gedanken davon. Er war wirklich hier, geisterte nicht nur als nebliger Schatten durch einen erotischen Traum. Fredrik Fröding befand sich unten in ihrer Küche. Fünfzehn Jahre waren seit ihrem letzten gemeinsamen Wochenende vergangen. Das fühlte sich fast wie ein ganzes Leben an.

Als Sofia runterkam, hatte Fredrik den Tisch mit Kaffeetassen und Untertassen gedeckt, hatte Eier gekocht und das Sauerteigbrot herausgeholt, das Kaj dagelassen hatte. Er stand in Jeans mit nacktem Oberkörper an der Spüle und sah sie verlegen an, als sie sich setzte.

»Ich hoffe, es ist okay, dass ich geblieben bin. Ich war gestern so müde ...«

Sofia nickte und versuchte, ihren Blick möglichst nicht über den drahtigen Oberkörper wandern zu lassen.

Sie nahm sich eine Kaffeetasse und ein Ei. Eigentlich wusste sie nicht, ob es okay war. Konnte man nach so langer Zeit einfach wieder im Leben von jemandem auftauchen und so tun, als wäre nichts gewesen? Und war es ihre Pflicht, sich um seine Angst zu kümmern? Nein. Aber sie mochte es, ihn hierzuhaben.

»Wie geht es dir heute?«

»Besser. Ich musste wirklich schlafen.«

Sie aßen schweigend. Der Kaffee war stark wie Teer, an der Grenze zu ungenießbar, aber sie trank ihn trotzdem. Ließ ihn durch die Adern rinnen und den Körper wecken und schaute derweil übers Meer. Nichts kräuselte sich, und die Sonne schüttete Glitzer über die ganze Bucht. Heute würde sie schnell zum Festland rüberkommen. Sie drehte sich um und sah auf die Küchenuhr neben dem Kühlschrank.

»Ich muss zur Arbeit.«

»Am Sonntag?« Fredrik sah sie betrübt an. Ein Hundewelpenblick aus rot geränderten Augen, der direkt in ihre Seele zu dringen schien. Die Worte rutschten ihr aus dem Mund, noch ehe sie den Gedanken gefasst hatte.

»Wenn du willst, kannst du hierbleiben, aber ich komme wahrscheinlich erst ziemlich spät wieder.«

Seine Miene hellte sich auf.

»Das macht nichts.«

Sofia leerte die Kaffeetasse, stand auf und stellte sie ins Spülbecken.

Sie merkte, wie Fredrik ihr nachsah, als sie hinaus in die Diele ging, eine Schranktür öffnete und nach einem sauberen Polizeishirt suchte. Als sie zurückkam, hatte

Fredrik das Frühstück ebenfalls beendet und stellte gerade die Teller in die Spülmaschine. Sie zog sich Windjacke und Rucksack über.

»Versuch, nicht die ganze Küche abzufackeln, geht das?«

Fredrik drehte sich um und lächelte zum ersten Mal, seit sie ihn da draußen auf der Verandatreppe gefunden hatte.

Ein Lächeln, das tief in ihr Wurzeln schlug.

*

Fredrik sah Sofias Mahagoni-Boot lange nach, wie es über das blau schimmernde Meer verschwand und dabei einen weißen Saum aufgeschäumten Wassers hinterließ.

Bootshaus und Steg ganz unten auf dem Grundstück waren von einem steinigen Strand umgeben. Aus den Grasbüscheln neben der Stegbefestigung ragten trockene Schilfstängel. Das sah überhaupt nicht so furchterregend aus wie das Fährterminal im Hafen von Ulvön. Obwohl die ganze Situation absurd war, verspürte er doch eine innere Ruhe. Die akute Angst von gestern war verschwunden, und der Kater war auch weg. Er hatte noch Tabletten im Blister, hoffte aber, keine nehmen zu müssen.

Inzwischen waren vermutlich keine Touristen oder Polizisten mehr am Hafen. Vielleicht würde er jetzt unentdeckt mit der Tasche nach Hause abhauen können. Aber was wartete zu Hause? Die Einsamkeit in der Wohnung seiner Großmutter?

Er dachte an Sofia. Sie hatten sich nicht sonderlich gut gekannt, eigentlich gar nicht. Ein paar Tage waren alles, was sie zusammen gehabt hatten. Trotzdem war es gewesen, als würde man nach Hause finden. Für sie beide, glaubte er. Zwei einsame Suchende, die einander gefunden hatten.

Sie waren bei einem Sommerkurs in Kriminologie zufällig nebeneinander gelandet. Sie wollte Sozialwirtin werden, er selbst war fast fertiger Polizist und hatte eben seine Anwärterzeit begonnen. Er hatte sich diesen Beruf ausgesucht, auch weil seine Großmutter stolz gewesen wäre, und er belegte zusätzliche Kurse und arbeitete nebenher als Freiwilliger bei einer Organisation zum Schutz von Kindern. Er wollte etwas verändern und etwas zurückgeben.

Doch wenige Tage später waren die ersten Anzeigen für Veranstaltungen zum zehnjährigen Jahrestag der *Estonia*-Katastrophe aufgetaucht, und alles war den Bach runtergegangen. Sonderbeilagen, Gottesdienste, Gedenkfeiern. Wieder wurden die Tabletten zu seinem Rettungsanker, und es dauerte nicht lange, da hatte Torsten ihn in eine Klinik eingeliefert. Den Kurs besuchte er nie wieder, und er hatte Sofia nach den drei Tagen, die sie in seinem Bett verbracht hatten, nicht einmal angerufen.

Fredrik räumte den Tisch ab und schüttete den restlichen Kaffee in den Ausguss. Der war viel zu stark, und der Kaffeesatz lag wie ein teerverschmutzter Sandstrand auf dem Grund der Tasse. Er wusste nicht, wie man einen Perkolator bediente. Nach einem weiteren Versuch, ihn richtig zu befüllen, gab er auf, ließ den Kaffee auf der Spüle stehen und ging ins Gästezimmer. Sein Hemd hing über einem Stuhl, und daneben stand Ceders Tasche. Zusammen mit Stofftasche, Ladegerät und Brieftasche war das im Moment alles, was er in der Welt besaß.

Ihm war klar, dass er sich der Tasche entledigen sollte, aber er war auch neugierig. Gab es etwas darin, das erklären konnte, was Ceder zugestoßen war und warum das alles passiert war?

Fredrik legte den Inhalt der Tasche aufs Bett. Die Kleidung, das Necessaire, den Rasierapparat, den Computer und die Plastikmappe. Die Taschen der Hemden und Hosen waren leer. Er überprüfte alle mit Reißverschlüssen versehenen Fächer der Tasche und drehte sie schließlich auf links. Auf der Jagd nach einer Antwort zitterten seine Hände, obwohl er nicht wusste, wonach er eigentlich suchte. Er klappte den Laptop auf und schaltete ihn ein. Sofort erschien ein Eingabefeld für das Passwort. Er probierte *Adam, Ceder, Adam Ceder, Ceder Hotel*, doch keiner dieser fantasielosen Versuche funktionierte. Also klappte er den Laptop wieder zu und legte ihn in die leere Tasche zurück.

Vorsichtig schüttelte er die Papiere aus der Mappe und breitete sie auf dem Bett aus. Er zog sich den Stuhl heran und ließ das Hemd auf den Boden rutschen, blätterte die Dokumente aufs Geratewohl durch. Bankpapiere, Kreditinformationen, Kopien von Pfandbriefen, die sämtlich dem Hotel auf Ulvön zu gelten schienen. Fredrik starrte vor sich hin. Hatte Ceder auf das Hotel spekuliert? War sein Schicksal durch ein Geschäft besiegelt worden?

In der Mappe lag auch ein weißer Umschlag, der an Adam Ceder adressiert war. Als Fredrik den Poststempel näher betrachtete, erkannte er, dass der Brief erst vor wenigen Wochen verschickt worden war. Er öffnete ihn und zog ein gefaltetes A4-Blatt heraus, die Farbkopie eines Fotos. Der Datumsstempel in der rechten Ecke verriet, dass das Foto am 21. Juni 1979 gemacht worden war. Darauf war ein Pastor in schwarzem Mantel zu sehen, mit zehn Jugendlichen um sich herum, die etwas steif vor einem Mittsommerbaum aufgereiht standen. Ein Mädchen saß im Rollstuhl. Im Hintergrund war ein graues Holzgebäude mit einem Glockenturm zu erkennen. Es dauerte einen Moment, bis Fredrik die Kapelle erkannte, an der er auf dem Weg zum Ulvö Hotel vorbeigekommen war.

Ganz rechts außen stand ein magerer Junge mit leuchtend rotem Haar und Sommersprossen. Obwohl er auf der Fotografie vierzig Jahre jünger war, erkannte er ihn sofort.

Adam Ceder.

Als er das Bild näher betrachtete, sah er, dass jemand Ceders Augen anscheinend mit einer Nadel ausgestochen hatte.

Was zum Teufel war das hier? Er untersuchte den Umschlag noch einmal näher und entdeckte ein dünnes, vergilbtes Stück Papier, das scheinbar aus einem Buch gerissen worden war. Mit wachsendem Unbehagen las er den Absatz, der mit Tinte eingekreist war:

*Ein jeder gehe durch das Lager hin und her von
einem Tor zum andern und erschlage seinen Bruder,
Freund und Nächsten.*

War das eine Drohung? Hatte jemand versucht, Ceder
Angst zu machen? *Erschlage seinen Bruder, Freund und
Nächsten* … Könnte hier die Ursache für seinen Tod lie-
gen?

Fredrik wollte eben sein Handy nehmen, um nach Informationen über Ulvön Ende der Siebzigerjahre zu suchen, als ein Geräusch aus der Küche ihn innehalten
ließ. Ein breiter Schatten fiel von der Tür aus über ihn.

»Wer bist du?«

15.

Ulvön, 1979

Adam sitzt zusammen mit den anderen in der Küche. Der Regen prasselt wütend gegen die Fensterscheiben. Sie hätten heute gegen ein paar Jugendliche aus dem Dorf Fußball spielen sollen, aber das Wetter hat den Plan zunichtegemacht. Stattdessen drängen sie sich nun in der Küche und warten darauf, dass der Regen aufhört. Die Mädchen spielen an einem der Tische Monopoly, die Jungs an einem anderen Karten. Ester in ihrem Rollstuhl sitzt zusammen mit den russischen Mädchen im Raum nebenan. Sie spielen LPs und unterhalten sich in einer Mischung aus Englisch und Schwedisch.

Adam will mit keinem von ihnen etwas machen. Stattdessen sitzt er auf dem Fußboden, mit dem Rücken an die Küchenbank gelehnt, und blättert in einer Frauenzeitschrift. Im Aufenthaltsraum hat der Pastor ein Bücherregal, doch alles, was da steht, handelt von Gott. Jetzt liest er einen Artikel über einen neuen Ofen aus Amerika, bei dem zum Aufwärmen von Essen elektromagnetische Felder benutzt werden. Das klingt krass, findet er, ein bisschen wie Science-Fiction.

»Suchst du nach Kuchenrezepten, oder was?«, neckt ihn Thomas, der mit angezogenen Knien auf der Küchenbank liegt. Auf seinem Bauch hockt die rote Katze, die immer ums Haus streicht. Der Pastor sagt, dass sie das Tier nicht füttern dürfen, aber wenn Bodil und Ester es nicht sehen, tun sie es trotzdem. Die Katze schnurrt und streckt sich, wenn Thomas ihr den Rücken krault.

Mona sieht vom Spiel auf und rümpft die Nase über die Katze.

»Igitt. Du weißt schon, dass Katzen Läuse im Fell haben, oder?«

Thomas schert sich nicht um sie, sondern krault weiter die Katze. Die steht schon bald auf, springt schwergewichtig zu Adam hinunter und landet auf seiner Lektüre. Er lacht und zieht die Zeitschrift unter der Katze hervor. Die Seite über dem Ofen fällt ihren trampelnden Krallen zum Opfer.

»Aha, du möchtest also bei mir sein?«

Adam hat sich schon immer eine Katze gewünscht, aber seine Mutter sagt Nein. Sie will nicht eine Menge Katzenhaare im Haus haben. Er streicht dem Tier behutsam über den Rücken und hört, wie es schnurrt. Als niemand hinsieht, bohrt er seine Nase in den roten Pelz.

»Na, wie sollen wir dich nennen? Vielleicht Keks?«, flüstert er.

Marianne, die am nächsten sitzt, hört ihn, obwohl er flüstert. Die muss sich ja immer in alles einmischen.

»Keks? Was für ein blöder Name«, sagt sie lachend, und Christine stimmt ein. Die lässt einfach keine Gelegenheit aus, sich bei Marianne einzuschleimen.

»Gehst du mit raus, eine rauchen?« Mats kommt angeschlendert und wedelt mit einem Päckchen Zigaretten vor seinem Gesicht herum, aber Adam schüttelt den Kopf. Draußen gießt es in Strömen, und der Pastor hat gesagt, dass sie zu Hause bei ihm nicht rauchen oder trinken dürfen. Seine Mutter wäre nicht glücklich, wenn sie erführe, dass er sich danebenbenommen hat. Wieder einmal.

»Und du, Thomas?« Auch der schüttelt den Kopf. An der Tür trifft Mats auf Bodil, die älteste Tochter des Pastors. Sie schaut auf das Zigarettenpäckchen in seiner Hand, sagt aber nichts. Solange sie nicht drinnen rauchen, verpetzt sie sie normalerweise nicht bei Aron. Stattdessen geht sie zum Herd, hebt den Deckel vom Topf, in dem die Kartoffeln wie wild kochen, schaltet die Platte niedriger und legt den Deckel wieder drauf. Doch mitten in der Bewegung erstarrt sie und dreht sich um.

»Hast du eine Katze ins Haus geholt?« Ihre Stimme klingt laut und schneidend.

Thomas antwortet für Adam.

»Draußen regnet es, du blöde Kuh. Geh doch selbst raus, wenn du es so schön findest, nass zu werden.«

Wütend trocknet Bodil sich die Hände an der Schürze ab, die sie um ihre Taille gebunden hat.

»Bist du von Sinnen? Ester ist wahnsinnig allergisch gegen Katzen!«

Ester ist an die Türschwelle zur Küchentür gerollt und beobachtet aufmerksam Bodils Bewegungen, die jetzt auf Adam zumarschiert und nach der Katze greift. Er legt beschützend den Arm um das Tier, aber Bodil packt es am Nackenfell und reißt es hoch. Die Katze schreit vor Schmerz.

Noch ehe er reagieren kann, hat sie das Tier in die Diele hinausgezerrt und durch die geöffnete Haustür über das Treppengeländer weg in den Regen geschleudert.

»Du bist doch total bescheuert!« Wütend starrt Thomas Bodil an, doch die wäscht sich nur demonstrativ die Hände unter dem Wasserhahn und trocknet sie dann an der Schürze ab. Danach verlässt sie wortlos den Raum.

16.

Sofia legte an ihrem Liegeplatz beim Salzmagazin vor dem Hafen von Örnsköldsvik an und ging dann schnell durch die menschenleere Innenstadt zum Polizeirevier hinauf. Als sie das Gebäude betrat, verspürte sie ein stilles Vakuum. Der Empfang war noch nicht geöffnet, aber sie konnte Eva irgendwo hinter dem Glas rascheln hören. Es war Feiertag und Urlaubszeit, und das war deutlich zu merken.

Der Warteraum bestand aus drei nichtssagenden Holzsofas mit weinroten Stoffpolstern, etwas abgenutztem Plastikspielzeug und einem Eichentisch mit Informationsprospekten über Nachbarschaftshilfe gegen Einbruch. Nicht gerade einladend. Sie nickte dem dreihundert Kilo schweren ausgestopften Braunbären zu, der am kurzen Ende des Zimmers stand. Mit verdutztem Blick und schlapp herunterhängenden Tatzen blickte er über die wartenden Besucher. Auf einem Schild daneben wurde erklärt, dass der Bär vor einigen Jahren in Notwehr erschossen werden musste, doch da das Bärenkontingent des Schützen bereits erfüllt war, ging die Bestie an den Staat und war über die Naturschutzverwaltung auf dem Polizeirevier gelandet.

Sie zog ihre Schlüsselkarte durch den Scanner. Die

schwere braun lackierte Tür summte und schwang auf, und sie ging die Treppen zu ihrem Büro im ersten Stock hoch. Sofia legte den Rucksack auf den Besucherstuhl und schaltete das Licht ein. Die ganze Zeit musste sie an Fredrik denken, der jetzt bei ihr zu Hause war, in ihrem Haus. Ein warmes Gefühl durchzog ihren Magen, und ein Lächeln zuckte in ihren Mundwinkeln.

Sie steckte ihre Schlüsselkarte in das Lesegerät der Tastatur und fuhr den Computer hoch. Während der langsam auf Touren kam, ging sie in die Teeküche, um sich eine Tasse Kaffee zu holen.

»Ich dachte, du hast Urlaub.« Ein Kollege vom Wirtschaftsdezernat steckte den Kopf aus seinem Büro, als sie vorbeiging.

»Du weißt ja, wie das ist«, erwiderte Sofia mit einem Achselzucken.

»Ja, Augen auf bei der Berufswahl!« Der Kollege lachte und rollte auf seinem Bürostuhl zurück an den Schreibtisch.

Sofia gehörte nicht zu denen, die schon von klein auf Polizistin werden wollten, vielmehr hatte dieser Berufsstand ihr als Kind eigentlich immer eher Furcht eingeflößt. Ein Alltag voller unberechenbarer Menschen, Drogen, Gewalt und vor allem Alkohol. Eigentlich hatte sie Diplom-Sozialwirtin werden wollen, mit dem Wunsch, allen helfen zu können, die Vernachlässigung und Übergriffen ausgesetzt waren. Aber ein paar der Mädchen aus der Orientierungslaufmannschaft hatten vom Polizeiberuf geträumt. Idealistisch danach gelechzt, Gerechtigkeit in die Welt zu bringen. Als ihre Mutter davon hörte, regte sie sich ziemlich auf. Mädchen sollten ja wohl nicht draußen unterwegs sein und Mörder und Vergewaltiger jagen. Das hatte Sofia als Grund gereicht, eine Bewerbung an die Polizeihochschule zu schicken. Zuerst war es nur ein halbherziger Versuch gewesen, und im ersten Jahr hatte sie auch keinen Erfolg, doch im Laufe der Zeit verlockte der Gedanke, Polizistin zu werden, sie immer mehr. Die Rolle, in der sie sich sah, veränderte sich. Sie würde keine Kinder retten, die Ungerechtigkeiten ausgesetzt waren, sondern sie würde ihnen schon vorher helfen, indem sie verhinderte, dass es überhaupt nötig wurde. Obwohl sie nicht an der Polizeihochschule angenommen worden war, zog sie nach Stockholm und belegte Kurse in Soziologie und Kriminologie, während sie darauf wartete, sich erneut bewerben zu können. Beim zweiten Anlauf schaffte sie es bis zu den physischen Prüfungen, aber weil sie mit dem Konditionstraining im Rückstand war, verpasste sie die Marke im Laufwettbewerb um sechs Sekunden. Beim dritten Versuch wurde sie angenommen.

Nun war sie dreizehn Jahre im Polizeiberuf und hatte gelernt, ihre Arbeit zu lieben.

Es war niemand in der Küche, als sie nach unten kam. Während die Maschine mahlte und dann die Tasse mit frischem Kaffee gefüllt wurde, lehnte sie sich an die Spüle und blätterte aufs Geratewohl die ausliegenden Zeitungen durch. Die Lokalnachrichten erschienen sonntags nicht, aber die großen landesweiten Zeitungen berichteten alles über den Toten auf Ulvön. Es wurde spekuliert, ob er alkoholisiert ins Wasser gefallen und ertrunken war oder ob es sich um einen Mord handelte.

»Guten Morgen.«

Vera betrat die Kantine. Sie knipste die Klemme um eine Plastiktüte auf, die sie dann auf dem Küchentresen umdrehte und etwas grummelte, das mit etwas gutem Willen als »Bitte sehr« interpretiert werden konnte. Aus der Tüte fielen selbst gebackene Zimtschnecken, und Sofia hielt die Hände schützend davor, damit sie nicht auf den Fußboden kullerten. Vera knüllte die Tüte zusammen und drückte sie wortlos in den Mülleimer.

Kurz darauf kamen Mattias Wikström und Karim Jansson. Obwohl es noch so früh an einem Sonntagmorgen war, konnte man sie auf ihrem Weg durch den Flur lautstark diskutieren hören, womit sie einen echten Kontrast zu Veras säuerlicher Erscheinung darstellten.

Mattias hatte direkt im Anschluss an den Militärdienst die Polizeihochschule in Umeå besucht und unmittelbar nach dem Examen bei der Polizei in Örnsköldsvik angefangen. Er wohnte immer noch in seinem Heimatdorf nördlich der Stadt, allerdings mittlerweile mit Frau und Kindern. Nur selten verließ ihr Kollege das Land, Reisen vermied er sowohl privat als auch beruflich. Seine ganze Existenz schien um die Arbeit und die Fußball- und Hockeymannschaften seiner Töchter zu kreisen, die er selbst trainierte. Und um das Sommerhaus natürlich.

»Ich wusste gar nicht, dass du backst«, sagte Karim mit einem Lächeln zu Vera.

»Tue ich auch nicht«, brummelte diese sauer und griff

sich zwei Schnecken. »Bibliothek, und zwar jetzt!«, rief sie über die Schulter, ehe sie in Richtung Treppe durchstartete.

Karim ließ sich von der schlechten Laune seiner Chefin nicht beirren, sondern nahm sich zufrieden ein paar Zimtschnecken und nickte Sofia zu.

»Der Drache ist heute früh aufgewacht«, flüsterte er, als sie Vera die Treppe hinauf folgten.

Sofia lächelte. Karims Stimme war wie eine warme Decke. Sie hatte noch nie jemanden getroffen, dessen Satzmelodie eine solche Sicherheit ausstrahlte. Den finnisch-schwedisch-arabischen Akzent und die ungewöhnliche Kombination aus Vor- und Nachnamen hatte ihm seine finnlandschwedische Frau Irja Jansson verpasst. Sie hatten sich während ihres Hebammenpraktikums im Iran kennengelernt und waren zusammen nach Schweden gezogen. Inzwischen hatten sie vier Töchter, und genau wie Mattias war Karim stark in allen ihren verschiedenen Freizeitaktivitäten engagiert.

»Wie ihr schon gemerkt habt, besteht ein gewisses öffentliches Interesse an unserem Opfer. Adam Ceder war nicht nur in seinen Kreisen, sondern in der gesamten Wirtschaft sehr bekannt«, eröffnete Vera die Besprechung, als alle Platz genommen hatten. »Wir werden von den Medien in dieser Sache verdammt viel Druck kriegen.«

Mattias fuhr sich mit einer geübten Bewegung durchs Haar, stützte die Ellenbogen auf den Tisch und beugte sich etwas vor. Der Umgang mit den Medien war sein Paradefach. Sofia musste zugeben, dass Mattias ein attraktiver Mann war, zumindest äußerlich: Immer sonnengebräunt und in Seglermanier gut gekleidet erinnerte er mehr an eine Werbefigur für das Modelabel Gant als an einen Polizisten.

»Was wissen wir?«

»Sämtliche Besitztümer des Toten fehlen. Wir haben weder Portemonnaie noch Handy oder Kleidung gefunden. Die technische Untersuchung hat ergeben, dass er allerhöchstwahrscheinlich nicht an dem Strand gestorben ist, an dem er gefunden wurde. Um die Leiche herum gab es im Grunde kein Blut und auch keinerlei Anzeichen für einen Streit. Die Steine auf dem Abhang sind unberührt.«

»Und die Hunde?«, fragte Karim.

»Haben keine einzige Spur zu der Leiche oder von ihr weg aufgenommen, außer denen von Mona Höglund und Sofia.« Vera nahm zwei große Bissen von der Zimtschnecke, die sie in der Hand hielt.

»Beim allerersten Blick stellte die Gerichtsmedizinerin auf dem ganzen Körper verteilte Leichenflecken fest, was darauf hinweist, dass die Leiche möglicherweise eine Weile im Wasser getrieben ist. Hände und Füße lassen darauf schließen, dass er zumindest ein paar Stunden im Wasser gelegen haben muss. Sie hat so ungefähr einen Tag geschätzt, konnte aber vor der Obduktion unmöglich mehr sagen. Außer dass die Verletzung am Kopf nicht gerade auf einen Unfall hinweist.«

»Also Mord?«, stellte Sofia fest.

»Ja, genau. Also Mord.« Vera warf ihr einen düsteren Blick zu.

»Wann wird die Obduktion stattfinden?«, erkundigte sich Karim.

»Du weißt doch, wie das läuft. Ehe sie damit loslegen, müssen sie die Identität feststellen. Ich habe darum gebeten, dass von oben ein bisschen Druck gemacht wird, damit es schneller geht, aber es läuft eher darauf hinaus, dass wir warten müssen, bis sich jemand aus der Familie mal hierher verirrt, um ihn anzuschauen.«

»Wann kommt Marie?«

Sofia bereute sofort, diese Frage gestellt zu haben, denn sie ließ Vera noch brummiger aussehen. Marie Fransson, Staatsanwältin des Ermittlungsdezernats in Sundsvall, war der sanfteste Mensch in ganz Västernorrland und zu allem Überfluss noch eine hingebungsvolle Christin. Lauter Dinge, die Vera nicht war. Wie schon so oft würde sich Marie ihrer Gruppe, deren Auftrag in diesem Fall die kommunalen Grenzen überschritt, anschließen und die Ermittlungsarbeit leiten.

»Morgen. Wir müssen alles noch mal durchgehen, wenn sie hier ist, und dann entscheiden, wie wir weitermachen. Auf jeden Fall telefonieren wir so lange weiter die Zeugenlisten vom Tag nach dem Mittsommerfest durch und lesen die Vernehmungsprotokolle. Da waren viele Personen dabei, von denen wir bisher nur Namen und Telefonnummer haben.«

»In Ceders Hotelzimmer war niemand sonst eingecheckt«, sagte Sofia. »Es scheint, als sei er allein auf der Insel gewesen.«

»Aber ist es nicht viel zu früh, das zu sagen?« Empört richtete Mattias seinen Blick auf Vera. »Ceders Familie ist ja noch nicht einmal verhört worden! Nur weil ihn niemand als vermisst gemeldet hat, heißt das ja nicht, dass er allein dort war.«

Die Positionierung war eindeutig. Sofia war nicht gerade beliebt, das wusste sie. Einige der Kollegen tolerierten sie, manche plauderten sogar mit ihr, aber niemand fragte je, ob sie zum Mittagessen, After-Work oder zu einem Hockeyspiel mitkommen wollte, Mattias schon gar nicht. Dabei war er überhaupt nicht von der sexistischen Sorte, im Gegenteil. Mit zwei eigenen Töchtern brannte er für die Gleichberechtigung der Frau im Sport wie am Arbeitsplatz. Aber irgendwie schien sie alle Knöpfe bei ihm zu drücken. Ohne dass ihn jemand zurechtgewiesen oder ihm zugestimmt hätte, hatte er angefangen, sie »Eure Hoheit« zu nennen, wann immer sie zu spät kam oder Vorschläge machte, die auf ihre Erfahrungen als Ermittlerin in Stockholm gegründet waren. Schon oft hatte sich Sofia gefragt, ob das nicht den Tatbestand des Mobbings erfüllte, hatte es aber auf sich beruhen lassen. Bei der Chefin zu jammern, dass die Jungs in der Gang einem übel mitspielten, das war, als würde man um Degradierung betteln. Wer mitspielen wollte, musste die Regeln akzeptieren. Oder so ähnlich.

»Klar, er kann sich mit jemandem getroffen haben, den wir noch nicht verhört haben.« Sofia nickte Mattias zu.

»Die Kollegen in Stockholm haben mit Ceders Familie gesprochen. Der Vater ist verstorben, aber es gibt eine Mutter, Maj Ceder, und eine Schwester namens Nina Ceder, die an derselben Adresse in Älvsjö wohnt.«

»Wohnen sie zusammen?«, fragte Sofia.

»Es scheint irgendwas Zweigeschossiges mit eigenem Eingang zu sein. Ich kann Stockholm bitten, das in ihrer Aktennotiz deutlicher darzulegen, wenn du meinst, dass es für die Ermittlung von Bedeutung ist«, schlug Mattias mit höhnischem Grinsen vor.

Sofia schüttelte den Kopf, ohne seinen Blick zu erwidern.

»Ich weiß nicht, ob es interessant ist, aber die Schwester hat in Ystad im Gefängnis gesessen. Irgendwann Anfang der Achtzigerjahre zwar, aber immerhin.«

»Hoppla!«, sagte Karim.

»Tätliche Gewalt. Sie hat ihrem Exfreund eine Glasflasche über den Kopf gezogen. Das müssen wir uns mal näher ansehen. Sie wusste nichts davon, dass Ceder über Mittsommer nach Ulvön fahren wollte. Die Mutter stand unter Schock und konnte nicht befragt werden.«

»Und die Besitzerin des Hotels?« Karim blätterte in seinen Papieren auf der Suche nach dem Namen. »Christine Karst?«

Mattias schüttelte den Kopf. »Sie war nur für einen kurzen Besuch hier, soll aber am Freitag, also am Mittsommerabend, die Insel verlassen haben, um zurück zu ihrer Mutter nach Alicante zu reisen, wo sie seit ihrer Scheidung offensichtlich lebt. Wir haben weder sie noch die Mutter erreichen können.«

»Was zum Teufel sind denn das für Leute?«, schnaubte Vera empört. »Gehen die nicht ans Telefon, wenn im eigenen Hotel jemand ermordet worden ist?«

17.

Ein grauhaariger Mann in Stiefeln, lose sitzenden Jeans und kariertem Hemd lehnte sich an den Türrahmen und grub in seiner Tasche nach einer Snusdose, während er Fredrik ruhig betrachtete.

»Hat Sofia jetzt so ein Bed and Breakfast aufgemacht, oder wie das heißt?« Der Mann hatte ein raues Lachen, und das breite Norrländisch sang in Fredriks Ohren. Er kam auf die Füße und streckte die Hand zur Begrüßung aus, musste aber warten, bis die Snusportion unter der Oberlippe saß und die Hand ordentlich an den Jeans abgetrocknet war.

»Fredrik Fröding. Sofia und ich kennen uns von früher aus dem Studium.« Sein scharfer Stockholm-Dialekt klang geradezu unverschämt gegen die weiche Sprache des älteren Mannes.

»Tord Grändberg.« Ohne sich weiter vorzustellen, machte Tord kehrt und marschierte zielgerichtet in die Küche und zum Perkolator, den er sogleich mit Wasser befüllte.

Fredrik zog die Tür des Gästezimmers hinter sich zu und folgte ihm. Sein ganzer Körper brannte vor Lust auf einen richtigen Kaffee, und Tord enttäuschte ihn nicht. Nach ein paar Minuten des Schweigens setzte er sich mit zwei dampfenden Tassen an den Küchentisch.

»Zum ersten Mal auf Ulvön?«

Fredrik nippte an dem heißen Getränk, ehe er antwortete. »Ja, und Sie?«

Tord lachte glucksend und schüttelte den Kopf.

»Mein Gott, Junge. Ich bin hier geboren und aufgewachsen. Hab nie woanders gelebt.«

Fredrik nickte beeindruckt.

»Ein schöner Ort ist das.«

Tord trank von seinem Kaffee, ohne noch mehr zu sagen. Fredrik tat es ihm nach, konnte sich aber nicht so recht entspannen. Small Talk hatte noch nie zu seinen Stärken gehört, aber Tord schien vollauf damit zufrieden zu sein, in der Küche von jemand anders zu sitzen und in völligem Schweigen mit einem Fremden den Kaffee von jemand anders zu genießen. Als die Stille so drückend wurde, dass sie beide das Pendel der großen Standuhr im Nebenzimmer hören konnten, hielt Fredrik es nicht länger aus.

»Woher kennen Sie Sofia?«

»Patenonkel«, stellte Tord kurz fest. Er machte keinen Ansatz, noch mehr zu sagen, sondern saß zufrieden mit dem einen Bein ausgestreckt auf dem Stuhl neben sich und mit der Kaffeetasse fest in der Hand. Fredrik dachte an das Bild, das er gefunden hatte. Tord hatte sein ganzes Leben lang auf der Insel gelebt ... Es konnte nicht schaden zu fragen.

»Wissen Sie, ob die Kirche Ende der Siebzigerjahre hier auf Ulvön mit Jugendlichen gearbeitet hat?«

Zwischen den grauen Augenbrauen wurde eine tiefe Falte sichtbar.

»Wieso?«

Fredrik öffnete den Mund, merkte aber zu spät, dass er keine Antwort darauf hatte. Von dem Bild konnte er nichts sagen. Oder dass er die Tasche hatte. Oder von der Drohung.

»Ich schreibe«, antwortete er ausweichend.

»Über Ulvön?«

Fredrik nickte, obwohl er keine Ahnung hatte, was er auf mögliche Folgefragen antworten würde. Doch Tord schien in Gedanken versunken.

»Weißt du, Fredrik, ich kenne auf dieser Insel jedes Waldstück, jeden See und jeden Felsen. Wir, die wir hier draußen wohnen, wir halten zusammen und sind wie ein einziger großer Organismus. Ein gemeinsamer Körper. So war es schon immer. Ich kann den Puls und die Atemzüge in diesem Körper spüren, so als wäre es mein eigener. Aber wenn ich zurückschaue, dann kommt mir die Familie Dirk vor wie eine Geschwulst. Es ist, als hätten ihre Jahre hier auf der Insel uns auf irgendeine Weise beschmutzt.«

Es war offenkundig, dass Tords Schweigen zuvor nicht als ein Mangel an Worten oder Eloquenz gedeutet werden durfte. Das poetische Bild, das er hier entwarf, ergriff Fredrik, obwohl er überhaupt nicht kapierte, was es bedeutete.

»Aron Dirk. Er beherbergte Ende der Siebzigerjahre Sommerkinder hier auf der Insel. Die Kirche organisierte das. Sommerlager und so.« Seine Stimme verklang, und der Blick verharrte weit zurück in der Vergangenheit. Gedankenverloren kratzte er sich die grauhaarigen Schläfen. »Ein unglückseliger Kerl.«

»Warum?«

Tord holte die alte Snusportion unter der Oberlippe hervor und ersetzte sie sogleich durch eine neue. Wischte den Zeigefinger am Rand der Snusdose ab.

»Seine Frau, Elisabeth, starb bei einem Autounfall, als die Mädchen noch klein waren. Ester, die Jüngste, saß danach im Rollstuhl, und ihre Schwester Bodil musste sich um sie kümmern.« Fredrik dachte an das Bild. Das Mädchen im Rollstuhl mit auf dem Schoß gefalteten Händen und langem blondem Haar, das ihr über die Schultern fiel. Das war also Ester. Dann muss die Schwester neben ihr gestanden haben, mit der Hand wie eine beschützende Klaue auf dem Griff des Rollstuhls.

»Sie sind hierhergezogen, weil Arons Mutter hier wohnte, aber kaum hatten sie ihren Fuß auf die Insel gesetzt, da starb sie an einer Gehirnblutung. Dann saß er also da, Aron, ohne Ehefrau und ohne Mutter für seine zwei kleinen Mädchen. Und so entstand die Sache mit den Sommerlagern. Jugendliche aus dem ganzen Land, die es zu Hause schwer hatten, durften kommen, um die Natur und das Inselleben kennenzulernen. Alles natürlich unter kirchlicher Flagge.«

»Das klingt aber doch nach einem guten Ende einer traurigen Geschichte.«

»So hätte es sein können.«

»Aber?«

»Aber mit der Familie war irgendetwas … etwas stimmte nicht.«

Fredrik lachte, begriff aber schnell, dass Tord nicht scherzte.

»Da draußen auf dem Pfarrhof ging immer was schief. Im ersten Jahr wäre das Haus fast niedergebrannt, weil das Feuer vom Holzofen sich ausgebreitet hatte. Im Jahr darauf fiel eine der Frauen, die Aron mit den Mädchen half, die Treppe runter und brach sich so schlimm einen Rückenwirbel, dass sie sechs Monate im Bett liegen musste.«

Tord beugte sich über den Tisch und senkte die Stimme. »Und dann, ein paar Jahre nachdem die ersten Jugendlichen gekommen waren, erhängte sich ein Junge dort.« Es schauderte ihn, und er schüttelte den Kopf. »Danach sind sie wieder nach Stockholm gezogen. Man könnte ja meinen, dass es nun genug war, aber in dem Jahr, nach dem sie umgezogen waren, starb Ester bei einem Wohnungsbrand, der auch Aron selbst fast das Leben gekostet hätte.«

Er lehnte sich auf seinem Stuhl zurück und trank von seinem Kaffee.

»Wie gesagt, dieser Aron, das war ein unglückseliger Kerl.«

Fredrik wusste nicht, was er sagen sollte. Und was hatte das alles mit dem toten Hotelbesitzer zu tun?

»Falls das Sommerlager und die Familie Dirk dich interessieren, dann solltest du mit Marianne Nordin reden, die ist im Sommer immer bei den Dirks gewesen. Sie ist auch auf der Insel geboren. Oder du redest mit

Gösta. Er war Küster in der Kirche. Wenn jemand Aron und die Mädchen kannte, dann er.«

Interessierte er sich dafür? Fredrik wusste es nicht. Er wollte herausfinden, warum er mit Ceders Tasche im Hotelzimmer aufgewacht war. Er wollte nicht des Mordes angeklagt und in eine polizeiliche Ermittlung hineingezogen werden. Die Frage war nur, ob das jetzt überhaupt noch vermeidbar war.

Er holte das Handy heraus.

»Wie heißt Gösta mit Nachnamen?«

»Björnberg.« Fredrik notierte beide Namen und sah Tord an.

»Und wo wohnen die beiden?«

Tord lachte.

»Marianne wohnt im Haus neben meinem und Gösta in Sandviken. Ich kann dich mal hinfahren, wenn du willst, aber heute geht es leider nicht. Zu Marianne wollte ich sowieso morgen, um Felchen zu räuchern. Weißt du was, komm doch einfach mit.«

18.

In einem Schlafzimmer im ersten Stock

Die Sünden gedeihen. Dicke Schweine, die sich in ihrem eigenen Kot wälzen. Wühlen in dem Mist herum, den ihre eigenen Missetaten geschaffen haben. Ich rieche ihren Gestank. Dreckige, unehrliche Missetäter.

Erinnert euch: Römerbrief 13:4!

»Tust du aber Böses, so fürchte dich; denn sie trägt das Schwert nicht umsonst; sie ist Gottes Dienerin, eine Rächerin zur Strafe über den, der Böses tut.«

Du bist diese Dienerin, diese Rächerin, mein Kind. Dein ist das Schwert.

19.

Als Sofia sich der Bucht und dem Steg mit ihrem Bootshaus näherte, konnte sie schon von Weitem sehen, dass oben die Terrassentür offen stand. Sie hatte nicht gewagt, etwas anderes anzunehmen, als dass Fredrik abgereist war, und es störte sie, dass ihre Mundwinkel jetzt wieder zuckten, als würde man wie bei einer Marionette an den Fäden ziehen. Zu allem Überfluss war auch noch der Rasen frisch gemäht, und das Reisig, das im Laufe des Winters auf die Wiese gefallen war, lag ordentlich zu einem Haufen aufgeschichtet neben dem Holzschuppen. Die einen halben Meter hohen rosa- und lilafarbenen Lupinen standen immer noch ums Haus, aber der Kiesweg war geharkt und vom Unkraut befreit.

Als sie den Abhang hinaufkam, saß Fredrik auf der Verandatreppe und bürstete sich die nackten Füße. Seine Fußsohlen waren grünschwarz verfärbt, offensichtlich hatte er die alten Gummistiefel ihres Vaters im Schuppen nicht entdeckt.

»Beeindruckend. Und ich dachte, ihr Erzstockholmer wisst nicht, wo bei einem Rasenmäher vorne ist.«

»Man muss den Landeiern ja mal ein bisschen auf die Sprünge helfen. Aber das war ja wohl das Mindeste, was ich tun konnte. Ich meine, dafür dass ich bleiben durfte.«

Sie setzte sich neben ihn. Er goss Wasser aus einer Karaffe ein und reichte ihr ein Glas. Sofia trank mit großen Schlucken.

»Guter Tag bei der Arbeit?«

Sie nickte, überlegte es sich aber sofort anders und schüttelte schnell den Kopf.

Fredrik schaute übers Meer.

»Es ist wirklich schön hier.«

»Ja, alles nicht schlecht, aber viel Arbeit. Im Winter hilft mir mein Patenonkel. Ihm gehört nämlich eigentlich das Land.« Sofia lachte. »Genauer gesagt gehört ihm die halbe Insel, und er betrachtet es als seine Pflicht, uns wirtschaftlich Minderbemittelten zu helfen.«

»Tord?«

Sofia drehte sich zu ihm.

»Ja, woher weißt du das?«

»Er war heute hier.«

Natürlich. Es gab keinen neugierigeren Menschen als ihn. Und wenn man bedachte, dass Tord nicht gerade viel von Kaj hielt, würde er sicher nur zu gern das Gerücht verbreiten, dass sie einen neuen männlichen Gast im Haus hatte. Sie musste unbedingt mit ihm reden, ehe der Tratsch Fahrt aufnahm.

»Wenn das mein Haus wäre, würde ich unentwegt hier sitzen.« Fredrik wandte seinen Blick nicht vom Horizont.

Sofia lächelte.

»Das tue ich auch.«

Fredrik nahm eine Ecke seines Hemdes, um sich die Stirn zu wischen, sodass sie kurz seinen flachen Bauch darunter sehen konnte. Dann fischte er sein Handy aus der Tasche und drehte es nervös zwischen den Fingern.

»Kein Netz.«

»Ja, das ist hier draußen ziemlich durchwachsen. Unten im Dorf ist es besser.«

Dann gingen ihnen die bedeutungslosen Gesprächsthemen aus, und beide verstummten. Doch die vielen ungesagten Dinge hingen noch in der Luft. Ihre kurze, aber intensive Verbindung hatte ein mieses Ende genommen. Sie hatte ihn ein paarmal angerufen, doch er war weder rangegangen, noch hatte er sich bei ihr gemeldet. Sofia hatte sich so zurückgewiesen und gedemütigt gefühlt, dass sie es nicht wieder versucht hatte. Lange danach hatte sie gerüchteweise gehört, Fredrik habe die Polizeiausbildung abgebrochen und die Anwärterzeit nicht zu Ende gebracht. Sie hätte ihn gern gefragt, warum, wagte es aber nicht.

Sie sah zum Himmel. Die Abendsonne schob sich tapfer durch die dünnen, wellenförmigen Wolken, die über ihnen hingen. Obwohl die Luft nicht gerade warm war, würde es doch ein schöner Abend werden.

»Im Schrank im Gästezimmer sind noch Kleider von meinem Vater, da findest du bestimmt was Sauberes für dich. Also, nur falls du heute Abend bleiben willst, was du natürlich nicht musst, wenn …«

Fredriks Hand auf ihrer unterbrach sie.

»Ich bleibe gern.«

Sie ließ die Hand liegen und spürte, wie die Wärme zwischen ihren Händen den Arm hinauf durch den Brustkorb wanderte, und dann weiter nach unten.

»Hast du Hunger?«

Er nickte dankbar.

»Wie du wahrscheinlich schon bemerkt hast, ist der Kühlschrank unglaublich leer, aber mit ein bisschen Fantasie kann ich vielleicht ein Butterbrot und eine Tasse Tee zustande bringen.«

Sie reichte ihm die Hand und zog ihn auf die Füße.

Sofia musste lange zwischen den Eisklumpen graben, um die geräucherte Lachsforelle vom vorigen Jahr zu finden. Es war ein bisschen zweifelhaft, ob die immer noch essbar war, aber was anderes hatte sie nicht. Das Frühstück am Morgen hatte die restlichen Eier und das Brot verbraucht, aber in der Speisekammer fand sie noch Knäckebrot und gekochte Kartoffeln von Mittsommer.

Fredrik war schweigsam, während sie sich jeder eine armselige Version eines Sandwichs zubereiteten und aßen. Danach gingen sie mit ihren Teetassen auf die Terrasse hinaus.

Fredrik setzte sich auf eines der Sofas, sie nahm den Schaukelstuhl. Vom Meer wehte ein kalter Wind herein, und Sofia zog die Füße hoch. Ihr Vater hatte immer von einer verglasten Veranda geträumt, auf der sie bis weit in den Herbst würden sitzen können. Obwohl Sofia schon oft erwogen hatte, einen Handwerker anzurufen, um diesen Traum zu verwirklichen, war es doch niemals dazu gekommen. Und bald fingen die Fabrikferien an, und dann war es völlig unmöglich, jemanden zu finden.

»Erzähl mir von dem Haus.« Fredrik sah sie an.

»Das hat mein Urgroßvater 1909 gebaut. Er hat es meinen Großeltern überlassen, als sie Kinder bekamen. Mein Vater und seine Schwester sind beide dahinten im Schlafzimmer geboren worden.« Sie zeigte auf das nächste Fenster. »Mein Vater liebte dieses Haus.«

So war es wirklich gewesen. Sie erinnerte sich so gut an seinen letzten Sommer. Nachdem er krank geworden war, hatte Claire verkaufen und dauerhaft aufs Festland ziehen wollen, doch er hatte sich geweigert. Der Kompromiss war dann eine Dreizimmerwohnung im Zentrum von Örnsköldsvik. Die war schon seit Langem verkauft, aber Sofia hatte sich geweigert, auch das Haus zu verkaufen. Jedes Wochenende hatte sich ihr Vater hier rausgekämpft. Abends hatten sie auf der Terrasse gesessen, Fliegen gebunden und Angeltouren geplant, von denen sie zu dem Zeitpunkt schon wussten, dass nichts daraus werden würde.

»Und deine Mutter?«

Claire. Sofia brachte es nicht einmal fertig, an sie als ihre Mutter zu denken. Die Fremde, das Weinglas ständig wie festmontiert in der Hand. Claire war im Grunde sofort schwanger geworden, nachdem sie und Sten sich kennengelernt hatten. Zu Anfang hatten sie es versucht, waren in sein Elternhaus gezogen und hatten Familie gespielt, aber Claire war jung und rastlos. Es dürstete sie nach der Sorte Zerstreuung, die man auf der kleinen Insel nicht finden konnte. Als die himmelhoch jauchzende Verliebtheit vorüber war, ließ sich der Riss nicht mehr kitten. Wohl hatte Sten versucht, sie glücklich zu machen, aber als es darum ging, zwischen Sofia und Claire zu wählen, hatte sich der Vater für Sofia entschieden. Claire ihrerseits hatte die Verbitterung und die Flasche gewählt.

»Meine Mutter war süchtig, Alkoholikerin«, antwortete sie kurzangebunden. »Wir haben heute keinen Kontakt mehr.«

*

Nach einer weiteren Tasse Tee war es so spät, dass die Sonne schon tief am Horizont stand. Ohne viel zu reden, saßen sie noch auf der Terrasse. Fredriks Muskeln schmerzten, nachdem er den ganzen Tag mit dem Rasenmäher gekämpft hatte, doch irgendwie fühlte er sich trotzdem gestärkt. Stolz, etwas Sinnvolles getan zu haben. Die Angst und Sorge über Adam Ceder und seine Tasche hielten sich im Hintergrund. Während des Abends hatte er sie über lange Zeit gar nicht verspürt, geradeso, als wäre die Insel ein Gegengift gegen Seelenqualen.

Sofia saß mit geschlossenen Augen zurückgelehnt im Schaukelstuhl. Ihre Hand fuhr abwesend über ihren Bauch.

»Wohnst du nur im Sommer hier?«, erkundigte er sich.

»Ja, aber manchmal denke ich darüber nach, ob ich nicht dauerhaft hierherziehen soll. Aber irgendwie traue ich mich nicht. Vor ein paar Jahren, als ich mich von meinem Freund getrennt hatte, habe ich mal einen ganzen Winter allein hier verbracht. Er hat übrigens auf der

Polizeihochschule unterrichtet, als du auch dort warst. Kaj Marklund?«

»Kaj?« An den erinnerte sich Fredrik gut, er hatte mehrere Pflichtkurse gehalten. Obwohl er doppelt so alt war wie die meisten Studenten, war er damals heiß begehrt gewesen. Eine Legende wie der bekannte Krimiautor Leif GW Persson, nur durchtrainiert und mit dickem, zurückgekämmtem, grau meliertem Haar. Fredrik mochte ihn nie leiden, doch an seinem Mythos kam man innerhalb des Polizeiwesens nicht vorbei. Nicht selten war er sowohl im Fernsehen als auch auf verschiedenen Zeitungen zu sehen. Beeindruckend, dass Sofia am Ende diejenige gewesen war, die ihn abgeschleppt hatte.

»Hast wohl gedacht, dass dieses Landei keinen richtigen Mann abgreifen kann, oder?«, sagte sie lachend und gespielt beleidigt und beugte sich zu ihm vor. Das Lächeln erstarb, und sie sah ihm ernst in die Augen. Jetzt musste die Frage gestellt werden, die sie beide den ganzen Abend lang vermieden hatten.

»Warum hast du nichts von dir hören lassen?« Sie sagte es ohne Vorwurf. Fredrik sah auf seine Hände und strich sich über die Handrücken. Die Monate in der Klinik waren gewesen, als würde er auf dem Rücken liegend vor sich hin treiben. Tag um Tag dieselben Routinen, dasselbe Personal, dieselben Gespräche. Als er rauskam, waren alle anderen an ihm vorbeigeschwommen, und es war unmöglich, sie einzuholen. Das Semester war zu Ende, die Anwärterstelle hatte jemand anders bekommen, und ohne eine abgeschlossene Ausbildung waren die Chancen auf einen Job nur begrenzt. Und die

Fähre mit seiner Familie darin lag immer noch auf dem Meeresgrund.

Plötzlich hatte er das Gefühl, erzählen zu wollen. Alles. Von dem Unglück, von seinen Eltern und von Niklas. Warum er hier auf der Insel war, und von Adam Ceder auch. Aber wie erzählte man jemandem von einer Katastrophe, der nicht dabei gewesen war? Menschen, die schrien und weinten, verzweifelte Mütter, die krampfhaft versuchten, ihre Kinder auf dem Schoß zu halten, während die ganze Welt kenterte. Die schreckliche Kälte, die durch Haut und Fleisch bis ins Skelett schnitt. Das Geräusch der Taue, die an den Gummibooten schabten. Jedes Mal, wenn eine Welle sie überspült hatte, musste man durchzählen. Manchmal fehlte einer.

Fredrik zupfte nervös am Henkel der Teetasse und räusperte sich.

»Ich bin in dem Sommer ins Krankenhaus gekommen. Mein Arzt meint, ich würde an einem posttraumatischen Stresssyndrom leiden. Deshalb kriege ich Angstanfälle. Sie kommen in Schüben. Meist bin ich über Jahre gesund.«

»Woher kommen die Anfälle?«

»Meine Mutter, Gunnel, war grade fünfzig geworden. Wir wollten feiern. Papa, mein Bruder und ich. Eigentlich wollten Niklas und ich nicht mitfahren. Wir hatten nämlich einen Fußball-Cup in Västerås. Ich war sauer auf Mama, weil sie nicht zu Hause bleiben und uns zu dem Spiel fahren wollte. Und weil sie uns genötigt hat mitzufahren. Als ich das letzte Mal mit meinen Eltern sprach, haben wir gestritten, weil …«

Ihm wurde klar, dass er unzusammenhängendes Zeug redete, und er sah Sofia an, dass sie nicht begriff, was er zu sagen versuchte.

»Was ist passiert?«

»Sie sind bei einem Unglück ums Leben gekommen. Im Herbst vierundneunzig.«

Aus irgendeinem Grund musste er lachen. Noch nie hatte er jemand anders freiwillig so viel erzählt, und das Gefühl war fast angenehm. Peinlich berührt über seine Reaktion rieb er sich den Mund. Sofia stand aus dem Schaukelstuhl auf, setzte sich neben ihn auf das Sofa und strich ihm zögerlich über den Rücken. Die Hand brannte durchs Hemd, direkt in seine Seele. Zum ersten Mal erkannte er, wie furchtbar einsam er gewesen war. Natürlich hatte es immer mal wieder Frauen gegeben, aber er hatte doch niemandem erlaubt, ihm wirklich nahezukommen.

Es war, als würde etwas in ihm brechen. Ein Damm, den er viel zu lange aufrechterhalten hatte. Sein Atem kam ruckartig, und er strich sich erstaunt mit der Hand über die Wange. Er weinte.

Irgendwo in weiter Entfernung hörte man Möwengeschrei.

Die Tränen liefen weiter, und er ließ sie. Erschöpft lehnte er den Kopf an Sofias Schulter. Ihre braun gebrannte Hand ruhte auf seinem Bein, während sie ihm mit der anderen den Rücken streichelte. Er sah auf und begegnete ihrem Blick.

Zwischen ihnen war alles noch da.

Sofia schien das auch zu spüren, denn die Hand auf

dem Rücken hielt inne. Einige Augenblicke saßen sie einfach nur da, dicht beieinander. So nah, dass er ihren Geruch wahrnahm. Das Meer wartete spiegelglatt auf den Sonnenuntergang. Die Möwen verschwanden, und um sie herum war kein Laut mehr zu hören. Behutsam streichelte Sofia sein Bein, und obwohl er es nicht wollte, spürte er, wie er erregt wurde. Er lehnte sich näher zu ihr, und sie antwortete. Der Geschmack ihrer Lippen vermischte sich mit seinen Tränen, und in seinem Kopf fing alles an, sich zu drehen. Er bewegte sich ein wenig, ängstlich, etwas zu zerstören, doch sie schien nicht zu zögern, sondern nahm seine Hand und führte ihn ins Haus.

Als sie durch die Terrassentüren getreten waren, zog Sofia ihn wieder an sich und küsste ihn. Sie reichte ihm kaum bis zum Kinn und musste sich auf Zehenspitzen stellen, um ihm das Hemd über den Kopf zu ziehen. Er versuchte, langsam zu machen, aber sie trieb ihn an, als gäbe es keine Zeit zu verlieren.

MONTAG, 24. JUNI 2019

20.

Sofia lag still auf der Seite und schaute Fredrik an, der mit geschlossenem Mund und hoch über die Schulter gezogener Decke schlief. Sie lächelte in sich hinein. Er war schön. Dunkle, scharf geschnittene Gesichtszüge und eine kräftige, etwas schiefe Nase. Ohne genau zu wissen, was das bedeutete, fand sie doch, sie verlieh ihm ein römisches Aussehen.

Er zuckte im Schlaf zusammen, und sie strich ihm über die Wange. Sie hatte das Gefühl, als hätte sich etwas Schweres in ihrem Brustkorb aufgelöst. Was scherte es sie schon, wenn sie nicht die Nachfolgerin von Vera werden würde? Was spielte es für eine Rolle, dass Mattias sie nicht leiden konnte? Die Arbeit und die Ausbildung, für die sie so hart gekämpft hatte, schienen mit einem Mal viel weniger wichtig, als es noch gestern der Fall gewesen war.

So leise sie konnte, stieg Sofia auf ihrer Seite aus dem Bett und griff nach dem dünnen Morgenmantel, der auf dem weißen Rattansessel in der Zimmerecke ausgebreitet lag. Ihre und Fredriks Kleider lagen noch auf dem Wohnzimmerboden. Irgendwann in der Nacht waren sie aufs Bett umgezogen, aber sie konnte sich nicht mehr erinnern, zwischen welchen der vielen Male, die sie miteinander geschlafen hatten, das gewesen war. Oder gefickt hatten. Wenigstens habe ich es geschafft, nach Kaj das Bett frisch zu beziehen, dachte sie beschämt.

Auf dem Weg die Treppe hinunter spielten ihr kühle Winde um die Beine. Die Terrassentür hatte die ganze Nacht sperrangelweit offen gestanden, und jetzt war die Kälte vom Meer reingekrabbelt und lag wie ein unsichtbarer Teppich auf dem Holzfußboden. Sie zog die Tür zu und setzte Kaffee auf. Während der Perkolator blubberte, griff sie nach ihrem Handy. Es war gerade erst sieben, und sie würde es problemlos zur morgendlichen Besprechung um halb neun schaffen.

Sofia überlegte, ob sie Fredrik wecken sollte, beschloss dann aber, das nicht zu tun. Sie wollte in keine Diskussion über die Zukunft einsteigen müssen. Heute wollte sie einfach nur in ihrer Endorphin-Blase bleiben.

Mit der Kaffeetasse in der Hand ging sie zur Waschküche, um sich frische Kleider zu suchen. Da bewegte sich plötzlich ein dunkler Schatten vor dem Milchglasfenster der Eingangstür. Sie schrak zusammen und goss sich heißen Kaffee über den Fuß.

»Verdammt!«

Ein Schlüssel wurde ins Schloss gesteckt, und schon stand Tord da.

»Was fluchst du denn, Mädchen?«

Sofia wischte den Fußrücken mit der einen Hand ab.

»Du hast mich schier zu Tode erschreckt. Was machst du denn so früh hier?«

»Hab die Kappe vergessen.« Tord griff nach der roten Schirmmütze, die neben Fredriks Lederjacke an einem

Haken unter der Hutablage hing. Sie drängte sich an Tord vorbei und weiter zur Waschküche, um sich anziehen zu können.

»Ah, wie ich sehe, hast du immer noch Besuch.«

»Ja.« Sie grinste wieder. Das war wie eine Art Krampf. Würde das jetzt zur Gewohnheit werden?

»Netter Kerl.«

Als sie zurückkam, hatte Tord sich Kaffee eingeschenkt und saß am Küchentisch.

»Hast du zu Hause keinen Kaffee?«

Er antwortete nicht, sondern zog die Snusdose aus der Brusttasche und schlug sie mit einer geübten Bewegung gegen die Handfläche.

»Dann ist das alte Wüstenkamel also aus dem Bild?«

»Kaj? Das habe ich nicht gesagt.«

Tord schnaubte und nahm die scheinbar so wichtige Kappe vom Kopf und hängte sie an den Stuhl.

»Gehst du arbeiten?«

Sofia nickte und ging in die Diele hinaus, wo sie Jacke und Joggingschuhe anzog.

»Fredrik liegt noch im Bett und schläft. Sei so gut und erschreck ihn nicht zu Tode, wenn er runterkommt.«

»Wir werden sehen.«

*

Nach dem Aufwachen brauchte Fredrik ein paar Augenblicke, bis er begriff, wo er sich befand. Ein leichter Wind zog durch das offene Fenster herein, doch obwohl die Sonne schien, lag keine Wärme in der Luft.

Er blieb ein Weilchen liegen und atmete Sofias Geruch von Decken und Kissen ein. Horchte auf die Panik. Sie war noch da, war aber tief in ihm verborgen. Für einen Moment leistete er es sich, den Gedanken näher an sich heranzulassen, dass Niklas vielleicht wirklich nicht mehr lebte, aber weiter als das wagte er sich nicht. Diese Bestie wollte er lieber nicht wecken. Doch es war, als wären diese schreckliche Sehnsucht und die Schuldgefühle durch etwas Neues ersetzt worden. War das Hoffnung? Würde er die Angst diesmal in den Griff bekommen, es ohne Tabletten hinkriegen und ins Leben zurückfinden?

Der Gedanke war kaum formuliert, da wurde er auch schon von der Erinnerung an die Tasche, die im Gästezimmer lag, zerstört. Er hatte keine Zeit, neu anzufangen oder zu versuchen, Liebe zu finden. Ein Mann war tot, und er musste mehr darüber erfahren. Musste sich Material verschaffen, womit er sich wehren konnte, sowie die Polizei herausfand, dass sie sich am Abend gestritten hatten und er im Besitz von Ceders Tasche war. Es war völlig undenkbar, jetzt zu trödeln.

Am Abend zuvor hatte er, ehe Sofia nach Hause kam, alles von Ceder außer dem Foto eingepackt und die Tasche unters Bett im Gästezimmer geschoben. Mit Tord hatte er vereinbart, dass sie sich im Laufe des Tages gemeinsam zum Küster Gösta Björnberg und zu Marianne Nordin aufmachen würden, die beide etwas über die Geschichte der Familie Dirk wussten. Fredrik hatte hin und her überlegt, wie er es anstellen sollte, dann aber beschlossen, dass er das Risiko eingehen würde, Ceders

Foto herumzuzeigen. Er hatte keine andere Wahl. Das hier war die einzige Spur, die er verfolgen konnte.

Das Geräusch laufenden Wassers brachte ihn auf die Beine. All seine Kleider lagen unten, und so wickelte er sich in Ermangelung von etwas anderem die Decke um und ging hinunter.

»Der junge Herr Fredrik Fröding.«

Tord saß gut gelaunt da und rollte die Snusdose hin und her über den Küchentisch. Es sah ganz so aus, als hätte er schon eine Weile gewartet, denn vor ihm stand eine leere Kaffeetasse, daneben lag ein ausgefülltes Kreuzworträtsel.

»Wie ich sehe, schlafen wir hier tatsächlich bis mitten am Tag.« Er grinste und pickte mit einem schwarzgeränderten Fingernagel auf seine Armbanduhr. Fredrik warf einen Blick auf die Wanduhr beim Kühlschrank, um herauszufinden, was für Tord mitten am Tag war. Sie zeigte Viertel nach neun.

»Ist Sofia zur Arbeit gefahren?«

Tord nickte.

»Nun denn, sieh mal zu, dass du ein paar Klamotten ankriegst! Björnberg wartet in Sandviken auf uns.«

Fredrik versuchte, sich die Karte zu vergegenwärtigen, die er unten am Hafen auf der Infotafel gesehen hatte. Wenn er sich richtig erinnerte, waren es bis dorthin mindestens vier Kilometer.

»Hast du ein Auto?«

Tord rückte die rote Kappe zurecht.

»Lastenmoped.«

Dreißig Minuten später kletterte Fredrik durchgeschüttelt aus dem Holzkäfig auf Tords Moped. Die Tour über die Schotterwege der Insel erinnerte ihn an den Ritt auf Kamelen, den seine Eltern und er ein Jahr vor dem Unglück in Tunesien unternommen hatten. Danach war er eine Woche lang mit blaugequetschten Eiern herumgelaufen.

Tord parkte am Gartentor von Gösta Björnberg und stiefelte, ohne anzuklopfen, ins Haus. Fredrik hinkte hinterher. Der Küster im Ruhestand wartete in der Tür zwischen Küche und Diele. Es war eine Holzhütte mit niedrigen Decken und hohen Schwellen, die mit roten Pelargonien in den Fenstern und Bildern mit Seemotiven an den Wänden gemütlich eingerichtet war.

Gösta Björnberg war groß und von einem sehnigen Körperbau, der Fredriks eigenem ähnelte. Er trug Jeans und trendige neonlilafarbene Joggingschuhe und musste mindestens in den Achtzigern sein, auf jeden Fall älter als Tord. Doch sein Blick wirkte frisch, und er hatte noch alle Haare auf dem Kopf. Kräftig schüttelte er Fredriks Hand.

»Fredrik Fröding.«

»Gösta Björnberg.« Gösta trat beiseite, damit sie in die Küche gehen konnten. Auf einem Holzofen in der einen Ecke stand eine Kanne Kaffee und köchelte vor sich hin. »Kommt rein. Es ist hier ein bisschen unordentlich. Die Frau war diejenige, die immer für Ordnung gesorgt hat. Voriges Jahr ist sie gestorben.« Er bürstete ein paar Krümel vom Küchentisch und holte drei Kaffeetassen aus dem Schrank, die er, nachdem er sie auf ihren Zustand überprüft hatte, vor sie hinstellte.

»Mit dem meisten komme ich gut klar, aber das Putzen ist nicht so meine Spezialität.«

Gösta setzte sich Fredrik und Tord gegenüber und begann sofort, mit dem Stuhl zu kippeln.

»Die Frauensleute können einen ja wahnsinnig machen, aber wenn sie fort sind, vermisst man sie. Fünfzig Jahre hatten wir zusammen, meine Maud und ich.« Stolz drehte er seinen Ehering, und Tord nickte zustimmend.

»Maud war eine feine Frau. Nicht so wie meine verrückte Schürze.«

»Nein, die hattest du ja überhaupt nicht im Griff.« Gösta lachte. »Aber wenn ich es richtig erinnere, war sie der Meinung, sie hätte dich nicht im Griff, war es nicht so?«

Tord grummelte eine Antwort. Die beiden Männer schienen eine herzliche Beziehung zu haben.

»Wohnen Sie schon lange hier?«, fragte Fredrik in dem behutsamen Versuch, das Gespräch auf die Themen zu lenken, die zu ergründen er hergekommen war. Auch wenn er selbst nicht genau wusste, worum es dabei ging.

»Ja.« Gösta reckte sich. »Maud und ich haben die Hütte gebaut, als wir frisch verheiratet waren. Kinder gab es leider nicht für uns.« Er sah Fredrik an, als hätte er das Gefühl, zu viel gesagt zu haben. »Also war die Hütte groß genug für uns.«

»Sie ist schön. Sind Sie Tischler?«

Göstas Miene hellte sich auf.

»Nein, zum Henker! Ich hab bis 1974 in der Sur-strömming-Salzerei gearbeitet und dann als Küster in der Kirche von Ulvön. Jetzt bin ich natürlich schon lange in Rente, aber man muss sich schließlich in Form halten.« Er lachte und spannte die Armmuskeln an.

»Ich habe ein paar Fragen zu einem Sommerlager. Tord meinte, Sie würden die Familie kennen, die es geleitet hat.«

»Das stimmt. Ich habe 1975 als Küster angefangen, das war in dem Jahr, als Aron Dirk und seine Familie hierhergezogen sind. Um die Kapelle habe ich mich auch gekümmert.«

»Das heißt, Sie kannten die Familie gut?«

Gösta strich sich übers Kinn.

»Doch, das kann man wohl sagen. So gut, wie man sie nun kennen konnte. Er hat viel Gutes getan, der Aron, das muss man sagen. Aber er war sehr religiös, fast fanatisch. Die Töchter genauso. Über seine Ehefrau Elisabeth weiß ich nichts, die war schon tot, als sie hierherzogen.«

Der alte Küster kippelte noch ein Weilchen gedankenverloren auf dem Stuhl, ohne etwas zu sagen. Draußen konnte man ein Quad mit hohem Tempo vorbeifahren hören. Gösta folgte dem Lärm mit dem Blick, obwohl man die Straße durchs Fenster nicht sehen konnte.

»Das war eine schreckliche Geschichte. Von dem Auto war nur noch Schrott übrig. Teile der Windschutz-scheibe haben sich bei dem Aufprall gelöst. Elisabeth … ja, sie hat sozusagen den Kopf verloren.«

»Den Kopf verloren?«

»Er ist abgetrennt worden. Ester mussten sie raus-
schneiden. Sie war auf dem Beifahrersitz neben der
Mutter eingeklemmt. Neun Jahre war sie damals erst.«

»Verd…« Fredrik schüttelte sich. »In welchem Jahr
hat Aron mit den Sommerlagern aufgehört?«

»Neunundsiebzig.« Die Antwort kam wie aus der
Pistole geschossen.

Dasselbe Jahr, das auf Ceders Foto stand. Er griff
nach dem zusammengefalteten Papier in der Innentasche seiner Lederjacke.

»Wissen Sie, wer das hier auf dem Bild ist?«

Gösta nahm das Papier entgegen, legte es auf den
Tisch und zeigte auf einen Jugendlichen nach dem anderen. »Das da ist Ester und das natürlich Bodil. Dann
ist da Gisela Karsts Tochter Christine, die war mit den
Mädchen befreundet und hat einige Jahre über viel dort
gespielt. Das da muss Marianne Nordin sein, dann Siw-
Inger Hörnberg und ihre Schwester Annika und dann
zwei Mädchen aus der UdSSR, oder heute sagt man ja
wohl Russland. Das war irgendein Austausch, der über
die Schwedische Kirche organisiert wurde. Mona Höglund, die jetzt für die Karsts das Hotel betreibt, müsste
eigentlich auch dabei sein, aber sie ist nicht mit auf dem
Foto.«

»Und die Jungen?«

Gösta schaute mit zusammengekniffenen Augen auf
das Foto und dachte nach. Die ausgestochenen Augen
schienen ihn nicht zu wundern. Oder vielleicht bemerkte er sie auch nicht, dachte Fredrik. Immerhin war
er achtzig Jahre alt.

»Die kannte ich nicht so gut. Die meisten von ihnen kamen von weit her. Sie wissen schon, solche schwierigen Jungs, die mal aufs Land rauskommen sollten, um sich ein bisschen auszulüften. Der da hieß Mats, glaube ich.« Gösta zeigte auf einen dunkelhaarigen Jungen mit säuerlicher Miene. »Und das da ist Jan Dagegård. Das war ein guter Junge. Links von ihm steht Thomas Nilsson. Und ich glaube, dieser Rothaarige da hieß Adam.«

Fredrik nickte und notierte die Namen im Handy. Er versuchte, nicht mehr an Adam Ceder interessiert zu wirken als an den anderen. Wenn herauskam, dass er herumlief und Fragen speziell über ihn stellte, dann wäre er bald geliefert.

»Thomas.« Gösta gab ihm das Papier zurück und senkte die Stimme. »Der war es, der sich erhängt hat. Und dann ist ja Ester auch gestorben …«

Er nahm einen Schluck Kaffee, der sicherlich kalt geworden war, während er erzählt hatte.

Fredrik überlegte, was er noch fragen könnte, um weiterzukommen.

»Haben Sie heute noch Kontakt zu einem von ihnen? Zu den Jugendlichen, die hier waren, oder zu Aron oder Bodil?«

Gösta schüttelte den Kopf und beugte sich vor, als ob die Büsche draußen Ohren hätten.

»Nachdem sich der Junge erhängt hatte, hat niemand je wieder etwas von Bodil gehört. Es war, als hätte sie sich in Luft aufgelöst. Es gab das Gerücht, Aron hätte sie nach Uppsala auf die Bibelschule geschickt, aber ich weiß ja nicht …«

»Wie meinen Sie das?«

Tord und Gösta tauschten Blicke über den Küchentisch hinweg, und Gösta wand sich auf seinem Stuhl. Er lächelte gequält.

»Tut mir leid, aber ich muss jetzt mal los. Unten am Hafen ist Mittagsbingo, und wenn man zu spät kommt, sind keine Spielbretter mehr übrig.«

Fredrik schüttelte Göstas Hand über dem verkrümelten Küchentisch.

»Danke, dass Sie sich die Zeit genommen haben, mit mir zu reden.«

21.

Ulvön, 1979

Mona und Christine sitzen auf der Bank unterhalb der Veranda. Bodil hängt Wäsche auf die Leine, die zwischen den Erlen vor dem Haus gespannt ist. Ihre Schwester ist nicht zu sehen, aber Christine weiß, dass Ester sie aus ihrem Zimmerfenster beobachtet.

Ein Stückchen weiter entfernt auf dem Rasen sitzen Adam, Mats, Thomas und Marianne auf einer Decke. Christine würde gern zu ihnen gehen, aber sie traut sich nicht. Die Holzschuhe mit den Riemen, die sie ausgeliehen hat, sind zu hoch, und sie fürchtet zu stolpern. Außerdem hat sie Angst, dass die anderen sie nicht dabeihaben wollen.

Sie haben ein Kartenspiel dabei, aber niemand teilt aus. Thomas hat den Kopf auf Mariannes Schoß gelegt und sonnt sich. Er hat kein Hemd an, und die Fettringe quellen über den Hosenbund.

»Wie lange sollen wir denn hier noch rumhocken?«, klagt Marianne. »Ich sterbe vor Langeweile!«

Als keiner antwortet, strampelt sie mit den Beinen, sodass Thomas' Kopf auf die Decke rutscht. Er flucht und krabbelt auf alle viere. Als er sich aufrappelt, drückt sich der Bauch zu einem Teig zusammen, und Christine kann aus dem Augenwinkel sehen, wie Mona angeekelt die Lippen kräuselt.

»Schau dir den an«, flüstert sie und lehnt sich zu Christine hinüber. »Fett wie ein Schwein. Gott muss sich ja wohl vertan haben, als er so einen wie Thomas erschaffen hat, oder?« Sie kichert und versetzt der anderen einen Stoß mit dem Ellenbogen in die Seite. Christine antwortet nicht. Sie hat keine Meinung dazu, wie Gott sie geschaffen hat. Und sie hat auch kein Interesse an Thomas. Sie will einfach nur hier sitzen und Adam anstarren und sich wünschen, sie würde zu ihm gehören.

»Ich glaube, ich werde ihn ab jetzt das Schwein nennen«, fährt Mona fort.

Thomas ist inzwischen auf die Füße gekommen, steht neben seinen Freunden auf der Decke und nimmt große Schlucke aus einer Limonadenflasche.

»Hörst du, Bodil? Wir langweilen uns.« Zum Abschluss rülpst er laut, und die anderen lachen. Bodil konzentriert sich auf die Wäsche und dreht sich nicht um.

»Im Hotel ist heute Tanzabend«, macht er weiter. »Orchester und alles, hinten auf der Tanzfläche. Wir wollten eigentlich mit dem Fahrrad hin, aber das hat unserer rollenden Heiligen nicht gefallen.« Als Bodil immer noch nicht antwortet, erhebt Thomas die Stimme. »Petzen kann sie gut, deine Schwester. Und jetzt hat der Pfaffe uns auch noch verboten hinzugehen.« Bodil dreht sich um und schaut Thomas abschätzig an. Er macht ein paar Schritte auf sie zu.

»Vielleicht sollte ihr jemand mal eine Lektion erteilen, wenn sie immer gleich ihre Kameraden verpetzt.«

Bodil geht mit dem Wäschekorb unter dem Arm zu ihm.

»Wenn du Ester anrührst, erwürge ich dich, dass das klar ist.«

Thomas hebt abwehrend die Hände und lacht.

»Uiuiui, du langst ja ganz schön zu. Eine kleine Lektion kann doch nicht schaden, oder? Zu petzen ist ja wohl genauso eine Sünde wie tanzen zu gehen.«

Auf der Decke stimmt Mats ihm zu.

»Ja, vielleicht kann unsere Heilige ein paar Schläge auf den Hintern gebrauchen.«

Thomas lacht ordinär, aber Bodil antwortet nicht. Zu Christines Entsetzen ruft plötzlich Mona neben ihr laut über den Platz.

»Völlerei ist auch eine Sünde, weißt du das nicht, du Schwein?«

Thomas hält eine hundertstel Sekunde inne, aber dann rennt er auf sie zu. Christine erstarrt und kann sich nicht mehr rühren. Im Augenwinkel sieht sie, wie Adam zu ihnen hinübersieht. Ihre Wangen brennen vor Scham.

Mona ruft weiter.

»Sieh mal an, wie das Schwein schwabbelt! Nöff, nöff!«

Schon ist Thomas bei ihnen.

»Nimm das zurück!«

Doch Mona sieht ihn nur aufmüpfig an. Er will sie ans Bein treten, verfehlt sie aber. Der nächste Tritt trifft Monas Oberschenkel, und sie schreit. Sofort sind alle auf den Beinen. Adam kommt angerannt und versucht, Thomas wegzuziehen. Der tritt weiter ins Leere und wirft stattdessen mit der Limonadenflasche, die Christine und Mona vollsprüht.

Adam und Mats schleifen den lauthals protestierenden Thomas ins Haus. Sie können hören, wie er die ganze Strecke bis ins Jungenschlafzimmer flucht.

Bodil steht mit dem Wäschekorb unter dem Arm an der gleichen Stelle und sieht ihm nach. Ihre Stimme ist kaum mehr als ein Flüstern.

»Jemand sollte ihm mal eine Lektion erteilen.«

22.

Die Ermittlergruppe hatte sich wieder in der Bibliothek versammelt. Marie Fransson von der Kriminalpolizei Sundsvall war eben angekommen. Mattias und Karim waren wie gewöhnlich in eine hitzige Diskussion über das Fußballtraining am Tag zuvor verstrickt, als Sofia sich niederließ. Die gleichaltrigen Töchter der Kollegen spielten in derselben Mannschaft, und dieses Gespräch wurde immer wieder aus neuen Perspektiven geführt. Vera rief sie wie üblich auf ihre zurückhaltende Weise zur Ordnung.

»Jetzt haltet mal die Klappe, verdammt!«

Marie fuhr mit den Fingern durch ihre tantige Kurzhaarfrisur und lächelte gequält. Es war offenkundig, dass Veras Sprachgebrauch der streng religiösen Ermittlerin nicht behagte, doch war sie klug genug, das nicht zu sagen. Obwohl Marie angefordert worden war, um die Voruntersuchung zu leiten, wusste Sofia doch, dass Vera die Zügel nicht aus der Hand geben würde. Die interne Rangordnung stand seit vielen Jahren fest, und Marie hatte die Unterlegenheit widerwillig akzeptiert.

»Dann können wir ja vielleicht mal anfangen.« Vera rieb Zeigefinger gegen Daumen, als würde sie einen unsichtbaren Rosenkranz durcharbeiten. Ein unmissverständliches Zeichen, dass sie verärgert war.

»Wie ihr wisst, ist Adam Ceder um fünf vor halb fünf gestern Morgen unterhalb des Hotels Ulvö tot aufgefunden worden. Er hatte ein Zimmer im Hotel, wo er am Freitag eingecheckt hat.«

»Zeugen?«

Vera schüttelte den Kopf als Antwort auf Maries Frage.

»Wir sind von Haus zu Haus gegangen, haben vor Ort Vernehmungen sowie Telefonbefragungen durchgeführt, doch ohne Ergebnis. Bisher haben wir nichts gefunden, das darauf hinweist, dass Ceder Gesellschaft gehabt haben könnte oder mit jemandem verabredet war. Solange keine Obduktion erfolgt ist, können wir nicht mehr tun, als wir bereits getan haben. Seine Schwester ist auf dem Weg nach Umeå, wo er in der Gerichtsmedizin liegt, um ihn zu identifizieren. Sie sollte heute Nachmittag dort ankommen. Fridell wollte nur sehr ungern schon vorher anfangen, an ihm herumzuschnippeln.«

Marie rümpfte die Nase über die Formulierung.

»Aber wenigstens hat sie sich breitschlagen lassen, eine höchst informelle Vermutung zu äußern«, fuhr Vera fort. »Sie glaubt, das Opfer sei an seinen Kopfverletzungen gestorben und nicht durch Ertrinken. Wir sprechen hier also über Mord. Sein Kopf war übel zugerichtet, allerdings waren keinerlei Spuren von Tieren zu erkennen. Er kann also nicht sonderlich lange im Wasser gelegen haben. Wir werden mehr erfahren, wenn der Bericht kommt.«

»Konnte sie etwas zur Mordwaffe sagen?«, fragte Marie.

»Nein.«

»Oder wie lange er schon tot war?«

»Nein.«

»Hat sie sonst irgendwelche anderen Spuren auf der Leiche gefunden?«

»Nein.«

Die Fragen sprühten nur so aus Marie heraus, und Sofia konnte sehen, wie Veras Blick sich mit jedem Nein verfinsterte.

Karim hielt ein Foto von der Leiche am Strand hoch.

»Die Frage ist doch, wie Ceder ausgerechnet dorthin gelangte. Wir haben keine Spuren entdeckt, die zu dem Platz hin- oder davon wegführten.«

Vera schlug ihr Notizbuch auf. Ein schnelles Rucken mit dem Kopf, und die Lesebrille rutschte von der Stirn und landete auf der Nase. Sie drückte sie mit dem Handrücken an ihren Platz. »Fridell hat erwähnt, dass auf Stirn und Händen Abschürfungen seien. Wenn man das und die Ausbreitung der Leichenflecke bedenkt, dann ist wohl am wahrscheinlichsten, dass er ins Wasser geworfen und dann von der Strömung zum Strand unterhalb des Hotels getrieben wurde. Andernfalls dürfte er nur auf dem Rücken Leichenflecken haben, denn als er gefunden wurde, lag er auf dem Rücken.«

»Das klingt logisch«, sagte Sofia. »Nur wenige Meter von der Stelle, an der er gefunden wurde, fängt der Gästesteg an, und der war in der Mittsommernacht mehr als voll besetzt mit Booten. Egal wie betrunken die

Leute waren, schafft man es doch nicht an einem ganzen Hafen voller Menschen vorbei, um dann unbemerkt eine Leiche abzulegen.«

Karim rieb die Haut zwischen seinen Augenbrauen.

»Könnte er nicht aus der Bucht von Rensviken an Land gespült worden sein?«

»Wir hatten mindestens zwei Tage Wind aus südlichen Richtungen«, erwiderte Sofia, »unmöglich ist das also nicht. Und da in der Bucht halten sich die Jugendlichen an Mittsommer gern auf. Ich rede mal mit der Küstenwache, was die meinen.«

»Nun war er ja wohl kaum ein Jugendlicher, aber klar, check das mal«, murmelte Vera.

»Was ist mit Christine Karst, der Hotelbesitzerin. Habt ihr die schon erreicht?«, erkundigte sich Marie.

»Nein.«

»Und hat Mona Höglund sich schon wegen der Videos aus den Überwachungskameras gemeldet?«

»Nein, aber wir versuchen weiterhin, da ranzukommen.« Vera klappte das Notizbuch zu und schob es von sich. Eine lähmende Stille legte sich über den Tisch.

»Haben wir Kontakt zur Presse?«, fragte Marie.

»Mattias?« Vera gab die Frage weiter.

Es geschah nur selten, dass die Region von einem derartigen Gewaltverbrechen betroffen war. Vera war selbst für die Pressearbeit zuständig, überließ die Verantwortung aber immer öfter Mattias, und Sofia musste widerwillig zugeben, dass die Rolle gut zu ihm passte. Nicht nur, weil er sich auf Fotos gut machte, sondern auch, weil er eine Art besaß, die Journalisten mit allem zufriedenzustellen, was er ihnen bot. Wäre er nicht zur Polizei gegangen, hätte aus ihm auch ein ausgezeichneter Politiker werden können.

»Ich kann eine Pressemitteilung zusammenstellen.« Mattias fuhr sich mit der Hand durchs Haar, und seine Begeisterung war deutlich.

»Sofia, kümmere du dich bitte darum, dass wir Kontakt zu Karst bekommen«, sagte Vera. »Und wir anderen arbeiten an dem weiter, was wir haben, bis Ceder identifiziert und obduziert ist.«

»An dem, was wir haben?« Auch wenn Marie ein sanftes Lächeln aufgelegt hatte, war die Verärgerung doch nicht zu überhören.

»Mir ist durchaus bewusst, dass es nicht sonderlich viel ist, aber wir müssen einfach weitergraben. Irgendwo da draußen muss es jemanden geben, der etwas gesehen hat. Der verdammte Kerl kann ja wohl nicht einfach vom Himmel gefallen sein!«

Marie verzog den Mund und wollte eben etwas erwidern, als Vera sie mit einem barschen »Gut, dann legen wir mal los!« unterbrach und auf ihre Armbanduhr sah. »Ich möchte, dass wir zur Nachmittagsbesprechung was haben, okay?«

*

Auch wenn das kaum möglich war, tat Fredriks bereits strapaziertes Hinterteil noch mehr weh, als er ein weiteres Mal so würdevoll er konnte von der Ladefläche des Lastenmopeds kletterte. Sie hatten den verschlungenen

Waldweg auf dem nördlichen Teil der Insel verlassen und waren wieder ins Dorf gekommen. Auf dem letzten steilen Abhang, den Tord »Malabacken« nannte, wäre er fast vom Moped geflogen. Sein Herz raste immer noch vom Adrenalin, doch das war gar kein unangenehmes Gefühl. Zum ersten Mal seit Langem fühlte er sich lebendig, und zwar so, dass er fast den Grund für ihren Ausflug vergessen hätte. Göstas schreckliche Geschichte hatte seine Überzeugung noch verstärkt, dass Adam Ceders Tod etwas mit diesem Sommerlager zu tun hatte.

»Na, da wärst du ja fast über Kopp gegangen!« Tord parkte das Moped lachend unterhalb der Feuerwache am Hang, nicht weit von der alten Kapelle entfernt. Sie befanden sich mitten auf der Insel, genau an der Stelle, wo der Kiesweg vom Hafen zum Hotel sich mit der Straße nach Sandviken und zu den Norrbysbodarna verband, wo Sofia wohnte. Auf der anderen Seite des Wegs, zum Meer hin, lag eine lange Reihe heller Wohnhäuser, die hinter weiß gestrichenen Zäunen dicht beieinanderstanden. Zwischen den Häusern konnte Fredrik rot gestrichene, mit Stegen ausgestattete Bootshäuser erkennen.

Für den Fall, dass jemand das Moped würde ausleihen wollen, ließ Tord die Schlüssel am Lenkrad hängen und zeigte dann stolz auf das ungefähr zwanzig Meter von ihnen entfernte graue Gebäude. »Und hier hast du die alte Kapelle von Ulvön.«

Die Kapelle stand auf einem schrägen Steinuntergrund, und rings um den winzigen Friedhof verlief ein windschiefer weißer Holzzaun. Fredrik betrachtete den hohen Glockenstuhl, der separat neben der Kapelle stand. Hier hatten die Jugendlichen auf dem Foto aufgereiht gestanden. Es sah alles immer noch genauso aus wie vor vierzig Jahren.

Sie umrundeten die Kapelle und blieben am Zaun stehen. Tord zeigte auf die zwei Häuser, die auf dem Grundstück weiter oben standen.

»Dort, zur rechten, siehst du mein schlichtes Heim.« Fredrik sah die Böschung hoch, wo eine rote Hütte mit grün gestrichener Tür stand. Nicht viel größer als die von Gösta Björnberg, aber in bedeutend besserem Zustand. Dachtraufe und Fensterrahmen glänzten frisch weiß gestrichen, und die Wiese ums Haus war sorgfältig gemäht und gepflegt.

»Das andere Haus ist Nordins. Das Grundstück gehört mir, aber wir teilen es uns.« Ungefähr zwanzig Meter oberhalb der Hütte erkannte Fredrik eine weiß gestrichene alte Villa mit verglaster Veranda und weißen Sprossenfenstern. Eine überwucherte Steinmauer teilte das Grundstück, und ein Stück weiter oben war eine Öffnung zu erkennen, die fast ganz von einem riesigen Fliederbusch bedeckt war. Tord schien der geradezu lächerlich offenkundige Unterschied in der Wohnsituation nicht bewusst zu sein. Er war wirklich ein Mann der Kontraste, dachte Fredrik. Barsch und poetisch, wohlhabend und schlicht.

Tord sah auf seine Uhr.

»Marianne ist jetzt in der Kapelle. Geh nur rein. Ich bin mal eben für kleine Jungs.« Mit diesen Worten ver-

schwand er durch ein Tor und zur Hütte hinauf, die
während ihrer Reise über die Insel offensichtlich unver-
schlossen gewesen war.

Fredrik zog die Lederjacke aus und versuchte, seine
verkrampften Muskeln zu strecken. Er krempelte die
Ärmel des von Sofias Vater geliehenen Hemds hoch.
Unterwäsche hatte er da nicht gefunden, und selbst
wenn, wäre ihm die Vorstellung, die Unterhosen eines
anderen Mannes zu tragen, auch nicht sonderlich angenehm gewesen.

Er ging zum Eingang der Kapelle zurück und musste
einen großen Schritt machen, um die schräge Schwelle
zu überschreiten. Auf einer Holzbank lagen Broschüren
über das Gebäude und ein paar zerfledderte Gesangbücher. Weiter unten am Ende des Ganges zum Altar
stand eine dunkelhaarige Frau mit Pagenkopf und einem knöchellangen Kleid. Sie winkte ihn zu sich, ohne
dabei den Vortrag in makellosem britischem Englisch
zu unterbrechen, mit dem sie gerade eine Gruppe asia-
tischer Touristen fesselte. In der Kapelle war es warm,
und es duftete nach trockenem Holz und Staub.

»Die Kapelle ist 1622 errichtet worden, aber die
Wandmalereien, die Sie hier sehen, stammen von Ro-
land Johansson Öberg aus dem Jahre 1719. Er war der
Sohn eines Bauern von Ulvön.«

Fredrik setzte sich in die letzte Bankreihe, legte den
Kopf so weit in den Nacken, wie er konnte, und ließ den
Blick über die Decke der Kapelle wandern. Jeder einzelne Millimeter der groben Holzkonstruktion, Wände
und Decke, war mit Malereien bedeckt. Verschnörkelte

Blumenmuster, strenge biblische Motive und dann etwas, was nach Alltagssituationen aussah. Menschen, die Essen zubereiteten, auf Pferden ritten oder sich um ihre Tiere kümmerten. Ganz vorn in der Kapelle stand eine grün gestrichene Kanzel mit Schnitzereien in Rot und Braun. Links vom Altar hing ein schön geschnitztes Votivschiff mit hellen Segeln und einer blau bemalten Reling von der Decke.

»Historisch gesehen war Ulvön eine Gemeinschaft von Fischern. Die Menschen, die im 18. Jahrhundert diese Kapelle besuchten, konnten oft weder lesen noch schreiben. Die Malereien halfen ihnen dabei, die Predigt der Pfarrer zu verstehen. Wie Sie sehen, stehen auch viele der Motive in Verbindung mit dem Fischereihandwerk.«

Obwohl ihn dahinten in der letzten Bank niemand bemerkte, nickte Fredrik zustimmend. An vielen Stellen konnte man Männer in ordentlich zugeknöpften Mänteln des 18. Jahrhunderts sehen, die Netze auslegten oder mit Angeln fischten.

Er hatte schon immer einen Hang zum Religiösen gehabt. Vielleicht hätte sein Leben ja anders ausgesehen, wenn er zu Gott gefunden hätte. Aber er hatte stattdessen seinen Glauben an die Tabletten gepflegt.

»Vielen Dank, dass Sie zugehört haben. Dann können Sie jetzt wieder hinausgehen und den Surströmming genießen.«

Die Asiaten drängten sich im Altargang, um die stickige Kapelle zu verlassen. Fredrik stand auf und folgte ihnen in die Sonne hinaus. Marianne Nordin stand im

Vorraum und plauderte mit den Touristen, die vorbei-
schwärmten, um dann in unterschiedliche Richtungen
zu verschwinden.

Er streckte seine Hand zur Begrüßung aus, und sie
ergriff sie. Ihre Finger waren kühl und trocken.

»Fredrik Fröding. Ich bin ein Bekannter von Tord. Er
hat mich eingeladen mitzukommen, damit ich Sie treffen und etwas über die Geschichte von Ulvön fragen
kann. Offensichtlich sind Sie Expertin.«

Marianne lächelte und zeigte eine perfekte weiße
Zahnreihe.

»Ja, das kann man sagen.«

Sie gingen ohne Eile um den Glockenstuhl herum
und auf die Schotterstraße hinaus und bogen dann in
den Weg zu Tords Grundstück ein. Als sie sich an dem
Fliederbusch durch die Öffnung der alten Steinmauer
gezwängt hatten, lud sie ihn ein, auf der Treppe zur
Glasveranda Platz zu nehmen, während sie aus einem
Hahn an der Seite des Hauses einen Wasserkrug füllte.
Sie war überhaupt nicht so, wie er erwartet hatte. Mindestens fünfzehn Jahre älter als er, wenn nicht noch
mehr, war ihr Gesicht doch ganz glatt und sonnengebräunt. Sie erinnerte an einen Filmstar, aber Fredrik
konnte sich nicht entsinnen, an wen. Die Ähnlichkeit
war auf jeden Fall erstaunlich. Die Fülle der Lippen und
die für ihr Alter unnatürliche Festigkeit sagten ihm, dass
Marianne eine Frau in guten Verhältnissen war, die darauf achtete, das zu behalten, was die Jahre ihr nehmen
wollten. Sie war groß und schlank und trug ein Sommerkleid mit Spaghettiträgern, das ihr bis zu den Knö-

cheln reichte. Er wollte gerade ansetzen, etwas Höfliches über das Haus oder den Garten zu sagen, als Tords bollernde Stimme ihn davon abhielt.

»Zum Teufel, Marianne! Wann wirst du endlich diesen verdammten Baum zurückschneiden?« Er kämpfte sich durch den riesigen Fliederbusch, der ihre beiden Grundstücke trennte, und fluchte leise, als sein Pullover in einem Ast hängen blieb.

»Es ist ein Busch, wenn ich dich darauf aufmerksam machen darf. Und die Antwort lautet: nie. Er ist schön.« Marianne lächelte Tord herausfordernd an. Er schnaubte etwas Unverständliches und stellte ihnen einen Eimer mit silbrig glänzenden Fischen vor die Füße. Flink zog er die Snusdose aus der Brusttasche und schob sich eine anständige Portion unter die Oberlippe, wobei er Fredrik zunickte.

»Wie ich sehe, habt ihr euch bereits kennengelernt.« Marianne nickte.

»So, mein Junge, und jetzt werfen wir mal den Räucherofen an. Wenn du was essen willst, musst du dich ranhalten.«

23.

Um fünf vor halb zwölf konnte Sofia im Flur vor ihrem Büro die Stimmen von Karim und Mattias hören. Sie waren wie üblich zur Mittagszeit auf dem Weg zu ihrem Stammlokal. Sie erwartete nicht, eingeladen zu werden mitzukommen, und das wurde sie auch nicht, obwohl ihre Tür offen stand, als die beiden vorbeikamen. Vera aß selten zu Mittag, und Marie war ins Stadthotel gegangen, um einzuchecken. Sofia überlegte, ob sie hungrig war, aber der Endorphin-Kick nach der Liebesnacht drosselte das Bedürfnis nach Nahrung. Einen Moment lang driftete ihre Konzentration ab, als sie an Fredriks Hände auf ihrem Körper dachte, und sie zuckte zusammen, als die viel zu laute, scheppernde Musik der Warteschleife im Hörer losging. Kurz darauf meldete sich einer der Wachleute in Gisela Karsts Wohnanlage in Alicante auf Englisch mit spanischem Akzent.

»Mein Name ist Sofia Hjortén, und ich rufe von der schwedischen Polizei an. Ich suche eine Person, die bei Ihnen in ...«, Sofia klickte auf die Mail, die sie von der Personalverantwortlichen des Ulvö Hotel bekommen hatte, »...Wohnung 4D in der Carrer de Tabarca wohnt«.

»Ah, Sie meinen Gisela!« Der Wachmann lachte. »Die ist leider nicht zu Hause.« Der Mann spulte einen

175

langen Ortsnamen auf Spanisch ab, den Sofia so schnell nicht verstehen konnte. »Sie spielt Klavier. Sie wissen schon, Konzert.«

Sofia wusste schon. Gisela Karst, die Mutter von Christine, war auf Ulvön geboren und der ganze Stolz der Insel. Die weltbekannte Pianistin.

»Wissen Sie, ob ihre Tochter Christine in der Wohnung ist?«

»Nein.« Mit einem Mal klang der Mann traurig. »Sie kommt manchmal, kann aber nie länger bleiben. Rastlos. Unruhig ... Sie verstehen?«, schob er nach, als wolle er sich versichern, dass sein etwas rudimentäres Englisch auch angekommen war.

»Aber ihre Kollegen haben gesagt, sie wäre vorgestern zu ihrer Mutter gereist. Offensichtlich wohnt sie dort seit ihrer Scheidung, nicht wahr?«

»Es tut mir leid. In der Wohnung ist niemand. Ich bin erst heute Morgen dort vorbeigekommen.«

Nachdem sie den Mann gebeten hatte, ihr den Namen des Ortes zu mailen, an den Gisela Karst gereist war, und zudem nach Christine Ausschau zu halten und sie zu bitten, sich zu melden, wenn sie käme, beendete Sofia das Gespräch.

Der nächste Anruf galt Mona Höglund. Sofia hatte am Tag zuvor schon mehrmals erfolglos versucht, sie zu erreichen. Schon am Abend nach dem Mittsommerfest hatte Mona zusammen mit der Bedienung, die Sofia geholfen hatte, Ceders Leiche zu bedecken, das Krankenhaus verlassen. Das Hotelpersonal sagte, Mona sei noch nicht zur Arbeit gekommen, obwohl es schon Mittag war. Sofia hatte darum gebeten, sowohl Mona als auch Christine Karst, sowie sie auftauchten, auszurichten, dass sie sich sofort bei ihr melden sollten.

Nachdem sie eine weitere Stunde in der Gegend herumtelefoniert hatte, erreichte sie Christines Exmann, der vor den Toren Stockholms in Nacka wohnte. Er hatte seine Exfrau seit mehreren Monaten weder gesehen noch mit ihr gesprochen, da diese fast die ganze Zeit nach der Scheidung in der Wohnung ihrer Mutter in Alicante verbracht habe. Er konnte Sofia aber den Tipp geben, sich bei einer Freundin zu melden, die wiederum bestätigen konnte, dass Christine am Tag nach Mittsommer auf dem Weg von Örnsköldsvik nach Alicante in Stockholm zwischenlanden wollte. Und wieder legte Sofia mit der dringenden Bitte, dass Christine sich so schnell wie möglich bei ihr melden sollte, den Hörer auf.

Es war nicht gerade eine schöne Aussicht, ohne Ergebnisse in die Sitzung mit Vera gehen zu müssen.

*

Obwohl die Sonne vom Himmel brannte, hing die Ahnung eines Unwetters in der Luft. Am Horizont lagen die Wolken in dicken Packen, und Fredrik spürte, dass ein Gewitter im Anzug war. Er saß mit dem Rücken an die Hauswand gelehnt und wartete darauf, dass die Felchen fertig geräuchert wären, während Marianne weiter von der Insel, der Kapelle, den Fischern, die im 18. Jahrhundert hierhergekommen waren, und dem Bau des neuen Hotels erzählte.

Tord wanderte mit den Fischkisten zwischen dem Bootshaus unterhalb des Fußgängerwegs und der Räucherhütte in der Ecke von Mariannes Grundstück hin und her. Fredrik selbst hatte sich als höchst unbrauchbar erwiesen, sowohl was das Putzen der Fische als auch was das Anzünden des Wacholderreisigfeuers im Räucherofen anging. Deshalb war er jetzt aufgefordert worden, sich mit einer Thermoskanne Kaffee und einer Schüssel Mandelkekse fernzuhalten – eine Aufgabe, der er sich natürlich mit dem größten Vergnügen gewidmet hatte. Trotz der schicksalhaften Nacht im Hotel und Ceders Tod konnte er nicht anders, als diesen Moment zu genießen. Es war, als befände er sich in einer parallelen Wirklichkeit. Das Haus, die Sonne, die Aussicht über Ulvöhamn und die beiden Fremden, die nichts über sein Leben oder über das, was geschehen war, wussten.

Marianne saß mit einem Eimer zwischen den Beinen auf einem Stuhl und putzte Fische. Ihre Hände glitzerten von regenbogenfarbigen Schuppen. Als sie den Arm hob, um sich mit dem Handrücken eine dunkelbraune Haarsträhne aus dem Gesicht zu streichen, konnte Fredrik mehrere lange Narben erkennen, die von der Achselhöhle bis zum Handgelenk verliefen. Unangenehm berührt bemerkte sie seinen Blick.

»Jetzt komm und hilf mir mal, Jungchen!«, rief Tord aus der Räucherhütte. »Zum Ausräumen des Rauchs wirst du ja wohl taugen, auch wenn du aus der Großstadt kommst.«

Fredrik stellte seine Kaffeetasse ab und erhob sich.

»Hoffen wir mal.«

»Passen Sie auf, dass Sie sich nicht verbrennen«, ermahnte Marianne ihn. Die Haarsträhne fiel wieder herunter, und sie versuchte vergeblich, sie aus dem Gesicht zu pusten. Nach mehreren Versuchen gab sie auf, und Fredrik beugte sich vor und strich ihr die Strähne hinters Ohr. Sie nickte dankbar und lächelte zu ihm hinauf.

Als alle Fische aus dem Rauch geholt waren, ließen sich Tord und Fredrik auf den Gartenmöbeln vorm Haus nieder. Marianne verschwand nach drinnen, und Tord reichte ihm ein Bier. Vorsichtig nahm Fredrik einen Schluck. Eigentlich sollte er nicht trinken, doch dann fiel ihm ein, dass er seit dem Mittsommerabend keine Tabletten mehr genommen hatte. Das war die längste Zeit der Abstinenz während dieses ganzen Schubs gewesen. War das die Wende?

Er lehnte sich zurück und ließ den Blick über die Bootshäuser und weiter über die Bucht wandern. Ein großes Segelboot hatte sich durch den Ulvö-Sund geschlängelt und tuckerte nun unter Motor in Richtung Hotel. Drinnen auf dem Herd kochten neue Kartoffeln mit Dill, und der Duft ließ Fredriks Magen knurren.

»Was für eine seltsame Geschichte das ist mit den Dirks.«

Tord nickte und rollte sich einen Snus. Dann bürstete er sich gründlich die Hände ab, sodass die schwarzen Krümel auf das weiße Baumwolltuch regneten.

»Die ganze Familie war seltsam. Heute würde man sie wahrscheinlich fanatisch oder eine Sekte nennen. Gott und Jesus und der Teufel und seine Großmutter.« Er schüttelte den Kopf. »Aron pflegte immer darüber zu predigen, dass seine jüngste Tochter Ester beschützt worden sei. Dass Gott damals bei dem Autounfall einen Engel ausgesandt habe, um sie zu schützen. Wahrscheinlich wollte er gern glauben, dass alles einen Sinn hat, was man ja verstehen kann, aber das lief ein bisschen aus dem Ruder. Die meisten der Kinder glaubten, was Aron redete, und viele hatten Angst vor Ester. Das arme Mädchen.«

Marianne wurde im Fenster über ihnen sichtbar.

»Jetzt essen wir, ehe die Kartoffeln kalt werden.«

24.

Für die letzte Abstimmung des Tages hatten sich alle in der Bibliothek versammelt. Der Raum hieß so, weil dort lange Zeit die Gesetzesbücher untergebracht gewesen waren. Heute war alles digitalisiert, und der Raum wurde als Besprechungsraum genutzt, aber die Bücherregale gab es noch. Sofia setzte sich neben Marie, die ihr gutmütig den Stuhl herauszog und sie freundlich anlächelte.

»Du siehst so frisch aus, Sofia. Hast du was mit deinen Haaren gemacht?«

Sie schüttelte den Kopf.

»Dann ist da irgendwas mit deinem Blick.« Marie lehnte sich so dicht herüber, dass ihre Schultern einander berührten. »Hast du einen Mann kennengelernt?«

Sofias Wangen wurden heiß, und sie konnte nicht anders, als sich über Maries Scharfsinn zu wundern. War es so offensichtlich?

»Wenn ihr zwei fertig geflüstert habt, können wir dann mit unserer Besprechung beginnen?« Vera stand am Kopfende des Tisches und trommelte verärgert mit einem Whiteboardstift auf die Tischplatte. Marie zwinkerte Sofia zu, die sich lächelnd zu Vera umdrehte.

»Sehr gerne, bitte schön.«

»Danke«, antwortete Vera säuerlich. Sie befestigte ganz oben auf dem Board ein Foto von Christine Karst. Es stammte aus dem Bildarchiv der Lokalzeitung und zeigte eine lächelnde, sonnengebräunte Christine bei der Einweihung des Ulvö Hotels. Der damalige Gemeinderat Elvy Söderström war aus dem Foto geschnitten, doch konnte man immer noch seinen Arm um Christines schmale Schultern erkennen.

»Wie läuft die Suche nach ihr?«

»Schlecht«, gestand Sofia. »Der Exmann hat seit mehreren Monaten nicht mit ihr gesprochen, und Gisela Karst ist verreist und geht nicht ans Telefon. Jetzt sind fast drei Tage vergangen, seit wir Adam Ceder ermordet vor dem Hotel gefunden haben, und Christine hat sich trotz mehrfacher Versuche, sie zu erreichen, immer noch nicht bei uns gemeldet.«

»Das ist wirklich seltsam«, stimmte Karim ihr zu.

Vera verzog den Mund und malte ein Fragezeichen neben das Foto.

»Aber nur weil Christine gesagt hat, sie würde nach Alicante reisen, muss das nicht bedeuten, dass sie es auch getan hat«, fuhr Sofia fort. »Ich habe mit dem Personal auf der Fähre gesprochen. Die sind ganz sicher, dass sie am Tag nach dem Mittsommerfest nicht auf der ersten Fahrt war. Sie ist auf der Insel sehr bekannt, und offensichtlich waren auf der Tour nicht so viele Gäste, dass man sie hätte übersehen können. Ich habe die Passagierlisten des Flugs nach Alicante bereits angefordert. Wenn sie kommen, wissen wir vielleicht mehr.«

Vera nickte.

»Was hat die Küstenwache gesagt?« Marie wandte sich an Sofia, die mit den Schultern zuckte.

»Die konnten nichts darüber sagen, von woher Ceder an Land geschwemmt worden sein könnte. Er kann genauso gut vom Sund her angetrieben worden sein.«

»Könnte sein Tod etwas mit dem Hotel zu tun haben?«

»Eine Zeit lang kursierte das Gerücht, dass das Ulvö Hotel verkauft werden sollte, aber ich weiß nicht, was daran wahr ist. Ceder war schließlich auch in der Hotelbranche. Vielleicht liegt das Motiv ja da. Möglicherweise plante er, das Hotel zu kaufen.« Sofia sah Vera an.

»Möglich, aber warum sollte das zu seinem Tod geführt haben?«, wandte Mattias in skeptischem Tonfall ein.

»Das müssen wir weiter untersuchen.« Vera zeigte auf das Foto von Adam Ceder, das sie ebenfalls an das Whiteboard geklebt hatte. Es stammte von der Website der Ceder-Kette, und Adam lächelte fröhlich in die Kamera.

»Sofia, ich möchte, dass du nach Stockholm runterfährst und mit Ceders Mutter und seiner Schwester sprichst. Und auch mit den Angestellten in der Zentrale der Ceder-Kette. Und ruf Marklund an! Wir brauchen einen Profiler hier. Ich kann mir niemand vorstellen, der besser passen würde.«

Sofia hatte noch nie an einem Fall gearbeitet, der ein Täterprofil erfordert hätte, aber irgendwann war immer das erste Mal. Nun sollten also Kaj und sie zusammenarbeiten? Der Gedanke war alles andere als angenehm, vor allem nicht jetzt, da sie Fredrik wiedergetroffen hatte. Aber das hier war ein Arbeitsplatz und keine Bühne für irgendein spießiges Dreiecksdrama.

»Soll ich dann mal den Gerüchten über den Verkauf nachgehen?«, fragte Karim.

»Mach das.« Vera wandte sich wieder dem Board zu.

»Ich habe mit dem für die Presse …«, begann Mattias, wurde aber von Sofias Handy unterbrochen, das auf dem Tisch vibrierte. Es war der Empfang, der anrief.

»Da ist eine Frau von Ulvön, die dich sprechen möchte. Es geht um jemanden namens Fredrik Fröding.«

Auf Sofias Hals breitete sich Röte aus.

»Ich bin in einer Besprechung. Lass dir ihre Nummer geben und sag, ich rufe in einer Stunde zurück.«

»Es ist Mona Höglund. Sie sagt, es beträfe die Ermittlung. Ich verbinde sie.«

Sofia drehte sich diskret weg, um die Besprechung nicht zu stören.

Erst war es still im Hörer, doch kurz darauf war eine dünne Stimme zu hören.

»Hallo, hier ist Mona Höglund. Ich leite das Ulvö Hotel. Wir haben uns …«

»Wir haben versucht, Sie zu erreichen.« Sofias Antwort geriet kürzer als vielleicht nötig.

»Ich habe schlecht geschlafen, seit wir diesen Mann gefunden haben und …«

»Wir müssen mit Ihnen sprechen, aber im Moment bin ich in einer Besprechung. Könnte ich Sie etwas später zurückrufen?«

Mona rappelte sich scheinbar hoch und räusperte die Müdigkeit aus der Stimme.

»In der Mittsommernacht hatten wir einen Gast namens Fredrik Fröding. Er war ziemlich betrunken, und ich sah, wie er irgendwann am Abend beim Pool stand und einen Mann anbrüllte.«

»Und was hat das Ihrer Meinung nach mit der Ermittlung zu tun?«

»Das weiß ich nicht genau, aber der Mann, den er angebrüllt hat, glich dem, den wir unten am Steg gefunden haben. Also, Adam Ceder. Ich bin ganz sicher, dass er es war. Das hätte mir schon früher einfallen können, denn schließlich habe ich ihn ja gefunden, aber ich glaube, ich stand unter Schock, und …«

»Danke, ich werde mich wieder bei Ihnen melden, wenn wir das überprüft haben.«

Als Sofia aufsah, stellte sie fest, dass die Besprechung unterbrochen worden war. Vera sah ihr fragend ins erhitzte Gesicht.

»Wir müssen mit den Medien warten.«

»Warum denn?« Mattias sah sie schmollend an.

»Weil wir eine Zeugin haben, die das Opfer im Laufe des Abends mit einem der Hotelgäste hat streiten sehen.«

Vera lehnte sich auf dem Stuhl zurück und verschränkte die Arme.

»Ah so, und wer zum Teufel könnte das gewesen sein?«

*

»Mein Gott, bin ich satt!« Marianne legte das Besteck auf den Teller und lehnte sich mit einer Bierflasche in der Hand im Korbstuhl zurück. »Zum Glück habe ich keine Hose an, sonst müsste ich die jetzt aufknöpfen.« Sie klopfte sich zufrieden auf den flachen Bauch.

Es war ein netter Nachmittag gewesen. Tord hatte sie mit verrücktem Seemannsgarn unterhalten, und Marianne hatte im Schatten unter dem Fliederbusch gesessen, Netze geflickt und Fische geputzt, während sie darauf warteten, dass die geräucherten Fische fertig waren. Abgesehen von den Felchen hatte auch eine Dose Surströmming den Weg auf den Tisch gefunden. Die weißblaue Dose stand immer noch da, und der Gestank war wirklich jenseits von Gut und Böse. Fredrik schubste sie ein Stück von sich weg, musste aber zugeben, dass der Geschmack überhaupt nichts mit dem üblen Geruch zu tun hatte. Schon als Marianne mit der Dose aus dem Haus gekommen war, hatte sich sein Magen umgedreht. Nie im Leben würde er etwas, das so roch, in den Mund stecken! Doch zwischen zwei Knäckebrotscheiben, mit Kartoffel und roter Zwiebel schmeckte es tatsächlich richtig gut.

»So, Fredrik, nun bist du offiziell in Ulvöns uralte Tradition eingeführt und damit in unsere Gemeinschaft aufgenommen«, verkündete Tord feierlich und verbeugte sich mit der Kappe in der Hand über den Tisch.

Fredrik lachte.

»Das ist wirklich nett von dir. Aber auf den Geruch hätte ich durchaus verzichten können.«

»Daran gewöhnt man sich. Nächstes Mal nimmst du

ihn ohne das Knäckebrot und nur mit einem kleinen Schnaps als Gesellschaft.« Tord schob seinen Teller mit Felchen und Surströmming von sich und rollte sich einen neuen Snus. Es schien ihn nur selten ohne einen dicken schwarzen Hügel unter der Oberlippe zu geben.

»Es hat wirklich sehr gut geschmeckt«, gestand Fredrik. »Vielen Dank, dass ich zum Essen bleiben durfte.«

»Keine Ursache.« Marianne öffnete noch ein Bier und warf den Kronkorken auf die Tischdecke. »Gibt es einen bestimmten Grund, warum du dich für die Geschichte der Insel interessierst?«

»Ich würde tatsächlich gerne mehr über die Sommerlager wissen.«

Mariannes Hand hielt auf halbem Weg zum Mund inne, und sie stellte die Bierflasche langsam wieder auf den Tisch.

»Warum willst du ausgerechnet darüber etwas wissen?«

»Er schreibt über die Insel.« Tord lachte, als hätte er noch nie etwas so Verrücktes gehört.

»Tord meinte, du hättest die Familie Dirk gekannt?« fragte Fredrik und holte die Kopie des Fotos aus der Lederjacke, die auf dem Stuhl neben ihm lag. Marianne schlug in dem breiten Korbstuhl ein Bein unter sich. Sie vermied, das Foto anzusehen.

»Was man so ›kennen‹ nennt. Meine Eltern gehörten zur selben Gemeinde wie Aron. Sie arbeiteten in Irland für die Schwedische Kirche. Während sie weg waren, durfte ich bei den Dirks wohnen, bis wir dann auf Dauer ins Ausland zogen,« sagte sie.

»Warst du mit den Schwestern befreundet?«

Marianne schaute den Hügel hinunter über die lange Reihe von Häusern und Bootshütten auf der anderen Seite des Wegs.

»Nein, nicht wirklich.«

»Und kanntest du den Jungen, der sich Ende der Siebzigerjahre dort erhängt hat?«

»Nein, das kann ich nicht sagen. Ich war immer nur sporadisch bei den Dirks, und als sich … das ereignete, damals in der Mittsommernacht, da hatte ich Schweden bereits verlassen.«

»Hast du heute noch Kontakt zu jemandem aus dem Sommerlager?«

Sie schüttelte den Kopf.

»Da waren im Laufe der Jahre so viele Kinder bei den Dirks, auch wenn grade kein Sommerlager stattfand. Die Leute kamen und gingen, deshalb konnte man sich nicht enger an jemanden binden. Ich gehörte zu einer Gruppe Kinder von der Insel, die sich natürlich von früher her kannten, aber doch nicht so, dass wir später noch Kontakt gehalten hätten. Ich habe schließlich so lange im Ausland gelebt. Ich bin erst in diesem Frühjahr wieder hierhergezogen.«

»Und Karsts Tochter? Christine?«, schob Tord ein.

»Doch, sie war oft da, aber wie gesagt, waren wir viele, die im Sommer da herumsprangen. Die halbe Insel muss irgendwann mal was mit Dirks zu tun gehabt haben.«

»Sie war an Mittsommer hier.« Tord nickte zum Hotel hin.

»Das habe ich gehört«, sagte Marianne. »Ich wollte sie eigentlich besuchen, aber offenbar war sie schon wieder abgereist. Ich verstehe ja nicht, warum die Karsts unbedingt an diesem Hotel festhalten. Die sind doch nie hier, um sich um das Haus zu kümmern.«

Tord nickte zustimmend.

»Wie war denn das in diesem Sommerlager?«, fragte Fredrik in dem Versuch, das Gespräch vom Dorftratsch wegzulenken.

Marianne schüttelte den Kopf, ohne ihn anzusehen. »Es war wie wahrscheinlich jedes beliebige Sommerlager, würde ich sagen. Ich habe das so gut wie verdrängt ... Es war keine schöne Zeit.« Sie sah auf und konzentrierte ihren Blick auf Fredrik, als würde sie bei ihm Zustimmung suchen. »Wir waren alle jung. Wir wollten nicht dasitzen und über das Leben nach dem Tod und das Leiden Jesu nachgrübeln. Wir wollten Spaß. Durchs Dorf laufen, heimlich rauchen und tanzen gehen, na, du weißt schon.«

Es wurde still, und Fredrik betrachtete Mariannes Finger, die methodisch an den Rändern des Etiketts der Bierflasche zupften, bis es sich in einem Stück löste. Die Hitze hing wie ein dampfender Deckel über ihnen, aber die dunklen Wolken waren schon näher gekrochen. Über die Grasböschung wischte ein kühler Wind.

»Das Haus ist wirklich wunderbar.« Fredrik wechselte das Thema, um die Stimmung aufzulockern. Mariannes Miene hellte sich auf.

»Nicht wahr? Als mein Mann und ich uns haben scheiden lassen, wusste ich sofort, dass ich nach Hause nach Schweden und in mein Elternhaus wollte. Ich bin so viel umgezogen, dass es für ein Leben dicke reicht. Kaum hatte ich damals meine Tasche in Dublin abgestellt, da hatten meine Eltern schon angefangen, sich nach einem anderen Projekt irgendwo in der Welt umzusehen.« Sie lachte auf. »Ich habe schon überall gewohnt, vom feinen Internat bis zu einer Hütte im Dschungel. Abgesehen von der Zeit mit meinem Mann in London ist dieses Haus der einzige Ort, an dem ich länger als sechs Monate gelebt habe. Als ich zurückkam, war es in ziemlich schlechtem Zustand, aber mein tüchtiger Nachbar hier hat mir geholfen, es wieder in Schuss zu bringen.« Sie zwinkerte Tord zu, der sich bei dem Kompliment streckte.

Sie stellte die nackte Bierflasche auf den Tisch. »Mein Sohn wohnt noch in London. Sie haben kürzlich einen kleinen Jungen bekommen, fünf Monate ist der jetzt. Ich hatte mich schon entschieden, nach Hause zu ziehen, als sie erzählten, dass er unterwegs war, aber ich konnte zumindest da sein, als sie mit ihm aus der Klinik kamen. Im September werde ich hinfahren und sie besuchen.« Ein breites Lächeln zog sich über ihr Gesicht, und sie nestelte das Handy aus der Tasche des Kleids. Nachdem sie ein paarmal mit dem Finger über den Schirm gewischt hatte, zeigte sie stolz ein Foto von dem kleinen Baby. Fredrik nickte bewundernd, wie es erwartet wird, wenn Großeltern Fotos von ihren Enkeln zeigen.

»Eine schönere Großmutter kann man sich nicht denken, nicht wahr, Fredrik?« Tord lächelte.

Marianne wurde rot und betrachtete weiterhin lächelnd das Foto ihres Enkelkindes. Eine Zeit lang sprach niemand.

»Na, ihr Jungspunde. Langsam ist es an der Zeit für mich, in die Koje zu kriechen!« Tord schlug sich auf die Knie und erhob sich. Fredrik schob sich an ihm vorbei um den Tisch, und Marianne stand auf und gab Tord einen Kuss auf die Wange.

»Danke für alles.«

»Fährst du das Jungchen nach Hause?«

Marianne nickte.

»Also, Adios!« Tord hob die Kappe und spazierte zum Fliederbusch. Sie sahen ihm nach, als er sich leise fluchend durch das Blattwerk zwängte. Und schon bald hörte man die grüne Tür zuschlagen.

»Sollen wir unten am Bootshaus noch einen Kaffee trinken?« Marianne stand auf und begann, das Geschirr einzusammeln. Fredrik nickte und machte einen Versuch zu helfen, doch sie legte ihre Hand auf seine Schulter und drückte ihn freundlich auf den Stuhl zurück.

»Bleib du nur sitzen und genieß die Wärme, solange sie noch da ist. Dauert nicht mehr lange, dann bricht der Sturm los.«

Er machte sich noch ein Bier auf und entspannte sich.

Schon bald war Marianne mit einem Korb in der Hand zurück.

»Auf geht's!«

25.

»Das geht doch mit dem Teufel zu, wie heiß das hier ist!« Veras wütende Stimme hallte durch die abendlich leere Ermittlungsabteilung. »Karim! Komm mal her und hilf mir, das Fenster aufzumachen!« Schon hörte man Karims eilige Schritte auf dem Flur. Die Klimaanlage hatte im Laufe des Tages alles gegeben, aber am Ende schaffte sie es nicht mehr, die feuchte Hitze aus dem Haus zu pumpen. Jetzt hing ein Gewitter in der Luft, und drinnen in den Büros war es stickig, und der Sauerstoff ging aus. Die für die Klimaanlage zuständige Firma hatte Betriebsferien, und die wenigen armen Schweine, die noch auf dem Polizeirevier Dienst taten, mussten die Hitze einfach aushalten.

Sofia wechselte die Stellung, um nicht am Sitz festzukleben. Ihre Hand ruhte schlapp auf der Computermaus, aber ihr Kopf wollte die Informationen auf dem Bildschirm vor ihr einfach nicht richtig zusammensetzen. Ihre Gedanken wanderten die ganze Zeit zurück zu der surrealistischen Situation, in der sie sich befand.

Fredrik Fröding war zurück in ihrem Leben.

Und gleichzeitig ein Teil ihrer Ermittlung.

Warum musste das ausgerechnet jetzt passieren? Was zum Teufel hatte Fredrik in ihrem Leben zu suchen, warum musste er alles in Unordnung bringen? Und was hatte er mit Ceder zu tun? Mona Höglund hatte gesagt, die beiden hätten gestritten. Worüber denn? Er hatte in der Befragung schließlich behauptet, er habe nichts Ungewöhnliches bemerkt. Aber mit jemandem aneinanderzugeraten, der tags darauf tot aufgefunden wurde, gehörte ja wohl nicht gerade zu den gewöhnlichen Dingen.

Verärgert strich sich Sofia über den Nacken. Monas Anruf hatte sie so irritiert, dass sie völlig vergessen hatte, nach den Überwachungsvideos zu fragen. Konnte es tatsächlich sein, dass Fredrik in die Sache verwickelt war? Was hatte er ihr denn noch alles vorenthalten? Plötzlich wurde ihr klar, dass sie eigentlich fast nichts von ihm wusste. Sie hatte keine einzige Frage gestellt, was er jetzt machte oder warum er auf Ulvön war, sondern ihn mitsamt seinen Lügen bereitwillig aufgenommen. Sie schämte sich so, dass sie am liebsten aus ihrer Haut gekrochen wäre.

Sofia nahm einen Schluck Wasser und zwang ihre Gedanken mit Gewalt zurück an die Arbeit. Mechanisch klickte sie sich durch die Bilder von Adam Ceders Hotel. Ceder City East. Der Hauptsitz der Kette. An einer stinkvornehmen Adresse mitten auf Östermalm in Stockholm, mit weißen Marmorsäulen am Eingang. Amerikanisch sah es aus, übertrieben. Dann das Ceder Sky am Flughafen Arlanda, Ceder Sea auf Vaxholm im Schärengarten und eine lange Reihe anderer Hotels mit ähnlichen Namen. Auch im Ausland hatte die Kette Häuser. Sofia hatte selbst vor vielen Jahren in einem Ceder-Hotel in Rom gewohnt. Kaj und sie waren sich rührend einig darüber gewesen, dass dies eine schlechte Wahl gewesen war, und das Wort »geschmacklos« fiel mehrmals an jenem Wochenende. Wenn sie sich recht erinnerte, waren die Wasserhähne an der Badewanne wie goldene Delfine geformt gewesen.

Sie klickte sich durch die wenigen Seiten, die das Ermittlungsmaterial hergab. Ihre eigene Aktennotiz über die gefundene Leiche stand ganz vorn zusammen mit ein paar Notizen des Kollegen in Stockholm, der die Familie über den Todesfall unterrichtet hatte.

Ohne zu klopfen, kam Vera herein und ließ sich auf dem Besucherstuhl nieder.

»Nina Ceder hat ihn jetzt als Adam Erik Johannes Ceder identifiziert. Wohnhaft auf Djursholm, verdammt vornehm.«

Sofia nickte abwesend, den Blick immer noch auf den Bildschirm gerichtet.

»Keine Kinder, geschieden. Wir haben bisher noch keine offenkundigen Berührungspunkte zwischen diesem Fröding und Ceder gefunden. Wusstest du übrigens, dass er auf der Polizeihochschule war? Fröding, meine ich?«

Vera beugte sich über den Tisch und schielte auf den Bildschirm.

»Sofia?«

Draußen hörte man, wie ein Streifenwagen die Garage verließ und die Viktoriaesplanaden mit Sirene herunterfuhr.

Das hier darf nicht wahr sein.

»Sofia?«

Sie sah auf.

»Ich dachte, ich fange mal mit seiner Facebookseite an.«

Vera schnaubte.

»Also, zu meiner Zeit ...« Sofia hörte nicht zu, sondern starrte nur intensiv auf den Bildschirm, in der Hoffnung, ihr würde etwas einfallen, was sie sagen könnte.

»Auf Facebook wimmelt es nur so von Kommentaren zu dem Mord.«

Vera sprang sofort darauf an.

»Ja, das ist doch verdammt seltsam, dass diese Verrückten immer mehr und zu allem Überfluss auch noch früher Bescheid wissen als wir!« Als Sofia nicht antwortete, fuhr sie fort: »Mattias telefoniert die letzten Zeugenlisten durch, und Karim arbeitet daran, mehr über einen möglichen Verkauf des Hotels rauszufinden. Hast du dir schon die Tickets nach Stockholm gekauft?«

Sofia rieb sich die Nasenwurzel. Wie sollte sie das alles bewältigen? Was würde sie Kaj sagen? Was würde passieren, wenn ihre Kollegen erfuhren, dass Fredrik und sie ... Mein Gott, sie musste ihn finden und dazu bringen, im Haus zu bleiben, damit sie das alles regeln konnte. Und ehe jemand anders schneller war.

»Noch nicht. Das werde ich tun, ehe ich für heute nach Hause gehe.«

»Gut. Marie hat Kontakt zu Ceders Mobilfunkanbieter und zu seiner Bank aufgenommen, um Anruflisten und Kontoauszüge zu bekommen, sodass wir seine letzten Lebenstage nachverfolgen können. Außerdem sollen die Daten der Mobilfunkmasten ausgelesen werden, um zu sehen, wo sein Handy sich eingewählt hat, nachdem er in Örnsköldsvik angekommen ist. Bestenfalls können wir rauskriegen, auf welcher Fähre er war und wo er sich zuletzt aufgehalten hat.«

Vera verschränkte die Arme vor dem breiten Brustkorb und lehnte sich zurück.

»Und dieser Fröding ...«, sie schüttelte den Kopf, »den müssen wir noch mal vernehmen. Mattias soll zusammenstellen, was wir schon über ihn haben. Wenn wir überhaupt etwas haben.«

Sofia sah auf ihre Hände.

»Kannst du das Verhör übernehmen, oder soll ich Mattias daransetzen?«

»Mattias«, antwortete Sofia viel zu rasch.

»Gut, dann regle ich das.« Vera erhob sich, blieb in der Tür aber noch einmal stehen.

»Alles in Ordnung? Du siehst blass aus.«

*

Fredrik stand auf. Das Bier ließ ihn schwanken. Marianne ging die Wiese hinunter und nahm auf dem Weg noch schnell zwei Frotteehandtücher vom Wäscheständer unterhalb des Hauses.

»Für den Fall, dass wir Lust haben, baden zu gehen. Ich nehme immer den Steg von Bohmans. Die sind auf Mallorca«, erklärte sie, als sie an der Kapelle vorbeigingen. »Das da ist Tords Bootshaus.« Marianne zeigte auf eines der kleinen roten Häuser ein Stück weiter weg.

Sie überquerten die Straße, sie hakte das Gartentor auf, und dann betraten sie das Grundstück von Bohmans. Der Weg zwischen ihrem Bootshaus und dem der Nachbarn war nicht breiter als ein Meter. Die Tür stand auf, und Fredrik konnte durch die Öffnung das Meer sehen. Es roch nach Salz und ein bisschen muffig. Marianne, den Korb fest im Griff, ging vorweg und ließ sich dann am Ende des Stegs nieder. Sie klopfte neben sich und schenkte Kaffee ein.

»Nach dieser Aussicht habe ich mich gesehnt, als ich im Ausland gelebt habe.«

»Das kann ich verstehen.« Fredrik setzte sich und ließ die Beine über den Rand des Stegs baumeln. Trotz der dicken Unwetterwolken im Osten glitzerte das Wasser, als sei zerbrochenes Spiegelglas über die Bucht ausgestreut worden. Auf der anderen Seite des Sunds konnte man Södra Ulvön erkennen. Es waren immer noch Boote und Wasserskooter unterwegs, obwohl der Abend kam.

Marianne sah ihn an.

»Du, das mit den Dirks ...«

»Ja?«

»Hinter der Geschichte mit Thomas steckt noch mehr, als Tord weiß. Ich wollte in seiner Gegenwart nichts sagen. Es ist so peinlich.«

Fredrik stellte seine Tasse ab und sah Marianne an. Es war offensichtlich, dass es ihr schwerfiel, darüber zu reden. Ihre Wimpern glitzerten von Tränen, und sie wischte sich vorsichtig mit den kleinen Fingern die Augen, um die Mascara nicht zu verwischen.

»Ich schäme mich so sehr. Es ist, als wären wir alle daran schuld gewesen. Thomas war der Antrieb, aber wir haben nicht gezögert, alles mitzumachen, was er gesagt hat. Obwohl er dann hinterher dafür büßen musste …«

Fredrik reichte ihr eine Serviette aus dem Korb, die sie nahm und sich laut schnäuzte.

»Wer wir?«

»Siw-Inger, Annika, ich … alle. Eine Schar vernachlässigter Kinder, die in diesem Sommerlager zusammengepfercht wurden, weil unsere Eltern keine Lust oder keine Zeit hatten. Aber das ist keine Entschuldigung dafür, wie wir Ester behandelt haben. Das hat mich all die Jahre wirklich gequält.«

Marianne knüllte die nasse Serviette zusammen und drückte sie in den Korb.

»Sie durfte nie dabei sein, wenn wir was unternommen haben. Wenn wir losgelaufen sind, um schwimmen zu gehen, haben wir sie immer im oberen Stockwerk allein gelassen, von wo aus sie nicht alleine runterkonnte. Einmal, erinnere ich mich, hat Thomas sie in der Kapelle eingeschlossen und eine Kreuzotter reingelockt. Kinder können so grausam sein …«

Das wusste Fredrik. Aber nicht nur Kinder. Erwachsene konnten auch genüsslich auf den schwachen Punkten anderer herumreiten. Er hatte im Laufe der Jahre Menschen von jeder Sorte getroffen. Solche, die still seinen Wunsch respektierten, nicht über das Geschehene zu sprechen, und solche, die es kaum erwarten konnten, irgendwelche morbiden Fragen zu stellen. »Wie war das da drin? Hast du gesehen, wie jemand gestorben ist? Hast du Schuldgefühle, weil du überlebt hast?«

»Warum hat Aron denn nichts dagegen unternommen?«

»Aron musste nichts unternehmen.«

Marianne setzte sich anders hin. Draußen auf dem Meer hörte man das Gewitter schon grummeln, obwohl über ihnen die Sonne noch aus tiefblauem Himmel schien. Das Unwetter würde bald heranziehen.

»Wie meinst du das?«, fragte Fredrik.

»Er musste sich nicht um Ester kümmern. Das tat Bodil. Sie wich nie von der Seite ihrer Schwester. Bodil wäre für sie durchs Feuer gegangen.«

»Aber was meinst du damit, dass Thomas dafür büßen musste? Ich dachte, er hätte sich das Leben genommen.«

Marianne schaute übers Wasser. Ein Kanu glitt ein Stück vom Steg entfernt vorbei. Die jungen Kanuten hoben ihre Paddel zum Gruß.

»Das sind die Nachbarsmädchen«, erklärte Marianne, und sprach dann mit gedämpfter Stimme weiter. Sie lehnte sich so weit zu ihm hinüber, dass ihre Stirn fast die von Fredrik berührte.

»Ich bin ganz sicher, dass es überhaupt kein Selbstmord war. Thomas ist geschubst worden.«

26.

In einem Schlafzimmer im ersten Stock

Du Unschuldige. Rein wie Neuschnee.

Niemand vermag dich an deiner Rache zu hindern. Sie ist dein Recht. Ein Geschenk Gottes in seiner Gnade.

Lass sie das Fegefeuer spüren und die Spitze der Peitsche. Lass die verknoteten Fäden über ihren Rücken heulen, bis das Fleisch von den Knochen gerissen ist.

Gott ist mit uns. Und gemeinsam werden wir sein Werk vollbringen.

27.

Als Marianne ihn vor Sofias Haus abgesetzt und ihm zum Abschied gewinkt hatte, ging Fredrik hinein und schaltete in Küche und Wohnzimmer die Lampen ein. Es hatte angefangen zu regnen, und das Gewitter grummelte über dem Wasser. Es war Abend, aber Sofia war noch nicht nach Hause gekommen. Er spürte das Bier immer noch, machte sich aber trotzdem ran und unternahm einen letzten, erfolglosen Versuch, sich in Ceders Computer einzuloggen. Er wusste ja auch gar nicht, wonach er suchte.

Auf dem Weg hierher war ihm ein Gedanke gekommen. Was, wenn das Hotel Überwachungskameras hatte? War er womöglich gefilmt worden, wie er die Tasche mitgenommen oder als er das Hotel damit verlassen hatte? In dem Fall war es nur eine Frage der Zeit, bis die Polizei ihn nochmals einbestellen würde. Er musste schnell eine Antwort auf die Frage finden, in was Ceder verwickelt gewesen und warum er bedroht worden war. Dann konnte er sich bei der Polizei melden und alles erzählen.

Er nahm die Kopie des Fotos vom Sommerlager aus seiner Jackentasche. Zwölf Jugendliche waren es insgesamt gewesen. Nachdem er nun einen ganzen Tag immer wieder über sie gesprochen hatte, kamen sie ihm

allmählich wie Bekannte vor. Zwölf Apostel. Drei tot
und einer verschwunden. Einer erhängt und eine ver-
brannt, und jetzt war auch Adam Ceder tot. Doch was
hatte die Vergangenheit mit dem Mord an ihm zu tun,
wenn überhaupt? Er hatte sich nicht getraut, Marianne
noch mehr zu fragen. Aber die Bedrohung, der Ceder
ausgesetzt gewesen war, hatte etwas mit dem Ferienlager
zu tun, das spürte Fredrik. Und er würde herausbekommen, was es war.

Er war müde und sehnte sich danach, ins Bett gehen zu können. Den Körper nach Fischräucherei und
Mopedtour ausruhen zu lassen, einfach eine Weile mal
nicht an begrabene Tragödien und verdächtige Todes-
fälle denken zu müssen.

Das Problem war, dass er sich nicht entscheiden
konnte, wo er sich hinlegen sollte. Es schien ihm ver-
messen, davon auszugehen, dass er sich nun einen Platz
in Sofias Bett im oberen Stockwerk erobert hatte. Aber
vielleicht würde sie sich zurückgewiesen fühlen, wenn er
sich einfach ins Gästezimmer legte. Um das nicht selbst
entscheiden zu müssen, beschloss Fredrik, auf sie zu
warten. Er verspürte eine brennende Sehnsucht, wieder
in ihrer Nähe sein zu dürfen, und gleichzeitig wollte er
sie doch am liebsten nicht wiedersehen. Schon bald
würde die Frage nach der Zukunft aufkommen. Aber er
konnte nicht ewig hierbleiben und Beziehung spielen.
Die Glücksblase würde bald platzen, und wenn das geschah, wollte er am liebsten weit weg sein.

Plötzlich klingelte das Festnetztelefon in der Diele so
durchdringend, wie Fredrik es seit Ewigkeiten nicht ge-

hört hatte. Es hatte doch niemand mehr ein Festnetz-telefon. Er ließ es klingeln und ging ins Wohnzimmer, um den Fernseher einzuschalten, doch nur wenige Sekunden, nachdem der letzte Ton verklungen war, fing es wieder an. Vielleicht war es ja Tord, fiel ihm ein, und er ging ran.

»Bei Sofia Hjortén, hier ist Fredrik.«

»Wie gut, dass du dran bist.« Sofia klang angestrengt. Fredrik fuhr mit dem Finger über die Strukturtapete.

»Du fehlst mir«, sagte er, bereute seine lächerlichen Worte aber sofort. Zum Glück tat Sofia so, als hätte sie sie nicht gehört.

»Bist du noch im Haus? Na klar, du bist ja am Telefon. Ich habe versucht, dich auf dem Handy zu erreichen, aber das Netz ist nicht sonderlich, nun ja ... Wie gut, dass du rangegangen bist.«

Fredrik wanderte, den Hörer zwischen Ohr und Schulter geklemmt, durch die Diele. Er begegnete seinem Bild in dem gut polierten Spiegel mit braun-orangefarbenem Kiefernholzrahmen. Ohne nachzudenken, was er tat, zog er die Schublade in dem niedrigen Tisch auf, der unter dem Spiegel stand und ebenfalls aus Kiefernholz war. Ein paar Haargummis, ein altes Telefonbuch. Er schob die Lade wieder zu und wartete darauf, dass Sofia noch etwas sagte.

»Nun, es ist so, dass ...«

Das gedrehte Telefonkabel schabte auf der Schulter, als Fredrik die Garderobentür neben dem Tischchen in der Diele öffnete.

»Wir müssen reden.«

Er betrachtete die Kleider, die dort hingen. Es roch muffig nach Mottenpulver. Eine rote Regenjacke, ein Jackett mit Wildlederflicken auf den Ellenbogen und eine lange Reihe ihm sehr bekannter dunkelblauer Polo-shirts. Es begann in seinem Körper zu kribbeln, und sofort juckten die Handrücken wieder. Vorsichtig schob er die Bügel auseinander und starrte das schwarz-gelbe Emblem auf der Schulterpartie der Shirts an.

»Das verstehe ich nicht.« Der Satz war ebenso an Sofia gerichtet, wie an sich selbst.

»Ich möchte, dass du im Haus bleibst, bis ich zurück bin. Wir müssen reden.« Sofias Stimme war jetzt fester, mit einer Schärfe, die vorher nicht da gewesen war. Mehr war nicht nötig, dass Fredrik die Erkenntnis wie eine Ohrfeige auf die Wange schlug.

Die Tasche.

Sie hatte ihn reingelegt. Er war ihr ganz egal gewesen. Sie war Polizistin. Und sie wusste Bescheid.

»Natürlich bleibe ich.« Er klang unbedarft und entspannt. So entspannt, dass man es mit dem Messer schneiden konnte. »Wir sehen uns nachher.«

Fredrik legte den Hörer auf und starrte wie gelähmt in den Garderobenschrank.

Dann rannte er ins Schlafzimmer.

28.

Ulvön, 1979

Vor ihm in der Kirchenbank der Kapelle sitzt ein Alter mit runzeligen Händen, der in einem Gesangbuch blättert. Neben ihm zwei alte Tanten in geblümten Sommerkleidern. Die tuscheln miteinander, und manchmal lachen sie. Adam dreht sich um und hält Ausschau nach den anderen. Bisher ist außer Jan und Siw-Inger noch niemand da. Die beiden stehen am Eingang, um Aron beim Austeilen der Gesangbücher zu helfen.

Er sehnt sich nach Hause. Er will nicht mehr tagelang in dem verfallenen alten Pfarrhof sitzen und über Gott und Jesus reden müssen. Nur weil seine Mutter nicht alleine mit ihm klarkommt.

Der Pfarrhof. Der ist so gruselig, dass er schon eine Gänsehaut bekommt, wenn er nur daran denkt. Ständig knirscht oder heult oder knarrt etwas. In den Wänden rennen Ratten herum. Und dann Thomas. Er findet ja auch, dass Ester nicht so witzig ist, aber es geht jetzt langsam zu weit. Er schläft in dem Zimmer unter ihrem und hört sie manchmal weinen. Bestimmt geht es ihr gar nicht gut.

Die Tür zur Kapelle öffnet sich. Thomas kommt herein und lässt sich neben ihm in die Kirchenbank fallen. Nach ihm kommen Mats, Christine, Mona und die russischen Mädchen und setzen sich hinter sie. Bald kommt auch Aron. Er geht mit wiegenden Schritten in seinem langen weißen Priestermantel den Gang hinauf. Danach kommt Ester. Bodil schiebt sie feierlich vor sich her, als wäre sie eine Heilige.

Thomas dreht sich um und flüstert vernehmlich.

»Hier kommt die rollende Heilige. Gepriesen sei Gott!«

Christine bringt ihn brüsk zum Schweigen.

»Weißt du nicht, dass Ester von Gott auserwählt ist? Sie wird von einem Engel Gottes geschützt.«

Thomas bricht in lautes Lachen aus, und Mats stimmt sogleich ein.

Adam sieht auf seine Armbanduhr, als könne er auf magische Weise die Zeit zwingen, schneller zu vergehen.

29.

Voller Panik schaut er auf seine Füße. Das eisig kalte Wasser schießt unter dem Türspalt herein. Mit aller Kraft tritt er gegen die Tür, aber das Gewicht der Wassermassen macht es unmöglich, sie zu öffnen. Mit jedem Augenblick steigt der Wasserspiegel, und er stolpert zu Tode erschrocken rückwärts an die hintere Wand der Kajüte. Sein Rücken schlägt ans Fenster, und als er sich umdreht, sieht er, dass die ganze Scheibe von grünschwarzem Wasser bedeckt ist. Draußen erkennt er nackte weiße Körper, sie werden vom Gewicht der Fähre ins Dunkel hinuntergedrückt. Die Augen erschrocken aufgerissen. Die Tür biegt sich stark nach innen, gleich wird sie brechen. Die Wassermassen draußen heulen laut, aber trotzdem kann er Niklas ganz entsetzlich aus dem Flur schreien hören. Die Tür wird aus dem Rahmen gerissen, das Wasser bricht in die Kajüte ein.

Er schreit.

Fredrik sah sich verwirrt um. Die Fähre. Ein regelmäßiges Brummen der zuverlässig arbeitenden Motoren unter ihm. Die Kleider klebten ihm am Leib. Diskret schob er die Hände zwischen die Beine, um zu fühlen, ob er sich eingenässt hatte. Die Frau auf der anderen Seite des

Ganges sah ihn nervös an, und er zwang sich zu einem beruhigenden Lächeln.

»Albtraum.«

Als die Fähre den Kai von Köpmanholmen in Örnsköldsvik erreichte, gehörte Fredrik zu den Ersten, die von Bord gingen. Nur eine Handvoll Passagiere war auf dem Schiff gewesen. Seine Handrücken juckten infernalisch, aber er verspürte einen gewissen Stolz, die Überfahrt gemeistert zu haben. Den Blick fest auf den Horizont gerichtet hatte er sich unter dem Dach in Achtern krampfhaft an der Reling festgeklammert und mit aller Kraft den Seegang pariert. Der Regen rann in Strömen über das rot gestrichene Schiffsdeck, aber er wagte nicht, in den Salon zu gehen. Ein geübter Reisender hätte bei den bisschen Wellen nicht einmal mit der Wimper gezuckt, aber für Fredrik hatte sich jedes Schaukeln so angefühlt, als würde die Fähre kentern. Er fror. Ihm fiel ein, dass er seine Lederjacke in der Eile bei Sofia vergessen hatte, und er hatte nur das dünne, durchnässte Hemd am Leib. Schließlich hatte er aufgeben und widerwillig in den Salon hinuntergehen müssen, wo es wenigstens warm und trocken war. Die Fensterscheiben waren beschlagen, das hatte ihm geholfen, sich davon wegzudenken, dass er sich auf einem Schiff befand. Und am Ende war er aus purer Erschöpfung eingeschlafen.

Der Skoda stand noch auf dem fast leeren Parkplatz und wartete auf ihn. Auch Ceders SUV war noch da, jetzt mit Absperrband umwickelt. Die Polizei hatte ihn also gefunden. Was für eine unwirkliche Situation. Erst vor wenigen Tagen war er hier gewesen, aber alles, was seither geschehen war, hatte die Zeit durcheinandergewirbelt. Wenn er an sich selbst dachte, wie er auf eben diesem Kai am Freitag nur wenige Schritte hinter Adam Ceder gestanden hatte, dann war es, als würde er einen Film sehen. Einen unrealistischen Film. Er ging ins Restaurant des Fährterminals, um die Toilette zu benutzen. Es war schon spät, und er würde die ganze Nacht fahren müssen, um nach Hause zu kommen.

Das Restaurant, das den fantasievollen Namen *Der Kai* trug, befand sich in einem roten Holzhaus. Bis auf ein paar Bauarbeiter mit braun gebrannten Armen und Reflektorwesten, die Schnitzel aßen, war es leer. Fredrik schob sich an ihnen vorbei zur Toilette.

Dort suchte er aus der Tasche sein Handy heraus und wählte schließlich Philips Nummer.

»Fredde.« Der Freund klang wenig engagiert, und im Hintergrund waren gedämpfte Kriegsgeräusche und Schreie von einem Computerspiel zu hören.

»Ich brauche deine Hilfe. In bin in einer verdammten Klemme.«

Die Spielgeräusche verschwanden abrupt, und Philips Stimme bekam eine neue Schärfe.

»Was ist passiert?«

»Das wird dir nicht gefallen. Ich habe hier einen Computer, in den ich nicht reinkomme. Es ist nicht meiner, aber …«

»Vergiss es!« Fredrik hörte noch, wie das Spiel wieder anlief, dann drückte Philip das Gespräch weg.

Er machte sich nicht die Mühe, noch einmal anzurufen. Es war besser, wenn er hinfuhr. Also wusch er sich das Gesicht gründlich mit kaltem Wasser und rieb es mit einem Papierhandtuch trocken. Die Angst war wieder da, wie eine Abrissbirne war sie zurückgekehrt. Es war ernst. Die Polizei musste von seinem Streit mit Ceder erfahren haben, und dann wussten sie auch, dass er die Tasche hatte. Glaubten die, er hätte Ceder getötet? Warum hatte Sofia ihn dann nicht gleich festgenommen? Fredrik griff nach dem Tablettenblister in der Tasche. Bei Sofia zu Hause hatte er schon zwei Tabletten genommen und weitere zwei auf der Fähre, als sie kurz vorm Anlegen waren, aber er nahm trotzdem noch mal zwei. Sie kratzten beruhigend im Hals.

Im Holzschuppen bei Sofias Haus hatte er ein altes Damenfahrrad mit schiefem Lenker gefunden, das er rausgezerrt hatte. Erst war er fast in den Seerosenteich vor dem Haus gefahren, dann aber hatte er es geschafft, das Fahrrad auf den richtigen Kurs zu bringen, und war die dreieinhalb Kilometer bis zum Hafen geradelt, ohne Sofia oder irgendjemand sonst zu begegnen. Auf halbem Weg zum Kai hatte es angefangen, in Strömen und anhaltend zu regnen.

Er betrachtete sein Spiegelbild. Sein Gesicht war undeutlich und an den Rändern verschwommen. Das war die Wirkung der Tabletten im Zusammenspiel mit den Bieren, die er mit Tord und Marianne getrunken hatte.

Er sollte heute definitiv nicht Auto fahren.

DIENSTAG, 25. JUNI 2019

30.

Als Tord den Schlüssel in die Tür steckte, war sie bereits wach. Tatsache war, dass sie den größten Teil der Nacht wach im Schaukelstuhl auf der Terrasse gesessen hatte. Der Regen hatte abgenommen, die Luft war jetzt klar, und man konnte gut atmen. Trotzdem war ihr, als wollte jeder Atemzug im Hals steckenbleiben.

Er war verschwunden.

Seine Kleider waren weg und das Handy ausgeschaltet. Sie hatte ihn an die zehn Mal angerufen, dann aber aufgegeben. Es war offenkundig, dass Fredrik nicht die Absicht hatte ranzugehen. Sie fühlte sich so schrecklich gedemütigt, und dennoch fehlte ihr die Energie, wütend zu sein.

Fredriks Verschwinden konnte auf nichts anderes hindeuten, als dass er schuldig war. Warum sollte er sonst abhauen? Wie sollte sie das jetzt Vera erklären? Das Wort »Dienstvergehen« fuhr in ihrem Kopf herum, und der Traum, eines Tages Veras Job zu übernehmen, zerbrach in Stücke. Wenn das alles ans Licht kam, war eher die Frage, ob sie überhaupt ihren Job behalten würde.

»Sitzt du hier und frierst?« Tord marschierte herein und ließ sich auf dem Sofa gegenüber nieder.

»Kann nicht schlafen.«

»Wo ist denn der Null-Achter?«, witzelte er über Fredriks Stockholm-Herkunft.

»Ist weg.« Die Tränen brannten ihr in den Augen, und sie wandte verärgert ihr Gesicht ab. Tord beugte sich erschrocken vor und nahm sie in den Arm.

»Mein liebes Mädchen. Was ist denn passiert?«

Die Umarmung war warm und duftete nach Kaffee und Scheuermittel. Dieser wunderbar zuverlässige Duft, der ihren Patenonkel schon immer umgeben hatte. Ihr Vater Sten und Tord waren seit der Schulzeit Freunde gewesen. Wie Brüder waren sie, nur besser, pflegte Tord immer zu sagen. Solange Sofia sich erinnern konnte, hatten die beiden bei jedem Wetter den Arbeitstag mit einer Thermoskanne Kaffee unten auf dem Steg beendet. Samstags nahmen sie immer einen Korb mit Bierflaschen mit, den sie zur Kühlung im Meer versenkten, während ihre Angeln unbeaufsichtigt auf einem Rutenständer steckten. Manchmal durfte Sofia dabei sein. Das gehörte zu ihren schönsten Kindheitserinnerungen.

»Jetzt erzähl mal.«

Sie brach in Tränen aus. Schluchzte und heulte, es war unmöglich zurückzuhalten. Tord streichelte und brummte, wiegte sie behutsam im Arm, bis es verebbt war.

»Jetzt wein mal nicht. Er wird zurückkommen. Sollst mal sehen.«

Sofia wusste selbst nicht, warum sie weinte. Sie war doch wütend. Ein Lügner, vielleicht sogar ein Mörder, hatte sich in ihr Heim eingeschlichen und würde ihr jetzt den Job ruinieren, um den sie so hart gekämpft hatte. Sie war überfallen worden. Bis aufs Blut gekränkt. Dabei war sie selbst es gewesen, die das zugelassen hatte. Sie hatte ihm angeboten zu bleiben. Hatte sich selbst verkauft.

»Er kommt nicht wieder.«

»Das kannst du nicht wissen.«

Tord lehnte sich auf dem Sofa zurück, strich aber mit einer tröstenden Hand weiter über ihr Bein.

»Er ist kein guter Mensch.«

Tord kicherte.

»Das habe ich über Yvonne auch gesagt. Und trotzdem habe ich nie jemanden so geliebt wie sie. Und sie mich. Wir haben uns wahnsinnig gemacht, aber trotzdem kamen wir nicht voneinander los. Wenn sie nicht diesen Job in Eskilstuna angenommen hätte, dann würden wir wahrscheinlich immer noch in derselben Küche stehen und uns anschreien. Und lieben.«

»Das hier ist ein bisschen komplizierter.« Sofia sah Tord resigniert an.

»Glaub mir, er kommt zurück.«

*

Fredrik parkte den Wagen in der Auffahrt der Familie Lindén und ging die Verandatreppe hoch. Die Tür war abgeschlossen. Das Haus lag am Ende einer Reihe, also ging er außen herum und traf Philip ganz ungewohnt auf der Rückseite an, wo er auf einem weiß gestrichenen Gartenmöbel saß und sich die Morgensonne ins

215

Gesicht scheinen ließ. Auf seinem Kopf thronten große mintgrüne Kopfhörer, und ein Handy lehnte gegen die angezogenen Beine. Fredrik ließ sich Philip gegenüber nieder und schob seinen Gartenstuhl so hin, dass er in den Schatten unter der Markise kam.

»Du siehst scheiße aus«, sagte Philip.

Fredrik nickte, denn ihm war klar, dass er müde aussehen musste. Es war ein Wunder, dass er die Fahrt überhaupt überlebt hatte. Auf der Höhe von Gävle war er hinterm Steuer eingenickt und hatte fast die mittlere Leitplanke touchiert.

Philip beugte sich vor und zündete sich eine Zigarette an. Hielt Fredrik fragend das Päckchen hin, der jedoch den Kopf schüttelte.

»Ich habe es noch nicht geschafft, Ceder zu checken, falls du das wissen willst. Aber ich habe über ihn in den Zeitungen gelesen. Was zum Teufel ist bloß passiert, Fredde?«

Fredrik sah auf seine Hände.

»Es ist so idiotisch. Ich bin ihm gefolgt, ich wollte ja einfach nur mit ihm reden. Und jetzt ist er tot.«

»Wie das denn?« Die nächste Frage folgte, ehe Fredrik auf die erste antworten konnte. »Du bist ihm gefolgt? Wohin?«

»Nach Örnsköldsvik.«

Philip riss die Augen auf.

»Örnsköldsvik? Das müssen ja mindestens vierhundert Kilometer sein.«

»Fünfhundert.«

Philip schnaubte Rauch durch die Nase.

»Du bist Ceder also fünfhundert Kilometer weit gefolgt, und jetzt ist er tot? Was sagt die Polizei dazu?«

Fredrik ging die Luft aus. Er rieb sich müde die Nasenwurzel, dann fuhr er sich mit den Händen weiter über die Stirn und durch die ungewaschenen Haare.

»Ich weiß nicht.«

»Fredrik, verdammt …«

»Ich weiß, ich weiß.« Er hob die Hände und lehnte sich auf dem Gartenstuhl zurück. »Zumindest habe ich seinen Rechner.«

»Und darf ich fragen, wie du an den rangekommen bist?«

»Ich weiß es nicht …«

Philip streckte sich vor, um in die Coladose zu aschen, die zwischen ihnen auf dem Tisch stand, und sah Fredrik entsetzt an.

»Jetzt komm schon! Dir ist ja wohl klar, dass ich ihn nicht getötet habe! Ich hab den Laptop irgendwo gefunden, im schlimmsten Fall bin ich in sein Hotelzimmer eingebrochen. Ich war an dem Abend total ausgeknockt, aber ich habe ihn nicht getötet. Ich schwöre!«

Er schaute über den winzigen Garten. Über das Grundstück gegenüber rannten zwei etwa zwölfjährige Jungen hinter einem Fußball her. Das könnten sie vor fünfundzwanzig Jahren sein.

»Was meinst du, kannst du mir helfen, da reinzukommen? Weil man mich vielleicht zum Verdächtigen machen wird.« Fredrik hob den Laptop aus der Tasche und streckte ihn Philip flehend entgegen.

Der zögerte und wandte den Blick nicht von Fredrik.

»Ist dir klar, wie das aussieht, wenn das rauskommt?«

Fredrik nickte.

»Tut mir leid. Ich hab keine andere …«

Philip wurde schwach.

»Her damit, dann sehe ich's mir mal an.«

Er streckte die Hand aus, riss den Laptop an sich und bedeutete seinem alten Freund mit einem Kopfnicken, ihm ins Haus zu folgen.

»Wonach soll ich suchen?«

»Nach einem Motiv für Mord.«

31.

Sofia eilte den ausgetretenen Pfad zu dem rot gestrichenen Bootshaus hinunter, stieg auf den Steg und stellte ihren Rucksack ab, während sie den Tampen löste, der das Boot an seinem Platz hielt. Die Badeleiter, die sie voriges Jahr vergessen hatte einzuholen, hing traurig und unbrauchbar vom Rand des Stegs. Sie musste sich hinsetzen und ins Boot hineinrutschen. Nachdem sie abgelegt hatte, nahm sie Kurs nach Norden auf das Leuchtfeuer bei Ronön. Der Gedanke an Fredrik verursachte ihr Übelkeit. Was hatte sie nur getan?

Nachdem sie Ronön hinter sich gelassen hatte, fuhr sie schneller und ließ dem Boot freien Lauf. Trotz des heißen Wetters, das über Mittsommer geherrscht hatte, war der Wind draußen auf dem Meer immer noch kühl. Das Rennpferd unter ihr gab alles. Sie strich mit dem Handrücken über das lackierte Holz. Ihr Vater fehlte ihr. Der wüsste jetzt, was sie tun sollte.

Als Sofia das Polizeirevier betrat, war die Schlange vorm Empfang bereits lang.

»Guten Morgen!« Eva winkte ihr aus dem Glaskasten zu, woraufhin sich alle Wartenden nach ihr umdrehten. Sofia lächelte ihnen halbherzig zu und beeilte sich, durch die Tür zur Mordkommission zu kommen. Sie war ein paar Minuten zu spät, weshalb sie sich keinen Kaffee mehr holen konnte, sondern sofort in die Bibliothek hinaufging, wo alle schon auf sie warteten.

»Eure Hoheit.« Mattias verbeugte sich in einer übertriebenen Bewegung vor ihr.

»Dann fangen wir mal an.« Vera sah sie eindringlich an. »Die Obduktion ist abgeschlossen. Wir sind höllisch bevorzugt worden, vergesst also nicht, euch bei Fridell zu bedanken, wenn ihr sie das nächste Mal seht. Der Bericht kommt am Nachmittag. Die Schwester hat das Opfer als Adam Ceder identifiziert. Er war einmal verheiratet, hat keine Kinder. Die Scheidung fand Mitte der Neunzigerjahre statt. Die Exfrau heißt Mari-Liis Ceder, geboren 1957 in Pärnu, Estland. Wir werden sie auch vernehmen, aber ich bezweifle, dass sie irgendetwas über Ceders Vorhaben wusste. Sie ist seit Langem wieder verheiratet und lebt nicht mehr in Schweden.«

Dann eröffnete Vera die Diskussion.

»Eine Runde um den Tisch. Was haben wir?«

»Die Gerüchte über einen geplanten Verkauf des Ulvö Hotel stimmen. Mehrere Mitglieder des Personals konnten bestätigen, dass Karst verkaufen wollte«, begann Karim. »Bemerkenswert daran ist, dass sie das Hotel nicht einfach nur frei zum Kauf anbot, sondern angeblich wollte, dass Mona Höglund es kauft.«

»Mona?«, Sofia sah Karim verständnislos an. »Woher sollte die das Geld nehmen?«

Er zuckte mit den Schultern.

»Gibt es hier vielleicht ein Motiv?« Marie wandte sich Vera zu, die aufgestanden war und angefangen hatte, neben Adam Ceders Foto etwas auf das Whiteboard zu schreiben.

Vera klopfte ein paarmal mit dem Stift in die Hand.

»Könnte jemand versucht haben zu verhindern, dass Ceder das Hotel kauft? Wir müssen alles über diesen Verkauf herausbekommen. Gab es noch mehr Spekulanten? Wirtschaftliche Probleme? Karim, kannst du da noch mal weitergraben?«

Karim nickte.

»Wir müssen mit Ceders Familie sprechen und versuchen, mehr über seinen Hintergrund herauszufinden und darüber, was er auf Ulvön vorhatte. Wollte er sich mit jemandem treffen? Seine Angestellten sollten auch befragt werden. Vielleicht gab es ja Pläne, die Ceder-Kette nach Norden auszuweiten. Sofia, das machst du, wenn du nach Stockholm fährst«, sagte Vera.

Sofia nickte widerwillig.

»Ich habe mir mal diesen Fröding angesehen«, sagte Mattias und zog ein paar Blätter aus einer Plastikmappe, die er auf dem Tisch ausbreitete.

»Fredrik Fröding, geboren am 5. März 1981. Eltern Göran und Gunnel Fröding, beide verstorben. Seit 1995 gemeldet in Stockholm, Brahegatan auf Östermalm. Die Wohnung gehörte der inzwischen auch verstorbenen Großmutter. Nicht vorbestraft. Zivilstand unverheiratet. Keine Kinder.«

»Ist das alles?«, fragte Vera nach. »Keine Verbindungen zur Ceder-Kette oder der Familie Karst?«

»Nicht, soweit ich sehen kann. Er scheint sehr anonym gelebt zu haben. Von 2006 an war er angestellt bei der Pass-Stelle in Solna. Außerdem ist er ein paarmal bei der Krankenkasse gemeldet. Immer wieder Langzeitkrankschreibungen, psychisch instabil. 2015 hat er wieder gearbeitet, allerdings jetzt in Sollentuna. Keine Schulden, aber er besitzt nicht viel, mit Ausnahme der Wohnung und einem Auto mit geradezu antikem Wert.«

»Glauben wir, dass er es ist?«, fragte Marie.

»Ist doch klar, dass er es ist«, entgegnete Mattias. »Krankgeschrieben, alleinstehend, psychisch labil und kein Geld. Wäre doch nicht erstaunlich, wenn er für irgendjemanden als Ausputzer arbeitet. Vielleicht haben sie ihn hierhergeschickt, um Ceder im Auftrag für jemanden, der nicht wollte, dass der Kauf stattfindet, umzulegen.«

»Umlegen?« Sofia kannte Fredrik vielleicht nicht besonders gut, aber ein Auftragsmörder war er nicht.

»Warum denn nicht? Hast du eine bessere Theorie?«

»Auf jeden Fall ist mit dem Hotel irgendwas faul«, unterbrach Vera sie. »Mattias, du machst mit Fröding weiter. Alte Freundinnen, Kommilitonen, Chefs, Sachbearbeiter bei der Versicherung, Ärzte. Und sorg verdammt noch mal dafür, dass er nochmal zum Verhör erscheint! Sofia, du machst dasselbe mit Christine Karst. Die Frau dürfte ja wohl begreifen, dass sie sich zu melden hat, wenn einer ihrer Hotelgäste tot aufgefunden wird. Und dreh heute noch mal eine Runde beim Personal im Ulvö Hotel. Du kennst schließlich die Leute da draußen, vielleicht kannst du ihnen noch mehr entlocken. Nimm Marie mit. Und sorg dafür, dass wir Mona noch mal zu sprechen kriegen. Wir brauchen Zugang zum Serverraum und zu den Überwachungsvideos. Frag sie auch, ob an den Gerüchten was dran ist, dass sie das Hotel kaufen will.«

Vera holte tief Luft, ehe sie fortfuhr.

»Marie, du versuchst weiter, Ceder und seine letzten Tage nachzuvollziehen. Ich spreche mit der Staatsanwältin und bringe sie auf den neusten Stand. Uns wurde Karin Ahlén zugeteilt.«

Ein kollektiver Seufzer war zu hören. Karin Ahlén war die gewissenhafteste Staatsanwältin, die diese Behörde je gesehen hatte. Sie war immer telefonisch zu erreichen, auch wenn sie nicht im Dienst war, und Beschlüsse über Zwangsmaßnahmen gingen meist schnell durch. Im Ausgleich dafür erwartete sie für den Fall, dass Fragen auftauchten, prompte Anwesenheit der mit der Ermittlung betrauten Polizisten im Gericht; das hatte sie zum Hassobjekt des gesamten Reviers gemacht, denn niemand hatte Zeit für solche Sondereinsätze.

Alle begannen, sich zu erheben. Sofias Rucksack hatte sich am Stuhlbein verhakt, und sie kämpfte damit.

»Sofia, ich möchte, dass du spätestens morgen in einem Flugzeug nach Stockholm sitzt! Und melde dich bei Marklund!«

Vera zeigte mit dem Whiteboardstift ungeduldig auf Sofia, bevor sie ihn mit einem Klick verschloss und den Stift auf die Ablage an der Tafel legte.

Marie wartete vor der Tür auf Sofia.

»Kaj Marklund? Ist der nicht mit Mette Severin verheiratet?«

Sofia nickte, ohne Marie anzusehen.

»Die ist so großartig! In der letzten Inszenierung von ›Fräulein Julie‹ fand ich sie einfach herrlich. Kennst du sie?«

Sofia zuckte nur mit den Schultern. Das konnte man kaum behaupten. Aber Kaj, den kannte sie.

*

Fredrik stand auf der Straße und sah zu Torstens Praxis hoch. Er war ganz kurz in seiner Wohnung gewesen, hatte geduscht, frische Kleider angezogen und gründlich die Zähne geputzt. Die Nervosität knisterte in seinem Blutkreislauf. Zögernd streckte er die Hand nach der Klingel aus, ging seine eingeübte Rede noch einmal in Gedanken durch und drückte dann den Knopf. Das Schloss summte, und er trat in die sanfte Stille ein.

Torsten stand in der offenen Praxistür und winkte ihn herein. »Sie sehen frisch aus, Fredrik. Haben Sie über Mittsommer ein bisschen Sonne abgekriegt?«

Machte der sich über ihn lustig? Scheinbar nicht. Fredrik setzte sich auf den Besucherstuhl, und Torsten fing sofort an, seinen Stuhl auf die Seite neben dem Schreibtisch zu schieben. Er beugte sich vor und tätschelte Fredrik kameradschaftlich das Knie.

»Wirklich frisch. Wie geht es Ihnen?«

»Gut.« Fredrik lehnte sich ein wenig zurück, um dem durchdringenden Blick des Psychiaters auszuweichen.

Obwohl Torsten in all den Jahren immer wieder eine Herausforderung für ihn bedeutet hatte, war er für Fredrik doch fast wie ein Vater, und er wollte ihn nicht enttäuschen.

»Ich war über Mittsommer verreist. Hab ein Mädchen kennengelernt.« Zu seinem Erstaunen wurde er rot.

Torsten gab einen beeindruckten Pfiff von sich.

»Sieh mal einer an. Wie heißt sie?«

»Sofia.«

»Und wie sieht die Zukunft für Sofia und Fredrik aus?«, fragte Torsten mit einem wissenden Lächeln.

»Sonnig, hoffe ich.«

Ein Wunsch, der mehr auf Hoffnung als auf Wahrscheinlichkeit gegründet war.

»Deshalb möchte ich über die Sache mit dem Platz in der Klinik in Sundsvall reden. Ich weiß, was Sie über die Tabletten und so gesagt haben ...«, Fredrik suchte Torstens Blick und hielt ihm stand, »aber es geht mir gerade so gut. Ich möchte mit diesem Mädchen zusammen sein, und wenn ich für eine Behandlung eingewiesen werde, dann geht womöglich alles kaputt. Können Sie mir vielleicht trotzdem Tabletten verschreiben? Und wenn mit der Beziehung alles schiefgeht, dann werde ich dorthin gehen, das verspreche ich.«

Torsten sah ihn prüfend an.

»Und Niklas?«

Fredrik zupfte am Manschettenknopf seines Hemds. Es widerstrebte ihm, das zu sagen.

»Niklas ist tot. Ich denke, ich habe versucht, ihn am Leben zu erhalten, um etwas zu haben ... jemanden zu haben. Und jetzt, da ich jemanden habe, da ist es, als würden die Gedanken an Niklas langsam verschwinden.«

Torsten streckte sich nach seinem Laptop – ein Zeichen dafür, dass ein neues Rezept ausgestellt werden würde. Fredrik hielt den Atem an.

»Sie haben schöne Fortschritte gemacht, Fredrik. Größer als jemals in all der Zeit, die ich Sie jetzt begleite. Wer auch immer diese Sofia ist, sorgen Sie dafür, sie nicht zu verlieren. Sie scheint Ihnen gutzutun.«

Fredrik lächelte und nickte zustimmend.

»Sie werden also nicht weiter nach Ihrem kleinen Bruder suchen?«

Fredrik gab alles, um Torstens Blick standzuhalten.

»Nein.« Er wusste nicht, ob er selbst daran glaubte, aber es klang aufrichtig.

Als wäre Fredrik ein Pferd, das einen guten Lauf hingelegt hatte, tätschelte Torsten ihm aufmunternd das Bein.

Während der Therapeut auf seinem Computer zu tippen begann, sah Fredrik aus dem Fenster. Seine Gedanken wurden zu jener eiskalten Nacht gezogen. Der Seegang war so schwer, dass das Personal Gläser und Flaschen von den Bartresen entfernen musste. Betrunkene Passagiere schwankten mit bunten Getränken in den Händen über die dicke Auslegeware. Ein paar Familien mit Kindern waren noch auf. Eltern hielten ihre Kleinsten ganz fest, damit sie nicht umfielen, wenn das Schiff mal zur einen, mal zur anderen Seite krängte. Niemand konnte ahnen, dass das Unmögliche tatsächlich geschehen würde.

Torstens Telefon klingelte und riss Fredrik aus seinen Gedanken.

»Ich hab ganz vergessen, es auszuschalten, entschuldigen Sie bitte.«

Fredrik winkte nur mit der Hand, dass es in Ordnung sei, und Torsten hob den Hörer ab.

»Einen Moment bitte«, Torsten drückte, ohne zu hören, wer dran war, den Hörer an die Brust und flüsterte Fredrik, der aufgestanden war und jetzt mit der Hand auf der Türklinke dastand, zu: »Ihr Rezept ist unten in der Apotheke. Sie müssen es nur holen.«

Fredrik nickte zum Dank und machte behutsam die Tür hinter sich zu.

32.

»Wir fangen mal mit dem Obduktionsbericht an.« Vera
schob einen Stapel Papier über den Tisch. Jeder nahm
sich eine Kopie, und Sofia bemerkte zufrieden, dass
Mattias zu spät zur Nachmittagsbesprechung war.

»Die Laboruntersuchungen sind noch nicht abgeschlossen. Auch da haben sie uns vorgezogen, aber es
wird trotzdem noch ein paar Tage dauern, schlimms-
tenfalls bis nächste Woche. Was die Obduktion selbst
betrifft, kann Fridell bestätigen, dass der Schlag auf den
Kopf die Todesursache war. Sie meint, bei der Mordwaffe könnte es sich um einen Hammer gehandelt haben.« Vera blätterte zu einer Zeichnung vor, die Fridell
angefertigt hatte, um die möglichen Teile der Mordwaffe darzustellen. »Es gibt Abdrücke einer sechsecki-
gen Bahn und einer Finne, also dem Kopf des Hammers
selbst. Und vom Klotz auf der Rückseite, der direkt über
dem rechten Auge ins Gehirn eingedrungen ist.«

Marie verzog angeekelt den Mund.

»Die Platzierung der Verletzungen lässt den Schluss
zu, dass der Täter hochgewachsen war«, fuhr Vera fort.
»Außerdem braucht man ganz klar verdammt viel Kraft,
um jemanden mit so wenigen Schlägen umzubringen.
Wo ist eigentlich Mattias?«

»Der telefoniert mit dem Psychiater von Fröding«, antwortete Karim.

»Und was ist mit Christine Karst? Hast du sie erreicht, Sofia?«

»Nein.«

»Und Mona Höglund?«

»Nein, noch nicht. Aber ich habe die Passagierlisten für die Flüge, die am Tag nach Mittsommer nach Alicante gingen. Christine Karst war auf DY 4203 mit Norwegian gebucht, der um die Mittagszeit von Stockholm abging, aber sie hat den Flug nicht angetreten, ebenso wenig wie irgendeinen anderen, der an diesem Tag nach Alicante ging.«

»Wo zum Teufel ist die Frau?«, fragte Vera mit einer verärgerten Geste.

»Eine der Putzfrauen im Ulvö Hotel hat erwähnt, dass Christine ein privates Boot besitzt, offenbar ein großes, teures Ding. Ich habe nachgesehen, und es lag nicht mehr am Hotelsteg. Es hat aber auch niemand gesehen, dass es in Köpmanholmen angelegt hätte.«

»Wenn sie ihr eigenes Boot genommen hat, dann sollten wir wahrscheinlich besser im Hafen von Örnsköldsvik nachsehen, und nicht in Köpmanholmen, oder? Das wäre doch am naheliegendsten, wenn man mit dem Flugzeug weiterwill, oder?«, warf Marie ein.

»Hast du das gecheckt?« Vera starrte Sofia an, die verneinte.

»Dann kontrollier das.« Vera machte eine ruckartige Bewegung mit dem Kopf zur Tür. Der Hafen war nur einen knappen Kilometer vom Polizeirevier entfernt, und sie wäre in weniger als zehn Minuten dort. Sofia erhob sich unsicher.

»Nicht jetzt!«, zischte Vera, als sie sah, dass Sofia im Begriff war, zur Tür zu gehen. Sie blieb ein paar Sekunden stehen, dann ließ sie sich wieder auf dem nächsten Stuhl nieder. Marie warf ihr einen mitleidigen Blick zu.

»Wenn nun Christine nicht in Alicante ist, in keinem der Flugzeuge gesessen hat und das Boot nicht mehr im Hafen liegt, wäre es vielleicht an der Zeit, dass wir in Erwägung ziehen, dass sie etwas mit dem Mord zu tun haben könnte. Dass sie sich absichtlich nicht meldet. Wir müssen sie zur Fahndung ausschreiben«, gab Karim zu bedenken. »Offenbar hat sie auch ein Zimmer im Hotel. Wir sollten mal versuchen, da reinzukommen.«

Vera nickte zustimmend.

»Sofia, frag beim Personal auch mal nach diesem Boot. Und hör dich um, ob jemand es während des Mittsommerwochenendes irgendwo um die Insel herum gesehen hat. Ich spreche mit Ahlén wegen eines Durchsuchungsbefehls, dann könnt ihr zwei, Marie und du, wenn ihr schon mal da seid, auch gleich Christines Zimmer durchsuchen. Marie, wie läuft es mit der Nachverfolgung von Ceders letzten Tagen?«

»Ich warte auf Einzelverbindungsnachweise und Kontoauszüge. Die müssten im Laufe des Tages kommen.«

Die Tür flog auf, und Mattias drängte sich eilig, ohne um Entschuldigung zu bitten, an Sofia vorbei. Er marschierte direkt auf Vera zu und überreichte ihr ein Bündel Papiere. Seine ganze Körperhaltung verriet, dass er auf etwas gestoßen war, und Veras Reaktion ließ dann auch nicht lange auf sich warten. Sie nickte beeindruckt, während sie las, und reichte Mattias dann den Stapel Papier zurück.

»*MS Estonia*.« Er schüttelte die Blätter.

Fernsehsendungen mit Fotos von leeren Rettungsbooten stiegen vor Sofias innerem Auge auf. Ein Bugvisier, das langsam über die Wasseroberfläche gehoben wird, körnige Schwarz-Weiß-Fotos von den Buchstaben auf der Fähre, aufgenommen tief unten im Meer.

»Was hat die *Estonia* mit der Ermittlung zu tun?«, erkundigte sich Marie.

Mattias räusperte sich. Wie er da so neben Vera stand, sah er aus wie ein Kampfhahn.

»Ratet mal, wer sich in der Nacht, in der die *Estonia* sank, auf dem Schiff befand?«

Mein Arzt meint, ich würde an einem posttraumatischen Stresssyndrom leiden ... Sie sind bei einem Unglück ums Leben gekommen. Im Herbst vierundneunzig.

Sofia stützte den Kopf in die Hände.

Mattias machte ein paar ausladende Schritte zum Whiteboard und klopfte auf das Foto von Fredrik.

»Fredrik Fröding.«

Maries Hand fuhr zu dem Kreuz, das sie um den Hals trug.

»Und?« Karim kratzte sich am Kinn. »Was hat das mit alldem hier zu tun?«

Mattias machte eine große Geschichte daraus, sich den Stuhl heranzuziehen, sich hinzusetzen und seine Papiere zu ordnen, ehe er weitersprach, in vollem Bewusstsein, dass alle Blicke auf ihn gerichtet waren.

»Laut Frödings Psychiater, einem gewissen …«, er ließ den Blick über das oberste Dokument wandern, obwohl er ja gerade erst mit ihm gesprochen haben musste, »… Torsten Bredh, befanden sich also Fröding, seine Eltern und sein jüngerer Bruder in jener Nacht auf der *Estonia.*« Ein weiterer Ansatz zu einer Kunstpause wurde von Veras Räuspern unterbrochen, und Mattias beeilte sich nun. »Fröding und sein Bruder schafften es an Deck, landeten entgegen aller wahnsinnigen Wahrscheinlichkeit im selben Rettungsboot und hielten tatsächlich bis spät in die Nacht durch. Doch als sie gerade gerettet werden sollten, da muss der Bruder, Niklas, vom Rettungsboot gespült worden und im Meer verschwunden sein.«

Sofia senkte den Blick.

Mein Gott, kein Wunder, dass Fredrik so kaputt war.

»Laut Bredh hat Fröding in den vergangenen fünfundzwanzig Jahren niemals den Glauben aufgegeben, dass sein Bruder doch noch überlebt hat. Er leidet unter ›starken Angstsymptomen und deutlichen Anzeichen für posttraumatischen Stress‹.« Mattias machte Gänsefüße in der Luft, während er las.

»Aber was hat das alles mit Ceder zu tun?«, beharrte Karim.

»Ich komme gleich dazu.« Mattias legte die Hände auf den Tisch. »Bredh hat auch erzählt, dass Fröding unter Halluzinationen leidet und dass diese oft im Zusammenhang mit der Einnahme rezeptpflichtiger Präparate auftreten, die Bredh ihm selbst im Laufe der Jahre verschrieben hat. Benzdio … Bensdia …«

»Benzodiazepine«, ergänzte Vera, die mit dem Rücken zu ihnen stand. Sie schrieb etwas auf die Tafel und wandte sich dann wieder der Gruppe zu. »Worauf das Ganze irgendwann mal hinauslaufen soll, ist, dass Fröding unter Halluzinationen leidet und starke rezeptpflichtige Tabletten frühstückt. Bei seiner vorletzten Sitzung mit Torsten Bredh soll er erzählt haben, er habe seinen Bruder Niklas auf Östermalm in Stockholm gesehen, doch der sei verschwunden, ehe Fröding ihn ansprechen konnte.«

Sofia starrte sie an.

»Wo verschwunden?«

Veras Augen strahlten, und Mattias grinste breit, als sie antwortete:

»Im Hotel von Adam Ceder.«

33.

Sofia drosselte die Geschwindigkeit und streckte sich über das Steuerrad, um den breiten Steg unterhalb des Ulvö Hotels überschauen zu können. Normalerweise herrschte da ein starker Andrang von Holzbooten, Motorbooten und deutschen Seglern, aber heute waren nur wenig Besucher da. Mit sicherer Hand steuerte sie das Rennpferd an den Kai.

Vom Chaos, das noch wenige Tage zuvor geherrscht hatte, war nichts zu spüren. Das blau-weiße Absperrband der Polizei war weg, aber dennoch wirkte die Stimmung der wenigen Touristen, die am Wasser entlangschlenderten, ein wenig gedämpft.

Sie sah mit zusammengekniffenen Augen zu dem in Weiß und Grau gestrichenen Holzgebäude hinauf. Der Bau des neuen Hotels hatte damals große Diskussionen verursacht. Veränderung und Erneuerung ließen oft starke Gefühle aufbrechen, vor allem in ländlichen Regionen, wo man seit Generationen auf dieselbe Weise lebte. Manche hatten argumentiert, dies sei eine notwendige Investition, um Ulvön am Leben zu halten, während die Rückwärtsgewandten meinten, das moderne Hotel würde den Charakter der Insel verändern. Nun stand es schon seit vielen Jahren hier, und die fortschrittlichen Denker hatten recht behalten. Das Hotel hatte Zukunftsgeist mitgebracht, Arbeitsplätze geschaffen und gleichzeitig andere Geschäfte auf der Insel neu belebt.

»Was soll ich damit machen?«, fragte Marie und hielt die Schwimmweste hoch, die sie eben abgelegt hatte.

Sofia hatte fast vergessen, dass sie die Kollegin mit an Bord hatte. Auf dem Meer schienen immer alle Gedanken wie weggeblasen. Jetzt, da sie wieder festen Boden unter den Füßen hatte, kehrte alles zurück. Fredrik, die Ermittlung, die *Estonia*, Ceder …

»Leg sie unter die Bank in der Plicht.«

Marie schob die Schwimmweste unter die Bank und kletterte auf den Steg hinauf. Sofia folgte ihr, und sie gingen den Hügel hoch zum Hotel. Hinter der Glastür stand Mona Höglund. Sie zupfte an ein paar Broschüren, die auf dem Rezeptionstresen lagen, und sah die beiden Frauen mit angestrengter Miene an.

»Wie gut, dass Sie kommen. Ich habe schon versucht, Sie zu erreichen.«

Sofia sah sie fragend an.

»Es ist nämlich so, dass ich im Serverraum war. Es sieht leider ganz so aus, als ob die Überwachungsvideos aus der Nacht, in der Ceder … na ja, die Videos sind einfach nicht mehr da.«

»Hat jemand sie gelöscht?«

»Das weiß ich nicht.«

»Wer außer Ihnen hat Zugang zu dem Serverraum?« Marie beugte sich über den Tresen, und Mona rückte sofort die Broschüren zurecht, die wieder in Unordnung geraten waren.

»Niemand. Aber ich habe überlegt, dass es vielleicht im Zusammenhang mit dem Update passiert sein könnte.«

Sofia nickte und warf Marie einen Blick zu.

»Das müssen wir nachprüfen. Können Sie mir bitte den Namen der Firma notieren, die das Update ausgeführt hat?«

Mona griff nach einem Stift und einem Post-it-Block.

»Wir würden gern das Zimmer von Christine Karst ansehen«, sagte Marie.

»Warum das denn?« Mona hielt im Schreiben inne und sah auf.

»Wir haben einen Durchsuchungsbefehl. Wären Sie bitte so freundlich, uns das Zimmer zu zeigen?«

Widerwillig wandte Mona sich um und griff hinter dem Tresen nach einem Schlüssel, dann gab sie Sofia den gelben Zettel.

»Da wäre noch etwas«, sagte Sofia. »Es heißt, das Hotel stünde zum Verkauf, und Sie würden darauf spekulieren.«

Mona gab ein trockenes Lachen von sich.

»Ach ja? Nun, das wäre sicher ein Traum, aber das würde ich mir niemals in aller Welt leisten können. Wer sagt denn, dass ich interessiert wäre?«

»Das spielt keine Rolle. Die Frage ist, ob es stimmt.«

»Die Leute tratschen so viel. Aber nein, ich werde das Hotel nicht kaufen.« Sie nickte zur Treppe hin. »Sollen wir raufgehen?«

Das Zimmer war klein, aber wie das ganze Haus in demselben weiß-grauen maritimen Thema nett eingerichtet. Sofia begann im Badezimmer. Auch das war nicht groß. Helle graue Töne, die ineinander verliefen, weißes Porzellan und Milchglas für die Dusche. Auf dem Waschbeckenrand stand ein Kontaktlinsenbehältnis. Die meisten Schubladen darunter waren leer, aber sie fand eine Haarbürste und eine Zahnbürste. Auf dem Regal in der Dusche standen Shampoo- und Conditionerflaschen einer teureren Marke und ein Rasierer.

»Hast du etwas gefunden?« Sofia schloss die Badezimmertür hinter sich und sah, was Marie aus Nachttisch und Schreibtisch zusammengesammelt hatte. Ein Notizblock, ein paar Stifte, ein Paar Kopfhörer und einige andere unpersönliche Kleinigkeiten, die offenkundig machten, dass Christine nicht sonderlich oft hier war.

»Nein«, antwortete Marie vom Fußboden unter dem Bett. »Und du?«

»Nichts, was darauf hinweisen würde, warum sie sich absichtlich nicht meldet.« Sofia schaute sich im Zimmer um. Warum unterhielt man das ganze Jahr über ein Hotelzimmer, das man so gut wie nie benutzte? Das musste doch richtig viel kosten. Obwohl, wenn einem alles gehörte, dann war das wohl anders.

»Ein Handy.« Marie tauchte unter dem Bett auf und wedelte mit einem Handy, das immer noch an einem Ladekabel in der Steckdose hing. »Keine PIN.« Sie zog das Ladegerät aus der Wand und gab Sofia das Gerät, die es in eine Plastiktüte tat.

»Sein Handy ist ja wohl nichts, was man zurücklässt, wenn man ins Ausland reist, oder?«

Marie schüttelte zustimmend den Kopf.

»Dann haben wir wohl alles durchgesehen.« Sofia drehte sich ein letztes Mal im Kreis, um sicherzugehen, dass sie nichts übersehen hatten.

Marie nickte und legte all die Dinge vorsichtig zurück, die sie aus den Schubladen geholt hatte. »Ich kann das mit in die Stadt nehmen«, sagte sie und zeigte auf die Tüte mit dem Handy. »In einer Viertelstunde geht eine Fähre.«

»Ich bleibe noch.«

Marie reckte den Daumen hoch, nahm die Tüte und verschwand aus der Tür. In diesem Moment klingelte Sofias Handy. Es war Vera.

»Habt ihr was gefunden?«

»Ein Handy. Marie nimmt es jetzt mit in die Stadt.«

»Und du?«

»Ich bleibe noch hier und rede mit dem Personal. Wir haben Mona Höglund getroffen. Sie hat ganz entschieden verneint, dass sie interessiert wäre, das Hotel zu kaufen. Aber hör mal, sie behauptet, die Überwachungsvideos von Mittsommer seien durch ein Update gelöscht worden.«

»Das geht doch wohl mit dem Teufel zu.« Vera hustete am anderen Ende der Leitung. »Frag mal das Personal, ob es wirklich stimmt, dass sie das Hotel nicht kaufen will. Mattias hat jedenfalls mit Fröding weitergemacht. Ahlén hat genehmigt, dass wir ihn uns schnappen. Die Kollegen in Stockholm werden im Laufe des

Abends bei seiner Wohnung vorbeifahren und sehen, ob sie ihn erwischen. Was meinst du?«

Sag es jetzt.

Wie Sofia es auch drehte oder wendete, würde ihr Verhalten doch wie eine bewusste Unterdrückung von Beweismaterial betrachtet werden. Das würde sie nicht nur ihren Job kosten, sondern auch ein gerichtliches Nachspiel haben. Sie schloss die Tür ab und ging die Treppe zur Rezeption hinunter, ehe sie antwortete.

»Wir haben kein Motiv, was dafür sprechen würde, dass er es war.«

»Nein, aber eine Menge Indizien«, entgegnete Vera.

»Ich muss jetzt mal den Schlüssel zurückgeben. Ich melde mich, wenn ich aus Stockholm zurück bin.«

Dann legte sie auf.

*

Als Fredrik wieder zur Brahegatan kam, traf er auf den Verwalter und zugleich Besitzer des Hauses, der auf halber Treppe oberhalb des Eingangs auf dem Weg hinaus in den Innenhof war. Fredrik nickte nur zum Gruß, ging aber schnell weiter, um nicht in ein Gespräch verwickelt zu werden. Die Verwaltungsaufgaben schienen sich darin zu erschöpfen, herumzulaufen und mit den Bewohnern zu tratschen, anstatt Dinge zu erledigen. Der Hausverwalter konnte mindestens eine halbe Stunde, ohne Luft zu holen, über die geringe Beteiligung an den Treffen der Eigentümervereinigung schwadronieren, und Fredrik hatte gerade keine Lust auf diese Sorte Vortrag.

Er wollte einfach nur ins Bett fallen. Die Tabletten, die Torsten ihm verschrieben hatte, hatte er abgeholt, und zwei Stück davon verbreiteten bereits ihre chemische Ruhe in seinem Blutkreislauf. Leicht schwankend nahm er zwei Stufen auf einmal und schaffte es nach einigen Versuchen, mit dem Schlüssel ins Schloss zu treffen. Auf dem Dielenteppich unter dem Briefschlitz lagen noch ein paar Werbeblätter und eine Rechnung. Er schob sie mit dem Fuß beiseite und ging ins Schlafzimmer, wo er das Fenster öffnete. Ein lauwarmer Sommerwind zog in die Wohnung. Da die Bettwäsche alles andere als sauber war, legte er sich direkt auf die Decke, ohne Schuhe oder Kleider auszuziehen.

Obwohl er so müde war, wie noch nie in seinem Leben, ließ der Schlaf auf sich warten. Seine Gedanken flossen träge und schnell zugleich, und die Erinnerungsbruchstücke der letzten Tage vermischten sich mit dem wohlbekannten Geruch der Wohnung seiner Großmutter und seines Zuhauses. Sofias Blick, als sie ihn da auf der Terrasse in den Arm genommen hatte, Tord mit dem Snus unter der Oberlippe, Adam Ceders wütende Miene, Niklas, die Tasche, der erhängte Junge … die Gedanken wurden zu einem dicken Brei, und schon bald stand er wieder dort. Auf der Fähre. Und rief nach seinen Eltern und seinem Bruder.

Plötzlich erregte ein Klingeln seine Aufmerksamkeit. Jemand, der sprach. Dröhnende Stimmen. Dann wieder das Klingeln.

Fredrik schoss hellwach im Bett hoch. Er hatte nur ein paar Minuten geschlafen, alle Sinne waren angespannt. Das Fenster stand immer noch einen Spalt offen. Er beugte sich über die tiefe Fensternische und sah hinaus. Unten entdeckte er, was er schon befürchtet hatte. Einen Streifenwagen mit offener Tür. Ein uniformierter Polizist stieg vom Beifahrersitz aus, dabei wurde er bis auf den Bürgersteig vom Dröhnen des Polizeifunks verfolgt.

Panisch schaute sich Fredrik in der Wohnung um. Ceders Tasche stand in der Diele. Ohne Computer, aber immer noch voller Kleider. Er riss sie auf und fing an, Kleidungsstücke aus dem Schrank hineinzustopfen. Ein Handyladekabel, den Pass, seinen eigenen Laptop, ein Paar Schuhe, einen Kapuzenpullover und eine Kappe, die auf der Hutablage lag. Bevor er die Wohnung verließ, rannte er zum Eisfach und riss die Tüte mit Fünfhundertern, die er für Notsituationen aufgespart hatte, heraus. Sie war schmaler, als er sie in Erinnerung hatte, aber es war doch besser als nichts. Ein letzter Blick aus dem Fenster. Die Polizisten standen immer noch auf der Straße. Einer von ihnen telefonierte.

Vorsichtig öffnete er die Wohnungstür. Niemand da. So leise wie möglich lief er die Treppe zum Ausgang in den Innenhof hinunter. Im selben Augenblick, als er die frische Luft und den Geruch von Grün verspürte, hörte er die Polizei an der Eingangstür unten rütteln.

Er warf sich Ceders Tasche auf den Rücken, peilte die Tür gegenüber an und rannte los.

34.

Als Sofia an die Rezeption kam, war Mona verschwunden. Sie übergab den Schlüssel der jungen Frau hinter dem Tresen und bat, sich den Serverraum ansehen zu dürfen, der jetzt aufgeschlossen war. Die Tür war weder aufgebrochen noch in irgendeiner Weise beschädigt. Vielleicht stimmte ja Monas Theorie, dass die Überwachungsvideos beim Aufspielen des Updates verlorengegangen waren. Sie holte den gelben Zettel mit dem Namen der Firma heraus und wählte die Nummer. Nach fünf Minuten hatte sie einen Techniker am Apparat, der bestätigte, dass die Videos durchaus gelöscht worden sein könnten, weil der Speicherplatz mit dem restlichen System verbunden sei.

Ihr wurde klar, dass sie seit dem Frühstück nichts zu sich genommen hatte, und sie beschloss, auf der Hotelterrasse etwas zu essen, ehe sie das Personal befragen wollte. Sie bestellte eine Tasse schwarzen Kaffee und ein Sandwich.

»Wie ich hörte, ist es hier an Mittsommer hoch hergegangen.« Ein älterer Herr in rotem Helly-Hansen-Fleece und Gummistiefeln lehnte sich vertraulich von seinem Tisch zu ihr herüber. Birger Hedlund, seit Urzeiten der Küchenchef des Ulvö Hotel. Birger war gleich nach Tord derjenige, der am besten über alles, was auf der Insel so passierte, informiert war.

Sofia lächelte ihn abwehrend an. Bei weniger als fünfunddreißig echten Einwohnern war es kaum möglich, seinen Fuß hier hereinzusetzen, ohne auf jemanden zu treffen, der wusste, wer sie war, was sie arbeitete und wessen Tochter sie war. Sie nickte der Bedienung dankbar zu, die ihr Kaffee und Sandwich brachte.

»Wie läuft es denn so mit der Ermittlung? Auf dem Revier muss ja der Teufel los sein. Aber das bist du aus deiner Zeit in der Großstadt ja sicher gewohnt, oder?« Birger wartete keine Antwort ab, sondern sprach gleich weiter: »Ich hab das ja nie verstanden. Eine Menge Verrückter, die sich Gangkriege liefern, und dann zwanzig Stunden am Tag arbeiten und Millionen für Wohnungen bezahlen, die nicht größer sind als ein Plumpsklo in Jukkasjärvi.«

»Ganz so schlimm ist es nicht.« Sofia lächelte und nahm einen Bissen. Salami und Brie, ihre Lieblingskombination, aber heute schmeckte es nicht. Sie legte es wieder auf den Teller und faltete die Serviette zusammen.

»Der arme Kerl. Totgeschlagen und ins Meer geworfen. Was für ein Schicksal«, fuhr Birger fort, sicher in der Hoffnung, dass sie ihm noch ein paar Ermittlungsdetails verraten würde.

»Hast du in letzter Zeit hier das Boot von den Karsts liegen sehen?«, erkundigte sich Sofia. Er dachte einen Augenblick nach, ehe er antwortete.

»Na ja, normalerweise liegt es ganz am Ende des Gästehafens, aber jetzt, wo du fragst … Ich glaube, das habe ich seit Mittsommer nicht gesehen. Wieso?«

»Kennst du die gut?« Sie nickte zum Hotel hin.

»Die Karsts? Nicht besser als irgendjemand sonst. Die sind ja nie hier.« Er kratzte sich nachdenklich unter dem Kinn. »Glaubt ihr, Christine könnte mit dem Ganzen was zu tun haben?«

»Wir glauben gar nichts. Wir wollen sie einfach nur sprechen. Und Mona Höglund?«

»Du meinst, die kleine Chefin?« Birger lachte. »Die ist doch hier.«

»Ja, aber was weißt du von ihr?«

»Nicht viel. Die läuft ja schon seit Kindertagen hier rum, aber ich könnte nicht direkt sagen, dass ich sie kenne. Ihr Vater war Geschäftsführer des alten Hotels. Yngve, an den erinnerst du dich doch, oder?« Sofia nickte. An den erinnerte sie sich gut. Er war die rechte Hand von Gisela Karst gewesen und hatte das Hotel geleitet, solange sie draußen in der Welt unterwegs war und Klavier spielte. Sie schien sich weder für ihre Tochter noch für ihr Hotel zu interessieren, denn beides hatte sie in die Hände von jemand anders gegeben. Sofia meinte sich zu erinnern, dass Yngve gern getrunken hatte. Wann Mona die Geschäftsführung übernommen hatte, wusste sie nicht, das musste während Sofias Stockholmer Zeit geschehen sein. Aber wahrscheinlich hatte sie schon viele Jahre zuvor die Stellung gehalten. Wie seltsam, dachte sie, dass sowohl Christine als auch Mona die Jobs ihrer Eltern übernommen hatten.

»Mona hat einen Mann, zwei Kinder und ein Haus auf dem Festland«, fuhr Birger fort, während er sich mit der Ecke seiner Serviette die Zähne reinigte. »Ich glaube, im Winter arbeitet sie noch zusätzlich als Krankenschwester in der Stadt.«

Eine Bedienung kam auf die Terrasse hinaus, und Sofia leerte schnell ihre Kaffeetasse, nickte Birger ein rasches Auf Wiedersehen zu und lief hinter der Bedienung her.

»Entschuldigen Sie?«

Die junge Frau drehte sich mit einem Lächeln um. Sofia kannte sie aus der Schwimmschule, die immer draußen auf Sandviken stattfand. Sie war die Tochter eines der Einwohner und arbeitete während des Sommers immer zusätzlich im Hotel.

»Mein Name ist Sofia Hjortén, und ich bin Polizistin. Könnten wir uns kurz unterhalten?« Sie streckte die Hand aus, die das Mädchen ergriff, nachdem sie ihr Handy in die Schürzentasche hatte gleiten lassen.

»Linda Pihlgren. Sie sind die Tochter von Sten, oder?« Sofia nickte.

»Geht es um den Mord?«

»Ich würde gern mit Ihnen über Christine Karst sprechen«, sagte Sofia. »Wussten Sie, dass sie plante, das Hotel zu verkaufen?«

»Das habe ich nur als Gerücht gehört. Aber jetzt sagen sie in der Küche, dass dieser Ceder hier gewesen wäre, um das Hotel zu kaufen. Stimmt das?«

»Wir wissen es nicht, aber es ist eine Möglichkeit, die wir in Betracht ziehen.«

»Und dann habe ich auch gehört, dass Mona das Hotel kaufen wolle, aber ich weiß ja nicht.« Linda rückte ihren etwas zerzausten Dutt zurecht. »Also, wie sollte sie sich das denn leisten können?«

»Wann haben Sie Christine Karst zuletzt gesehen?«

»Christine? Das muss am Mittsommerabend gewesen sein.«

»Wissen Sie, wann sie das Hotel verlassen hat?«

»Sie sollte am Morgen danach abreisen, ich glaube zu ihrer Mutter nach Spanien. Ich meine, sie wollte die erste Fähre am Morgen nach dem Fest nehmen.«

»Haben sie am Tag zuvor mit ihr gesprochen?«

»Ja, das habe ich. Sie kam und hat mich gefragt, wie es mit dem Studium läuft und ob ich dieses Jahr wieder an Weihnachten arbeiten will.«

»Wie kam sie Ihnen vor?«

Linda dachte nach.

»Gestresst. Aber das ist sie immer.« Linda neigte sich etwas näher zu Sofia. »Es heißt, sie hätte Probleme mit den Nerven.«

Sofia war erstaunt, dass jemand, der so jung war wie Linda, diesen Ausdruck verwendete. War man nicht schon weitergekommen, was die Beurteilung von psychischen Erkrankungen anging?

»Und was ist dann passiert?«

»Nichts. Sie ging und hat mit ein paar anderen vom Personal gesprochen, und ich habe weitergearbeitet.«

»Wissen Sie, wohin sie dann gegangen ist?«

Linda schüttelte den Kopf.

»Sie hatte eine Besprechung. Irgendeine wichtige Person. Vielleicht ja dieser Ceder?«

Kluges Mädchen, dachte Sofia.

»An Mittsommer?«

»Sie ist einfach nur einmal im Jahr hier, und in die Zeit legt sie dann alle Termine.«

»Und Mona? Haben Sie die am Mittsommerabend gesehen?«

»Nein. Ich war den ganzen Abend hier draußen. Es war ziemlich viel los. Eine Frau ist übers Geländer gefallen und musste verarztet werden. Und ein ziemlich betrunkener Typ musste ins Zimmer raufgebracht werden.«

Sofias Wangen wurden heiß.

»Fredrik Fröding?«

Linda kniff die Augen zusammen und dachte nach.

»Ich glaube, so hieß er. Er wohnte auf der zweiten Etage. Nur eine Nacht, wenn ich mich richtig erinnere.«

Zwei Männer in gleichen T-Shirts mit Werbung für Wasserscooter darauf gingen vorbei und ließen ihre Blicke ungeniert über Lindas Körper gleiten. Sie lächelte und streckte höflich die Hand aus, um ihnen die Treppe hinunter Vortritt zu gewähren.

»War er den ganzen Abend über hier?«

»Ich glaube ja. Erst hat er an der Bar gesessen und dann dahinten.« Linda wies auf einen Tisch in der Ecke der Terrasse. »Ich habe ihn bedient, aber kurz bevor wir zugemacht haben, durfte ich keine Bestellungen mehr von ihm annehmen, weil er so betrunken war, dass er kaum mehr stehen konnte. Ich bin losgegangen, um den Wachmann zu holen, aber als ich zurückkam, war er weg. Dann habe ich ihn unten beim Pool stehen und mit jemandem sprechen sehen, aber das schien nicht gerade ein angenehmes Gespräch zu sein. Da wurde hauptsächlich geschrien, und dann ging er.«

»Hat Fröding geschrien?«

»Nein, der andere.«

Hatte Mona nicht gesagt, dass Fredrik derjenige gewesen sei, der Ceder angeschrien habe? Doch, Sofia war ziemlich sicher, dass sie das so berichtet hatte. Darüber musste sie unbedingt noch einmal mit ihr sprechen.

»Und dann kam Fröding zurück, und Sie haben ihm aufs Zimmer geholfen?«

Linda schüttelte den Kopf.

»Nicht ich. Die Wachleute hatten woanders zu tun, deshalb ist Mona mit ihm raufgegangen.«

»Haben Sie ihn danach noch mal gesehen?«

»Nein.«

Sofia gab ihr eine Visitenkarte mit ihrer Handynummer.

»Falls Sie Mona sehen, dann bitten Sie sie doch, sich bei mir zu melden. Und wenn Ihnen noch etwas einfällt, was wichtig für uns sein könnte, dann möchte ich, dass Sie mich anrufen.«

Linda nickte, nahm die Visitenkarte und ging auf die Treppe zu, aber Sofia hielt sie auf.

»Eine letzte Frage noch. Gibt es jemanden hier, der möglicherweise etwas dagegen gehabt haben könnte, dass Adam Ceder das Hotel kauft?«

Linda dachte einen Moment nach, dann antwortete sie mit einem Achselzucken.

»Höchstens Mona.«

35.

Ulvön, 1979

Christine bleibt vor der Veranda stehen und schaut mit großen Augen auf die Gruppe, die sich da versammelt hat. Adam, Mats und Thomas haben einen Ring um Marianne gebildet. Die russischen Mädchen sind auch da. Aus dem Radio im Küchenfenster dröhnt laute Popmusik. Thomas klatscht in die Hände, sodass der Schwabbelbauch hüpft. Adam steht an die Hauswand gelehnt und streichelt diese Katze, mit der er andauernd rumzieht. Für die scheint er sich mehr zu interessieren als für Christine.

Marianne steht mitten im Kreis. Sie wiegt sich hin und her und bewegt sich zur Musik aus dem Radio. Sie schiebt die Hüften zur Seite und macht einen Schmollmund mit ihren fülligen Lippen. Sie tanzt wie in Trance und als würde sie niemanden sehen, doch das tut sie. Christine merkt, wie sie immer mal wieder kurz die Augen öffnet, um zu kontrollieren, ob sie die Aufmerksamkeit der Jungen hat. Und die hat sie. Alle folgen sie der kleinsten Bewegung ihres Körpers. Doch plötzlich hält sie abrupt inne und zeigt auf Christine.

»Komm her!«

»Birger schickt mich vom Hotel mit dem eingelegten Hering«, versucht die, sich rauszureden. »Er hat gesagt, ich soll ihn bei Bodil oder Ester abgeben.«

Marianne steht da und rückt ihr T-Shirt zurecht, auf dem in Schnörkelschrift »Hooked on a feeling« geschrieben steht. Es ist so kurz, dass man die Unterseite ihrer Brüste sieht, wenn sie die Arme hebt.

»Gottes auserwählte Missgeburt kann warten«, sagt Marianne abschätzig und nimmt das Lachen der Jungs entgegen. »Komm lieber und tanz mit mir!«

Marianne geht zu ihr, nimmt ihr die Backofenform mit dem Fisch aus den Händen und stellt sie auf die Treppe. Sofort setzt Adam die Katze ab und lässt sie davon fressen. Marianne zieht sie in den Kreis, und Christine fängt unsicher an, sich zur Musik zu bewegen. Auch wenn es sich peinlich anfühlt, fängt sie an, Mariannes Bewegungen nachzuahmen, den Blick dabei fest auf Adam gerichtet. Er sieht sie an, und es kribbelt in ihr. Er ist so toll. Marianne, die immer alles zu sehen scheint, starrt Adam mit glühendem Blick an.

»Na, findest du Christine hübsch?« Die Musik dröhnt immer noch aus dem Fenster, aber niemand tanzt mehr. Adam zuckt mit den Schultern, und Christine merkt, wie sie rot wird.

»Wenn du sie so hübsch findest, dann möchtest du sie vielleicht ja mal küssen. Komm schon, Adam, küss sie!« Die Schlachtenbummler sind sofort dabei und fangen an, mit lauten Stimmen zu rufen.

»Traust du dich nicht?«

Christine sieht Adam an. Er wirkt unsicher, macht aber trotzdem einen Schritt vor. Sie wünscht sich so sehnsüchtig, dass er sie küsst. Die anderen brüllen immer lauter. Und als er sich gerade vorbeugt, verstummt die Musik, und ein Kopf wird aus dem Fenster gesteckt.

»Was macht ihr denn? Wisst ihr nicht, dass Ester sich ausruht? Ihr dürft hier unten nicht so einen Krach machen!«

Bodil zieht den Kopf wieder zurück und verschwindet im Haus. Und schon kommt sie aus der Eingangstür gestürzt. Sie gibt der Katze, die immer noch aus der Ofenform frisst, einen ordentlichen Tritt, sodass sie kreischend von der Treppe fliegt und in Richtung Wald verschwindet.

»Jetzt steht hier nicht rum und guckt dumm aus der Wäsche. Geht rein und räumt den Frühstückstisch ab!«

Marianne sieht zu den anderen und verdreht die Augen. Wortlos stolziert sie an Bodil vorbei ins Haus, gefolgt von ihrem Rattenschwanz an Untertanen. Adam geht mit gesenktem Kopf, ohne Christine anzusehen.

»Was ist bloß los mit dir?« Bodil hält die Hand hoch, um Christine aufzuhalten, und starrt sie vorwurfsvoll mit ihrem scharfen Vogelblick an. »Weißt du nicht, dass die gemein zu Ester sind?«

»So schlimm ist es doch wohl nicht«, lügt sie.

»Jetzt tu mal nicht so dumm, Christine! Das weißt du ganz genau. Willst du wirklich zu denen gehören? Nach allem, was Vater für dich getan hat?«

Das möchte sie. Sie würde so schrecklich gern beliebt und eine von ihnen sein. Im Schatten ihrer Mutter wird sie bald verkümmern. Sie ist eine eigenständige Person, aber niemand scheint das anerkennen zu wollen. Doch, Aron war nett zu ihr. Das war er wirklich. Wie oft hat sie nicht im Laufe der Jahre dort bei ihnen wohnen dürfen. Als gehörte sie zu seinen Töchtern. Sie sollte sich wirklich für Ester einsetzen. Das weiß sie.

»Liegt es an Adam? Lässt du Ester seinetwegen im Stich. Seinetwegen hurst du deine Loyalität weg?«

Christine antwortet nicht.

»Gott hält seine Hand über Ester, das weißt du ja wohl. Wer sie verletzt, der wird bestraft werden. Begreifst du das nicht?«

Bodil holt Luft. Ihre Augen sind aufgerissen, und die Stimme bebt vor Zorn.

»Gott wird einen Engel schicken, um jene zu vernichten, die Ester wehtun. Sie werden in der Hölle brennen!«

36.

Fredrik parkte den Wagen auf dem steilen Hügel vorm Eingang der Ersta-Kirche auf Södermalm und blieb eine Weile sitzen, um über die Absurdität der Situation nachzudenken. Jetzt, in diesem Augenblick, war die Polizei in seiner Wohnung und stellte alles auf den Kopf. Zumindest nahm er das an.

Er beobachtete die Umgebung kurz, um sicherzugehen, dass ihm kein Polizist gefolgt war, und stieg dann aus dem Auto, schritt durch das gewölbte Portal und folgte dem asphaltierten Weg hinauf zum Glockenturm. Auf einem Rasenstückchen saßen ein paar Jugendliche auf ihren Jacken und aßen Sushi aus einer Plastikschachtel. Er bog auf den Kiesweg ab und trat an den Zaun. Ein wohlgeübtes Ritual. Ehe er überhaupt das Denkmal anschauen konnte, musste er innehalten und die fantastische Aussicht genießen. Wenn man den Kopf erhoben hielt, konnte man so tun, als würde man die Fähren, die da unten in einer Reihe am Kai lagen, nicht sehen. Stattdessen konzentrierte er den Blick auf Djurgården auf der anderen Seite. Und die Karussells, die sich auf Gröna Lund drehten. Und die Sonne, die schon tief über den Inseln hing. Herzzerreißend und schön zugleich.

Schließlich wandte Fredrik seinen Blick dem Denkmal zu. Das schöne dunkelbraune Holz mit seinen zwei einfachen Tafeln. Ein schlichtes Kreuz, das doch vor dem Hintergrund aus Meer und Himmel nicht sprechender sein könnte. Er setzte sich auf die Bank davor und betrachtete es lange.

Hierher kam er, wenn er Sehnsucht verspürte. Es war das einzige Grab, zu dem er gehen konnte. Zum ersten Mal dachte er, dass dies auch der Ort von Niklas war. Aber um ein Grab zu haben, musste man tot sein. Er spürte in sich hinein. War Niklas tot? Hatte er all die Jahre ein Gespenst gejagt?

Plötzlich musste er denken, dass es vielleicht das letzte Mal war, dass er hier saß. Die Polizei konnte jeden Moment auftauchen, doch darum mochte er sich jetzt nicht sorgen. Er wollte einfach noch ein bisschen so sein. Die Gedanken in der von den Tabletten geschaffenen Watte ruhen lassen. Seine Atemzüge fühlen.

Schon bald konnte er nicht mehr aufrecht sitzen. Er knüllte den Kapuzenpullover zu einem Kissen zusammen und legte sich auf die Bank.

Wenige Minuten später war er eingeschlafen.

37.

Vom Sportplatz am Zinkensdamm drangen Applaus und Anfeuerungsrufe herein. Und wieder einmal bereute Mats Dahlman, nicht eine Wohnung ein paar Straßen weiter gekauft zu haben, wo man sich nicht jeden verdammten Sommerabend das Gegröle anhören musste. Er schloss das Fenster und zog die dunklen Gardinen vor. Schwankend ließ er sich wieder im Sessel nieder und griff nach der Fernbedienung. Das Glas schwappte ein wenig über, als er sich zurücklehnte, aber das machte nichts. Die Anzughose musste ohnehin in die Reinigung. Er legte die Füße auf den Lederhocker und versuchte, sich auf das Fernsehprogramm zu konzentrieren. Goldgräber in Alaska. Perfekt, um einfach zu sitzen und zu dösen.

Er suchte auf der Armlehne nach dem Handy, um es leise zu stellen, konnte es aber nicht finden. Weitere Anrufe von ihr würde er nicht ertragen können. Unzählige Male hatte sie schon angerufen. Das erste Mal war er rangegangen. Hatte höflich Konversation über Wind und Wetter und vergangene Zeiten betrieben, aber doch bald gemerkt, dass irgendetwas nicht stimmte. Er hatte versucht, ihr zu erklären, dass sich jemand einen Scherz mit ihr erlaubte. Dass es sich bestimmt nicht um eine echte Drohung handelte, aber sie hatte von Schuld und Rache gejammert. So schlimm war es gewesen, dass er sich schon gefragt hatte, ob sie vielleicht geisteskrank geworden war. Jedenfalls hatte er nicht die geringste Lust, jetzt damit anzufangen, in der Vergangenheit zu stochern. Das war vergangen und vergessen. Sie waren doch nur Kinder gewesen, noch grün hinter den Ohren. Man konnte ja wohl kaum erwarten, dass er jetzt, vier Jahrzehnte später, Verantwortung für einen Dumme-jungenstreich übernahm.

Doch dann war es genau so gekommen, wie sie es beschrieben hatte. Ein anonymer Brief. Kein Absender. Nur dieser drohende, eingekreiste Text, und dann die Farbkopie des Bildes vom Sommerlager, auf dem sie alle vor der Kapelle aufgereiht standen. Seine Augen wie mit einer Nadel durchstochen. Das hatte schon genügt, um ihm Angst zu machen.

Mats sah zum Glas. Nicht einmal mehr halb voll. In seinem Kopf drehte sich schon alles, er sollte jetzt nichts mehr trinken. Er nahm einen Mundvoll Whiskey und spürte, wie es behaglich am Gaumen brannte. Ach was, ein kleines Glas mehr oder weniger spielte doch keine Rolle. Auf dem Barwagen standen nur leere Flaschen, also musste er sich wieder aus dem Sessel erheben und in die Küche gehen.

Auf dem Weg durch die Diele hörte er ein kratzendes Geräusch vor der Wohnungstür. Ein Blick durch den Spion zeigte ihm, dass im Treppenhaus niemand war. Der Sensor des Treppenlichts war kaputt, aber der schwache Schein des Fahrstuhls wies darauf hin, dass er auf seinem Stockwerk angehalten hatte. Warum wohl? Die Nachbarn von gegenüber waren schon seit über einem Monat verreist. Wieder war das kratzende Geräusch zu hören, diesmal gefolgt von einem metallischen Klicken. Mats drückte das Ohr ans Schlüsselloch. Dieses Klicken hatte er schon einmal gehört.

Vorsichtig drehte er den Schlüssel herum und öffnete die Tür. Im Licht, das aus der Diele hinter ihm ins Treppenhaus sickerte, konnte er etwas Weißes erkennen, das sich ein paar Meter vor ihm in ruckartigen, rhythmischen Bewegungen drehte. Er wusste sofort, was das war.

Ganz außen auf dem Treppenabsatz stand ein weißer Spielzeugengel mit durchsichtigen Flügeln, der sich auf einer Plattform drehte. Das Klicken kam von der Feder in seinem Rücken. Mit jeder Umdrehung klingelte ein Glöckchen.

Er bekam es mit der Angst, doch dann wurde ihm alles klar. Ja, so musste es sein. Die verdammten Kinder rannten herum und machten Unfug! Wenn er diese Mutter aus dem Erdgeschoss mal wieder zu fassen kriegte, dann würde er mal Tacheles mit ihr reden, das stand fest.

Er machte einen Schritt ins Treppenhaus. Das Fahrstuhllicht war ausgegangen, und er konnte kaum sehen, wohin er trat. Er fuhr mit den Händen über den Boden auf der Suche nach dem Engel, und im selben Augenblick, als sich seine Hand um ihn schloss, entdeckte er ein Augenpaar, das ihn anstarrte. Ein paar Treppenstufen tiefer kauerte, die Beine unters Kinn gezogen, eine Frau.

»Hallo«, flüsterte sie mit sanfter Stimme.

Mats wich mit dem Engel in der Hand zurück. Er schwankte und war im Begriff, das Gleichgewicht zu verlieren. Sie kam auf die Füße und schritt mit gesenktem Kopf langsam auf ihn zu. Das lange Haar hing ihr ins Gesicht, und unter ihren nackten Füßen kratzten Steinchen.

Mats starrte sie an, ohne jedoch begreifen zu können, was geschah. Zwischen ihren erhobenen Händen konnte er gerade noch etwas wahrnehmen.

Einen Hammer.

Voller Panik stürzte er zurück in die Diele, versuchte, die Tür zuzuziehen, aber sie war schneller. Der Hammer traf ihn an der Stirn. Er verlor das Gleichgewicht und fiel in die Wohnung hinein, schlug mit der Schulter hart auf den Kachelboden auf, rollte auf den Rücken und blieb liegen.

Über der Augenbraue pulsierte das Blut in Stößen heraus. Durch einen roten Schleier sah er, wie sie den Hammer wieder erhob. Er schrie, vermochte sich aber nicht zu rühren.

Der zweite Schlag traf ihn an der Schläfe; er konnte hören, wie irgendetwas da drin kaputtging.

MITTWOCH, 26. JUNI 2019

38.

Als der Taxifahrer sie vor dem glänzenden braunroten Polizeigebäude auf Kungsholmen absetzte, war Sofia übel vor Nervosität. Erst sollte sie Kaj treffen, und dann würde sie den Hauptsitz der Ceder-Kette auf Östermalm besuchen. Am nächsten Tag würde eine Gedenkfeier für Adam Ceder abgehalten werden, und Vera hatte sie gebeten, solange noch zu bleiben, doch im Anschluss daran würde sie so schnell wie möglich wieder nach Hause fahren.

Sie rieb sich den Bauch. Der machte ihr immer Probleme, wenn sie Stress hatte. Und stressig war noch gelinde ausgedrückt für die Situation, in der sie sich befand. Ihr ganzes Dasein war ein einziger Witz. Hier war sie: alleinstehend, kinderlos, mit großer Wahrscheinlichkeit auch bald arbeitslos und darüber hinaus in Beziehung mit zwei Männern, von denen einer verheiratet war und der andere ein Mordverdächtiger.

Sofia ging durch den Haupteingang und meldete sich an der Rezeption. Mit einem Hörer in der Hand bedeutete ihr der Rezeptionist mit einem Wedeln Richtung der Sofas, dass Sofia sich setzen und warten solle.

Fünfzehn Minuten vergingen ohne ein Lebenszeichen von Kaj. Einige Leute in Zivil kamen an ihr vorbei, eine ältere Dame mit Sonnenbrille auf dem Kopf nickte ihr zu, und Sofia grüßte zurück, ohne sich im Entferntesten daran erinnern zu können, wer die Frau war. Wo blieb Kaj bloß? Sie wusste, dass man nicht länger als eine Minute von seinem Büro die Treppen hinunter ins Foyer brauchte.

»Kriminalinspektorin Hjortén. Lange nicht gesehen.« Sofia fuhr zusammen, als sie Kajs formelle Stimme hinter sich hörte. Offensichtlich hatte er beschlossen, sich in der Arbeitszeit nichts von ihrem Verhältnis anmerken zu lassen und schüttelte ihr höflich die Hand, ehe sie den Fahrstuhl in die Abteilung hinauf nahmen, wo die Profilergruppe untergebracht war.

Sein Büro sah genauso aus wie früher. Nicht ein Ding hatte seinen Platz gewechselt. Die Glaskugel aus der Zeit, als Kaj und seine Kollegen noch die »Wahrsagergruppe« genannt wurden, stand ordentlich auf dem Fensterbrett. Ein lustiges Relikt und Symbol dafür, wie unveränderlich und traditionell manche Berufsgruppen sein konnten. Die einzige Veränderung im Raum war, dass das Bücherregal inzwischen voller Bücher anstelle von Ordnern war. Kaj ließ sich hinter dem Schreibtisch nieder und schlug die langen Beine übereinander.

»Mette hat nicht so viel für Bücher übrig, deshalb habe ich ihnen hier im Büro ein Zuhause gegeben.«

Sofia bemerkte, dass die Erstausgabe von Bo Bergmans *Das Herz muss von Träumen wachsen*, die sie ihm zum Geburtstag gekauft hatte, den Ehrenplatz ganz oben links einnahm. Kaj lächelte sie an.

»Ich freue mich, dich mal wieder hier in Stockholm zu sehen. Setz dich.«

Sofia beschloss, gleich zur Sache zu kommen.

»Wie ich schon am Telefon gesagt habe, erbittet Vera deine Hilfe beim Täterprofil. Ich werde heute mit dem Personal der Ceder-Kette sprechen und herauszufinden versuchen, ob Adam bedroht worden ist. Angeblich steht das Hotel auf Ulvön zum Verkauf, und wir müssen herausfinden, ob Ceder vorhatte, da einzusteigen.«

Kaj runzelte die Stirn.

»Also, spontan würde ich sagen, dass die ganze Sache mehr nach einem persönlichen Motiv aussieht. Eifersucht. Unerwiderte Liebe. Die Tatwaffe war ein Hammer, oder?«

Sofia nickte.

»Wo sollen wir denn zu Mittag essen?«, fragte Kaj und wechselte rasch das Gesprächsthema. Wie immer war er völlig unberührt von der brutalen Gewalttat, in der er zu ermitteln hatte. Das war notwendig, um den Scharfsinn bei der Arbeit nicht zu verlieren – eine Fähigkeit, die Sofia sich niemals voll und ganz hatte aneignen können.

»Ich habe dem Hotelchef versprochen, dass ich in einer halben Stunde im Ceder City East sein werde, da schaffe ich es wohl nicht rechtzeitig zum Mittagessen zurück.« Sie ging zur Tür. »Aber vielleicht könnten wir im Laufe des Nachmittags mal besprechen, wie wir weitermachen sollen und wann du raufkommen kannst. Ich bleibe bis morgen.«

Kaj war aufgesprungen und hielt sie mit einer Hand auf ihrem Arm zurück.

»Lass uns das beim Abendessen besprechen. Zu Hause bei uns? Mette würde dich gern kennenlernen. Sagen wir, so um acht Uhr?«

Seine Finger schienen durch ihren Pullover zu brennen. Vorsichtig machte Sofia sich los und nickte zur Antwort. Abendessen mit Kaj und seiner Frau.

Die Hölle musste eingefroren sein.

*

Fredrik sah auf die Uhr. Halb neun. Irgendwann in der Nacht war er durchgefroren auf der Bank aufgewacht und hatte sich dann auf den Rücksitz des Autos gelegt. Er hatte unruhig geschlafen, und der Rücken schmerzte von der unbequemen Ruheposition. Jedes Mal, wenn ein Auto vorbeigefahren war, hatte er sich unter dem Kapuzenpullover zusammengekauert und gehofft, dass ihm erspart bliebe, Blaulicht über den Innenraum des Wagens flackern zu sehen.

Sicherheitshalber hatte er das Handy ausgeschaltet und den Akku rausgenommen. Wer weiß, welche Ressourcen möglicherweise eingesetzt würden, um ihn zu finden. Und es war ihm auch klar, dass er sich nicht auf ewig versteckt halten konnte, aber noch war er nicht bereit, sich der Polizei zu stellen.

Vorsichtig entfaltete er seine schmerzenden Glieder und schob sich vom Rücksitz. Ihm war immer noch kalt. Die Sonne, die gestern noch geschienen hatte, war verschwunden, stattdessen hing eine graue Wolkendecke wie eine Kuppel über Stockholm.

Ein Stück die Straße hinunter gab es einen Seven Eleven, und er brauchte einen Kaffee und etwas zu essen. Gestern hatte er zum Einschlafen nicht einmal Tabletten gebraucht, so erschöpft war er gewesen. Mit etwas Glück würde es ihm gelingen, die Angst durch Essen so weit zurückzudrängen, dass er den Tag überstand, ohne seinen kostbaren und schnell schwindenden Vorrat anbrechen zu müssen.

Fredrik entfernte sich ein paar Straßen weit vom Auto, bevor er den Akku wieder einlegte und das Handy hochfuhr. Philip hatte fünfmal angerufen. Die Polizei hatte sich gemeldet und die Aufforderung hinterlassen, sich noch einmal zur Vernehmung einzufinden. Sofia hingegen hatte nicht noch einmal angerufen. Er wollte gerade Philips Nummer wählen, als eine andere auf dem Display auftauchte. *Marianne Nordin.*

»Ist da Fredrik?« Ihre Stimme klang unsicher.

»Ja.«

»Störe ich gerade?«

Er sah sich diskret auf der Straße um, dann betrat er den Seven Eleven.

»Nein, wieso?«

»Es ist mir ein wenig unangenehm, aber …« Die Stimme erstarb, und Fredrik nahm das Handy ans andere Ohr, um auf das Sandwich zeigen zu können, das er haben wollte. Die Verkäuferin nickte und tippte die Summe in die Kasse ein. Dann zeigte sie auf den Turm mit Pappbechern hinter dem Tresen, und Fredrik streckte den Daumen hoch, als sie zum größten Modell kam.

»Was ist denn passiert?«

»Ich vermisse ein Foto. Ein gerahmtes Foto, das auf der Kommode im Salon stand.«

Er bezahlte, immer noch mit Marianne am Ohr, und winkte dem Mädchen hinter dem Tresen zum Abschied.

»Und du hast es nicht zufällig woanders hingestellt und dann vergessen?« Er nahm einen vorsichtigen Schluck aus der Öffnung des Plastikdeckels.

Marianne lachte freudlos.

»Also, ich bin wirklich noch nicht alt genug, um senil zu sei. Nein, ich bin ganz sicher, dass es verschwunden ist.«

Fredrik blieb auf der Straße stehen, und während er Kaffee und Handy balancierte, versuchte er, das belegte Brot aus der Plastikfolie zu wickeln. Allmählich überfiel ihn der Hunger, und er begriff nicht so recht, was die Sache mit ihm zu tun haben sollte.

»Es tut mir leid, aber wie kann ich dir helfen, Marianne?«

»Ich weiß nicht … aber ich musste an dich denken.«

»Warum?«

»Es ist dasselbe Bild wie das, was du dabeihattest, als du bei mir warst. Das mit den Schwestern Dirk drauf.«

39.

Ulvön, 1979

Adam lehnt sich aus dem Fenster und ruft leise. Er meint, etwas Helles zu sehen, das sich draußen in den Büschen bewegt.

»Kekschen«, flüstert er lockend. Die letzten Nächte hat er das Fenster in ihrem Zimmer offen stehen lassen, und schon in der ersten Nacht kam sie auf leisen Pfoten herein, angelockt von dem Berg Heringe, den er unter dem Bett versteckt hatte. Nach dem Festmahl war sie dann in seinem Bett eingeschlafen. Das sanfte Schnurren hatte ihn in den Schlaf gewiegt, und zum ersten Mal, seit er hierher ins Sommerlager gekommen war, hatte er eine ganze Nacht durchschlafen können.

Adam späht noch einmal in die Dunkelheit, muss aber enttäuscht einsehen, dass es nicht Kekschen gewesen ist, die er gesehen hat. Die anderen Jungen schlafen, also schlüpft er aus dem Bett, um die Katze draußen anzulocken. An der großen Treppe nach oben begegnet ihm Bodil, die von der Toilette kommt. Ihre Haare sind verwuschelt, und sie hat ein Nachthemd an, aber der Blick ist wach. Als sie ihn sieht, schreckt sie zusammen.

»Wohin willst du?«

Adam zuckt mit den Schultern und geht, ohne etwas zu erwidern, Richtung Diele. Er wartet, bis sie die Treppe hinauf verschwunden ist, dann öffnet er die Tür und ruft leise nach Kekschen, aber das Tier ist nicht zu sehen. Bestimmt kommt sie, wenn sie hungrig ist, denkt er und will eben die Tür schließen, als er von draußen einen Laut hört. Erst freut er sich, als ihm klar wird, dass Kekschen ruft, aber dann erkennt er, dass irgendetwas nicht stimmt. Sie schreit gellend und scharf. Er zieht ein Paar Stiefel an, läuft auf die Veranda und horcht. Es kommt von den Schaukeln. Draußen ist es dunkel und kalt. Nur in Unterhosen und Stiefeln beginnt er trotzdem, das feuchte Gras zu durchsuchen. Und da sieht er die Katze. Sie hängt an einer dünnen Schnur vom Schaukelgestell. Die Beine strampeln heftig, wodurch der Körper um die Schnur rotiert. Adam versucht zu begreifen, was er da sieht, dann rennt er hin und hebt sie hoch. Sie schreit und kratzt ihm voller Panik durchs Gesicht und über die Hände. Adam schreit auch, ruft um Hilfe. Thomas sieht verschlafen aus einem der Fenster.

»Komm raus!«, ruft Adam. »Schnell! Bring eine Schere mit!«

Thomas kommt sofort mit einer Schere in der Hand aus der Tür. Genau wie Adam hat er nur Unterhosen an. Eilig schneiden sie die Katze vom Schaukelgestell. Dann reißen und zerren sie an der Schnur, die nun zu einem Halsband geworden ist, das sich zusammenzieht. Thomas hält das Tier mit der einen Hand fest, während Adam versucht, die Schnur vom Hals wegzuziehen. Die

Katze windet sich, und er verliert sie immer wieder aus dem Griff. Die Augen des Tiers sind angstvoll aufgerissen, und es keucht unheilvoll. Aber so viel sie auch zerren, kriegen sie die Schlinge doch nicht los.

»Mach sie los!«, schreit Adam, aber je mehr sie es versuchen, desto enger zieht sich die Schnur zu. Die Bewegungen der Katze werden jetzt träge, und sie sieht hilflos zu Adam hoch. Als nichts mehr funktioniert, schiebt Thomas die Schere unter die Schlinge und drückt die Schere zu. Haut und Pelz des Tiers geraten mit hinein, aber die Katze reagiert nicht. Obwohl die Schlinge weg ist, hängt sie schlapp in Adams Schoß.

Thomas steht da, mit der Schnur in der einen Hand und der blutigen Schere in der anderen. Adam hebt das schlaffe Tier hoch und nimmt es in den Arm. Er weint und bohrt sein Gesicht in den Pelz der Katze. Thomas steht wortlos daneben.

Um sie herum ist kein Laut zu hören. Als könnte man die Stille greifen.

»Wer zum Teufel tut so etwas?«, flüstert Thomas.

Adam schüttelt geschockt den Kopf und wischt sich das Blut ab, das aus einer Kratzwunde unter dem Auge gelaufen ist.

Eine Weile bleiben sie so stehen und sehen erst einander an und dann die tote Katze.

Über ihnen hört man, wie ein Fenster zugezogen wird.

40.

»Sie sind von der Polizei, nehme ich an.«

Sofia nickte, und sie gaben sich die Hand.

»Sofia Hjortén.«

»Theodor Hake, sehr erfreut.« Der junge Mann strich sich über das glattgekämmte Haar. »Wir haben einen Raum für Sie vorbereitet. Wenn Sie mir freundlicherweise folgen wollen.«

Der Kontrast zwischen ihnen beiden war schmerzhaft deutlich. Sofias etwas schäbige Zivilkleidung und der norrländische Dialekt gegen den dunkelblauen Blazer des strahlend aussehenden Hotelchefs, die arrogantvornehme Lidingö-Art und dann eine Ausdrucksweise, die direkt aus Downton Abbey stammen könnte. Zu allem Überfluss sprach er sie auch noch herablassend mit ihrem Nachnamen an.

Theodor Hake führte sie zu einem Konferenzraum hinter dem Rezeptionstresen. Sowie sie sich niedergelassen hatten, kam eine Frau und servierte Kaffee von einem Wagen vor der Tür. »Haben Sie noch Wünsche?«, fragte Hake mit hochgezogener Augenbraue.

»Nein, danke«, erwiderte Sofia und nahm einen Schluck Kaffee, der viel teurer schmeckte als ihr eigener Kaffee, aber keineswegs besser.

»Nun«, begann Hake, als wäre er es, der diese Besprechung einberufen hätte. »Natürlich sind wir alle entsetzt
über die Nachricht vom Ableben unseres Chefs und
Freundes. Hier in der Ceder-Kette sind wir wie eine
große Familie, und es schmerzt uns überaus, einen der
Unsrigen verloren zu haben.« Er nahm einen Schluck
Kaffee und sah sie über den Rand der Tasse hinweg an,
als wolle er ihr die Erlaubnis geben zu sprechen.

»Es freut mich zu hören, dass Sie wie eine große Familie sind«, begann Sofia vorsichtig und stellte die Tasse
ab. »Dann können Sie uns vielleicht etwas darüber sagen, was für ein Mensch Adam Ceder war. Es ist uns
nämlich schwergefallen, uns ein Bild von ihm zu machen. Wissen Sie, ob er eine Partnerin hatte?«

»Nein, tut mir leid, das weiß ich nicht.«

»Einen Partner?«

Theodor schüttelte den Kopf und ließ den Blick zur
Uhr an der Wand neben dem Konferenztisch wandern.

»Ich weiß leider nichts über Herrn Ceders private
Unternehmungen. Als Hotelchef bin ich verantwortlich
für das Ceder City East und habe in den alltäglichen
Belangen sehr eng mit ihm zusammengearbeitet, aber
wir hatten keinen privaten Umgang.«

Sofia nickte.

»Theodor, wir werden jeden Stein in der Ceder-Kette
umdrehen. Wenn Ihnen Ihre Zukunft lieb ist, dann rate
ich Ihnen, mir zu erzählen, was Sie wissen. Es bringt
Ihnen überhaupt nichts, Adam jetzt den Rücken freizu-
halten. Wenn herauskommt, dass er mit irgendwelchen
illegalen Machenschaften zu tun hatte und Sie unter-

271

lassen haben, uns davon zu berichten, dann könnte das rechtliche Folgen für Sie haben.«

Theodor warf ihr einen resignierten Blick zu.

»Okay …« Er seufzte und stellte seine Kaffeetasse mit einem kleinen Knall ab. Plötzlich wurde der arrogante Tonfall durch einen breiten Dalarna-Dialekt ersetzt. »Also, alle wissen: was hier passiert, bleibt auch hier. Das ist die Regel. Das hier ist ein krass guter Arbeitsplatz, sozusagen das Tor zur schwedischen Wirtschaftselite, aber als Ausgleich dafür hält man die Schnauze.«

Sofia sah ihn auffordernd an. Theodor machte eine ergebene Geste.

»Was soll ich sagen? Er war ein Businessman. Ein mit allen Wassern gewaschener Teufel. Er zögerte nicht, jemandem gehörig auf die Zehen zu latschen, wenn er irgendwohin wollte.« Sofia vernahm deutlich die Bewunderung in Theodors Stimme. »Vielleicht war das nicht immer alles astrein, aber er konnte jeden um den Finger wickeln und es dann gegenüber der Presse ›eine gesunde M&A in der Hotelbranche‹ nennen.« Theodor zeichnete übertrieben große Gänsefüßchen in die Luft.

Sofia räusperte sich.

»Und was bedeutet in diesem Fall M&A?«

Er sah sie an, als käme sie von einem anderen Planeten.

»Mergers and Acquisitions«, antwortete er mit schlecht verborgener Herablassung, »Fusionen und Übernahmen.«

»Es könnte also durchaus sein, dass jemand ein Hühnchen mit ihm zu rupfen hatte? Ihm Böses wollte?«

»Wie ich eben sagte, hatte Adam mit einer Menge Mergers and Acquisitions zu tun.« Er artikulierte die Wörter überdeutlich und nickte Sofia leicht zu, um zu sehen, ob sie ihn verstanden hatte. »Er besaß die erstaunliche Fähigkeit, Probleme zu erschnüffeln. Wenn es nicht wirtschaftliche Probleme waren, dann eben persönliche. Spielsucht, Sexsucht, Drogen, psychische Probleme oder grässliche tödliche Krankheiten. Da sprang er direkt rein und ging zum Angriff über. Außerdem kannte er viele in der Branche, unter anderem auch Leute beim Gesundheitsamt. Die wurden gut dafür bezahlt, mal wegzuschauen, wenn es seine Hotels betraf, aber bei denen von der Konkurrenz dafür umso genauer hinzusehen. Wenn er es nicht erwerben durfte, dann konnte er zu jedem Mittel greifen, um das Unternehmen zu zerstören. Nun ja«, fasste Theodor zusammen, »es würde mich wundern, wenn er keine Feinde gehabt hätte.«

»Was war mit dem Hotel der Karsts? War auf Christine und Gisela Druck ausgeübt worden, damit sie verkauften? Wissen Sie, ob die Ceder-Kette nach Norden expandieren sollte?«

»Ja, aber ich kenne keine Details.«

»Ist in der letzten Zeit hier im Hotel etwas Besonderes passiert? Ist Ceder von jemandem bedroht worden?«

»Nein, wir haben einen sehr hohen Sicherheitsstandard. Hier wohnen viele Diplomaten und ausländische VIPs.«

»Sind Sie ganz sicher, dass nichts vorgefallen ist?«, wiederholte Sofia.

»Oder doch, warten Sie. Am Tag vor Mittsommer war hier so ein verdammter Halbdackel und machte ein Mordstheater.« Jetzt ging er wieder zum reinsten Dalarna-Dialekt über. »Brüllte und schrie. Der war ziemlich bedrohlich. Adam hat dafür gesorgt, dass er entfernt wurde. Ich fand, wir sollten die Polizei anrufen, aber Adam wollte nicht, dass wir … Sie da reinziehen.«

Sofia griff nach ihrem Handy, rief ein Bild von Fredrik auf und hielt es Theodor hin.

»War er das?«

Theodor sah aufs Display und schnaubte.

»Ja, das war er.«

Sie steckte das Handy wieder in die Tasche.

»Okay, wenn Ihnen noch was einfällt, dann melden Sie sich bitte.«

»Selbstverständlich«, antwortete Theodor, und Sofia bemerkte, dass die arrogante Haltung wieder da war. Er strich sich über das zurückgekämmte Haar und knöpfte das Jackett zu, während er sich erhob, um zu signalisieren, dass das Gespräch beendet war.

*

Fredrik parkte den Wagen ein paar Ecken entfernt und ging zwischen den Häusern hindurch und nicht die Straße entlang, um ans Ende der Häuserreihe zu kommen, wo die Lindéns wohnten. Die Luft war feucht. Vielleicht regnete es auch schon, er konnte es nicht sagen.

Die Autos von Hans und Inga waren weg, deshalb ging Fredrik direkt zum Kellereingang. Als er eintrat, sah er erst nur den Rücken von Philip, der am Schreibtisch saß, doch dann schaute er erstaunt auf den Boden. Jeder Millimeter des Fischgräteichenparketts schien mit Papier bedeckt zu sein. Es sah aus, als hätte es geschneit. Ein Drucker, der auf dem Tisch stand, spuckte ein Blatt nach dem anderen aus. Ohne sich umzudrehen, hob Philip die Hand zum Gruß, er kannte Fredriks Schritte. Nach einer Weile bedeutete er ihm, dass er näher kommen sollte. Behutsam stieg Fredrik über die Papiere und blieb am Schreibtisch stehen. Philip sah ihn eindringlich an.

»Ich habe tausendmal angerufen.«

»Fünfmal.«

»Ich habe fünfmal angerufen«, wiederholte Philip. »Wo zum Teufel warst du?«

»Ersta.«

Damit hörten die Fragen auf, denn Philip war sehr wohl bewusst, was sich da oben auf dem Krankenhaushügel befand. Er zündete sich eine Zigarette an.

»Die Harddisk war clean, aber in den beruflichen Mails von Ceder habe ich eine Menge schräger Diskussionen gefunden. Scheint ein skrupelloser Kerl gewesen zu sein. Ein Teil der Ankäufe, die die Ceder-Kette in den letzten Jahren getätigt hat, scheinen mit reiner Gewalt durchgesetzt worden zu sein. Oder mit Erpressung.«

Fredrik nickte. Das erklärte die Papiere und Pfandbriefe in Ceders Tasche, aber mehr auch nicht.

»Aber ...« Philip sauste theatralisch auf seinem Schreibtischstuhl herum. Seine Augen glänzten von unterdrücktem Jagdinstinkt. »Ich habe noch ein paar andere Sachen gefunden. Eine verschlüsselte Cloud.« Er zeigte auf einen Stapel Papiere in der einen Ecke des Zimmers. »Zeitungsartikel, mindestens fünfzig Stück. Und das hier.« Er wies auf einen anderen Stapel. »Eine polizeiliche Ermittlung.«

»Was für eine Ermittlung?«

»Nicht gerade sehr frisch. Eingescannte Kopien.«

»Zu welchem Thema?«

»Musst du selbst lesen.« Philip drückte die Zigarette im Aschenbecher auf dem Schreibtisch aus.

Fredrik nahm sich ein paar der Ausdrucke, die ihm am nächsten lagen. Es waren Bilder von einer Gruppe Jugendlicher, die auf dem Rasen vor einem großen orangefarbenen Haus Fußball spielten. Mitten auf dem Grundstück stand ein stattlicher Mittsommerbaum. Die Bilder waren eingescannt und ausgedruckt worden und daher ziemlich verblasst, doch die Qualität war gut genug, dass Fredrik mehrere bekannte Gesichter erkennen konnte. Da war Thomas Nilsson, der Junge, der sich erhängt hatte. Ester Dirk war in ihrem Rollstuhl zu erkennen, ein süßes Mädchen mit einem sanften Lächeln, das von einer langen, mageren Figur mit verbissener Miene flankiert wurde. Dieses Mädchen schien mehrere Jahre älter zu sein als die anderen, obwohl Fredrik wusste, dass zwischen den Schwestern nur ungefähr ein Jahr lag.

Er machte ein paar Schritte weiter ins Zimmer hinein und fischte Papiere aus dem Stapel, der zu der polizeilichen Ermittlung gehörte. Ein Vernehmungsprotokoll enthielt ein paar dünne Zeugenaussagen der Jugendlichen, die 1979 am Sommerlager teilgenommen hatten. Keiner von denen, die zu dem Zeitpunkt im Haus gewesen waren, hatte etwas gesehen oder gehört, als Thomas Nilsson sich am Mittsommerabend das Leben nahm. Und trotz Mariannes Behauptung schien auch niemand daran gezweifelt zu haben, dass es Selbstmord gewesen war. Entweder herrschten hier unterschiedliche Ansichten über die Sache, oder die Jugendlichen hatten gelogen, dachte Fredrik.

Der Polizeibericht enthielt auch ein paar körnige Schwarz-Weiß-Fotos des toten Jungen. Fredrik blätterte langsam, um sich an den Anblick zu gewöhnen. Ein übergewichtiger Junge mit blondem Haar hing, lediglich mit einer Unterhose bekleidet, von der Außenseite der Fassade des Pfarrhofs. Das Seil war am Mittelbalken eines Fensterrahmens befestigt und ungefähr einen halben Meter lang. Die Füße schwebten frei in der Luft, sodass die krummen Zehen wie eine Gardine über dem Fenster der darunterliegenden Etage hingen. Der Mund des Jungen war geöffnet, und die Zunge lag schlapp und dunkel im Mundwinkel.

»Pfui Teufel«, flüsterte Philip, der über Fredriks Schulter mitgelesen hatte.

Fredrik legte das Foto umgedreht zurück und nahm sich einen neuen Stapel.

»Es wurde eine Ermittlung zur Feststellung der Todesursache eingeleitet. Eine Person wurde in

Sörbyn, nördlich von Ulvöhamn, tot aufgefunden. Die Untersuchung durch Zeugenaussagen und technische Beweise ergab, dass man ein Verbrechen ausschließen kann.«

Fredrik blätterte weiter im Polizeibericht:

»Thomas Nilsson wurde mit Schürfwunden an Händen und Knien, gebrochenen Fingern, Farbresten unter den Nägeln und Schürfwunden am Hals aufgefunden. Der Arzt vor Ort beschreibt diese als natürliche und selbstverständliche Verletzungen, die durch den Erhängungsvorgang verursacht wurden.«

Er überflog ein paar Abschnitte, bis er zum letzten Absatz kam. Dort konnte er lesen, dass die Familie darauf beharrt hatte, dass der Junge sich niemals selbst das Leben genommen hätte. Trotzdem war der Polizist, der den Bericht verfasst hatte, der Einschätzung des Arztes gefolgt und hatte festgestellt, es gäbe keine Beweise, die eine Mordthese unterstützen würden. Abgesehen vom Polizeibericht gab es sicher noch an die fünfzig andere Dokumente und Artikel über den Todesfall auf Ulvön und den Brand in dem Mietshaus auf der Sankt Paulsgatan auf Södermalm, bei dem Ester Dirk umgekommen war. Dazu eine lange Liste mit Bibelschulen in Schweden und dem übrigen Norden Ende der Siebziger- und Anfang der Achtzigerjahre.

»Wieso hatte er das denn alles auf seinem Computer?«

Die Frage blieb zwischen ihnen im Raum hängen. Der Drucker hörte auf, Papier auszuspeien, und der Raum wurde von einer sanften Stille erfüllt. Fredrik sah sich nach einem Sitzplatz um. Das Sofa lag voller Blätter. Es gab keine freie Fläche, und so setzte er sich vorsichtig auf den Fußboden, nachdem er ein paar Papiere beiseitegeschoben hatte. Er nahm ein neues Bündel und begann zu blättern. Philip betrachtete ihn wortlos von seinem Thron am Schreibtisch aus.

»Erpressung? Kann Ceder in dieser Sache gegraben haben, um jemanden ans Messer zu liefern?«

Philip ließ ihn einfach reden. Sein Job hier war erledigt. Er hatte die schützende Plastikwehr des Computers durchbrochen und das Fort erobert. Für ihn war der Krieg vorbei, und er lehnte sich mit einer nicht angezündeten Zigarette zwischen den Fingern zufrieden in seinem Stuhl zurück.

»Meinst du nicht, das hier wäre jetzt mal langsam ein Job für die Polizei?«

Er griff sich ein Feuerzeug und zündete die Zigarette an. Fredrik ignorierte ihn. Es konnte kein Zufall sein, dass Ceder genau wie Thomas Nilsson vierzig Jahre zuvor am Mittsommerabend gestorben war. Das Sommerlager hatte etwas mit dem Mord an Ceder zu tun, da war er ganz sicher. Es musste einfach so sein. Das Foto und der Text, die er in der Tasche entdeckt hatte, waren eine Drohung. Aber was bedeutete sie? Fredrik nahm noch einmal das eingescannte Foto von den fußballspielenden

Jugendlichen zur Hand. Was hast du getan, Adam, um den Tod zu verdienen? Er musste es herausfinden.

Das bedeutete aber eine weitere Fahrt nach Örnsköldsvik.

Verdammt.

41.

Um Viertel vor acht kam Sofia zu der Adresse, die Kaj ihr genannt hatte. Sie sah zum Himmel hinauf. Regen hing in der Luft, und sie bereute, nur eine dünne Jacke über ihr Kleid gezogen zu haben. Die flachen Sandalen klapperten auf dem Asphalt, als sie schräg über die Straße zu Kajs Hauseingang lief. *Mette würde dich gern kennenlernen.*

Die Schauspielerin Mette Severin. Wenn man den Tratschblättern glaubte, waren Kaj und sie schon zusammen in die Grundschule gegangen und hatten sich dann später wiedergetroffen. Sie hatten sich verliebt und binnen eines Monats geheiratet. Es war unbegreiflich. Sofia konnte nicht verstehen, was Kaj dazu veranlasst hatte, sich eine Frau zu suchen, die ihr Leben im Rampenlicht verbrachte. Und Mette war der Presse gegenüber alles andere als scheu. Sie war eine Primadonna, über die fleißig berichtet wurde, eine Frau mit barockem Umfang und einem jugendlichen Gesicht. Wie ein Gemälde von Anders Zorn, hatte Sofia gedacht, als sie Mette zum ersten Mal im Fernsehen sah.

Kaj wohnte im dritten Stock eines Mehrfamilienhauses auf Kungsholmen, nur ein paar Straßen vom

Polizeihauptquartier entfernt. Sofia hatte kaum die Klingel gedrückt, da ging die Tür auch schon auf, und ein sorgfältig geschminktes Gesicht tauchte auf.

»Wie schön, dich endlich kennenzulernen! Kaj hat schon so viel von dir erzählt«, zwitscherte die rundliche Person und verpasste ihr zwei Wangenküsse. Sie stellte sich als Mette vor und schob Sofia dann freundlich in die Wohnung.

»Möchtest du einen Drink, meine Liebe?« Ohne eine Antwort abzuwarten, lief sie in die Küche. Sofia blieb in der Tür zum Wohnzimmer stehen. In den Gegenständen, die er mit Mette gemeinsam angeschafft hatte, war keine Spur von Kajs sparsamem Stil zu erkennen. Das Wohnzimmer quoll von Nippes und Plastikblumen über. Jedes Sofakissen hatte eine andere Farbe, und weder Gardinen noch Teppiche hatten dasselbe Muster. Ein lila angestrichenes Kurbelgrammophon, neben dem eine Puppe im Bastrock lehnte, stand mitten auf dem Wohnzimmertisch. Kaj selbst saß mit übergeschlagenen Beinen auf dem kreischbunten Sofa. Aus der Entfernung sah er aus wie ein kahler Fleck, den der Künstler vergessen hatte, mit Farbe auszufüllen. Bleich und unpassend. In der Hand hielt er ein grünes Weinglas aus Plastik, an dem er gedankenverloren nippte. Er lud sie mit einer Geste ein, sich zu setzen.

»Lass dich nieder und spüre die Ruhe und Harmonie.«

Die Kakophonie aus Farben und Formen reichte aus, um einen epileptischen Anfall zu verursachen. Kaj brach in Gelächter aus, als er ihre erschrockene Miene sah.

»Was ist denn so lustig?« Mette stand mit einem weiteren Plastikglas in der Tür. Dieses war gelb und mit etwas gefüllt, das wie Obstbowle aussah.

»Nichts, mein Schatz.«

»Eure Insiderwitze könnt ihr später machen«, sagte Mette und platzierte ihr umfangreiches Hinterteil auf einen grünen Pouf. »Jetzt will ich alles über dich hören.«

Sofia nippte am Inhalt des gelben Glases. Das Getränk war so stark, dass der erste Schluck im Magen brannte. Sie konnte die Male, an denen sie in den letzten zwanzig Jahren Alkohol getrunken hatte, an einer Hand abzählen, aber wenn sie je etwas zur Stärkung gebraucht hatte, dann jetzt.

»Über mich gibt es eigentlich nicht viel zu erzählen«, erwiderte sie vorsichtig und stellte ihr Glas auf den Tisch. »Ich arbeite bei der Kripo in Örnsköldsvik, habe aber fast zehn Jahre lang in Stockholm gewohnt und gearbeitet.«

Mette nickte als Aufforderung weiterzuerzählen.

»Kaj habe ich auf der Polizeihochschule kennengelernt.«

»Und da ist er dein Liebhaber geworden?«, fragte Mette ungeniert.

Sofia saß wie versteinert und wagte es nicht, Mette anzusehen. Kaj räusperte sich angestrengt.

»Kommt, hört doch auf mit dem Blödsinn!«, rief Mette und sah Kaj an. »Wir haben doch wohl keine Geheimnisse voreinander, oder? Erzähl weiter, meine Liebe. Warum bist du aus Stockholm weggezogen? War das Wasser im Teich zwischen euch trübe geworden?«

Kaj, der bis hierher geschwiegen hatte, unterbrach seine Frau jetzt und versuchte, sie in die Küche zu schicken, wo sie nach dem Essen sehen sollte.

»Ach was«, schnaubte sie zur Antwort. »Komm, Sofia, wir machen uns eine Flasche Wein auf und lästern ein bisschen über diesen alten Sauertopf.«

Sie hakte Sofia unter und zog sie mit sich aus dem Zimmer. Über die Schulter begegnete Sofia Kajs Blick. Er kippte den Inhalt des grünen Plastikglases hinunter und arbeitete sich aus dem Sofa, um ihnen zu folgen.

Mette erwies sich als charmante Gastgeberin. Es gab keinen Menschen, den sie noch nicht kennengelernt oder mit dem sie noch nicht gearbeitet hatte, während sie für verschiedene Theaterinszenierungen oder Filmaufnahmen durch die Welt gereist war.

Ausnahmsweise nahm Sofia auch den Wein an. Der Aperitif hatte sich wie Baumwolle um ihre angespannten Nerven gelegt. Schon nach dem ersten Glas fühlte sie sich angeschickert, leerte dann aber auch noch das zweite. Die Turbulenzen der letzten Tage hatten sie weder schlafen noch essen lassen. Ein Abend in netter Gesellschaft, selbst wenn sie aus Kaj und seiner Frau bestand, war genau, was sie brauchte.

Als sie den Tisch abgedeckt und zwei Flaschen Wein geleert hatten, entschuldigte sich Mette und verschwand in der Diele. Kaj ließ sich auf dem Wohnzimmersofa nieder und öffnete eine dritte Flasche, doch Sofia besaß die Geistesgegenwart abzulehnen. Die zwei Glas, die sie getrunken hatte, rauschten bereits zusammen mit dem

Aperitif durch ihre Blutbahnen, und es fiel ihr schwer, sich zu konzentrieren. Kaj schenkte sich selbst ein, lehnte sich entspannt zurück zwischen die plustrigen Kissen und schloss die Augen. Sofia setzte sich ganz vorn auf die Sofakante, die Hände verlegen auf dem Schoß platziert. Da erschien Mette in der Tür und verkündete feierlich, dass sie die Gesellschaft nun verlassen und für den Rest der Nacht abwesend bleiben würde.

»Es war sehr nett, dich kennenzulernen, junge Sofia aus dem Norden. Wir werden uns wiedersehen, ich spüre es genau!« Mette vollführte eine theatralische Verbeugung und verschwand wieder in der Diele. Kaj winkte, ohne die Augen zu öffnen. Die Wohnungstür schlug hinter ihr zu, und die Atmosphäre im Raum veränderte sich sogleich.

»Wohin geht sie?«, fragte Sofia.

»Zu ihrem Freund«, antwortete Kaj ungerührt, setzte sich auf und legte seine Hand auf ihr Bein, während seine Lippen sich zu ihrem Nacken vorarbeiteten.

Sofia wand sich so, dass Kajs Hand auf dem geblümten Plüschbezug des Sofas landete.

»Vera will, dass du mitkommst. Wir stehen vor einer umfangreichen Ermittlung, und ein Täterprofil wäre eine große Hilfe.«

Kaj schien nicht zuzuhören. Seine Hand wanderte wieder zu Sofias Bein, und als sie sich ihm ein weiteres Mal entzog, runzelte er die Augenbrauen.

»Haben wir auf irgendeine Weise, die mir nicht bewusst ist, Streit? Ich fand, wir hatten einen netten Abend.«

Sofia nickte besänftigend.

»Ich bin müde und will ins Hotel, um zu schlafen. Ceders Trauerfeier ist morgen früh um zehn.« Sie war wirklich müde. Und betrunken, was ihr seit Jahren nicht mehr passiert war.

Im Laufe des Vormittags hatte sie nach ihrem Gespräch mit Theodor Hake noch mindestens zehn Angestellte im Ceder City East verhört. Es hatte sich sehr schnell herausgestellt, dass Adam Ceder tatsächlich auf das Ulvö Hotel geboten hatte. Eine willkommene Information für den Fortgang der Ermittlung. Jetzt mussten sie nur noch herausfinden, ob sein Tod mit diesem geplanten Geschäft in Zusammenhang stand. Hatte er Christine Karst gedroht, um einen besseren Preis zu bekommen, und war es dann zu einem Streit gekommen, der aus dem Ruder gelaufen war? Oder hatte es andere Interessenten gegeben, die nicht wollten, dass er das Hotel kaufte? Sofia dachte an Mona, aber die hatte beteuert, nicht zu den Spekulanten zu gehören. Außerdem hatte sie selbst gesagt, dass sie sich das Hotel nicht leisten konnte. Ceders Personal wusste auch nichts über etwaige Konkurrenten.

Sofia freute sich schon darauf, der Ermittlergruppe diese neuen Informationen weiterzugeben. War das Motiv ein wirtschaftliches, dann verringerte das die Gefahr, dass Fredrik ernstlich mit der Sache zu tun hatte.

Kaj streckte sich nach ihr aus und legte den Arm um ihre Taille.

»Kaj, ich bin wirklich müde.« Sie wollte nichts lieber, als unter eine dicke Hoteldecke zu kriechen und die

Welt draußen zu lassen. Das Letzte, wozu sie Lust hatte, war eine Nacht zwischen Kajs und Mettes regenbogenfarbenen Laken.

Er zuckte mit den Schultern und kapitulierte.

»Wie du willst. Mette hat am Freitag Premiere. Aber ich kann am Tag drauf kommen.«

Sofia gab sich damit zufrieden, eilte in die Diele hinaus und bedankte sich für das Essen, während sie ihre Sandalen anzog.

Kaj saß immer noch schmollend auf dem Sofa, als die Tür hinter ihr zuschlug.

DONNERSTAG, 27. JUNI 2019

42.

Die drückende Hitze brachte die Erde zum Dampfen. Kurze Regenschauer wechselten sich mit brennend heißer Sonne ab. Manchmal hörte man vom Riddarfjärden her Gewitter grummeln. Sofia zupfte verärgert an ihrer Jacke, als sie die Swedenborgsgatan hinauflief. Ihr Kleid war zerknittert, und sie hatte nicht geduscht.

Als sie die Tür des Hotelzimmers hinter sich geschlossen hatte, war sie sofort aufs Bett gefallen und auf der Tagesdecke eingeschlafen, ohne Kleider oder Schuhe auszuziehen. Als sie aufwachte, waren es noch zwanzig Minuten bis zum Beginn der Trauerfeier für Adam Ceder – keine Zeit, etwas anderes anzuziehen oder sich zu waschen.

Die Beerdigung konnte erst stattfinden, wenn die Leiche freigegeben war, und das würde noch dauern, aber die Familie hatte entschieden, trotzdem schon eine Trauerfeier abzuhalten. Laut Nina Ceder wollten viele der Familie ihre Unterstützung zusichern. Nina hatte bescheiden erklärt, dass sie in der Gemeinde eine Art zentrale Figur sei, und deshalb würde es eine große Angelegenheit werden, und Sofia dürfte gern teilnehmen.

Ihr Bauch verkrampfte sich, und ihr nervöser Magen hatte nun noch Gesellschaft von einem Kater bekommen. Als Sofia zum Mariatorget kam, musste sie erst mal stehen bleiben und sich an einer Parkbank festhalten, um Atem zu holen. Ihre Finger kribbelten vor Trockenheit, und sie nahm einen Schluck von dem Orangensaft, den sie aus der Minibar mitgenommen hatte. Der Magen protestierte wild gegen die saure Flüssigkeit, und sie beugte sich vor und übergab sich neben der Bank. Zwei Teenagermädchen, die vorbeigingen, sprangen diskret beiseite, um sich dann umzudrehen und sie anzusehen. Sofia hob die Hand, um zu signalisieren, dass alles in Ordnung war. Oder um zu signalisieren, dass sie nicht gerettet werden musste, sie wusste es selbst nicht genau. Ihr Puls pochte laut in den Ohren, und ihr Mund war knochentrocken.

Sie fiel auf die Bank und wischte sich mit dem Jackenärmel über die Nase. Genauso war es mit Sten gewesen. Geliebter Papa Sten. Sie erinnerte sich noch, wie sie mit ihm geschimpft hatte. Sogar Claire hatte ihn gedrängt, dass er zum Arzt gehen müsse, aber er hatte sich geweigert. Das ist nur irgend so ein Virus, hatte er gesagt. Als er schließlich eingesehen hatte, dass irgendetwas nicht stimmte, war über ein Jahr vergangen, und es war zu spät, um noch etwas zu tun. Tränen traten ihr in die Augen. Sie holte tief Luft und sah zum Himmel.

Sie musste professionell sein. Professionell aussehen. Nun roch sie säuerlich aus dem Mund, und die Schlange im Magen wollte einfach nicht aufhören, sich zu winden.

Als Sofia schließlich ankam, war der Friedhof vor der Maria-Magdalena-Kirche voller schwarzgekleideter Menschen. Hinten am Grab des Nationalbarden Evert Taube stand ein Mann und rauchte Pfeife, und vorm Eingang der Kirche standen Trauben von Menschen und sprachen gedämpft miteinander. Manche lächelten nervös, andere rückten Hüte und Krawatten zurecht. Alle bemühten sich, dem unangenehmen Thema Tod auf gefasste Weise zu begegnen. Einige umarmten einander und weinten.

Adam Ceders Schwester stand zusammen mit dem Pfarrer an der Treppe. Sie hatte dieselbe Haarfarbe wie ihr Bruder, und das eng sitzende Kleid verriet einen Körper, der so viele Stunden im Fitnessstudio verbracht hatte, dass er dem eines Mannes zu gleichen begann.

»Ich möchte Ihnen zunächst mein Beileid aussprechen«, sagte Sofia, nachdem sie sich vorgestellt hatte. Nina Ceder war um die fünfzig. Irgendwie kam sie ihr bekannt vor, aber Sofia wusste nicht, woher. Sie lächelte unsicher und schüttelte Sofias Hand.

»Wo ist Ihre Mutter?«

»Zu Hause. Sie hat es nicht geschafft, heute hierherzukommen.«

»Sie wohnen zusammen, nicht wahr?«

Nina nickte.

»Ich pflege sie zu Hause. Sie leidet unter Fibromyalgie. Wir wohnen auf getrennten Stockwerken«, beeilte sie sich hinzuzufügen, als würde Sofia über ihre Wohnsituation urteilen wollen.

»Ich verstehe. Das beansprucht wahrscheinlich viel Ihrer Zeit.«

Nina nickte wieder.

»Gott hat mir diese Aufgabe übertragen.«

Aus irgendeinem Grund hatte sie erwartet, dass Nina eher vom raubeinigen Typ wäre, vielleicht wegen des Hintergrunds im Gefängnis von Ystad. Doch die Frau, die Sofia gegenüberstand, wirkte trotz des muskulösen Körpers mild und gesammelt. Vielleicht hatte ja der Gefängnisaufenthalt dazu geführt, dass Nina sich Gott zugewandt hatte. Es wäre nicht das erste Mal, dass so etwas geschah.

»Wie kommen Sie mit der Ermittlung voran?«, fragte Nina und sah zum mit schweren Regenwolken bedeckten Himmel hinauf.

»Zäh, muss ich sagen. Wir versuchen erst einmal, mögliche Motive auszumachen. Können Sie sich jemanden denken, der Ihrem Bruder Böses gewollt hätte?«

Mehrere Personen drängten sich an ihnen vorbei in die Kirche. Schon tauchte auch der Pfarrer auf und signalisierte, dass es Zeit wäre anzufangen.

»Gab es jemanden, mit dem er eine Rechnung offen hatte? Ein Geschäftsrivale? Oder hatte er vielleicht private Probleme?«, fragte Sofia weiter.

Nina verzog keine Miene. Sie rieb sich den Mund und ließ den Blick über den Friedhof wandern.

»Als Kind war er schwierig.« Die Feststellung war kurz und emotionslos.

»Warum?«

Der Pfarrer winkte nun beharrlich, damit Nina in die Kirche kam.

»Er war schweigsam und verschlossen. Und gleichzeitig voller Jungenstreiche. Heute würde man ihn wahrscheinlich so ein … ADHS-Kind nennen.«

»Was für Jungenstreiche?«

»Er hat am letzten Schultag den Feuermelder angeworfen, hat Enten ins Schwimmbecken der Schule gesetzt und auf den Fluren Flüssigseife ausgeschüttet. Mutter ist das über den Kopf gewachsen, und am Ende hat sie ihn weggeschickt.«

Sofia nahm ihr Handy und rief ein Bild von Fredrik auf.

»Kennen Sie diesen Mann?«

Sag Nein.

Nina betrachtete das Bild.

»Ja, möglich.«

Sofia spürte wieder, wie es in ihrem Magen zu brennen begann. Sie wollte noch mehr fragen, aber etwas Saures hatte angefangen, die Kehle hochzusteigen, und unter ihren Armen klebte es. Sie würde sich wieder übergeben müssen. Schnell steckte sie Nina eine Visitenkarte in die Hand.

»Wenn Ihnen noch etwas einfällt, egal was, rufen Sie mich an.«

Nina nahm die Karte entgegen und schob sie in die kleine Tasche, die sie unter dem Arm trug.

Sofia sah sich voller Panik um. Sie musste hier weg, musste sich hinlegen. Der Friedhof war jetzt menschenleer, bis auf ein paar Journalisten, die Kamerastative und Mikrofone einpackten. Ceder war ein bekannter Name, und genau wie Vera es vorhergesehen hatte, wurde seit mehreren Tagen sehr intensiv über den Mord berichtet.

Sie spürte, dass sie sich kurz im Hotel hinlegen musste, ehe sie zum Flughafen fuhr. Sie konnte einfach nicht in einer Kirche und umgeben von Tod und schluchzenden Angehörigen sitzen. Sie musste schlafen und duschen und etwas in ihren Magen bekommen, das die Übelkeit dämpfte. Leicht vorgebeugt ging sie in Richtung Hornsgatan, die Hand auf den Bauch gedrückt. Viel zu sehr mit sich selbst beschäftigt, um zu bemerken, dass Nina Ceder noch am Kirchenportal stand und ihr nachsah.

43.

In einem Schlafzimmer im ersten Stock

Siehst du, es war nicht schwer. Die Knie der Sünder werden schwach, wenn sie Gottes rechtes Angesicht sehen. Lass sie schreien und bluten, wie sie wollen. Dein Herz wird dennoch niemals nachgeben. Denn du trägst das brennende Schwert am Gürtel, und wenn du es gegen sie schwingst, werden sie in Stücke geteilt werden. Glieder werden von Körpern fallen, und du, mein Kind, wirst dich in ihrem Blut waschen, reinwaschen Gewissen und Seele.

Mit Gottes Hand in deinem Rücken kann nichts dich aufhalten.

44.

Als sie vom Flughafen Arlanda abhoben, hatte es wieder zu regnen begonnen, und das Flugzeug schaukelte in den starken Winden hin und her. Sofia hielt krampfhaft die Armlehne umklammert und sah aus dem Fenster. Sie versuchte, aus ihrem Hinterkopf die Statistik hervorzukramen, nach der Fliegen zehnmal sicherer war als Autofahren. Oder war es sogar hundertmal?

Der Klumpen in ihrem Magen wollte nicht verschwinden, und der Kater war jetzt explodiert. Noch zweimal hatte sie sich im Hotel übergeben müssen, ein weiteres Mal auf dem Flughafen. Die Gedanken an Fredrik und Kaj und die gesamte Ermittlung ließen ihren Kopf dröhnen. Kaj hatte am Morgen eine SMS geschickt und ihr eine gute Reise gewünscht. Er hatte geschrieben, er freue sich darauf, dass sie sich in Örnsköldsvik wiedersehen würden. All die Worte eben, die sie so gerne hören wollte, nur nicht von ihm.

Sofia holte tief Luft und konzentrierte sich so gut es ging auf die grauen Wolken, die unterhalb des Fensters vorbeisausten. Kaj war ein ehrlicher, netter und ehrenhafter Mann, der sie liebte. Fredrik war ein Lügner und zudem medikamentenabhängig. Noch dazu ein Mordverdächtiger, der sie nicht liebte.

Trotzdem wollte sie ihn haben. Ihre ganze Seele schrie danach, wieder in seiner Nähe sein zu dürfen.

Ein stiller Seufzer entfuhr ihr. Wie verdammt lächerlich. War es nur die Einsamkeit in Örnsköldsvik, die sie in diese Situation hatte geraten lassen? Nein, da gab es noch etwas anderes. Hinter ihrem Brustbein brannte ein Gefühl. Etwas in ihr hatte sich verändert. Sie war Risiken eingegangen, an die sie vorher nicht einmal im Traum gedacht hätte. Ihren Job und ihr eigenes Ansehen hatte sie aufs Spiel gesetzt und Vera angelogen. War die Ursache dafür dieser brennende Knoten in ihr? Wie auch immer das möglich war, begriff sie doch, dass diese Sache hier niemals gut enden konnte. Doch für eine Kursänderung war es zu spät. Im besten Fall war Fredrik unschuldig, und sie würde ihren Job behalten können. Im schlimmsten Fall ... darüber wollte sie nicht einmal nachdenken.

Eva hatte in der Bibliothek ein kleines Buffet mit Sprudel, Leichtbier, Kaffee und Sandwiches aus Lundbergs Bäckerei aufgebaut. Sofia hatte den Verdacht, dass dieser ungewöhnliche Luxus eigentlich Kaj hätte beeindrucken sollen, der nun aber frühestens übermorgen kommen würde.

»Wie lief es mit der Schwester?«, fragte Vera an Sofia gewandt.

Es riss und zerrte immer noch in der Magengrube, und das Flattern in der Brust wollte nicht vergehen. Ihr Körper war in Aufruhr.

»Es lief gut.«

Vera sah sie fragend an.

»Adam Ceder scheint ein widerspenstiges Kind gewesen zu sein. Außerdem war die Familiensituation offensichtlich nicht sehr stabil, aber ich glaube nicht, dass sein Tod etwas damit zu tun hat. Ich habe mich beim Hotelpersonal umgehört, und einige seiner Angestellten hielten es durchaus für möglich, dass er bedroht worden sein könnte. Was seine Geschäfte anging, soll er vollkommen skrupellos gewesen sein, und so kann er sich im Laufe der Jahre durchaus eine Menge Feinde gemacht haben.«

»Und der Kauf des Ulvö Hotels?«, fragte Marie.

»Sowohl die Controller des Unternehmens als auch mehrere Mitarbeiter haben bestätigt, dass Ceder auf das Hotel spekuliert hat. Der Hotelchef hat mir erzählt, dass Ceders Taktik, neue Hotels aufzukaufen, sowohl in Bestechungsversuchen als auch in Drohungen bestand. Da kann es sehr gut sein, dass Christine und Gisela Karst unter Druck gesetzt wurden, um zu einem viel niedrigeren Preis als angebracht zu verkaufen. Vielleicht hat er ja nach irgendwelchen unvorteilhaften Informationen über die beiden gesucht, die er öffentlich zu machen drohte, falls das Hotel nicht an ihn ginge.«

»Ein astreines Motiv für die Karsts, sich Ceders zu entledigen«, stellte Karim fest.

Vera sah zufrieden aus.

»Noch mehr?«

Ja. Fredrik war im Ceder City East und hat sich da bedrohlich aufgespielt. Und Nina Ceder glaubt, ihn zu kennen.

»Nein, das war alles.«

»Wir sollten trotzdem Ceders Hintergrund noch einmal sorgfältiger untersuchen. Schulbesuch, Kameraden, Freundinnen. Marie, du kümmerst dich bitte weiterhin hauptsächlich um Ceder.«

»Was haben wir sonst noch?« Vera sah sich in der Runde um.

Marie wedelte mit einem Bündel Papiere.

»Ich bin mal die Einzelverbindungsnachweise durchgegangen, die der Netzanbieter geschickt hat. Die unterstützen unsere Theorie, dass seine Reise mit dem Hotelkauf zu tun hat. Wir haben vom Ulvö Hotel die Bestätigung bekommen, dass die letzte Nummer, die Ceder gewählt hat, zu einem der Handys von Christine Karst gehört.«

Vera nickte. »Auch das gehört auf den Beweis-Stapel.«

»Offensichtlich verwendet Christine, wenn sie hier in Norrland ist, eine nicht registrierte Prepaidkarte, weil ihr normales Handy hier oben schlechtes Netz hat. Die Prepaidkarte gehört zu dem Handy, das Sofia und ich in ihrem Zimmer gefunden haben.«

Karim griff nach den Einzelverbindungslisten, die vor Marie lagen.

»Könnte es noch jemand anders gegeben haben, der nicht wollte, dass das Ulvö Hotel in der Ceder-Kette aufging?«

»Laut Ceders Personal gab es keine anderen Gebote. Aber wir wissen, dass Mona Höglund den Gedanken, dass das Hotel verkauft werden sollte, nicht sonderlich schön fand.« Sofias Stimme klang dünn und brüchig.

Sie räusperte sich und setzte sich auf ihrem Stuhl zurecht. Der Teller mit den Sandwiches wurde ein weiteres Mal herumgereicht, und sie nahm sich eines mit Leberpastete, obwohl die Wahrscheinlichkeit, dass sie es herunterbekommen würde, sehr klein war.

»Sie könnte Fröding angeworben haben«, schlug Mattias vor.

Marie sah ihn mit skeptischem Blick an.

»Er macht nun kaum den Eindruck, ein Profikiller zu sein. Würde sich denn so jemand einen öffentlichen Streit mit seinem Opfer leisten und sich zu allem Überfluss noch vor der Ausführung der Tat besaufen?«

»Auf jeden Fall ist seine Situation ziemlich misslich«, entgegnete Mattias in säuerlichem Tonfall. »Die Wohnung in der Brahegatan war leer. Er ist zur Fahndung ausgeschrieben, und ich habe alles durchsucht, was wir zu bieten haben: Handy, Kontoauszüge, das ganze Programm! Wir werden ihn kriegen, und zwar innerhalb …«

»Das Problem mit Fröding ist, dass er kein Motiv hat«, unterbrach ihn Karim.

»Kein bekanntes Motiv«, fuhr Mattias fort. »Aber man hat ihn nur kurze Zeit vor Ceders Tod mit ihm streiten sehen. Nur weil wir das Motiv nicht kennen, kann es ja trotzdem eins geben.«

Vera hob müde die Hand. »Er ist einer unserer Verdächtigen, ja, und wir wollen ihn finden, aber jetzt ist es genauso wichtig, endlich mit Christine Karst zu reden.«

Sie wollte gerade weitersprechen, als Sofia sie unterbrach.

»Abgesehen vielleicht von Christine Karst ist Mona Höglund die einzige Person, die tatsächlich ein Motiv hatte, Ceder verschwinden zu lassen«, hörte sie sich selbst sagen.

Versuchte sie, die Ermittlung von Fredrik abzulenken?

Mattias lehnte sich auf seinem Stuhl zurück und verschränkte seine muskulösen Arme demonstrativ vor der Brust.

»Sie hat zwar gesagt, dass sie es sich nicht leisten kann, das Hotel zu kaufen, doch laut Personal war sie interessiert. Wenn man bedenkt, dass sie viele Jahre lang das Hotel im Grunde alleine betrieben hat, kann man sich ihre Enttäuschung doch gut vorstellen, als es plötzlich an einen großen Konzern verkauft werden sollte.«

»Es ist aber ein Unterschied, enttäuscht zu sein oder jemanden umzubringen.« Vera klang skeptisch.

»Mona hat das Opfer gefunden, sie ist außer Karst die Einzige, die einen Schlüssel zum Serverraum hat, aus dem plötzlich die Videos der Überwachungskameras verschwunden sind, und sie hat gelogen in der Sache, was zwischen Ceder und Fre … Fröding passiert ist.«

»Wie, gelogen?« Mattias beugte sich über den Tisch.

»Linda Pihlgren, die Bedienung, die den Sicherheitsdienst gerufen hat, um Fröding rauf ins Zimmer zu bugsieren, hat erzählt, dass Ceder Fröding angeschrien habe und nicht umgekehrt.«

»Na, das sagt ja nun mal gar nichts.« Mattias zuckte nur mit den Schultern. »Der Wortwechsel kann in alle möglichen Richtungen gegangen sein. Vielleicht hat er sich später am Abend entschlossen, es ihm heimzuzahlen.«

»Obwohl er so betrunken war, dass er kaum aufrecht stehen konnte? Soll er also Ceder aufgesucht haben, ihn mit einem Hammer erschlagen, dann ans Wasser gezerrt und hineingeworfen haben, ohne dass jemand etwas davon gemerkt hätte?«, entgegnete Sofia skeptisch.

»Ja, warum nicht?«

Vera ging dazwischen.

»Wir haben drei Verdächtige: Christine Karst, Fredrik Fröding und Mona Höglund. Wir arbeiten so umfassend wir können. Und bitte keine verdammten privaten Ansichten, danke. Wir arbeiten hier mit Beweisen, oder habt ihr das vergessen?« Sie ließ den Blick zwischen Mattias und Sofia hin- und herwandern. Da keiner von beiden noch etwas sagte, schob sie ihren Stuhl zurück und stand auf.

»Gut. Dann legen wir mal los.«

45.

Das Mittsommerfest ist schon in vollem Gange. Mats hat Bier besorgt. Er scharwenzelt um alle Mädchen herum, damit sie mal probieren.

»Man wird so schön entspannt davon. Jetzt komm schon, Christine!«, brüllt er, während er draußen auf dem Rasen herumtorkelt. Adam hat es schon probiert, Marianne auch. Mats lallt und lacht darüber, wie betrunken er ist. Alle behaupten, sich betrunken zu fühlen. Christine selbst ist die Einzige, die noch zögert. Feige wie immer. Am Ende ist Thomas ihre Unentschlossenheit leid, packt ihre Arme und dreht sie auf den Rücken. Marianne zwingt sie, den Mund aufzumachen und gießt. Bier sprüht aus der Nase und dem Mund bis auf den langen Hemdkragen. Zuerst schmeckt es übel, aber nach ein paar Schlucken fängt es an, sich gut anzufühlen. Schön, genau wie Mats gesagt hat.

Aus dem Plattenspieler dröhnt Musik. Donna Summer singt von Mädchen, die auf der Straße gehen. Traurige Mädchen. Auf der Tanzfläche steht eine Gruppe und tanzt. Einige Jungs sitzen in der Küche, würfeln und krakeelen. Viel lauter als nötig. Grölendes Lachen, das ihren betrunkenen Zustand unterstreicht.

Bodil ist nicht zu sehen. Vielleicht ist sie mit Aron in die Mitternachtsmesse gegangen. Christine ist das egal. Endlich darf sie mal mit der angesagten Gang abhängen. Eine von ihnen sein. Sie hat noch ein Bier in der Hand und wiegt sich zur Musik. Mats, der auf dem nächsten Stuhl sitzt, streicht ihr über den Hintern.

»Siehst du, mir kannst du vertrauen. Ich weiß, was die Bräute wollen. Wenn wir nicht zum Fest kommen können, dann muss das Fest zu uns kommen.«

Marianne schiebt sich zwischen sie und setzt sich auf Mats' Schoß. Christine macht gerne Platz und ist froh, aus der Reichweite seiner allzu langen Arme zu kommen.

»Du weißt wenigstens, was ich will, oder?« Marianne schürzt die Lippen und drückt die schweren Brüste an ihn. Christine hat schon viele Male gesehen, wie Marianne das getan hat. Und Mats schluckt den Köder jedes Mal. Marianne lockt ihn mit dem Finger, steht auf und geht mit schwingenden Hüften zur Treppe. Wie hypnotisiert folgt Mats ihr augenblicklich.

»Ich habe eine Aufgabe für dich!«, befiehlt Marianne.

Thomas leert sein Bier und rülpst laut. Adam folgt ihr ebenfalls ins Haus. Auf dem Weg aus der Küche packt Thomas Christines Arm. Er zerrt fest an ihr, und sie stolpert hinter ihm her. Als sie an die Treppe zum oberen Stockwerk kommen, verpasst sie die erste Stufe. Marianne dreht sich um und lacht. Nicht höhnisch. Vertraulich. Als wäre Christine jetzt eine von ihnen.

Oben angekommen bleibt Marianne vor Esters Tür stehen.

»Hat nicht irgendjemand gesagt, man sollte Ester mal eine Lektion erteilen? Ein kleiner Klaps auf den Hintern, hast du das nicht gesagt, Mats?«

Ein Schatten der Verunsicherung zieht über Mats' Gesicht.

Thomas lacht.

»Jetzt mach schon, Mats! Geh rein und gib ihr einen kleinen Klaps auf den Hintern. Manche Mädchen mögen das, hab ich gehört. Aber vielleicht traust du dich ja nicht.«

Mats streckt sich und wirft den Kopf in den Nacken. »Natürlich traue ich mich!«

»Du weißt wahrscheinlich nicht mal, wie man einer Braut die Unterhose auszieht.« Thomas lacht, sodass sein Bauch hüpft.

»Bist du blöd, oder was? Ich hab schon jede Menge Mädchen gehabt.«

»Wollen wir wetten?« Thomas greift nach dem Geldbeutel in der hinteren Hosentasche und zieht ein Bündel zusammengeknüllter Zehnkronenscheine heraus. »Einen Hunni, dass du Ester nicht flachgelegt kriegst.«

»Warum machst du es nicht selbst?« Mats starrt Thomas böse an. Die Stimmung ist von kameradschaftlich zu streitlustig umgeschlagen. Von unten hört man immer noch das taktsichere Dröhnen der Musik. Mariannes Augen leuchten in der Dunkelheit. Christine zupft nervös an der mit Bier vollgespritzten Seidenbluse. In ihrem Magen fängt es an zu brennen, und es ist kein angenehmes und schönes Gefühl mehr. Schließlich ist sie ein anständiges Mädchen. Und das Ganze ist falsch.

»Vielleicht solltet ihr alle drei reingehen.« Marianne lächelt verschlagen, und Thomas zuckt mit den Schultern.

»Ich bin jedenfalls nicht feige.«

Mats sieht aber immer noch zögerlich aus.

Da beugt sich Marianne vor und flüstert heiser in Mats' Ohr.

»Wenn du es tust, bekommst du hinterher vielleicht die Chance, mir meine Unterhose auszuziehen.«

Das entscheidet die Sache. Mit einem entschlossenen Ruck reißt Mats die Tür zu Esters Zimmer auf. Thomas und Adam folgen ihm auf dem Fuße. Ester sieht auf, als sie reinkommen, und lässt das Buch fallen, das sie in Händen hat, um ihnen den Rollstuhl zudrehen zu können. Ihr Blick wird sich für alle Zeit in Christines Gedächtnis brennen. Erst hoffnungsvoll, in dem Glauben, sie dürfe endlich ein Teil der Gruppe werden. Doch im nächsten Augenblick begreift sie, was hier passiert, und ihr Gesichtsausdruck versteinert vor Angst. Sie öffnet den Mund, um nach Bodil zu rufen, aber Thomas' dicke Hand bringt sie zum Schweigen. Christine verharrt mit schlapp herunterhängenden Armen auf der Türschwelle. Sie schaut erschrocken zu, wie die anderen Ester aus dem Rollstuhl zerren. Kleider werden von Körpern gerissen, und Hände werden festgehalten. Sie wünscht, jemand würde kommen, der mutiger ist als sie, und allem ein Ende machen. Sie will rennen und Bodil oder Aron oder jemand anders holen. Doch sie steht einfach nur da.

Feige wie immer.

FREITAG, 28. JUNI 2019

46.

»Hallo! Sie dürfen hier nicht schlafen!« Die Stimme der Frau vor der Windschutzscheibe klang gedämpft. Fredrik blinzelte verschlafen. Erst dachte er, es sei ein Traum, doch er konnte klar und deutlich den Zeigefinger der empörten Frau hinter dem beschlagenen Glas winken sehen. Die Uhr im Armaturenbrett über dem Lenkrad zeigte Viertel nach zehn.

»Das hier ist kein Campingplatz! In der Stadt gibt es Hotels«, tönte sie und zeigte auf das Stadthotel, das gegenüber dem Parkplatz am Hafen und mit Blick über die Bucht von Örnsköldsvik lag. Als Fredrik nicht reagierte, machte sie auf dem Absatz kehrt und klapperte über den Parkplatz davon.

Fredrik drehte die Scheibe herunter und klappte die Rückenlehne hoch. Ein starker Wind vom Meer fegte Quittungen und Müll, die hinter der Windschutzscheibe lagen, auf den Boden des Wagens. Eine Nacht hatte er bei Philip geschlafen. Hatte alle Ausdrucke zusammengetragen, versucht, sich selbst zu sammeln, und war dann am gestrigen Tag rauf nach Örnsköldsvik gefahren. Über 1500 km in nur wenigen Tagen. Das musste eine Art Rekord sein.

Der Schweiß lief an ihm herunter, und der Sitz unter

ihm fühlte sich feucht an, als er sich bewegte. Er musste so schnell wie möglich duschen.

Fredrik nahm einen Schluck aus der warmen Coladose, die im Getränkehalter des Autos stand, und fuhr mit den Fingern über den Tablettenblister in der Jeanstasche. Brauchte er eine Tablette? Nein, die hob er sicherheitshalber auf.

Ihm war klar, dass er übel dran war. In diese Richtung weiterzugehen würde früher oder später zur Katastrophe führen. Aber mal ganz ehrlich, wie viel schlimmer konnte es denn noch werden?

Er dachte an Ceder. Wenn er sich nur erinnern könnte, was sie zueinander gesagt hatten. Für den größten Teil des Abends wusste er ja nicht einmal, was er selbst da gemacht hatte. Sein Blick wanderte zur Tasche, die auf dem Beifahrersitz lag und herausfordernd aussah. Was, wenn doch er es gewesen war, der …? Nein, das war ganz unmöglich. Zwar hatte er Erinnerungslücken, was den Mittsommerabend betraf, aber er konnte doch wohl nicht gut einen Menschen umgebracht und das dann völlig vergessen haben, oder? Er kratzte sich den Handrücken.

Auf dem Rücksitz des Autos lagen, von Gummibändern zusammengehalten, alle Papiere, die Philip ausgedruckt hatte. Er griff zwischen den Sitzen hindurch nach hinten und zog eines der Papierbündel hervor, legte es aufs Lenkrad und blätterte darin. Nirgends konnte er die Kopie des allerersten Fotos aus Ceders Plastikordner finden. Hatte er es bei Gösta vergessen? Nein, er hatte es doch am Nachmittag dabeigehabt, als er mit Marianne und Tord zusammen gewesen war. Aber das war egal. In dem Material, das Philip gefunden hatte, gab es noch mehrere ähnliche Bilder. Er blätterte zu einem Foto von Thomas Nilsson. Fröhlich sah er aus, ganz und gar nicht wie jemand, der sich das Leben nehmen will. War er, wie Marianne behauptet hatte, ermordet worden? Und wenn ja, von wem?

Christine Karst, heute die Besitzerin des Ulvö Hotels, tauchte mehrere Male in der damaligen polizeilichen Ermittlung und in verschiedenen Zeitungsausschnitten aus der Zeit auf. Offenbar war sie die Tochter einer bekannten Pianistin, weswegen der Fall noch zusätzliche Aufmerksamkeit bekommen hatte. »Tochter berühmter Pianistin in Todesdrama verwickelt«, lautete eine Überschrift. »Mysteriöser Todesfall im Sommerlager – Tochter der Weltpianistin mitten im Drama«, eine andere. Auch die Jugendlichen, die Gösta aufgezählt hatte, wurden erwähnt: Siw-Inger und Annika Hörnberg und zwei russisch klingende Namen wurden genannt, wahrscheinlich die Mädchen aus dem Austauschprogramm. Und dann die Jungen, Adam Ceder selbst, Mats Dahlman und Jan Dagegård. Sie waren sämtlich von der Polizei verhört worden, doch keiner von ihnen hatte etwas erzählen können, was die Vermutung bestärkt hätte, dass Thomas' Tod etwas anderes als ein Selbstmord gewesen war. Im Anhang zu einem Bericht entdeckte er Mariannes Namen. Sie war am Mittsommerabend dort gewesen, aber nicht zum Zeitpunkt des Todes, und die Polizei hatte sie telefonisch verhört. Auch Jan Dagegård war per Telefon verhört worden, da er, als Thomas gefunden wurde, nicht mehr auf Ulvön gewesen war.

Er ließ seinen Finger die Reihe von Jugendlichen auf einem der Bilder entlangwandern und hielt bei Bodil inne. Die verschwundene Tochter. Nirgends in den gesamten Unterlagen hatte er etwas darüber finden können, wohin sie gegangen war. Es war genauso, wie Gösta gesagt hatte: als hätte sie sich in Luft aufgelöst. Könnte Ceder nach Informationen über sie gesucht haben? Hatte er deshalb so eifrig Dokumente und Zeitungsartikel über die Familie gelesen und nach Bibelschulen gesucht? Gösta schien aber nicht an das Gerücht zu glauben, dass sie auf eine Schule in Uppsala geschickt worden sei. Fredrik nahm sein Handy und gab »Bodil Dirk« im schwedischen Onlineadressbuch ein. Kein Treffer. Er googelte den Namen und fand zwei körnige Schwarz-Weiß-Fotos, die den Pfarrhof und die Kirche von Ulvön zeigten, aber sonst nichts. Also ließ er die Suche nach Bodil sein und versuchte es mit den anderen Namen. Christine Karst, Siw-Inger Hörnberg und Annika Hörnberg. Sie alle waren zugegen gewesen, als Thomas Nilsson tot aufgefunden worden war. Und alle hatten sie bei der Familie Dirk gewohnt. Irgendeiner von ihnen musste mehr darüber wissen, was damals geschehen war.

Nach einer schnellen Suche fand er heraus, dass es sieben Personen mit dem Namen Annika Hörnberg gab, weshalb er es stattdessen mit Siw-Inger Hörnberg versuchte. Es gab eine Siw-Inger Hörnberg-Dagegård, sie lebte ein Stück von der Innenstadt von Örnsköldsvik entfernt in Bonässund und war zusammen mit einem Jan Dagegård gemeldet. Das musste derselbe Jan sein, der auch im Sommerlager gewesen war.

»Hörnberg-Dagegård.« Siw-Inger ging nach dem zweiten Klingeln ran.

»Hallo, mein Name ist Fredrik Fröding.«

»Ja?«, antwortete die Frau am anderen Ende der Leitung misstrauisch.

»Ich hätte ein paar Fragen an Sie, das Sommerlager von Aron Dirk auf Ulvön 1979 betreffend.«

»Ach ja?« Siw-Inger klang abwartend.

»Dürfte ich vielleicht vorbeikommen, um mit Ihnen über einige Dinge zu sprechen?«

»Ja, das ginge.« Noch immer wirkte sie nicht ganz sicher. »Aber Sie müssen kommen, wenn mein Mann zu Hause ist. Gegen vier Uhr.«

»Abgemacht.«

*

Vera schob sich an Marie vorbei, um an ihren Schreibtisch zu kommen. Die Bibliothek war mit einer internen Fortbildung belegt, weshalb die Gruppe sich für ihre morgendliche Besprechung in Veras Büro hatte quetschen müssen. Nur widerwillig hatte sie die anderen hereingelassen, und nicht ohne zuerst ein paar Flüche zu murmeln, die Marie hatten erröten lassen. Sofia war immer noch übel, und die stickige Luft im Raum zusammen mit der Mischung aus den Deodorants und Parfüms der anderen machte das nicht besser. Niemand wagte, das Fenster zu öffnen, aus Angst, dass der heftige Wind ein Inferno unter all den losen Blättern auf Veras Schreibtisch anrichten würde.

Neben den fünf Personen der Gruppe musste auch noch das Whiteboard Platz finden. Karim lehnte sich ans Bücherregal hinter dem Schreibtisch, und Marie stand ans Fensterbrett gedrückt, während Mattias sich selbst die Ehre erteilt hatte, den Besucherstuhl zu besetzen. Sofia, die als Letzte gekommen war, musste sich mit der Schreibtischkante begnügen, wo sie, ehe sie sich niederließ, vorsichtig und möglichst ohne das geordnete Chaos, das hier herrschte, durcheinanderzubringen, ein paar Ordner beiseitegeschoben hatte.

»Teufel noch mal, ist das eng hier!« Vera stieß mit der Schulter ans Bücherregal, und mehrere Akten fielen heraus, die sie verärgert mit dem Fuß beiseitekickte. Dann setzte sie sich. Mattias räusperte sich.

»Ich kann damit beginnen, euch mitzuteilen«, ergriff er das Wort, »dass wir inzwischen nur noch zwei Verdächtige haben. Oder, wenn ihr mich fragt, nur noch einen. Aber Mona Höglund können wir auf jeden Fall ausschließen. Ich habe den gestrigen Abend damit verbracht, jede einzelne Zeugenaussage über sie in Bezug auf den Freitagabend zusammenzupuzzeln. Sie hat ein Alibi für den ganzen Abend und die Nacht. Offensichtlich war es ein intensiver Arbeitstag, und Mona hat bis zwei Uhr, als das Restaurant geschlossen wurde, gearbeitet. Wenn sie nicht an der Rezeption war, hat sie das Küchenpersonal unterstützt oder jemanden an der Bar abgelöst, und schließlich hat sie noch geholfen, die Küche aufzuräumen. Sie hat die ganze Zeit Leute um sich gehabt, bis sie rausgegangen ist, um Müll in den Container hinter dem Gästesteg zu werfen, wobei sie Adam Ceder entdeckt hat. Und zu dem Zeitpunkt war er bekanntermaßen schon seit mehreren Stunden tot.«

»Verdammt, das ist wirklich gute Arbeit, Mattias! Da sind wir schon einen Schritt weiter.« Vera nickte zufrieden, und Mattias sah aus, als würde er vor Stolz platzen.

Sofia öffnete den Mund, um etwas zu sagen, musste aber einsehen, dass sie keine vernünftigen Einwände bieten konnte. Dass sie gehofft hatte, Mona würde die Schuldige sein, reichte ja wohl kaum aus.

Vera gab Marie ein Zeichen, die sich zum Whiteboard vorbeugte und Monas Foto in die rechte Ecke verschob.

»Wie sieht der Zeitstrahl für Ceder aus?«

Marie blätterte in ihren Notizen.

»Wir wissen, dass er am Donnerstagnachmittag eine Vorstandssitzung hatte und dass er am Freitagmorgen einige ungarische Diplomaten im Ceder City East begrüßte. Er kann also frühestens am Freitagvormittag nach Örnsköldsvik gestartet sein, soll heißen am Mittsommerabend. Sein Auto, ein schwarzer SUV, wurde am Fähranleger von Köpmanholmen gefunden. Der ist auf die Ceder-Kette gemeldet, ein gewisser Theodor …«

»… Hake«, ergänzte Sofia.

»Genau, Theodor Hake bestätigte uns jedoch, dass dieser Wagen von Adam Ceder auch privat genutzt wurde. Weder das Personal im Restaurant *Der Kai* noch die Leute auf der Fähre erkannten Ceder wieder, doch wenn man bedenkt, wie viele Besucher um Mittsommer dort unterwegs waren, kann er durchaus mit auf der Fähre gewesen sein, ohne dass ihn jemand bemerkt hat. Auf dem Schiff gibt es Überwachungskameras, deren Videos wir angefordert haben. Möglicherweise ist er gefilmt worden, als er in Ulvöhamn von Bord ging. Mit etwas Glück können wir so herausfinden, wann er auf die Insel gekommen ist und ob er von jemandem begleitet wurde.«

Vera nickte, und Marie fuhr fort.

»Wir wissen, dass Ceder am Mittsommerabend im Ulvö Hotel eingecheckt und dass er exakt um 21:15 Uhr die Handynummer von Christine Karst angerufen hat.«

Vera zog auf dem Whiteboard einen roten Strich zu einer Blase, in der der Name »Karst« stand, und notierte die Zeit des Gesprächs.

»Am selben Abend wurde er gesehen, wie er am Pool mit Fredrik Fröding stritt, aber was dann geschah und wann und wo exakt Ceder ermordet wurde, wissen wir noch nicht. Die Ergebnisse der Funkzellenabfrage werden noch ein paar Tage auf sich warten lassen, aber wenn uns die vorliegen, haben wir ein deutlicheres Bild, bei welchen Masten sich Ceders Handy eingewählt hat. Dann werden wir sehen können, wie er sich bewegt hat.«

»Wann kommt Kaj?«, fragte Vera und sah zu Sofia.

»Morgen Vormittag.«

»Wie läuft es mit Karst?«

»Nachdem sie am Mittsommerabend mit Linda Pihlgren gesprochen hat, scheint sie niemand mehr gesehen zu haben. Sämtliche Flugplätze und Grenzkontrollen sind informiert, aber genauso gut kann sie das Land mit dem Auto oder per Boot verlassen haben.«

Vera schob ihre Lesebrille wie ein Diadem auf das pflaumenfarbene Haar und lehnte sich auf dem Stuhl zurück.

»Das ist so verdammt seltsam. Irgendeinen Mist muss sie doch verzapft haben, wenn sie sich so versteckt. Wir müssen sie in die Fahndung geben. Und das Boot?«

»Nicht aufzufinden. Wir haben zu jedem einzelnen Segelclub von hier bis nach Stockholm Kontakt aufgenommen. Niemand hat den Kahn gesehen. Und ihr Exmann sagt, Christine sei sehr vertraut mit dem Boot. Damit würde sie sich also lange fernhalten können. Ich checke mal, ob es ein MetaTrak hat.«

Alle im Raum wandten sich Sofia zu.

»Ein was?«

»Ein MetaTrak. Das ist eine Art GPS-Sender, den man auf Booten benutzt. Ich gehe Hechtangeln«, fügte sie hinzu, als niemand reagierte.

Mattias glotzte sie erstaunt an, während Karim beeindruckt nickte. Ihr wurde klar, wie wenig sie von sich selbst bei der Arbeit erzählte.

»Und, fährst du zur Pike Challenge, oder was?« Mattias grinste. Es war allgemein bekannt, dass er sich für einen großen Angler hielt. Er ging Fliegenfischen und erzählte nur zu gern von all seinen großen Heldentaten.

»Ja, Meter siebzehn fünf Zentimeter hab ich letztes Frühjahr beim Trolling gezogen. Und du?«

Mattias' Miene verfinsterte sich.

»Also, Fredrik Fröding passt viel besser in das Profil als Karst«, sagte er beleidigt, als die Gruppe ihn in Erwartung der Verkündigung seiner eigenen Angelleistungen unverwandt ansah.

Sofia meinte, die Andeutung eines Lächelns in Veras Blick zu erkennen.

»Er ist vermutlich der letzte Mensch, der Ceder lebendig gesehen hat«, fuhr Mattias fort. »Er leidet an psychischen Problemen, war an jenem Abend betrunken und versteckt sich vor uns. Wenn das nicht verdächtig ist, dann weiß ich auch nicht. Auch bei ihm warten wir auf die Abfrage der Funkmasten, um sagen zu können, wo er sich in den Tagen um Ceders Tod befunden hat. Und im besten Fall, wo er sich jetzt gerade aufhält.«

»Der Meinung bin ich auch.« Karim fuhr sich mit der Handfläche übers Kinn und gähnte diskret in seine Faust. Es ging auf zwölf Uhr, und alle begannen hungrig zu werden.

Vera fing an, sich die Jacke überzuziehen, die auf ihrem Stuhl hing.

»Hier kommen wir jetzt nicht weiter. Ich denke, wir machen eine Mittagspause. Sofia, kommst du mit?«

47.

Draußen vor dem Port 9 saßen ein paar Kollegen beim Mittagessen und winkten Sofia und Vera erstaunt zu, als die beiden die Kopfsteinpflasterstraße herunterkamen, die zum Hafen von Örnsköldsvik führte. Soweit Sofia wusste, war Vera bisher noch nie mit jemandem aus dem Büro unterwegs gewesen. Die unerwartete Frage, ob sie mitkommen würde, hatte alle überrumpelt, am meisten Sofia, die aber doch nicht anders konnte, als sich geschmeichelt zu fühlen. Keinem war verborgen geblieben, wie wenig begeistert Mattias davon war, und widerwillig musste sie sich eingestehen, dass ihr das Spaß machte.

Schweigend gingen sie nebeneinanderher die Nygatan hinunter. Der Wind war eingeschlafen, aber die Gartenmöbel vor den Cafés und Restaurants waren vom nächtlichen Regen immer noch nass. Ein dünner Sonnenstrahl war durch die Wolken gebrochen, und Sofia hielt im Gehen gierig nach Sonne ihr Gesicht zum Himmel. So wie dieser Sommer bisher gewesen war, konnte man nie wissen, wie lange die Herrlichkeit währte.

Als sie beim Allstar im Hafen angekommen waren, ließ sich Vera an einem Tisch auf der verglasten Veranda nieder und bestellte ihnen beiden jeweils ein Bier.

»Es ist Freitag«, stellte sie fest, noch ehe Sofia protestieren konnte.

Sie setzte sich Vera gegenüber und ließ den Blick über das Gewimmel im Hafen schweifen. Die allgemeinen Betriebsferien hatten gerade begonnen, und die vorübergehende Regenpause hatte die Menschen nach draußen gelockt. Verliebte Paare schlenderten zwischen Touristen, Familien mit Kindern und regenschirmbewehrten Kinderwagen umher. Sofia bemerkte, dass nur wenige der Boote, die im Hafen lagen, Einheimischen zu gehören schienen. Von den offenen Achterdecks der protzigen, teuren Schiffe war reinster Südschweden-Dialekt zu vernehmen, und sie seufzte müde über die Karikatur eines Stockholmers in roten Shorts und langärmeligem Pullover über den Schultern seines Poloshirts.

Durch ihren kurzen Besuch in der Hauptstadt hatte sie Örnsköldsvik noch mehr zu schätzen gelernt. Kein Verkehr, keine gestressten Menschen, die sich in scheinbar endlosen Schlangen vordrängelten. Sie konnte nicht begreifen, wie man Beton und Asphalt dem Geruch von Moos und Tannennadeln vorziehen konnte, musste aber beschämt zugeben, dass vielleicht nicht alle die Möglichkeit hatten zu wählen.

»Oder was meinst du?«

Veras Stimme riss sie aus den Gedanken.

»Wozu?«

»Zum Schweinefilet.« Vera zeigte auf die Karte. »Die Béarnaise-Soße ist hausgemacht.«

Sofia hatte keinen Hunger, nahm aber den Vorschlag

an. Sie nippte an dem kalten Bier, das der Restaurantbesitzer selbst ihnen gebracht hatte. Die Erinnerung an den Geschmack des Katers vom vorangegangenen Tag kam zurück, und sie stellte das Glas ab.

Der Besitzer stand noch eine Weile am Tisch und plauderte mit Vera, nachdem er ihre Bestellung aufgenommen hatte. Sofia konnte dem Gespräch entnehmen, dass die beiden sich von früher her kannten. Bevor Vera im Morddezernat angefangen hatte, war sie mit Wirtschafts- und Drogenverbrechen befasst gewesen – zwei Wege, die leider oft gerade in die Restaurantbranche führten. Trotz ihrer burschikosen Erscheinung war Vera nicht nur bei ihren Kollegen beliebt und respektiert. Sofia war überzeugt, dass sie eine glänzende Karriere bei der Polizei hätte machen können, wenn sie gewillt gewesen wäre, woanders hinzugehen, aber ihr schien das Leben in der Kleinstadt zu gefallen. Kein Fall war ihr zu unbedeutend. Eva hatte erzählt, dass sie in ihrer Zeit auf dem Revier bisher keinen einzigen ungelösten Fall hinterlassen hatte. Eine Mordermittlung hatte allerdings damit geendet, dass das Urteil in der zweiten Instanz kassiert und der Täter freigesprochen wurde. Doch Vera konnte sich guten Gewissens sagen, dass sie die richtige Person festgenommen hatte, auch wenn die Beweise nicht ausreichten.

Und bald würde nun jemand anders ihren Dienst übernehmen. Die Chance, dass Sofia selbst das sein würde, war inzwischen minimal. Es war noch nicht einmal sicher, ob sie überhaupt ihren derzeitigen Job würde behalten können.

»Gefällt dir deine Arbeit?«, fragte Vera, als hätte sie Sofias Gedanken gelesen.

»Ja.«

»Was ist dein nächster Zug?«

»Zug?«

»Du weißt doch, das Leben ist wie ein Schachspiel. Man muss sich genau überlegen, welchen Zug man machen will. Ich weiß, dass du auf meinen Job scharf bist, und ich glaube, dass du in diese Rolle passen würdest, aber, nun … ich bin nicht diejenige, die das bestimmt.«

Sofia wurde rot.

»Dafür muss man sich nicht schämen!« Vera nahm einen Schluck Bier. »Du musst nur darauf gefasst sein, was dieser Job mit sich bringt. Achtzig Prozent deiner Zeit wird mit dem Schreiben und Lesen von Berichten draufgehen. Das ist nichts für jemanden, der gern Gunvald Larsson wäre. Da gibt's nicht mehr viel Rumgerenne in dunklen Gassen und Bösewichtejagen, wenn du weißt, was ich meine.«

Sofia lachte.

»Ich besitze nicht einmal einen Trenchcoat, und mit Blick auf deine Figur habe ich mir schon gedacht, dass du während der Arbeitszeit nicht sonderlich viel durch dunkle Gassen rennst.«

Vera blinzelte erstaunt, dann brach sie in Gelächter aus. Die Nervosität hatte Sofias Zunge gelöst, und Vera schien den Tonfall zu schätzen. Sie kicherte zufrieden und war bereit, sich dem Stück Fleisch zu widmen, das nun vor ihr stand.

»Was machen wir denn jetzt mit dieser verdammten

Ermittlung?«, fragte Vera mit vollem Mund. Dann schluckte sie den Bissen hinunter, um ihre eigene Frage zu beantworten: »Mit Christine Karst stimmt irgendetwas nicht, das kann ich schon mal sagen. Sie scheint mit krummen Geschäften unterwegs zu sein, warum würde sie sich sonst vor uns verstecken? Vielleicht war es wirklich so, wie wir dachten, dass Ceder versucht hat, sie zu erpressen, und sie einfach genug hatte.«

Sofia schnitt ein winziges Stück Fleisch ab, ohne es sich jedoch in den Mund zu stecken.

»Allerdings eine sehr ungewöhnliche Vorgehensweise für eine Frau, wenn es nun Christine ist.« Vera wischte sich den Mund ab, ehe sie mit ihrem Monolog fortfuhr: »Mord ist nur selten so kompliziert, musst du wissen. Der Mensch ist ein einfaches Wesen mit grundlegenden und tierischen Trieben. Fast immer findet sich der Täter in der unmittelbaren Nähe des Opfers. Aber dieser Fröding ... Ja, weiß der Teufel. Der scheint auch nicht ganz astrein zu sein.«

Sag es jetzt. Sag jetzt, dass du mit einem unserer Hauptverdächtigen Sex gehabt und ihn dann hast entwischen lassen.

Sofia blickte über den Hafen, und ihr fiel nichts ein, wie sie anfangen könnte. Was war nur los mit ihr? War Fredrik es wirklich wert, seinetwegen den Job zu verlieren?

»Hast du einen Typen?« Vera hob die Gabel und zeigte auf Sofia.

Die senkte peinlich berührt den Blick.

»Nein, warum fragst du das?«

»Bei unserer Arbeit ist es wichtig, jemanden zu haben, mit dem man seine Gefühle teilen kann. Es ist nicht gut für die Seele, jeden Tag in einer Menge Elend zu baden und dann nach Hause zu gehen und abends allein dazusitzen.«

Vera verzog den Mund.

»Denk jedenfalls mal darüber nach. Einsamkeit macht die Seele krank. Und in der Zukunft wird es noch viel wichtiger für dich sein, jemanden zu haben. Also, wenn du meinen Job übernehmen willst, meine ich.«

»Und du selbst? Mit wem teilst du deine Gefühle?« Die Frage war ihr einfach so rausgerutscht, und sie bereute es sofort, als sie Veras Gesichtsausdruck sah. Die Unterlippe zitterte, und Sofia wurde eiskalt. Verzweifelt suchte sie nach Worten.

»Es tut mir furchtbar leid. Ich wollte nicht neugierig sein.«

Vera wischte sich mit dem Handrücken die Nase.

»Meine Frau und ich werden uns wohl scheiden lassen«, stellte sie kurzangebunden fest.

Sofia war immer davon ausgegangen, dass Vera mit der Arbeit verheiratet war. Aber nun war sie also mit einem richtigen Menschen verheiratet. Mit einer Frau. Sofia legte Vera die Hand auf den Arm.

Jetzt begriff sie, warum ihre Chefin so wortkarg war, was ihr Privatleben anging. Örnsköldsvik war mehrmals zu einer Bastion der Homophobie erklärt worden. Ein beschämender Titel, der an der Stadt kleben geblieben war. Und Vera war eine bekannte Person bei der Polizei, die oft in den Zeitungen zu sehen war. Als homosexuelle

Polizistin war es schwer, sich in einer norrländischen Kleinstadt Respekt zu erwerben. Nach einer Weile zog Vera ihren Arm zurück und leerte in raschen Schlucken das Bier, um schließlich das Glas mit einem Knall auf den Tisch zu stellen.

»Nun, genug davon. Wir müssen dieses verdammte Durcheinander lösen.«

*

Zwanzig Minuten nach vier Uhr kam Fredrik bei der weißen Villa in Bonässund an. Er hatte ein anderes Hemd angezogen, etwas Deo aufgetragen und das dunkle Haar zurückgekämmt. Obwohl eine Dusche vorzuziehen gewesen wäre, stellte das schon eine enorme Verbesserung gegenüber dem Morgen dar.

Er parkte das Auto vor einer militärisch frisierten Thujahecke und stieg aus, um den Namen auf dem Briefkasten zu kontrollieren. Ja, er war richtig. »Familie Hörnberg-Dagegård« stand auf der geschnitzten Holzklappe. Vor der Garage stand ein frisch gewachster Jaguar älteren Modells und daneben ein glänzendes Motorboot auf einem Anhänger. Das Haus selbst war mit gelben Ziegeln verkleidet, und unterhalb der abfallenden Wiese konnte man das Meer erkennen.

Als Fredrik auf die andere Seite der Hecke kam, stellte er fest, dass Jan und Siw-Inger schon auf ihn warteten. Sie sahen rechtschaffen und ordentlich aus, aufrecht wie zwei Zinnsoldaten standen sie unter dem Dach des Eingangs.

»Willkommen, Fredrik!« Jan ergriff seine Hand mit beiden Händen und schüttelte sie heftig. »Ich muss gestehen, dass Siw-Inger und ich das hier richtig spannend finden. Sie sagte, Sie schreiben einen Artikel über die Familie Dirk?«

Er konnte sich nicht erinnern, dergleichen gesagt zu haben, aber weil es dem Paar zu gefallen schien, nickte er.

»Siw-Inger und ich waren im selben Sommerlager wie Bodil und Ester Dirk.«

Der begeisterte Tonfall des Mannes und der starke norrländische Dialekt ließen den Namen der Ehefrau zu einem Wort verschmelzen. Swinger.

»Kommen Sie, wir gehen hinein. Siw-Inger hat Kaffee gekocht.«

Gehorsam folgte Fredrik Jan und Swinger ins Haus.

In der Küche war der Tisch mit allem gedeckt: drei Teller und die Tassen im dazu passenden Dekor. In der Mitte thronte, einer Installation gleich, eine Erdbeertorte. Jan und Siw-Inger kicherten nervös.

»Ich würde Ihnen gern zu Anfang ein paar Fotos zeigen.« Das Paar sah einander gespannt an, während Fredrik ein paar Bilder aus dem Stapel herauszog, den er von Philip bekommen hatte, und sie zwischen die Teller auf dem Tisch fädelte. Siw-Inger griff sich gleich eines davon.

»Das sind Sie, nicht wahr?«, fragte Fredrik und zeigte über den Tisch auf das junge Mädchen ganz links.

»Ach, du meine Güte.« Siw-Inger schlug sich die Hand vor den Mund. »Sieh mal, wie süß ich war, Jan!«

Sie versetzte ihrem Mann einen Stoß mit dem Ellenbogen, und er nickte zustimmend.

»Und wie ist es mit diesem Schlingel hier?«, fragte Jan und zeigte auf einen pickeligen Jungen mit schulterlangem lockigem Haar. Siw-Inger lachte.

»Das ist Jan, sehen Sie hier?«

Fredrik nickte.

»Wir sind zusammen, seit wir vierzehn waren.« Jan sah seine Frau stolz an.

»So wie ich es verstanden habe, war die Familie Dirk … etwas seltsam«, meinte Fredrik in der Hoffnung, dass das Ehepaar Dagegård mal für einen Moment den Fokus auf etwas anderes als sich selbst richten würde.

»Ja, das kann man wirklich sagen.«

Siw-Inger warf sich mit einer leichten Kopfbewegung das lockige Haar über die Schulter.

»Echte Fanatiker.«

»Das sagst du«, meinte Jan verlegen.

»Was denn sonst? Es hat ja wohl niemand an das alles geglaubt. ›Vom heiligen Engel beschützt‹, was für ein Blödsinn! Wo war Gott denn dann, als der Brand in ihrer Wohnung losging? Das wüsste ich gern. Wo war er da?«

Die Kaffeemaschine verstummte, und Siw-Inger stand auf, um den Kaffee in eine Kanne umzufüllen. Ohne zu fragen, begann sie, ihnen einzuschenken, und zwar auf möglichst umständliche Weise, damit Fredrik auch sehen konnte, dass die Kanne zu dem teuren Porzellan auf dem Tisch passte. Er lobte sofort die Qualität des Geschirrs, und Siw-Inger setzte sich zufrieden wieder hin.

»Ja, wir wollen jetzt nicht irgendwie vornehm wirken oder so, aber ich finde, wenn man es sich leisten kann, sollte man es sich auch gönnen.«

Fredrik nahm einen Schluck und nickte aufmunternd.

»Kannten Sie die Schwestern Dirk?«

»Na ja, wie man's nimmt«, erwiderte Siw-Inger. »Bodil war keine Person, die man kennenlernte. Sie lebte wie ein Schatten hinter Ester. Die ewige Beschützerin der rollenden Heiligen.«

»Sie hatte wohl keine große Wahl, als diese Rolle zu übernehmen, aber sie tat es mit einer derartigen Intensität, dass es manchmal unangenehm wurde«, ergänzte Jan vorsichtig.

»Stimmt es, dass Ester gemobbt wurde?«

Jan senkte den Blick in seine Tasse.

»Na ja, also, wir haben schon eine Menge Schabernack mit ihr getrieben. Über all das Gerede, dass sie von einem Engel beschützt würde und so.«

»Aber ich gehörte nicht zu den Schlimmsten«, beeilte sich Siw-Inger einzuflechten.

»Soweit ich es verstanden habe, war Thomas die treibende Kraft. Stimmt das?«

Siw-Inger nickte, sodass die Korkenzieherlocken wieder nach vorn fielen.

»Und der Selbstmord, der geschah doch am Mittsommerabend, oder?«

»Ja, in der Nacht«, antwortete Jan. »Ich war schon zurück aufs Festland gefahren, aber Siw-Inger und ihre Schwester waren noch da.«

Siw-Inger sah ihn überlegen an.

»Wenn es denn ein Selbstmord war.«

Fredrik beugte sich interessiert vor.

»Wie ich gehört habe, gab es mehrere Leute, die vermuteten, dass er sich nicht selbst umgebracht hat.«

Sie lächelte verschwörerisch.

»Sagen wir mal so, man rührt ›Gottes Auserwählte‹ nicht ungestraft an.« Siw-Inger nahm, ohne den Blick von Fredrik zu wenden, einen Schluck Kaffee.

»Wie meinen Sie das?«

Siw-Inger lächelte ihn wissend an.

»Ich meine gar nichts. Aber man ist ja wohl nicht so dumm, dass man nicht eins und eins zusammenzählen könnte«, sagte sie und warf wieder den Kopf in den Nacken.

Fredrik sah Jan fragend an, der immer noch das Innere seiner Kaffeetasse betrachtete.

»Ja, nun. Das Erstaunliche ist doch, dass schon am Tag danach die Gerüchte umgingen, dass es alles andere als ein Selbstmord gewesen sei. Und keine Woche später verschwand Bodil.«

»Wie, verschwand? Sie meinen zur Bibelschule?«

Siw-Inger rümpfte die Nase.

»Die ist zu keiner Bibelschule gefahren.«

Jan hob den Blick und sah Fredrik an.

»Aron hat sie weggeschickt. In eine Pflegefamilie.«

»Warum das denn?«

»Das müssen Sie ihn schon selbst fragen«, sagte Siw-Inger über ihre Kaffeetasse hinweg.

48.

Gabriella war allein im Büro. Die anderen Assistenten bei Dahlman, Björc und Bergström hatten gehen müssen, nachdem die Firma mehrere wichtige Klienten verloren hatte. Jetzt reichte ihre Zeit aus, um allen drei Teilhabern zuzuarbeiten. Sowohl Johan Björc als auch August Bergström hatten schon angefangen darüber zu reden, dass man die schicke Büroetage verkaufen und etwas Kleineres außerhalb der Stadt suchen sollte. Wenn die Firma aus der Stadt rauszog, dann würde sie sich einen anderen Job suchen. Für sie kam nichts anderes als die Stadtmitte infrage. Hier gab es die Restaurants und Geschäfte, die dem Status entsprachen, den sie sich erkämpft hatte, seit sie ihren kleinen Heimatort vor den Toren von Jönköping verlassen hatte. Ihren Dialekt hatte sie abgelegt, sowie sie einen Fuß über die Stadtgrenzen gesetzt hatte, und mit dem steigenden Gehalt hatte sie auch die Klamotten von H&M zugunsten von schicken Kleidern von Karen Millen und Taschen von Louis Vuitton aus ihrem Kleiderschrank räumen können. Nein, Gabriella hoffte wirklich, dass die Anwaltskanzlei nicht umziehen würde, denn das hier war in jeder Hinsicht ein guter Job. Wenn Mats Dahlman es noch schaffen würde, nüchtern zu bleiben, wäre es der reinste Traumjob.

Sie hatte ihn schon mehrmals schlafend im Ledersessel in seinem Büro angetroffen. Anfangs hatte sie gelogen, um ihn nicht gegenüber wartenden Klienten zu brüskieren. »Herr Dahlman ist leider noch in einer anderen Sitzung«, oder: »Herr Dahlman ist in einem eiligen Fall ins Gericht gerufen worden.« Doch langsam gingen ihr die Entschuldigungen aus.

Heute Abend hatte er aber zumindest versprochen, in die Kanzlei zu kommen. Die eine Seite eines bekannten Fernsehduos hatte die Scheidung eingereicht. Der Mann arbeitete als Moderator auf TV 4 und konnte deshalb nur abends kommen. Die Frau war bei dem gleichen Sender fürs Wetter zuständig. Die beiden waren viele Jahre lang das Traumpaar der Medien gewesen, und Gabriella hatte in den Tratschzeitungen bereits meterlange Spalten über die Scheidung gelesen, hätte sich aber nie träumen lassen, dass die beiden Dahlman, Björc und Bergström bemühen würden, um die rechtlichen Dinge zu regeln.

Sie fuhr den Computer hoch und schaltete die Lampe im Fenster ein. Dummerweise hatte sie vergessen, frische Blumen für die Vase an der Fahrstuhltür zu kaufen, doch nachdem sie ein paar verwelkte Blätter von der stark duftenden rosafarbenen Lilie abgezupft hatte, entschied sie, dass der Strauß durchaus noch einen Tag stehen konnte. Sie dimmte das Licht und stellte einen Kristallkrug mit Wasser und drei saubere Gläser auf den Tisch.

Alles war bereit, aber Mats war immer noch nicht erschienen. Obwohl sie wusste, dass er nicht da war, klopfte sie an die Flügeltür, die in sein Büro führte, dann trat sie ein. Das Zimmer war, abgesehen von einer Whiskeyflasche und einem Glas auf der ledernen Schreibtischunterlage, in Ordnung. Sie räumte sie weg und bemerkte verärgert den Ring, den das Glas hinterlassen hatte.

Im nächsten Augenblick läutete die Glocke, die meldete, dass der Fahrstuhl auf dem Weg nach oben war. Gabriella seufzte erleichtert. Mats hatte sein Versprechen gehalten. Jetzt konnte man nur hoffen, dass er auch nüchtern war.

Sie eilte in den Flur hinaus, um ihn zu begrüßen, doch als der Fahrstuhl sich öffnete, musste sie feststellen, dass es der Klient war, der zu früh kam. In seiner Begleitung hatte er eine junge Frau, die definitiv nicht seine Ehefrau war. Da diese ziemlich aufgebrezelt war, vermutete Gabriella, dass dies hier nur der erste Stopp der beiden für diesen Abend war. Wer brachte denn seine Geliebte mit zum ersten Scheidungsgespräch?

Nervös gab sie den beiden die Hand und bat sie, sich auf dem Sofa im Wartezimmer niederzulassen. Noch immer keine Spur von Mats. Jetzt war es aber genug. Dieser Abend würde das letzte Mal sein, dass sie ihn deckte.

Gabriella schlich in Mats' Büro und zog die Tür hinter sich zu. Nachdem sie mehrmals seine Nummer zu Hause angerufen hatte, ohne dass jemand ranging, wählte sie seine Handynummer. Kaum dass es klingelte, begann etwas unter dem Schreibtisch zu vibrieren. Sie beugte sich hinunter und hob genervt Mats' Geschäftshandy auf, das von der dicken Mahagoni-Tischplatte gerutscht sein musste und jetzt wie in einer Schlinge vom Ladegerät baumelte. Sie machte es los und sah sich im Zimmer um. Hatte er wirklich nicht gemerkt, dass er sein Handy vergessen hatte? Gute Güte, dann war es wirklich schlimm um ihn bestellt. Das Treffen mit dem wartenden Klienten konnte man jetzt vergessen. Sie öffnete das Display mit dem Code, den alle Teilhaber benutzten, und begann die Kontakte durchzuscrollen. Vielleicht würde sie seine Mutter erreichen, die, wenn sie es richtig erinnerte, in Hökarängen wohnte, denn dorthin fuhr er manchmal, wenn er frei hatte. Als die Mutter auch nicht ranging, sah Gabriella sich das Handy näher an. Zwölf SMS und neunzehn verpasste Anrufe. Drei der Anrufe kamen von derselben Nummer und waren im Laufe von zehn Minuten am Mittsommertag erfolgt. Nur eine Minute später war eine SMS von derselben Nummer gekommen: »Ruf mich an.« Nun stand Gabriella mit dem Handy in der Hand da und überlegte, was sie tun sollte. Dann drückte sie entschlossen die Nummer und rief zurück.

*

Karim winkte lächelnd, als er in seinem grünen Saab aus der Garage des Polizeireviers fuhr. Die Abendsonne spiegelte sich im Lack, und Mattias konnte nicht umhin, mehrere Rostflecken am Kotflügel zu bemerken. Manchmal war Karim so nachlässig, was die Pflege seiner Autos anging.

Mattias winkte träge zurück. Er war sauer. Auf Karims ewig optimistischen Blick auf das Leben und auf seine Naivität. Sah er nicht, was hier auf dem Revier gerade passierte? Wie er jetzt zugunsten von Sofia ausmanövriert wurde? Das war doch alles nur zum Kotzen.

Sein eigener Wagen stand in der oberen Querstraße. Kaum, dass er aufgeschlossen hatte, fiel ihm ein, dass er seine Sonnenbrille auf dem Schreibtisch vergessen hatte. Er schlug aufs Autodach, fluchte leise und schloss wieder ab. Heute lief aber auch alles schief. Nicht nur war er gezwungen gewesen, bis spät abends zu arbeiten, die Ermittlung befand sich auch noch im völligen Chaos. Und als wäre das nicht schon genug, hatte Vera vor allen anderen Sofia zu einem privaten Mittagsdate eingeladen. Er begriff nicht, was Vera in Sofia sah. Er hatte alles getan, was sie von ihm verlangte, lange gearbeitet, zusätzliche Schichten übernommen, auch an Wochenenden, Fortbildungen besucht, aber trotzdem schien Vera sein Potenzial nicht zu erkennen. Er konnte sich nur zu gut vorstellen, wie Sofia dagesessen und Vera gegenüber geschwiegen hatte. Wie sie jedes Wort, das sie sagte, aufgesogen und sich Vorteile erschlichen hatte. Glaubte sie wirklich, dass ein einziges Mittagessen ihr den Platz als Veras Nachfolgerin sichern könnte? Da täuschte sie sich. Er war schon länger hier und hatte sich größere Verdienste erworben. Nicht nur war er stärker und schlauer, sondern auch beliebter bei den Kollegen. Sofia machte sich ja kaum die Mühe zu grüßen und blieb immer für sich. So verdammt vornehm, nur weil sie ein paar Jahre in Stockholm gelebt hatte. Nein, die konnte gern da draußen auf Ulvön in ihrem schweineteuren Haus sitzen und auf alles und alle herabsehen. Er für seinen Teil arbeitete jedenfalls hart und bemühte sich, seine Kollegen kennenzulernen. Sein Haus in Husum war vielleicht nicht das hübscheste, und die finanziellen Verhältnisse waren nicht, wie sie sein sollten, aber er legte dennoch Wert darauf, sich schick und teuer zu kleiden und, was das Auto und das Boot anging, immer das neueste Modell zu haben. Von außen betrachtet war er erfolgreich. Viel erfolgreicher als Sofia, und nach so jemandem sollte die Leitung ja wohl suchen, wenn sie Veras Nachfolger auswählten, oder? Jemanden, der soziale Kompetenz besaß und sich um seine Beziehungen kümmerte?

Mattias zog die Schlüsselkarte durch den Scanner und stieg seufzend die Treppen zur Abteilung hinauf. Abgesehen von einem der Mädels aus dem Wirtschaftsdezernat, das wie üblich über seine Berichte gebeugt dasaß und ihn nicht bemerkte, waren alle Zimmer auf dem Flur leer. Sein eigenes Büro war ganz am Ende, Wand an Wand mit dem von Vera.

Als Mattias an Veras Zimmer vorbeikam, hörte er ein Geräusch. Er blieb stehen und horchte. Vom Schreibtisch her war ein gedämpftes Surren zu vernehmen. Erst dachte er, es handele sich um das Gebläse von Veras Computer, aber dieses Geräusch war rhythmischer. Es klang wie ein Handy. Er trat ein und schaute rasch über das Wirrwarr auf Veras Schreibtisch, um ihr dunkelblaues Motorola zu finden.

Das Geräusch hörte nicht auf, und Mattias musste erstaunt feststellen, dass es aus dem Karton unter dem

Schreibtisch kam, in dem das neueste Beweismaterial zum Fall Ceder lag, das die Techniker noch nicht abgeholt hatten. Er stürzte sich darauf und begann, die Sachen auf dem Boden auszubreiten. In der Plastiktüte mit Christine Karsts Handy blinkte und vibrierte es wie verrückt. Mattias stand mit der Tüte in der Hand und schaute ratlos auf das Display. Unbekannte Nummer. Was sollte er tun? Es hatte bereits mehrmals geklingelt, er musste sich also entscheiden, ob er ranging oder nicht.

Mit einem entschlossenen Ruck riss er die Plastiktüte auf, holte das Handy hervor und drückte auf den grünen Hörer.

»Hallo?«

Intensiv horchte er auf die Person am anderen Ende.

»Ja, darf ich fragen, mit wem ich spreche?«

49.

»Soll ich dann also das Zimmer für zwei Nächte reservieren?«

»Ja, danke.« Fredrik stellte Ceders Tasche auf den Rezeptionstresen des Stadthotels. Kurz erschrak er, doch dann fiel ihm ein, dass er der Einzige war, der wusste, wem die Tasche gehörte. Hier stand er nun mit dem Gepäck eines ermordeten Mannes und checkte in einem Hotel ein, das weniger als einen Kilometer von dem Polizeirevier entfernt war, das exakt die Polizisten beherbergte, die ihn jagten.

»So, dann bräuchte ich nur noch eine Kreditkarte.«

»Ich würde gern bar bezahlen. Geht das?«

Die Rezeptionistin blinzelte erstaunt, fasste sich dann aber und lächelte.

»Natürlich, aber dann müssen wir Sie leider bitten, im Voraus zu bezahlen.«

Fredrik zog zwei Fünfhunderter aus der Plastiktüte, die in der Tasche versteckt lag, und schob sie über den Tresen. Erklärte dazu, dass er seine Kreditkarte verloren hätte und auf eine neue warten würde. Die Rezeptionistin, die keine Erklärung verlangt hatte, nahm die Scheine gutmütig entgegen. Offensichtlich hatte die Polizei das Personal im Hotel nicht gebeten, nach ihm Ausschau zu halten. Warum sollten sie auch? Es würde ja wohl niemand damit rechnen, dass er so idiotisch wäre, in die Löwengrube zurückzukehren, wenn das ganze Rudel davor herumlungerte und wartete.

Fredrik sah aus dem Fenster, während die Rezeptionistin den Bezahlvorgang abschloss. Über der Bucht draußen stand die Sonne schon tief.

Sie reichte ihm eine Schlüsselkarte, erklärte kurz, welches sein Zimmer sei, und zeigte dann zum ersten Stock.

Als er die breite Steintreppe hinaufgestiegen war, klingelte sein Handy, und ihm wurde klar, dass er nach dem Besuch in Bonässund vergessen hatte, den Akku rauszunehmen.

»Hallo, hier ist Marit Sandgren, die Leiterin des Vedbacksgården. Sie wollten mich sprechen?«

»Ja, das stimmt«, antwortete Fredrik und steckte die Schlüsselkarte in die Tür. Der starke Geruch von Zigarettenrauch schlug ihm entgegen. Er stellte die schwarze Tasche auf dem Teppich ab, ließ die Schuhe aber an.

Der Besuch bei Siw-Inger und Jan hatte kein klares Bild davon ergeben, was eigentlich in diesem Sommerlager passiert war. Doch offensichtlich steckte hinter Thomas Nilssons Selbstmord mehr, als der Polizeibericht vermuten ließ. Siw-Ingers Ansicht nach war Bodil auf irgendeine Weise in die Sache verwickelt, so viel stand fest. Und wenn er Adam Ceders Nachforschungen richtig interpretierte, schien dieser das Gleiche vermutet zu haben. Doch selbst wenn Fredrik nicht viel mehr über das Sommerlager erfahren hatte, so konnte er doch den Namen eines privaten Pflegeheims mitnehmen, in dem Aron Dirk lebte. Der Pfarrer von Ulvön hatte die neunzig bereits überschritten und wohnte in Kornsjö bei Örnsköldsvik im Altenheim, und dies schon seit dreißig Jahren. Fredrik hatte das Pflegeheim im Netz schnell gefunden.

»Ich würde gern Aron Dirk besuchen, wenn das möglich ist. Vielleicht morgen?«

»Ja, gern. Aus welchem Anlass?«

Fredrik dachte nach. Er konnte nicht lügen, denn was wäre, wenn Aron trotz seines Alters noch so klar war, dass er die Lügen erkennen würde?

»Ich habe ein paar Fragen zu der Sommerlagertätigkeit, die er Ende der Siebzigerjahre auf Ulvön betrieben hat.«

Die Heimleiterin war offenbar unterwegs, er hörte das Klappern der Holzschuhe widerhallen.

»Ich werde dem Personal mitteilen, dass Sie kommen. Am besten ist, wenn Sie ihn morgens besuchen, da ist er am klarsten.«

»Danke. Dann halten wir das so fest.«

Fredrik legte das Handy auf den Nachttisch und ließ sich schwer aufs Bett fallen.

Er musste schlafen.

SAMSTAG, 29. JUNI 2019

50.

Die Stadt war still und menschenleer, als Sofia aus dem Haus kam, um zur Polizeiwache zu gehen. Der Himmel sah aus, als würde er sich bald öffnen, und es ging ein heftiger Wind. Sie hatte schlecht geschlafen. Ein zäher Brei aus Albträumen war in ihrem Kopf herumgeschwappt, und der Tiefschlaf, den sie so dringend brauchte, hatte sich nicht einstellen wollen. Gegen halb fünf hatte sie aufgegeben und angefangen, sich für den kurzen Spaziergang zur Arbeit fertig zu machen.

Gegenüber der Wohnung, die sie vor ein paar Jahren gekauft hatte, und auf der anderen Seite der E4 lag das braune Ziegelsteingebäude, das Polizeirevier und Gerichtsvollzieher beherbergte. Vom Küchentisch aus konnte sie das Fenster zu Veras Büro und den Park unterhalb des Rathauses sehen. Während sie versucht hatte, eine Tasse Kaffee hinunterzuwürgen, hatte sie gesehen, wie da unten das Rollo hochgezogen wurde. Vera kam selten später als sieben Uhr. In letzter Zeit blieb sie nachmittags länger, und der barsche Ton herrschte jetzt nicht mehr nur zeitweilig, sondern war einem Ausdruck ständigen Zorns gewichen. Jetzt kannte Sofia den Grund. Eine Scheidung ließ niemanden unberührt, das wusste sie, obwohl die einzige Scheidung, die sie aus der Nähe mitverfolgt hatte, die von Tord gewesen war. Als er und Yvonne sich getrennt hatten, schien Tord gleichgültig und hatte behauptet, die Entscheidung sei eine gemeinsame gewesen, aber Sofia wusste, dass Yvonne ihn für den verlockenden Job als Verwaltungschefin der Gemeinde Eskilstuna verlassen hatte. Tord hatte danach nie eine andere Frau kennengelernt.

Sofia betrat den Eingang des Polizeireviers und zog ihre Schlüsselkarte durch den Scanner. Marie war am Nachmittag zuvor zurück nach Sundsvall gefahren und würde nach dem Mittagessen wiederkommen. Mattias kam in der Regel frühestens um acht Uhr. Um diese Zeit waren nur Vera und sie da.

Heute musste sie es ihr sagen. Je länger sie wartete, desto schlimmer würde es werden. Garantiert Suspendierung, im schlimmsten Fall Kündigung. Das würde kein nettes Gespräch werden.

Vielleicht ihr letztes als Polizistin.

Als sie sich Veras Büro näherte, konnte sie ihre Chefin am Telefon flüstern oder besser gesagt, zischen hören. Sofia blieb vor der Tür stehen, unsicher, wie sie sich verhalten sollte.

»Lillemor, ich kann nichts dafür. Es ist nun mal so, wie es ist. Ich bin noch nicht bereit für die Pensionierung. Du hast das Ultimatum gestellt, nun ist es so.«

Die Person am anderen Ende schien eine ganze Weile zu reden, oder beide schwiegen. Sofia wusste nicht, ob sie hineingehen oder warten sollte, bis das Gespräch beendet wäre. Sie verlagerte das Gewicht von einem Bein auf das andere, und ein laut quietschendes Geräusch vom Linoleumfußboden ließ Vera schnell ohne Abschiedsphrase auflegen.

»Sofia!« Vera rief sie hinein, ohne aufzusehen. Ihre Miene war angestrengt, und Sofia blieb unentschlossen in der Tür stehen. Vor dem staubigen Fenster schlängelte sich die E4. Um diese Zeit war der Verkehr zwar noch spärlich, doch im Laufe des Vormittags würde er zunehmen und die Luft so schwer von Abgasen sein, dass man in den Büros, die zur Straße hinausgingen, nicht lüften konnte. Hinter der Straße und der eckigen Silhouette der Stadt war das Meer zu sehen.

»Komm rein«, sagte Vera schließlich und stand auf, um die Tür hinter ihr zuzuschieben.

Auf dem Schreibtisch balancierten zwei ausgetrunkene Kaffeetassen auf einem Stapel Aktenordner, im Papierkorb lag ein halb gegessenes Käsebrot. Sofia setzte sich auf den abgenutzten Besucherstuhl, dessen Polsterung in Auflösung begriffen war.

Vera sah auf und blickte sie prüfend an.

»Es wäre nur lächerlich, wenn wir so tun würden, als ob du das eben nicht gehört hättest.« Sie machte eine Kopfbewegung zum Telefon.

Sofia starrte auf das Wirrwarr aus angehefteten Dokumenten an der Wand hinter Vera und suchte verzweifelt nach Worten. Jeder freie Millimeter der Wandfläche war mit Fotos und Zeitungsartikeln aus ihrer Polizeikarriere tapeziert. Ihr Blick blieb an einem Foto hängen, das eine knapp zwanzigjährige Vera zeigte, die Olof Palme höchstpersönlich die Hand schüttelte. Sie sah jung und ernst aus, während der Ministerpräsident fröhlich lachte.

»Meine Frau hat mir ein Ultimatum gestellt. In Pension gehen oder die Scheidung«, fuhr Vera fort, als Sofia nichts erwiderte.

»Das wäre doch vielleicht schön. Ich meine, du hast hier schließlich …«

»Aber ich würde es verdammt noch mal gern selbst entscheiden.« Vera donnerte mit der Hand auf den Schreibtisch, sodass Sofia zusammenfuhr. »Egal, der Zug ist bereits abgefahren. Ich bitte um Entschuldigung, dass ich dich in meinen privaten Mist reingezogen habe. Vergiss es.«

»Aber …«

Vera hob die Hand, um sie zum Schweigen zu bringen, und zeigte auffordernd auf das Ermittlungsmaterial, das in Wanderdünen den Schreibtisch besetzte. Sofia griff nach einem Papierstapel, ließ ihn aber auf dem Schoß liegen, ohne darin zu lesen. Sie wollte noch etwas sagen, aber Vera hatte sich schon wieder ihrem Bildschirm zugewandt.

51.

Um kurz nach neun kam Fredrik in Kornsjö an. Er war nervös wegen des Treffens mit Aron, schaffte es aber, die Panik in Schach zu halten. Es schien, als würde das Gefühl, ein Ziel zu haben, ihn ruhiger machen.

Der Website des Pflegeheims hatte er entnommen, dass man sich im Vedbacksgården um Patienten kümmerte, die rund um die Uhr betreut werden mussten. Idyllische Bilder zeigten junge Frauen und Männer in lilafarbenen Poloshirts, die zusammen mit den Bewohnern Aquarelle malten oder Lehmskulpturen anfertigten. Fredrik fragte sich, ob die Realität wirklich so harmonisch war, wie sie da gezeigt wurde.

Er parkte auf dem Kiesvorplatz und stieg aus dem Auto. Das Pflegeheim befand sich in einem gelb gestrichenen Holzhaus, das wie eine alte Schule aussah. Hohe Tannen wogten im Wind über dem Dach des Heims. Fredrik zog sich die Kapuze über den Kopf, um sich gegen den Regen zu schützen. Es blies so heftig, dass er die Eingangstür kaum aufziehen konnte.

»Oh my god, wie das draußen stürmt und regnet!« Der Mann hinter dem Rezeptionstresen reichte ihm ein Papiertuch aus einem Pappkarton.

»Ein echter Sturm«, meinte Fredrik.

»Kein Problem. Sie können sich an mir festhalten, wenn Sie Angst haben, weggepustet zu werden.« Der Mann zwinkerte ihm verführerisch zu.

Fredrik lächelte etwas beschämt und trocknete sich das Gesicht mit dem Tuch ab.

»So, womit kann ich Ihnen behilflich sein?«

»Ich suche Aron Dirk.«

Da tauchte aus dem Nichts eine recht umfängliche Frau auf und quetschte sich hinter den Rezeptionstresen.

»John, du wirst im Duschraum gebraucht.«

Der Mann, der offensichtlich John hieß, warf der älteren Frau einen trotzigen Blick zu, tat dann aber widerwillig, was ihm aufgetragen worden war.

»John ist ein wenig ... redselig«, erklärte die Frau, als ihr Kollege außer Hörweite war. Sie ließ sich hinter dem Computer nieder, wobei die Federn des Bürostuhls wütend unter dem korpulenten Körper protestierten.

»Marit. Wir haben gestern miteinander telefoniert.«

Fredrik schüttelte ihre schweißnasse Hand.

Sie sah ihn mitleidig über den Rand ihrer Brille an.

»Es tut mir schrecklich leid, Ihnen das hier mitteilen zu müssen, aber Aron ist letzte Nacht gestorben. Wir hätten Sie natürlich angerufen, aber wir hatten keine Nummer und ...«

Seltsamerweise wurde Fredrik von einem Gefühl der Trauer erfasst. Obwohl er Aaron doch niemals kennengelernt hatte.

»Wie ist das möglich?«

Die Heimleiterin erhob sich mühevoll und kam um den Tresen herum.

»Wir sind genauso erstaunt wie Sie. Beim Schlafengehen am Abend ging es ihm noch gut, aber als wir heute Morgen bei ihm waren, war er eingeschlafen. Es tut mir wirklich leid. Möchten Sie mitkommen und sich verabschieden?«

Fredrik nickte, ohne recht zu wissen, warum. Er gehörte nicht zur Familie, das Ganze fühlte sich höchst unmoralisch an, aber dennoch war er neugierig. Und die Heimleiterin hatte ihn immerhin nicht gefragt, welcher Art seine Beziehung zu Aron war.

Unendlich langsam lotste sie ihn eine Treppe hinauf und dann weiter durch einen langen Korridor.

»Waren Sie schon einmal hier?«, keuchte sie zwischen zwei Schritten.

»Nein.«

Sie kamen zu dem Zimmer, an dessen Tür auf einem Klebeetikett Aron Dirks Name stand. Mit einem fleischigen Zeigefinger stupste die Heimleiterin die angelehnte Tür auf und ging hinein.

»Hier ist er.«

Das Zimmer sah frisch gestrichen und steril aus. Auf einer Kommode stand ein Strauß Sommerblumen, und jemand hatte in dem missglückten Versuch, dem Raum eine persönliche Note zu geben, am Fenster ein paar unmoderne geblümte Volantgardinen aufgehängt. Auf einem Regal über dem Kopfende des Bettes lag neben einem Notizbuch und einer Lesebrille eine abgenutzte, aufgeschlagene Bibel. Aron Dirk ruhte auf dem Bett, den Kopf schräg ihnen zu gewandt. Jemand hatte eine Rose auf seine Brust gelegt, und daneben auf dem

Nachttisch brannte eine Trauerkerze, wahrscheinlich, bis das Bestattungsinstitut ihn in die Leichenhalle bringen würde.

Fredrik konnte ein Schaudern nicht unterdrücken, als er Arons stark entstelltes Gesicht sah. Die Verletzungen mussten von dem Brand in der Stockholmer Wohnung herrühren. Die Haut war rosarot und vernarbt, das eine Ohr fehlte, und das Haar war in dünnen Büscheln über den Kopf verteilt.

»Hat er je Besuch bekommen?«

»Nein«, antwortete die Heimleiterin. »Obwohl, seine Tochter war natürlich hier. Tatsächlich erst gestern.«

Sie drehte sich um und sah ihn an, als hätte sie sich verplappert.

»Eigentlich sollen wir ja nicht darüber reden, wer die Bewohner besucht.«

Dann war Bodil erst vor einem Tag hier gewesen? Fredrik wusste nicht, was er glauben sollte.

»Seine Tochter war hier?«

Die Heimleiterin nickte mit einer Miene, die deutlich zeigte, dass hierüber nicht weiter gesprochen werden würde. Sie trat zu Aron und strich sanft das weiße Laken über ihm zurecht. Fredrik sah sich im Zimmer um. Es war seltsam, sich vorzustellen, dass erst vor ein paar Stunden ein lebendiger Mensch hier gewohnt, gegessen, geschlafen und ferngesehen hatte. Ein halb volles Wasserglas und ein Krug standen auf dem Nachttisch, unter dem Bett eine Plastikkiste mit Gummihandschuhen und Windeln.

»Möchten Sie noch ein wenig bleiben?«

»Nein, das ist nicht nötig«, antwortete Fredrik rasch.

Er wollte auf keinen Fall mit dem toten Mann allein gelassen werden.

Sie streckte die Hand aus, sodass er zuerst durch die Tür gehen konnte.

»Ich muss nach einem Bewohner im Zimmer nebenan sehen, aber wenn sie einfach den Flur wieder zurückgehen, dann werden Sie ja selbst herausfinden, oder?«

Fredrik nickte.

Unten an der Rezeption saß wieder John, tickerte energiegeladen auf der Tastatur und summte zufrieden zu der Musik, die aus dem Radio hinter dem Tresen kam. Als er Fredriks Schritte hörte, kreiselte er auf dem Stuhl herum und lachte ihn an.

»Wusste ich doch, dass Sie wiederkommen würden!«

Fredrik stellte sich auf die andere Seite des Tresens.

»Ich war bei Aron.«

Der Pfleger sah ihn mitfühlend an.

»Ich habe gehört, dass er eingeschlafen ist. Und das, obwohl er gestern Abend noch so frisch aussah! Aber das Alter holt sich sein Recht, das wird uns allen eines Tages so gehen.«

Er schaute Fredrik erwartungsfroh an.

»Kann ich sonst noch etwas für Sie tun, mein Lieber?«

»Ja, da gäbe es schon eine Sache, bei der Sie mir helfen könnten.«

»Shoot.« Die traurige Miene war verschwunden, und John lachte wieder. Als Altenpfleger war man es wahrscheinlich mehr als gewohnt, dass man einen Bewohner verlor.

»Wenn ich das richtig verstehe, ist dies ein privates Heim.«

»Das stimmt.«

»Wer bezahlt für die Bewohner?«

»Für einige steht die Gemeinde ein, aber meistens bezahlen die Angehörigen.«

Fredrik schob sich etwas näher und lehnte sich über den Tresen.

»Können Sie mir sagen, wer für Aron bezahlt hat?«

»Diese Information darf ich leider nicht herausgeben. Aber wir könnten es natürlich über einem Abendessen diskutieren. Vielleicht bei mir zu Hause?«

Fredrik wurde rot.

»Tut mir leid, aber ich bin nicht …« Er zuckte entschuldigend mit den Schultern.

Der Pfleger grinste wieder.

»Es sind immer die besten … Aber vielleicht können Sie mal eine Ausnahme machen?«

Fredrik schüttelte den Kopf.

»Tut mir leid. Aber Sie vielleicht?«

Der Pfleger rollte lachend mit dem Stuhl zu einem Aktenschrank hinter ihm.

»Weißt du, Süßer, für dich kann ich das.«

*

Ein Signal verkündete, dass auf dem Lautsprechertelefon ein Gespräch wartete. Sie setzten sich um den Konferenztisch, und Vera drückte auf den Knopf mit dem grünen Hörer. Die Bibliothek war endlich frei, und Sofia war dankbar, nicht in Veras engem und heißem Büro sitzen zu müssen.

Kajs tiefe Stimme erfüllte den Raum.

»Ich bin eben an Sundsvall vorbei, sollte also in ungefähr zwei Stunden bei euch sein.«

Mattias saß entspannt zurückgelehnt im Stuhl und wartete darauf, dass ihm das Wort erteilt wurde. Nach der gestrigen Wendung in den Ermittlungen stand er im vollen Scheinwerferlicht und war sich dessen absolut bewusst. Er beugte sich zum Telefon vor, und Kaj fuhr fort.

»Gabriella Johansson, die Frau, die dich gestern angerufen hat oder besser gesagt, die Christine Karst angerufen hat, arbeitet, wie ihr wisst, als Assistentin in der Anwaltskanzlei Dahlman, Björc und Bergström und … verdammt!«

Sie hörten ihn im Auto herumrascheln.

»Hallo?« Vera trommelte ungeduldig mit den Fingern auf den Tisch.

»Ich habe mir Kaffee auf die Hose gegossen.« Kaj murmelte noch ein paar Flüche, dann räusperte er sich.

»Wo war ich? Genau, Christine Karst hat am Mittsommerabend einen der Teilhaber, Mats Dahlman, mehrmals angerufen. Als nun Gabriella diesen Dahlman nicht erreichen konnte, probierte sie die Nummer aus, die auf seinem Display war. Das war ein verdammtes Glück, Wikström, dass du gerade da warst und das Gespräch angenommen hast.«

Mattias verschränkte die Arme vor dem muskulösen Brustkorb und zuckte mit den Schultern.

»Manche von uns lassen schließlich das Lämpchen des Fleißes glühen, anstatt nach Hause zu gehen und das Leben zu verschlafen.« Er lachte und grinste Sofia schief an.

»Aber das ist nicht das Erstaunlichste an dieser Geschichte«, fuhr Kaj fort. »Es ist nämlich so, dass Mats Dahlman heute Morgen in seiner Wohnung gefunden wurde. Ermordet.«

Vera, die gerade angefangen hatte, nach ihrer Lesebrille zu suchen, hielt in der Bewegung inne und starrte auf den Lautsprecher. Mattias öffnete den Mund, um etwas zu sagen, aber Kaj kam ihm zuvor.

»Ich habe ganz kurz mit dem Gerichtsmediziner gesprochen, der die Leiche vor Ort untersucht hat. Seine inoffizielle Vermutung ist, dass Dahlman mit einem Hammer getötet wurde.«

Karim gab einen Pfiff von sich. Offensichtlich betrübt darüber, nur so kurz im Zentrum der Aufmerksamkeit gewesen zu sein, unternahm Mattias einen weiteren Versuch, zu Wort zu kommen, aber Kaj redete weiter.

»Somit deutet vieles darauf hin, dass wir nach ein und demselben Täter suchen. Eine Person, die beide Opfer kannte. Wenn wir Berührungspunkte zwischen den beiden finden, sind wir einen Schritt näher an dem, der das hier getan hat.«

»Was ist das nur für ein Scheiß!« Vera suchte weiter nach ihrer Lesebrille, um sie schließlich auf ihrem Kopf zu finden. »Zwei Männer sind also mit derselben oder einer ähnlichen Waffe ermordet worden, und beide hatten Kontakt zu Christine Karst. Sie ist inzwischen zur Fahndung ausgeschrieben, hoffen wir mal, dass uns das etwas bringt.«

»Wenn unsere frühere Theorie stimmt, dass Ceder Druck auf Christine ausgeübt hat, dann könnte Dahlman daran beteiligt gewesen sein. Vielleicht sollte er einen Teil des Kuchens bekommen, wenn er das Juristische erledigte. Schließlich war er Anwalt.« Marie sah Vera an, und die nickte.

»Das ist durchaus möglich.«

»Aber wie passt dann Fröding ins Bild?«, warf Mattias eilig ein, ehe jemand anders ihm zuvorkommen konnte.

»Wir wissen nicht, ob er reinpasst. Aber wir suchen nach jemandem, der starke Gefühle gegenüber den Opfern hat, darauf weist die Vorgehensweise hin. Das hier waren keine zufälligen Taten.« Kajs Stimme schnarrte im Lautsprecher.

»Zwei Opfer ... Könnte es sein, dass wir einen potentiellen Serienmörder am Hals haben?«, erkundigte sich Marie mit leiser Stimme.

Im Hintergrund hörten sie die E4 vorbeirauschen.

»Das steht zu befürchten.«

52.

Ulvön 1979

Thomas wälzt sich im Bett herum und zerrt am Laken. Draußen schüttet es. Die Bettdecke ist auf den Fußboden gerutscht, und vom Fenster her zieht es kalt herein. Er schlägt die Augen auf und starrt in die Dunkelheit. Im Bett nebenan liegt Mats und schnarcht mit offenem Mund. Es riecht nach Scheuermittel vom Boden und nach Bier aus seinen Kleidern, die am Fußende auf einem Haufen liegen. Das Mittsommerfest ist eben zu Ende gegangen. In der Küche und auf dem Sitzplatz draußen haben sie ein völliges Chaos hinterlassen. Überall Bierflaschen und Zigarettenkippen.

Thomas hievt die Beine über die Bettkante und schleicht durch den Flur zur Treppe. Er muss rauchen, aber bei dem Wetter will er sich nicht auf die Veranda rausstellen. Oben haben nur Bodil und Ester ihre Zimmer, also schleicht er hinauf. Das gehört zu den wenigen Dingen, auf die Aron achtet: Die Sommerkinder müssen im unteren Stockwerk schlafen. Er selbst hat einen empfindlichen Schlaf, weshalb sein Bett in der alten Backhütte weiter hinten auf dem Grundstück steht.

Thomas muss zugeben, dass der Pfaffe ziemlich nett ist. Im Grunde fühlen sich alle willkommen, und sie denken sich wirklich lustige Sachen aus. Wie zum Beispiel das Brennballturnier. Was das Fest angeht, hat er ein etwas schlechtes Gewissen, schiebt es aber schnell beiseite. Es war nicht gut, was mit Ester passiert ist. Überhaupt nicht gut, aber jetzt ist es nun mal geschehen. Selbst wenn sie davon erzählt, wird ihr doch niemand glauben. Christine, Mats, Adam und Marianne werden ihn alle decken. Sie werden sagen, dass er, als es passierte, draußen auf dem Hof war. Niemand kann etwas anderes beweisen.

Am Ende des Flurs im oberen Stockwerk gibt es ein nicht benutztes Zimmer mit einer tiefen Fensternische, in der man sitzen kann. Hier hat er schon viele Abende gesessen und heimlich geraucht und über die Wiesen geschaut, die sich bis zum Weg hin erstrecken. Bodil hat ihn ein paarmal erwischt. Im oberen Stockwerk darf sich niemand von ihnen aufhalten, und im Haus ist das Rauchen verboten, aber das ist ihm egal. Vielleicht wird sie es Aron petzen, aber das stört ihn nicht. Was könnte ihm schon Schlimmes passieren?

Er schwankt, nimmt Kurs auf das Fenster und das Päckchen John Silver, das unter dem Fensterblech versteckt ist. Vorsichtig löst er den Fensterhaken, greift nach den Zigaretten und lässt sich nieder. Kalte und feuchte Luft zieht in den Raum.

Plötzlich knacken die Bodendielen hinter ihm. Er spürt einen leichten Windzug im Nacken und steht auf, doch es ist niemand da. Einen Moment lang wartet er, dann setzt er sich wieder hin und zündet eine Zigarette an.

Da draußen ist es schön. Dunkel, aber gleichzeitig hell. Überhaupt nicht so wie die verregneten Sommernächte zu Hause. Was seine Kumpel wohl heute Abend machen.

Als er fertig geraucht hat, schnippt Thomas die Kippe auf den Rasen und beugt sich hinaus, um das Fenster wieder zu schließen. In der Scheibe flimmert kurz die Reflexion eines bleichen Gesichts direkt hinter seiner Schulter. Er versucht, sich hinzustellen, doch jemand blockiert den Weg, und er kracht zurück in die Fensternische.

»Was tust du?«

Eine starke Hand packt seinen Hals, etwas wird über seinen Kopf gelegt und zugezogen. Er wird auf die Füße gerissen und bekommt einen harten Faustschlag auf den Brustkorb. Das alles geht so schnell, dass er sich nicht zu wehren vermag. Hilflos fällt er aus dem Fenster, kann sich aber noch am Fensterblech festhalten. Die Schlinge, die er um den Hals hat, ist am mittleren Fensterpfosten befestigt und muss schon dort gehangen haben, als er sich setzte. Wie hat er sie übersehen können? Thomas zerrt und reißt mit seiner freien Hand daran, kann sie jedoch nicht lösen. Den Fall würde er überleben, aber die Schlinge nicht.

Da erscheint ein kleines Puppengesicht über ihm. Ein Spielzeugengel mit weißen Flügeln lächelt ihn milde an. Thomas reißt so fest er kann an der Schlinge, die schon begonnen hat, sich in die Haut seines Halses einzugraben. Seine Finger schmerzen. Er wird sich nicht mehr lange halten können.

Ein glänzender Gegenstand wird über das Fensterbrett gehoben. Thomas kann noch den Hammer sehen, der sich in Zeitlupe auf seine Finger zubewegt. Ein Schlag genügt. Den Schmerz spürt er nicht, nur eine schreckliche Angst. Die zerschlagenen Finger rutschen ab, und er fällt nach hinten. Mit einem Ruck zieht sich die Schlinge um den Hals zu. Je mehr er zappelt, desto schwieriger wird es, Luft zu holen. Die Zunge wird ihm aus dem Rachen gepresst, und alles Blut scheint sich im Kopf zu sammeln.

Er sieht, wie sich die Puppe über ihm aus dem Fenster beugt.

Es fühlt sich an, als würden seine Augen aus ihren Höhlen gepresst. Er schließt sie und denkt an Gott.

Hat Aron nicht gesagt, der würde jeden in seinem Reich willkommen heißen?

53.

»Mats Dahlman und Adam Ceder.« Kaum in der Bibliothek angekommen hatte Kaj schon begonnen, über die Ermittlung zu sprechen, und griff, noch während er sich aus seinem Jackett arbeitete, nach dem Whiteboardstift.

»Einer der Nachbarn sagt, er habe vor etwa einem Tag eine blonde Frau gesehen, die vor dem Haus stand und zu Dahlmans Wohnung hinaufschaute.« Kaj klopfte bedeutungsvoll auf Christine Karsts lange blonde Mähne auf dem Foto am Whiteboard.

»Ich weiß, dass ihr glaubt, Ceder könnte ermordet worden sein, um den geplanten Ankauf des Hotels zu verhindern. Meine Meinung ist jedoch, dass hier starke Gefühle im Spiel sind. Wir sollten also für die Möglichkeit offen sein, dass es vielleicht gar nicht um eine Geschäftsangelegenheit geht, sondern dass Christine ein anderes Motiv gehabt haben könnte, sich sowohl Ceders als auch Dahlmans zu entledigen.«

Vera nickte.

»Du meinst also, Christine könnte die Zwischenlandung in Stockholm genutzt haben, um Mats Dahlman umzubringen, ehe sie ihre Flucht fortsetzte?«, fragte Mattias skeptisch.

»Das ist möglich«, antwortete Kaj, ohne sich umzudrehen.

Eva klopfte an die Tür und trat wie gewöhnlich ein, ohne eine Antwort abzuwarten. Erstaunt blickte sie auf Kajs drahtige Gestalt vorne beim Whiteboard.

»Ja?«

»Der toxikologische Bericht ist gekommen«, sagte sie leicht verwirrt und reichte ihn Vera.

»Danke. Gibt es sonst noch etwas?« Die Assistentin schüttelte den Kopf und feuerte ein breites Lächeln in Richtung Kaj ab, ehe sie verschwand.

Vera blätterte in den Papieren hin und her und reichte sie dann an Karim weiter, der neben ihr saß. Dieser nickte erstaunt und streckte sich dann über den Tisch, um Sofia den Bericht zu geben.

»In den Blutproben, die man Ceder entnommen hat, ist eine bedeutende Menge Benzodiazepine gefunden worden.« Vera sah zu Kaj.

»Wie groß war die Menge? Eine tödliche Dosis?«

Sie schüttelte den Kopf.

»Nein, aber ausreichend, um verdammt benebelt zu sein.«

Sofia wurde es eiskalt. Das waren dieselben Medikamente, die Fredrik von seinem Arzt verschrieben bekommen hatte.

Mattias sprach ihre Gedanken sofort aus.

»Nun, wir wissen ja alle, wer solche Pillen knabbert, nicht wahr?«

»Aber heutzutage sind die doch ziemlich üblich, oder? Soweit ich weiß, werden sie auch bei Epilepsie und

Schlafstörungen verschrieben. Vielleicht war es einfach so, dass Ceder nicht schlafen konnte«, warf Marie nachdenklich ein. »Wenn die Tabletten ihn nicht getötet haben, dann sind sie wohl kaum von Bedeutung für die Ermittlung.«

»Was hast du über Dahlman herausbekommen, Karim?«, fragte Vera.

Karim griff nach seinem Laptop und rief die Seite mit der Mordermittlung auf. »Die technische Untersuchung der Wohnung hat nichts ergeben. Wahrscheinlich ist er direkt vor der Wohnungstür überfallen worden und hat sich dann in die Diele geschleppt, wo er später verstarb. Der Mörder hat dann die Tür zugezogen. Im Treppenhaus waren Blutspuren, doch nicht so markant, dass der Briefträger sie bemerkt hätte. Gefunden hat ihn die Putzfrau.« Karim sah Vera an. »Dahlman hat offensichtlich hauptsächlich mit Scheidungen gearbeitet, deshalb liegt es nicht gerade auf der Hand, dass er Ceder bei dem Hotelkauf hätte unterstützen können. Aber ich werde im Laufe des Tages Kontakt zu seinen Kollegen aufnehmen, um herauszubekommen, ob er etwas mit der Ceder-Kette zu tun gehabt haben könnte.«

»Dann schaue ich noch mal die Einzelverbindungsnachweise von Ceders Handy durch, ob Dahlmans Nummer dort auftaucht.« Marie strich über den Papierstapel, der vor ihr auf dem Tisch lag.

»Sofia, hast du etwas Neues über Karst?«

»Seit der Mittsommernacht ist keine ihrer Kreditkarten benutzt worden. Das Boot hingegen haben wir gefunden. Wie sich herausgestellt hat, hatte einer der

Köche es ausgeliehen. Er war seit Mittsommer damit draußen, und Christine selbst hat ihm die Erlaubnis dazu gegeben. Das Boot besitzt übrigens kein MetaTrak, aber das spielt jetzt ja keine Rolle mehr ...«

»Okay, dann wissen wir, dass sie die Insel auch nicht mit dem Boot verlassen hat. Wie zum Teufel ist sie dann weggekommen?« Vera ließ den Blick über die Gruppe schweifen.

»Aber wie machen wir jetzt mit Fröding weiter?« Wenn er einmal die Zähne in etwas geschlagen hatte, war Mattias wie ein Dachs. Sofia wusste, dass er nicht loslassen würde, ehe er ein paar Knochen knacken hörte.

»Überprüf mal, ob man über die Sendemasten etwas herausfinden kann. Wir müssen ihn kriegen und in Erfahrung bringen, was zum Teufel er mit alldem hier zu tun hat. In der Zwischenzeit möchte ich, dass alle weiter nach Berührungspunkten zwischen Mats Dahlman, Christine Karst und Adam Ceder suchen«, schloss Vera die Runde.

Nach der Besprechung hatte Sofia darauf geachtet, das Revier zu verlassen, bevor Kaj sie allein antreffen konnte. Linda Pihlgren hatte angerufen und eine Nachricht auf ihrem Handy hinterlassen. Sie fragte, ob Sofia nach Ulvön kommen könne, hatte aber nicht erzählt, worum es ging, und Sofia hatte sie dann ihrerseits nicht erreichen können. Kaj wiederum hatte ihr mehrere SMS geschickt und gefragt, ob sie sich sehen würden und ob er die Fähre rüber nehmen solle. Der Ton war freundlich, doch sie konnte sich nicht durchringen zu antworten. Noch mehr komplizierte Gefühle hielt sie einfach nicht aus. Es war schon so alles schwierig genug. Doch sie war dankbar, dass sie nun von seiner Expertise profitieren konnten. Sie hatten einfach nicht genug Erfahrung darin, eine solche Ermittlung alleine zu führen, auch Maries Hilfe reichte da nicht aus. Doch er würde im Hotel wohnen müssen, und sie hatte unter keinen Umständen vor, Bett oder Tisch mit ihm zu teilen.

In ihrem Magen rumorte die Übelkeit. Bis sie endlich mit dem Rennpferd auf dem Sund von Örnsköldsvik angekommen war, hatte sie mehrere Male das Gefühl, sich übergeben zu müssen. Nach einer halben Stunde auf dem Wasser ging es ihr besser, doch sowie sie am Ulvö Hotel an Land ging, war das nagende Gefühl wieder da. Es war, als wäre ihr Magen voller Ratten, die da eingesperrt und in Panik geraten waren. Sie musste einen Termin beim Arzt ausmachen. Der Onkologe ihres Vaters in Umeå hatte ihr angeboten, sie könne jederzeit anrufen.

Auf der Terrasse des Hotels stand Linda Pihlgren mit einem Tablett Gläser und schenkte Roséwein aus.

»Möchten Sie ein Glas? Oder sind Sie im Dienst?«

Der Gedanke an Wein ließ Sofia die Nase rümpfen und den Kopf schütteln.

»Ich habe Ihre Nachricht erhalten. Worum geht es?«

»Haben Sie kurz Zeit?«, fragte Linda leise und stellte die Flasche ab.

Sofia nickte, und sie setzten sich an einen freien Tisch.

»Das klingt vielleicht blöd, aber ich habe über diesen Fredrik nachgedacht, der hier war.«

Sofia versuchte, unbeteiligt auszusehen.

»Ich habe gehört, dass er vielleicht ein Verdächtiger ist. Stimmt das?«

»Dazu kann ich leider nichts sagen.«

»Nein, natürlich nicht.« Linda senkte den Blick. »Ich wollte nicht herumschnüffeln, aber … ja, es gehen eine Menge Gerüchte, und ich habe darüber nachgedacht, wie er aussah, als er auscheckte. Sie wissen schon, wie man so denkt. Sah der aus wie ein Mörder?«

Das war rührend naiv. Sofia wusste nicht, ob Linda ihr leidtun oder ob man sie beneiden sollte.

»Nun, ich habe gesehen, wie er eincheckte, und da hatte er nur eine Stofftasche bei sich. Das ist mir aufgefallen, weil ich es seltsam fand.«

»Und?«

»Als er auscheckte, hatte er zwei Taschen dabei, die Stofftasche und eine schwarze mit Henry-Lloyd-Logo. Dieselbe Sorte Tasche, die dieser Adam Ceder dabeihatte, als er kam. Mein Bruder hat so eine. Also, ich weiß ja nicht, ob das interessant ist oder so, aber ich wollte es Ihnen trotzdem weitergeben.«

Sofia starrte ins Leere. Ihre Gedanken kreisten im Kopf, schneller und schneller, bis sie abrupt bei der Erinnerung an sie und Fredrik am Freitagabend am Fähranleger innehielten. Die leichte Umarmung, die peinliche Stille. Wie hatte er da ausgesehen? Jeans und helles Hemd, schwarze Lederjacke. Und eine Stofftasche. Nichts anderes.

Später auf ihrer Veranda hatte er eine Tasche dabeigehabt.

Mit Henry-Lloyd-Logo.

54.

Der eben noch so sorgfältig geharkte Kiesweg wurde von zwei Schneisen durchpflügt, als Sofia mit dem roten Golf angeschleudert kam und abrupt bremste. Sie nahm die drei Treppenstufen in einem Schritt und lief, ohne die Schuhe auszuziehen, durch die Diele. Die Tasche. Als sie am Mittsommertag nach Hause gekommen war, hatte Fredrik mit dieser verdammten Tasche auf dem Schoß dagesessen. Sein bleiches Gesicht, als sie reingingen, seine angespannte Körpersprache. Doch sie hatte nicht darauf reagiert. Wie blind konnte man eigentlich sein? Sie brannte vor Scham und wusste doch nicht, welcher Teil von ihr sich schämte. Die Polizistin oder die Tochter eines Alkoholikers? Sie, die doch so gut darin war, Lügen zu erschnüffeln, hatte sich völlig blenden lassen. Hatte ihn in ihr Haus eingeladen. Hatte sich selbst lächerlich gemacht.

Dieses Kribbeln im Bauch hatte ihren Polizeiinstinkt, der sie sonst nie im Stich ließ, vernebelt. Jetzt schrie es in ihr. Er hatte Adam Ceders Tasche dabeigehabt. Sie hatte ihn vor ihren Kollegen geschützt, hatte sich geweigert zu glauben, dass er etwas anderes als unschuldig sein könnte.

Sie riss die Tür zum Gästezimmer auf und schrak vor dem ungemachten Bett zurück. Da hatten sie Sex gehabt. Auch da. Das ganze Haus war besudelt. Papas Kiefernholzbett, der Teppich im Wohnzimmer. Hatten sie in den wenigen Tagen, in denen er hier gewesen war, eigentlich noch etwas anderes getan?

Sofia riss die Decke vom Bett und wuchtete wütend die Matratze hoch. Die Nachttischlampe polterte herunter, und sie fegte weitere Gegenstände auf den Boden. Dann trat sie den Flickenteppich, den ihre Großmutter gewebt hatte, in eine Ecke und riss alle Schubladen aus dem Nachttisch. Ließ dem Jähzorn freien Lauf.

Und da: Unter dem Stuhl neben dem Bett lugte, jetzt halb vom Teppich verdeckt, der Ärmel einer Lederjacke hervor. Fredriks Jacke.

Atemlos ließ sie sich auf den Rand des leeren Bettgestells nieder und nahm die Jacke auf den Schoß. Unterdrückte den Impuls, seinen Geruch vom Kragen einzusaugen. Lange saß sie so, mit der Jacke auf dem Schoß, und wartete, dass sich ihre Atemzüge beruhigten. Ohne zu wissen, wonach sie suchte, begann sie, langsam und methodisch alle Taschen der Jacke zu durchforsten. Und da, in der Innentasche, war ein zusammengefaltetes A4-Papier. Sie zog es vorsichtig heraus und faltete es auf, wobei sie sich wohl bewusst war, dass sie hier gegen alle Regeln des Umgangs mit Beweismitteln verstieß. Sie schaltete das Licht an und betrachtete das Papier. Es war die Farbkopie eines alten Fotos. Das Datum verriet, dass es vom 22. Juni 1979 stammte. Darauf war eine Gruppe ungefähr fünfzehnjähriger Jugendlicher zu sehen, die ordentlich vor der Kapelle von Ulvön aufgereiht waren. Auf der Wiese sah sie einen hübsch umkränzten

Mittsommerbaum. Sofia fuhr mit dem Finger über die Reihe ordentlich gekämmter und sorgfältig geschminkter Gesichter. Hinter den jungen Leuten stand ein Mann im schwarzen Talar mit weißem Kragen. Aron Dirk. Das Foto musste während eines der Sommerlager aufgenommen worden sein, die er veranstaltet hatte. Diese Ferienlager hatten Ende der siebziger Jahre mehrere Sommer lang stattgefunden, doch soweit sie wusste, hatte es nach 1979 kein weiteres gegeben. In ihrer Kindheit hatte sie schreckliche Geschichten über Aron Dirk gehört. Den geradezu fanatischen Pfarrer, der beide Töchter und seine Ehefrau verloren hatte. Oder nur eine Tochter? Auf jeden Fall war es gruselig gewesen. Das da ganz vorne mussten die Töchter sein, weil eine von ihnen im Rollstuhl saß und die andere die Hand auf dem Griff des Rollstuhls hatte. Bodil und Ester Dirk. Ja, jetzt fiel es ihr wieder ein. Als Sofia geboren wurde, hatte die Familie die Insel schon längst verlassen, doch die Gerüchte waren immer noch im Dorf umgegangen. *Der Pfarrer, den Gott vergessen hatte.* Und dann war da noch etwas. Hatten die Leute nicht besonders über Bodil getratscht? Sofia schaute übers Wasser und forschte in ihren Erinnerungen nach dem, was ihr Vater und Tord am Küchentisch gemurmelt hatten, doch ihre Worte glitten weg wie frisch gefangene Barsche aus einem Kescher.

Sie kannte mehrere der Gesichter auf dem Foto. Ihr Blick hielt bei einem blonden, langhaarigen Mädchen ganz rechts inne. Christine Karst. Jetzt verschwunden, der Beteiligung an einem Mord, vielleicht an zweien, verdächtig. Damals die vernachlässigte Tochter einer weltberühmten Pianistin, der ihre eigene Karriere über alles ging. War das jetzt ein Zufall, dass sie hier saß und der verschwundenen Hotelbesitzerin in die Augen sah?

Ein Geräusch draußen auf der Terrasse veranlasste Sofia aufzustehen. Sie kickte mit dem Fuß die Decke beiseite, die auf dem Fußboden lag, und ging hinaus. Die Tür war angelehnt. Hatte sie gestern Morgen vergessen, sie zuzumachen? Sie war verwirrt, und das Ziehen im Magen machte sich wieder bemerkbar. Der Schaukelstuhl war im Wind umgefallen und lag nun mit den Beinen nach oben, als würde er um Hilfe rufen. Sie stellte ihn wieder auf und setzte sich, immer noch mit der Kopie des Fotos in der Hand.

Warum besaß Fredrik ein altes Bild von einem Sommerlager auf Ulvön? Noch dazu ein Bild, auf dem auch Christine Karst zu sehen war? Sie strich nachdenklich mit dem Daumen über das Papier. Ebenfalls rechts außen stand ein Junge mit roten Locken. Er kam ihr bekannt vor. Erst als ihr Daumen über das Gesicht des Jungen fuhr, merkte sie, dass das Papier beschädigt war. Bei näherem Hinsehen erkannte sie, dass seine Augen mit einer Nadel durchstochen waren.

Ein Schauer lief ihr über den Rücken.

Sie hatte ihn schon einmal gesehen.

Als die verschiedenen Gedankenfäden sich verbanden, war die Erkenntnis so heftig, dass sie nach Luft rang. Sofia hob das Bild noch einmal gegen das Licht.

Obwohl die Augen nicht zu sehen waren, erkannte sie ihn doch.

Das hier war Adam Ceder.

55.

In einem Schlafzimmer im ersten Stock

Jetzt ist die Zeit da. Die Arbeit, die Gott uns auferlegt hat, muss zum Ende gebracht werden.

»Der Gerechte wird sich freuen, wenn er solche Rache sieht, und wird seine Füße baden in des Gottlosen Blut.«

Spüre, wie wahr diese Worte sind. Für dich und für mich, mein Kind.

Du wirst zurückschlagen gegen die, die Unrecht getan haben, und wirst in deinen richtigen Kleidern vortreten.

Sie werden sich vor uns verneigen und um Verzeihung bitten.

Doch die wirst du nicht gewähren.

SONNTAG, 30. JUNI 2019

56.

Tord hob den Kaffeekessel vom Holzofen und nahm Snus, Handy und Portemonnaie aus seinen Taschen, ehe er sich an den Tisch setzte, den stockfleckigen Pappkarton neben sich auf dem Fußboden. Der Deckel war verstaubt, aber ansonsten war es doch erstaunlich, dass sich der Karton über all die Jahre im Schuppen so gut gehalten hatte. Er enthielt Papiere und Fotos, die Gösta und er damals an sich genommen hatten, als die Familie Dirk in aller Eile die Insel verließ. Die Idee war gewesen, dass sie noch einmal zurückkommen und die Sachen abholen würden, doch dazu war es nie gekommen. Vorsichtig klappte er den Deckel auf. Zuoberst lagen Kuverts mit Farbfotos und Negativen. Dann die Geburtsurkunden der Mädchen, eine für Bodil und eine für Ester, dazu Bilder der Mädchen, als sie klein waren, Taufurkunden, ein Totenschein und ein Autopsiebericht für Elisabeth Dirk. Tord schauderte es, und er legte beides schnell weg. Auf dem Boden der Kiste lagen lose Blätter und Umschläge, und ganz unten etwas, das aussah wie Berichte. Sie waren von Hand geschrieben und schienen auf einem Kopierer vervielfältigt worden zu sein.

Patientin zeigt starke Hör-Halluzinationen. Eine Einweisung zur weiteren Untersuchung ist angeraten. Patientin kann unter Umständen suizidale wie auch gewalttätige Tendenzen entwickeln.

Wer hatte das geschrieben? Und warum war Aron im Besitz dieser Berichte? Ein plötzlicher Schlag ließ Tord zusammenfahren. Er erhob sich halb aus dem Stuhl, um nachzusehen, doch dann fiel ihm ein, dass er bestimmt vergessen hatte, das Tor zum Schuppen mit dem Haken zu sichern, nachdem er den Karton geholt hatte. Der Wind musste es aufgeweht haben, sodass es an die Wand des Schuppens schlug. Trotzdem beschlich ihn ein ungutes Gefühl, das er sich nicht recht erklären konnte. Vielleicht ja kein Wunder nach dieser betrüblichen Lektüre, dachte er. Er legte die aufwühlenden Dokumente beiseite und öffnete noch ein paar von den anderen Fototaschen. Er lächelte, als er die Kinder sah, die um einen Mittsommerbaum tanzten, mit Eiern auf Löffeln rannten und draußen auf dem Sund ruderten. Er wusste nicht, worüber Fredrik eigentlich schreiben wollte, aber wenn er sich für die Sommerlager interessierte, dann würden ihm diese Bilder hier sicherlich gefallen. Er blätterte noch weiter durch Bündel von Fotos, bis er schließlich zum Jahr 1979 kam. Das Jahr, in dem das letzte Ferienlager stattfand. Tord betrachtete jedes Foto eingehend und versuchte, sich an die Kinder zu erinnern, die dabei gewesen waren. Sein Gedächtnis war nicht so scharf wie das von Gösta, und der Einzige, an den er sich wirklich erinnerte, war Aron. Und natürlich erkannte er Ester wieder, wegen des Rollstuhls, doch hatte er die Mädchen nicht öfter als ein paarmal getroffen. Auf allen Bildern war Bodil in der Nähe ihrer Schwester zu sehen, eine blasse Kopie des sprühenden Mädchens mit den langen blonden Haaren und den strahlend blauen Augen. Sie waren sich ähnlich, aber es schien, als habe Bodil zugunsten ihrer Schwester all ihre Farbe verloren. Tord legte das Bild weg und sah hinaus, wo der Regen wieder ans Fenster peitschte. Dieser Sommer würde für sein wechselhaftes Wetter in die Geschichte eingehen. Er strubbelte sich durchs Haar und streckte die Hand nach der Snusdose aus. Da fiel sein Blick auf eines der Fotos, die noch auf dem Tisch lagen, und er beugte sich vor und betrachtete es. Suchte nach seiner Lesebrille in der Brusttasche, während er es näher ans Gesicht hielt. Als er die Brille nicht fand, stand er auf und ging, immer noch mit dem Bild in der Hand, zur Arbeitsfläche, um nach einer Lupe zu suchen. Plötzlich überfiel ihn ein Gefühl der Eile. Er wühlte in der obersten Küchenschublade zwischen Stiften, Blöcken und Kartenspielen, bis er fand, was er suchte. Schnell ließ er sich wieder am Tisch nieder, schob die übrigen Bilder beiseite und legte das, was er in der Hand hatte, auf die Tischdecke. Mit krummem Rücken studierte er es durch das Vergrößerungsglas.

Das war nicht möglich. Er sah zu Mariannes Haus hinauf. Es war kurz vor sechs Uhr morgens, und dort war es immer noch dunkel. Marianne stand sonst genauso früh auf wie er. Sorge ergriff ihn. Es erschien ihm dringend, sie zu sprechen. Tord griff nach seiner Kappe, schob alles in den Karton und nahm ihn unter den Arm.

Dann rief er Sofia an. Die Mailbox ging ran, und er hinterließ eine kurze Nachricht. Bevor er zu Marianne hinaufging, tat er etwas, was er seit Jahren nicht gemacht hatte. Er schloss die Tür ab.

*

Nach dem Regen während der Nacht und am Morgen war die Luft im Schlafzimmer feucht. Wenigstens hatte man bei diesem Wetter keinen Urlaub, das war doch schön, dachte Sofia und sah all die Kollegen, die davon getönt hatten, wie herrlich das Outdoor-Leben sein würde, vor sich, wie sie jetzt in ihren Zelten schwammen.

Der Wind frischte auf und schien direkt durchs Fenster zu blasen. Die mussten frisch gekittet werden, noch eine Aufgabe in der langen Reihe, derer sich anzunehmen sie bisher nicht geschafft hatte. Sofia zog die dünne Decke fester um sich. Sie wollte nicht aufstehen. Sie wollte gar nichts tun. Nicht ins Revier fahren und Kaj treffen, und schon gar nicht Vera von Fredrik erzählen. Fredrik hatte etwas mit dem Mord an Adam Ceder zu tun, davor konnte sie die Augen nicht länger verschließen. Die Frage war nur: Konnte er ihn wirklich getötet haben? Und was hatte das Foto zu bedeuten? Die ausgestochenen Augen waren eine Drohung an Ceder, das konnte man nicht anders deuten. Aber durch wen? Fredrik? Das passte nicht zu ihrem Verdacht gegen Christine und dem Mord an Mats Dahlman. War es so, wie Kaj meinte, und die ganze Sache hatte überhaupt nichts mit dem Hotelverkauf zu tun?

Am liebsten hätte sie sich die Decke über den Kopf gezogen und geschrien. Alles war furchtbar. Sie dachte an ihre neue Angelrolle, die jetzt unausgepackt geblieben war, und wünschte sich so sehr, niemals vor Mittsommer nach Hause gefahren zu sein. Dann wäre ihr all das hier erspart geblieben, und sie hätte zusammen mit ihren Angelfreunden nach Nordnorwegen fahren können. Stattdessen lag sie jetzt hier alleine und mit den DNA-Spuren eines Mordverdächtigen in ihrem Bett.

Sie musste mit Vera sprechen. Heute. Fredrik hatte Ceder, bevor er starb, nicht nur aufgesucht und bedroht, er war auch mit dessen Tasche gesehen worden und lief mit einem Bild von ihm herum, auf dem die Augen ausgestochen waren. Und demnach stimmte hier irgendetwas nicht, sie wusste aber nicht, was.

Ceder und Karst kannten einander offensichtlich seit ihrer Jugend, und wenn man dem Hotelchef des Ceder City East glauben wollte, dann hatte Ceder eine Begabung, persönliche Schwierigkeiten anzuziehen. Hatte Ceder sich mit der falschen Person angelegt? Mit jemandem, der bereit war, genauso weit zu gehen wie er? Vielleicht war das Foto eine Drohung von Christine, was passieren würde, wenn Ceder nicht aufhörte, sie zu erpressen. Das war eine Theorie, die gut in ihre Arbeitshypothese passte. Aber was hatte Fredrik damit zu tun? Und das Sommerlager? Ihre Gedanken drehten sich immer schneller im Kreis, und es gelang ihr nicht, auch nur einen davon wirklich zu fassen. Der Knoten im Magen zog sich zusammen, und ihr Mund füllte sich mit Galle. Sofia schluckte angestrengt.

Das hier war eine neue Stufe in der Ermittlung. Sie standen kurz vor einem Durchbruch, das war ihr klar. Wenn sie nur alle Puzzleteile an den richtigen Platz bekäme, ehe sie die Bombe platzen ließ, dann hätte sie vielleicht eine größere Chance, sich vor dem Shitstorm zu retten, der fällig war, wenn Vera herausfand, wie ungeschickt sie sich angestellt hatte.

Auf dem Nachttisch vibrierte ihr Handy. Die Nachricht auf dem Display verkündete, dass sich die Hechtfischermannschaft heute Abend treffen würde, um die Preisverleihung am Wochenende zu planen. Die Mannschaft war in dem norwegischen Wettkampf auf dem Treppchen gelandet, und mehrere Mannschaften aus der Region würden zur Preisverleihung kommen. Sofia hatte sich wirklich darauf gefreut, einige der Leute zu treffen, mit denen sie im Angelforum schon engen Kontakt hatte, doch das musste nun auf ein andermal verschoben werden. Sie wollte das Handy gerade wieder weglegen, als sie sah, dass sie auch eine Sprachnachricht hatte. Sie klickte auf die Mailbox.

»Hallo, Sofia.« Tord klang ernst, und sie war sofort besorgt. »Ich habe ein paar Informationen für dich und müsste mal mit dir reden. Aber nicht am Telefon. Ruf mich doch an, wenn du das hier hörst, ja?«

Sofia schaute auf die Uhrzeit des eingegangenen Anrufs. Tord hatte vor sechs Uhr morgens angerufen. Was in aller Welt konnte so wichtig sein, dass er so früh anrief? Sie wählte seine Nummer und hörte es klingeln. Nach dem siebten Mal legte sie auf.

Da fuhr sie am besten gleich hin.

57.

Sofia verschloss die Tür des Hauses in Norrbysbodarna und rannte zum Auto. Sie fuhr ruckartig und legte krachend die Gänge ein. Ein frühaufgestandener Tourist mit Hund sprang schnell zur Seite, um nicht von den Wassermassen überspült zu werden, die sich auf der Straße angesammelt hatten. Sie hob entschuldigend die Hand.

Das Auto ließ sie an der Feuerwache stehen, joggte an der Kapelle vorbei und bog dann zu Tords Haus ab. Das regennasse Gras wurde unter ihren Turnschuhen zu einer Schlittschuhbahn, und sie musste die Arme ausgestreckt halten, um nicht auszurutschen. In den Fenstern war es dunkel. Sie klopfte ein paarmal, doch niemand kam, um zu öffnen. Sofia drückte die Klinke hinunter. Abgeschlossen. Sie schirmte die Augen mit der Hand ab und versuchte, durch das Fenster zu sehen. Die Küche war leer. Auf dem Tisch lagen Tords Handy, sein Portemonnaie und die Snusdose nebeneinander aufgereiht. Weil der Wind ständig die Richtung wechselte, klatschte der Regen in unregelmäßigen Schwallen an die Fenster. Er war ja wohl nicht bei diesem Wetter mit dem Boot rausgefahren, oder? Sie lief auf dem Grundstück umher. Tords Lastenmoped stand nicht wie sonst unterhalb der Terrasse. Sie sah, dass bei Marianne Nordin Licht brannte. Schnell schob sie sich durch den Fliederbusch in der Maueröffnung zwischen den beiden Grundstücken und versuchte dabei, die nicht zugeknöpfte Jacke über dem Brustkorb zusammenzuhalten. Der Regen nahm zu. Sie klopfte fest an die Eingangstür und trat ein.

»Entschuldige, dass ich einfach so reinkomme, aber da draußen schüttet es.«

Marianne war nicht zu sehen, aber Sofia spürte, dass irgendwo ein Fenster offen stand. Es blies geradewegs durch das Haus. Auf dem Küchentisch standen zwei Kaffeetassen. Eine Milchtüte war umgefallen, und das gestickte Tischtuch hing wie eine Regenrinne von der Tischkante und über einer Milchpfütze auf dem Boden.

»Marianne?«

Ihre Hand ging zum Holster an der Hüfte. Die Muskeln reagierten reflexartig auf den Adrenalinschub, aber da war keine Waffe.

»Ist jemand hier?«

Auf dem Fußboden neben der verschütteten Milch lag eine Tageszeitung. Sofia fuhr zusammen, als eine Windböe plötzlich die Zeitungsseiten bewegte.

»Marianne, hier ist Sofia Hjortén«, rief sie ins Haus hinein.

Sie ging um die Ecke ins Wohnzimmer und sah die helllila Tüllgardinen im starken Windzug an die Dachtraufe schlagen.

»Oh mein Gott, oh mein Gott.« Marianne kniete auf dem Parkettfußboden und war über einen Körper gebeugt. Vor der Tür zum Wintergarten lagen Glassplitter. Und da war Blut.

»Was ist passiert?«, schrie Sofia.

Marianne antwortete nicht. Ihre Hände flogen vor und zurück über den leblosen Körper, während sie zugleich auf Knien im Blut herumrutschte. Als sie die Wange auf den Brustkorb des Mannes legte, um nach dem Herzschlag zu horchen, geriet plötzlich ein blutverschmierter grauer Haarschopf in Sofias Gesichtsfeld.

Etwas in ihr wurde ausgeschaltet.

Wie von außen sah sie sich selbst hinrennen und Marianne wegstoßen. Dann warf sie sich auf die Knie und begann mechanisch und zielgerichtet mit der Herzmassage. Kurz hielt sie inne, um Luft in den blutigen Mund zu pusten, doch das Herz schlug nicht.

»Ruf 112!«, schrie sie und versuchte, Blickkontakt zu Marianne herzustellen, die leise weinend zusammengekauert neben ihr hockte. Es gelang Sofia, das Handy aus der Hosentasche zu holen, und sie warf es Marianne in den Schoß.

»Marianne, ruf an! Er stirbt!« Marianne hob den Blick und sah Sofia verzweifelt an. Nach einer gefühlten Ewigkeit nickte sie schwach und griff nach dem Handy. »Lautsprecher. Schalte es auf Lautsprecherfunktion!« Mariannes blutverschmierte Hände glitten über das Display, doch es gelang ihr, den Lautsprecher einzuschalten, und laut und Vertrauen einflößend erklang die Stimme in der Notrufannahme.

»Notrufzentrale, was ist passiert?«

Marianne hielt Sofia das Handy hin, die mit verschränkten Händen auf dem Brustkorb des Mannes wie wahnsinnig kämpfte, um zu pressen und zu zählen.

»Hier ist Sofia Hjortén von der Polizei Örnsköldsvik. Wir haben einen verletzten Mann, Gewalt gegen den Kopf. Er blutet aus dem einen Ohr.«

»Hat er Puls?«

»Nein!« Sofia schrie fast. Sie war kurz davor, der Angst nachzugeben, räusperte sich aber und versuchte, sich zu sammeln.

»Wir machen Herzmassage.«

»Gut. Wo befinden Sie sich?«

»Ulvön Nord, Ulvöhamn. Sie müssen einen Helikopter schicken!«

Die Frau in der Leitzentrale tippte auf einer Tastatur und begann gleichzeitig ein anderes Gespräch. Sofia konnte hören, wie sie den Einsatz organisierte.

»Sind Sie zu mehreren dort?« Sofia sah zu Marianne, die wie versteinert dasaß, das Handy in ihrer zitternden, blutigen Hand ausgestreckt.

»Nein, oder ja, aber niemand, der mich ablösen kann.«

»Wenn es geht, bitten Sie die andere Person, rauszulaufen und um Hilfe zu rufen. Es wird eine Weile dauern, bis wir bei Ihnen sind. Sie müssen das Herz in Gang halten, bis wir kommen.«

Sofia begriff, dass es mindestens eine Stunde dauern würde. Vielleicht länger.

Die Stimme aus der Leitzentrale glitt zu dem anderen Gespräch hinüber. Marianne weinte und schluchzte abwechselnd. Sofia musste sie anschreien, ehe sie reagierte. »Marianne, sieh mich an! Sieh mich an! Du musst rausgehen. Wir brauchen Hilfe. Es wird dauern, bis sie kommen. Geh raus und ruf um Hilfe!«

Marianne schüttelte ruckartig den Kopf.

»Ich trau mich nicht.«

»Wissen Sie, wer das Opfer ist?« Die Frau war wieder in der Leitung.

Sofia hob den Blick und sah zu den Gardinen, die gegen das Dach peitschten. Wieder hatte sie das Gefühl, weit außerhalb ihres eigenen Körpers zu sein. Sie betrachtete die langen Stoffstücke, die Blut vom Fußboden aufgefangen hatten, das nun, da der Wind zunahm, über die Wände spritzte.

»Tord. Tord Grändberg heißt er. Bitte, beeilen Sie sich.«

»Marianne!«, rief Sofia erneut. »Du musst Hilfe holen. Schaffst du das?«

Ein Zittern ging durch Mariannes Körper, und das Handy fiel ihr aus der Hand. Beim Geräusch des Platschens, als es mit dem Display nach unten in Tords Blut landete, drehte sich Sofias Magen um. Marianne starrte sie erschrocken an.

»Jetzt! Marianne, lauf und hol Hilfe!«

58.

Fredrik hielt auf dem Wendeplatz, der den Urwald von der Zivilisation trennte, und sah sich um. Schon nach wenigen Metern wurde der Wald dicht, und der Schotterweg zum Haus hinauf war so gut wie zugewachsen. Man konnte nicht bis vor die Tür fahren. Er blieb mit den Händen auf dem Lenkrad im Auto sitzen. Auf dem Beifahrersitz lag eine Kopie der Rechnung, die er von dem Pfleger im Vedbacksgården bekommen hatte. Darauf war diese Adresse vermerkt. Nach dem Besuch bei Aron war er ins Hotel zurückgefahren und hatte hin und her überlegt, wie er nun weitermachen sollte. Am Ende war er eingeschlafen und erst am späten Nachmittag aufgewacht. Inzwischen dämmerte es, und er bereute, nicht schon früher hierhergefahren zu sein.

Er wollte nicht hier sein. All seine Sinne schrien, dass er wenden und wegfahren sollte. Zurück zu etwas, was wenigstens aus der Entfernung wie ein normales Leben aussah. In diesem Moment war ihm auch egal, ob das lebenslänglich in irgendeiner Anstalt in Sundsvall oder einen einsamen Tod in Großmutters Wohnung bedeutete. Die Schatten krochen immer näher an ihn heran. An einem Ort wie diesem wohnte man nur, wenn man nicht gefunden werden wollte.

Die Bilder von Arons von Brandnarben entstelltem Gesicht zogen vor seinem inneren Auge vorüber, und es schauderte ihn. Wie war er nur in diese Situation geraten? Adam Ceder, die Tasche, die Polizei ... Sofia. Ihm war klar, dass dies alles kein gutes Ende nehmen konnte, aber im Moment gab es kein Zurück.

Fredrik öffnete die Fahrertür. Der grüne Briefkasten am Ende des Wegs trug weder Hausnummer noch Namen. Doch er brauchte keinen Namen.

Hier wohnte Bodil Dirk.

Arons verschollene Tochter, die achtunddreißig Jahre lang das Zimmer ihres Vaters in dem privaten Pflegeheim bezahlt hatte. Das Mädchen, das von ihrem eigenen Vater des Mordes bezichtigt und dann in eine Pflegefamilie geschickt worden war. Das Mädchen, nach dem Adam Ceder Nachforschungen angestellt hatte.

Fredrik bemühte sich, die Autotür möglichst leise zuzudrücken, und schloss auch nicht ab. Er drehte sich um und sah den Schotterweg hinunter. Keine Nachbarn. Der Regen hatte nachgelassen, und über dem Gras am Wegesrand hatte sich ein milchiger Nebel ausgebreitet. Der Kies knirschte laut unter seinen Schuhen. Aus den Bäumen waren die Vögel zu hören mit ihrer durchdringenden Mischung aus Kampfruf und Gesang.

Der Wald war so dicht an das verfallene zweistöckige Haus herangekrochen, dass durch das Gestrüpp nur noch die Verandatreppe zu erkennen war. Die Fenster waren mit dicken Baumwollgardinen verhängt, und eine üppige Schicht Dreck und Pollen bedeckte alle Fensterbleche. Mit zitternder Hand klopfte er an die geriffelte

Scheibe in der Haustür. Von drinnen war kein Laut zu hören. Er klopfte noch einmal, diesmal etwas fester. Nichts.

Fredrik ging rückwärts die Treppe hinunter und sah zum obersten Stockwerk hinauf. An mehreren Stellen blätterte die Farbe ab. Und die Regenrinnen quollen von verrottetem Laub über. Das Haus sah verlassen aus. War dies vielleicht doch die falsche Adresse?

Er beschloss, wenigstens noch einmal auf der Rückseite nachzusehen. Weil alles so zugewachsen war, kam man kaum um das Haus herum. Das hohe Birkengestrüpp zerkratzte ihm die Arme, und es quatschte, wenn die Schuhsohlen im Lehm versanken. Als er es schließlich auf die Rückseite des Hauses geschafft hatte, stand er vor einer blau gestrichenen Kellertür aus Holz. Daran saß ein Riegel mit einem dicken Vorhängeschloss neueren Modells, doch auch hier war keine lebende Seele zu sehen. Fredrik sah sich um, dann ging er die drei Treppenstufen zur Kellertür hinunter. Obwohl er wusste, dass es sinnlos war, zog er an der Klinke, klopfte ein paarmal fest und legte das Ohr an die Tür. Kein Laut.

Er wollte sich gerade zurück zur Vorderseite des Hauses arbeiten, als er mit den Füßen etwas umstieß, das auf der obersten Treppenstufe stand. Eine Metallschale. Der herausgefallene Inhalt sah zunächst aus wie Erde, doch als er sich herunterbeugte, merkte er, dass er schlecht roch. Fredrik drehte die Schale mit der Fußspitze um und entdeckte verrottetes Katzenfutter, in dem es von Larven wimmelte.

Offensichtlich wohnte doch jemand hier.

Er sah sich unentschlossen auf dem zugewucherten Grundstück um, konnte aber keine weiteren Lebenszeichen entdecken. Dann ging er rasch zum Auto zurück, wobei er sich mehrmals umdrehte, um sicherzugehen, dass niemand ihm folgte. Er riss einen Stift und eine alte Quittung aus dem Handschuhfach und schrieb: »Rufen Sie mich an.« Er kritzelte seinen Namen und seine Handynummer darunter und warf den Zettel in den Briefkasten.

Wieder im Auto, schloss er die Tür hinter sich und drehte den Zündschlüssel herum. Dann wendete er schnell den Wagen und warf einen letzten Blick in den Rückspiegel.

Erst nachdem er weggefahren war, begannen die Gardinen im ersten Stock, sich zu bewegen.

59.

In einem Schlafzimmer im ersten Stock

»Sollte Gott nicht auch Recht schaffen seinen Auserwählten, die zu ihm Tag und Nacht rufen, und sollte er bei ihnen lange warten?«

Seine Auserwählten.

Sie war eine von Gottes Auserwählten.

Sie, die besudelt und lächerlich gemacht worden war.

Noch ist die Rache nicht auf alle gefallen, die sie verdient haben. Noch haben wir Arbeit zu tun.

Sie haben Gottes Auserwählte geschändet. Haben ihren heiligen Leib mit ihren Blicken und ihren Händen berührt.

Und dafür sollen sie sterben.

60.

»Geh nach Hause! Es ist spät, und du kannst hier jetzt nichts mehr ausrichten.«

»Ich kann nicht rumsitzen und nichts tun. Ich muss arbeiten.« Sofia fuhr sich mit den Händen durch die nassen Haare und zog das Haargummi vom Handgelenk. Kaj kam mit zwei Tassen Kaffee und reichte eine Vera und eine Sofia. Er berührte mit der Hand Sofias Schulter, zuckte aber zurück, als er ihre Miene sah, und setzte sich auf den Stuhl ihr gegenüber.

»Haben die sich gemeldet?«

Sie schüttelte den Kopf und pustete auf den Kaffee.

»Vor morgen werden sie nichts sagen können.«

»Und Marianne?«

»Die hatte ein paar kleinere Schnittwunden an den Händen von den Glassplittern auf dem Boden, stand aber hauptsächlich unter Schock. Sie wollte nicht im Krankenhaus bleiben, deshalb ist sie mit einer Dosis Beruhigungsmittel nach Hause geschickt worden. Zwei von den Krankenschwestern wohnen auf der Insel und haben versprochen, in den nächsten Tagen nach ihr zu sehen, ob sie sich erholt.«

»Wir haben Techniker zu dem Haus geschickt, aber die haben nicht viel feststellen können. Das Fensterglas in der Verandatür ist zerbrochen, als die Tür vom Wind aufgeschlagen ist. Keine Fingerabdrücke.« Vera schob sich die Lesebrille auf den Kopf. »Ist dir irgendwas aufgefallen, was darauf hindeutet, was passiert sein könnte?«

Sofia schüttelte den Kopf. Marianne war in einem derart schlechten Zustand gewesen, dass man nichts aus ihr herausbekommen hatte, und als der Rettungshubschrauber endlich kam, war Sofia selbst seelisch und körperlich so fertig gewesen, dass sie es kaum geschafft hatte, eigenständig hineinzuklettern.

Sie nahm einen großen Schluck Kaffee. Obwohl sie mehrmals geduscht und die Kleider gewechselt hatte, hing der Geruch von Tords Blut noch an ihr. Sie fühlte sich leer, und ihr war übel.

»Nein. Nur, dass offenbar jemand eingebrochen ist. Wir werden Marianne morgen richtig befragen müssen.«

Vera nickte, ohne eine Miene zu verziehen.

»Aber es gibt etwas anderes, das ich euch erzählen muss.«

Kaj und Vera sahen sie aufmerksam an. Sofia wünschte, Kaj wäre nicht dabei, aber jetzt konnte sie nicht länger mit der Sache hinterm Berg halten.

»Fredrik Fröding«, begann sie. Vera verschränkte die Arme vor der Brust, als wäre ihr schon klar, dass ihr das, was jetzt kam, gar nicht gefallen würde. »Er war an Mittsommer bei mir zu Hause. Wir haben ... hatten ein Verhältnis. Oder, eigentlich kein Verhältnis, mehr so was wie ...« Sofia verstummte, als sie Veras Blick sah. »Da wusste ich aber nicht, dass er verdächtig war«, versuchte sie, sich zu verteidigen.

Vera starrte sie an, die Stirn in tiefen Falten. Kaj, der in ihre Richtung gebeugt gesessen hatte, lehnte sich jetzt zurück. Sein verletzter Gesichtsausdruck war nicht zu übersehen.

Niemand sprach.

»Ich glaube, dass Fredrik möglicherweise Adam Ceders Tasche dabeihatte, als er zu mir kam. Eine der Bedienungen vom Ulvö Hotel hat ihn mit einer solchen Tasche auschecken sehen, und ich bin ziemlich sicher, dass es sich um diese Tasche handelt. Schwarz und mit Henry-Lloyd-Logo.«

Vera stand auf und wanderte aufgewühlt über das abgenutzte Linoleum der Bibliothek hin und her. Schlimmer konnte es jetzt auch nicht mehr werden, also fuhr Sofia fort.

»Und dann ist da noch das hier. Ich habe es gestern in Fredriks Jacke gefunden, die er vergessen hat.« Sie reichte Kaj das Bild, das sie in eine Plastikhülle gelegt hatte. Er sah lange darauf.

»Ist das hier …?«

Sofia nickte.

»Und das hier? Aber die Augen …?«

Kaj gab Vera das Bild weiter, die laut schnaubte, als sie ebenso wie er eben feststellte, dass sowohl Christine Karst als auch Adam Ceder mit auf dem Bild waren.

»Das da muss Mats Dahlman sein.« Vera sah aus, als würde sie gleich explodieren.

Kaj nahm das Bild zurück.

»Möglicherweise. Das müssen wir überprüfen.«

Sofia wand sich auf dem Stuhl.

»Mir ist schon klar, wie das aussieht, aber ich bin trotzdem nicht sicher, dass Fredrik … Ich glaube nicht, dass er … Ich versuche nicht, ihn zu verteidigen, ich meine nur …«

Kajs Blick brachte sie zum Schweigen.

Vera ging zum Fenster und betrachtete die rosafarbene Elimkirche auf der anderen Straßenseite. Zuerst flüsterte sie fast nur.

»Ich kann dir nicht vorschreiben, wie du dein Privatleben zu regeln hast, aber ich kann dir verdammt noch mal sagen, wie du deinen Job zu machen hast. Das hier ist jenseits aller Kritik.« Die Augen blitzten, als sie sich umdrehte. »Ich versuche, dir eine größere Verantwortung und die Chance zu geben, mal die Zähne zu zeigen, und was machst du? Hüpfst mit einem Mordverdächtigen ins Bett und lügst hinterher auch noch darüber.«

»Ich habe nicht gelogen, ich habe …«

»Das geht doch mit dem Teufel zu!« Vera knallte die Hand auf den Tisch, sodass die kleine Gruppe Sprudelflaschen nur so klirrte.

»Vera …« Kaj war aufgestanden und stand jetzt beschützend zwischen Sofia und ihrer Chefin. Vera antwortete nicht, sondern hob nur die Hand und verschwand aus der Tür.

61.

Anders Bohman betrat sein Bootshaus und ging einmal um das aufgehängte Boot herum, um nachzusehen, ob alles in Ordnung war. Er verzog die Nase bei dem muffigen Geruch und ließ die Tür offen stehen, damit die Luft durchziehen konnte.

Die Reise war fantastisch gewesen. Zwei Wochen Mallorca mit Agneta und den Kindern. Sie hatten das ganze Jahr gespart, um sich das luxuriöseste Hotel leisten zu können, das zu finden war. Die Kinder hatten ein eigenes Zimmer gehabt, und Agneta und er hatten bis spätabends auf dem Balkon gesessen, Bier getrunken und von alten Zeiten geplaudert. Er konnte sich nicht erinnern, wann er seit der Geburt der Kinder jemals so entspannt gewesen war. Jede Nacht hatten sie Sex gehabt, und den ganzen Urlaub lang war kein einziges böses Wort zwischen ihnen gefallen. Sogar die Kinder hatten sich vertragen.

Marianne Nordin hatte sich um die Post und die Blumen gekümmert, während sie weg waren, aber er hatte noch nicht mit ihr gesprochen, ob alles gut gegangen war. Stattdessen war er direkt von der Fähre zum Bootshaus gegangen, um nach seinem Anytec-Alu-Gleiter zu sehen, der nach der Renovierung darauf wartete, eingewassert zu werden. Er hatte das ganze Frühjahr und den Frühsommer an dem Boot gearbeitet, und jetzt, nach der Reise, war es so weit.

An der offen stehenden Tür klopfte es vorsichtig, und der wollig-blonde Haarschopf von Alvin erschien.

»Mama sagt, dass ich dich holen soll. Es gibt Abendbrot.«

»Ich komme sofort, will nur noch schnell nachsehen, ob mit der *Josefina* alles in Ordnung ist. Komm!« Er streckte die Arme nach seinem Sohn aus, der sofort ankam und auf seinen Schoß kletterte. Er umarmte ihn und sog den Duft des sommerwarmen kleinen Körpers ein. Anders wurde immer aufs Neue davon überrascht, wie ihm das Herz hüpfte, wenn er seine Kinder umarmte. Sie waren das Beste, was ihm im Leben passiert war, und die Liebe zu ihnen tat fast weh. Alvin umschlang seinen Hals und lachte.

»Du immer mit deiner *Josefina*, Papa!«

Anders ging noch einmal um das Boot herum und schaltete dann die Winsch ein. Eine schnelle Tour über den Sund würden sie doch noch schaffen. Spät war es, das Wetter war überhaupt nicht für eine Tour mit einem offenen Boot geeignet, und er würde sich Agnetas Unmut zuziehen, aber das war es wert. Die Winsch knarrte, und das Boot sank sachte Richtung Wasseroberfläche. Er genoss das Geräusch, und ein Glücksrausch durchfuhr ihn bei dem Gedanken, seinen Sohn mit aufs Wasser zu nehmen.

Doch plötzlich erstarrte Alvin und schlang die Arme voller Panik um den Hals des Vaters. Die kleinen Fingernägel pressten sich in seine Haut, und er spürte, wie sie einsanken.

»Was machst du denn, Alvin?« Anders stellte die Winsch mit einem Knall ab. Das Boot blieb mit einem leichten Schaukeln vor ihnen hängen. Er griff fest nach dem Arm seines Sohnes.

»Lass mich los!«

»Papa, sieh mal!«, stammelte Alvin und zeigte in das Wasser unterhalb des Bootes. Die Welle eines vorbeifahrenden Schiffes schlug herein und ließ Wasser zwischen den Planken hochspritzen. Mit Gewalt konnte er sich von Alvin losmachen und den Jungen auf den Steg stellen.

»Ich sehe nichts.«

»Da drunter.« Alvins Stimme war nur mehr ein Flüstern.

Anders legte sich auf den Bauch und beugte sich über die Kante des Stegs.

Die Wellen beruhigten sich wieder, und das Wasser wurde still. Er sah sich zu seinem zu Tode erschrockenen Sohn um.

»Ich sehe immer noch nichts, Alvin.«

Im selben Moment hallte der schrille Schrei des Jungen durch das Bootshaus.

Anders sah gerade noch rechtzeitig nach unten, um mitzubekommen, wie das aufgedunsene graue Gesicht die Wasseroberfläche durchbrach.

62.

»Wie geht es dir?«

Sofia wandte den Kopf und sah aus dem Fenster. In der Bibliothek war nichts anderes zu hören als das zuverlässige Ticken der Wanduhr, die sie daran erinnerte, dass es bereits spät war und Gespräche wie dieses auf den nächsten Tag verschoben werden sollten.

»Warum hast du mir nichts davon erzählt, als er zum Verdächtigen erklärt wurde? Ich hätte dir helfen können.«

Als sie nicht antwortete, zog Kaj den Stuhl neben ihr heraus und setzte sich.

»Ich wusste nicht, dass du jemand anders kennengelernt hast. Ich habe gedacht, du würdest niemanden daten.« Das Wort klang falsch aus seinem Mund, und die Unsicherheit in seiner Stimme verärgerte sie.

»Ich date niemanden. Und selbst wenn, was ginge dich das an?«

Er sah peinlich berührt aus.

»Wir haben wohl nie richtig über die Regeln gesprochen. Als du mich verlassen hast, da habe ich mir nichts mehr gewünscht, als dass du wieder zurückkommst, und als du dann wieder da warst, ...«

»... da hattest du geheiratet. Ich verstehe nicht, warum wir jetzt darüber reden müssen.«

»Wir können es zusammen da durchschaffen.«

Kaj versuchte, den Arm um sie zu legen, aber sie schüttelte ihn ab.

»Wie kommst du auf die Idee, dass ich deine Hilfe will?« Der Ton war giftiger als nötig.

»Ich will dich nicht verlieren. Ich will für dich da sein.«

Sofia schüttelte den Kopf.

»Du willst dich also wieder einmal ohne jede Erklärung einfach rausziehen?« Die zuvor so sanfte Stimme hatte jetzt einen scharfen Unterton. »Du meinst wohl, du könntest immer und wie es dir beliebt in mein Leben rein- und rausmarschieren.«

»Ich bin dir nichts schuldig!«

Kaj erhob sich von seinem Stuhl.

»Du bist mir eine Erklärung schuldig.«

»Kaj, du hast keine Ahnung, was ich durchgemacht habe«, zischte sie.

Er hob resigniert die Arme.

»Nein, wie sollte ich auch? Du hast nichts gesagt, sondern bist einfach abgehauen.«

»Ich war schwanger.«

In der Stille, die nun folgte, bekam Sofia kaum Luft. Die Zeiger der Wanduhr ruckten, als wollten sie ein Loch in die Wand schlagen.

»Mit meinem Kind?«

»Ja.« Ein Schluchzen entrang sich ihrer Kehle, und sie räusperte sich verärgert. »Ich hatte nach fünf Monaten eine Fehlgeburt.«

Kaj sah sie entsetzt an.

»Ich hatte erst ein paar Wochen hier in meinem neuen Job gearbeitet. Wir waren unterwegs, um jemanden zu verhören, aber als wir dort ankamen, war der Mann sowohl betrunken als auch high. Er hatte den Hund der Familie erstochen und den Sohn misshandelt. Ich hatte keine andere Wahl, als einzugreifen. Als wir ihm Handschellen anlegen wollten, brach ein Tumult aus. Und als die Kollegen sahen, dass ich blutete, dachten sie, das Messer hätte mich erwischt.«

Die Uhr hämmerte weiter.

»Es ist etwas passiert. Eine Komplikation. Sie mussten einen Eierstock entfernen. Ich werde keine weiteren Gelegenheiten haben.«

Kaj schien kaum mehr zu hören, was sie noch sagte. Er starrte nur leer vor sich hin.

»Ich hätte ein Kind haben können?«

»Eine Tochter.«

»Aber warum hast du denn nichts gesagt? Ich hätte dich unterstützt. Ich hätte mich um dich und … sie gekümmert.«

»Ich hatte Angst, dass du mich zu einer Abtreibung zwingen würdest.«

Jedes Mal, wenn die Rede auf Kinder gekommen war, hatte er nachdrücklich gesagt, dass Männer in seinem Alter sich keine mehr anschaffen sollten. Dass es unmöglich sei, Kinder in die Welt zu setzen, die man nicht aufwachsen sehen konnte.

»Ich hätte dich niemals gezwungen …« Die Stimme erstarb nach einem halben Satz.

»Es spielt keine Rolle. Das ändert nichts mehr zwischen uns. Ich will nicht mehr darüber reden. Unsere Beziehung ist zu Ende, und was passiert ist, ist passiert.«

Er nickte abwesend und fuhr sich mit der Handfläche über den Mund. Ein lautes Klopfen an der Tür unterbrach das Gespräch. Vera betrat, ohne zu warten, das Besprechungszimmer.

»Eben hat die Landesnotrufstelle aus Umeå angerufen. Auf Ulvön wurde eine Leiche gefunden. Wir fahren jetzt. Ich nehme mal an, dass ihr mitwollt, oder?«

Kaj nickte, allerdings mehr zu Sofia als zu Vera. Dann schob er sich auf unsicheren Beinen an ihr vorbei durch die Türöffnung und verschwand den Flur hinunter.

»Ich warte unten am Empfang.« Vera schloss die Tür hinter sich.

Sofia blieb zurück, die Hände fest über der kleinen Operationsnarbe unterhalb des Bauchnabels und mit einem Kloß im Hals.

MONTAG, 1. JULI

63.

Sofia stand völlig steif gefroren am Bootshaus und sah zwei Mitgliedern des Rettungsteams von Ulvön zu, die verschlafen, mit wuscheligem Haar und Kissenabdrücken im Gesicht damit kämpften, die aufgequollene Leiche zu bergen. Sie standen bis zur Taille im Wasser, um die Persenning zu versenken, die den schlaffen Körper dann ins Bootshaus hieven sollte.

Ein Scheinwerfer auf einem Stativ erleuchtete die bereits helle Sommernacht. Der Schein warf lange Schatten über die Plastikplane, die in der Türöffnung des Bootshauses aufgehängt worden war, um zu verhindern, dass jemand vom Sund her hineinsah. Als würden sie ein makabres Schattentheater aufführen. Während sie eine Mannschaft zum Bergen der Leiche mobilisierten, war Mitternacht gekommen und vergangen. Bald würde die Sonne aufgehen. Es waren auch Leute von der Seenotrettung vor Ort. Sie waren es gewohnt, mit Unglücken durch Ertrinken umzugehen und schienen nicht sonderlich beeindruckt vom Anblick der Leiche, die nun langsam hochgefiert wurde. Nach ein paar Versuchen gelang es ihnen mit vereinten Kräften, das Bündel über den Rand und auf den Boden des Bootshauses zu verholen. Die Leiche war in ein Netz eingewickelt, und an mehreren Stellen schnürten die Nylonseile in die aufgedunsene Haut ein. Sofia merkte, wie sich der morgendliche Kaffee die Kehle hocharbeitete, und entschuldigte sich, um hinauszugehen und Luft zu holen.

Abgesehen von dem gestreiften Absperrband, das oben auf dem Kiesweg zwischen Bohmans Grundstück und dem der Nachbarn verlief, konnte man vom Land aus keinerlei Anzeichen von dem hässlichen Schauspiel erkennen, das im Bootshaus vor sich ging. Sie lehnte sich an den Zaun und holte ein paarmal tief Luft. Der Leichengeruch saß immer noch in der Nase.

Der Tod war schon seltsam. Als ihr Vater im Sterben lag, hatte sie die ganze Nacht bei ihm gesessen und seine schwere, raue Hand in der ihren gehalten. Schmerzkrämpfe waren durch den ausgemergelten Körper gefahren. Als der Tod dann schließlich kam, schlief er mit einem sanften Lächeln auf den Lippen ein. Ohne Angst und ohne Kampf. Das war ganz anders bei den Toten, mit denen sie bei der Arbeit zu tun hatte. Die hatten das Leben nur selten aus natürlichen Gründen verlassen, und in der Regel waren ihre verzweifelten und geschockten Angehörigen in der Nähe und brauchten Unterstützung und Trost. Die Leiche im Bootshaus gehörte zu den schlimmeren, die sie hatte ansehen müssen. Dennoch hatten die Jahre im Streifendienst ihren Teil dazu beigetragen, sie abzuhärten. Die Verkehrstoten waren meist am schlimmsten. Sie erinnerte sich an einen Sommer, als sie zusammen mit zwei Kollegen nach einer Massenkollision eine ganze Nacht lang den Straßenrand hatten abgehen müssen, um nach einem abgerissenen Arm zu suchen. Das war ihr achtundzwanzigster Geburtstag gewesen.

Sofia schüttelte sich, um die Erinnerungen zu vertreiben. Als sie sich umdrehte, um ins Bootshaus zurückzukehren, rief jemand ihren Namen. Ein Reporter der *Örnsköldsvik Allehanda* knipste eine Serie Fotos von den Absperrungen und rief laut.

»Was ist passiert? Ist jemand tot?«

Sofia hatte den Mann schon viele Male getroffen. Soweit sie sich erinnern konnte, hatte er den Posten als Kriminalreporter schon innegehabt, als sie selbst noch in die Grundschule ging.

»Sie wissen doch, dass ich darauf nicht antworten kann.«

Er verdrehte die Augen.

»Geben Sie mir was, sonst drucke ich den Tratsch, den ich gehört habe.«

»Und was haben Sie gehört?« Sofia sah ihn verärgert an.

»Dass ihr eine tote Person im Wasser gefunden habt und dass es sich um Mord handelt.«

Die Presse schien also bereits im Bilde zu sein, und wenn die Küstenwache kam, um die Leiche abzuholen, würde das Gerücht nicht mehr aufzuhalten sein.

»Ich kann bestätigen, dass es eine verstorbene Person gibt«, antwortete Sofia schließlich. »Ob es sich um einen Mord handelt oder nicht, kann ich allerdings weder bestätigen noch dementieren. Die Details erfahren Sie auf der Pressekonferenz.« Er gab sich damit zufrieden, machte aber keine Anstalten, die Absperrung zu verlassen. Sofia schüttelte den Kopf und ging ins Bootshaus zurück.

Gerichtsmedizinerin Caroline Fridell und einer der Techniker knieten über der Persenning und verhandelten ungerührt, wie der Transport zum Festland vonstattengehen sollte. Vera stand mit Kaj in einer Ecke. Sofia schien die Einzige zu sein, die damit kämpfte, das Frühstück bei sich zu behalten.

»Wem gehört das Bootshaus?«, fragte Kaj.

»Anders Bohman. Er war bis gestern verreist. Marianne Nordin hat immer ein Auge darauf, wenn er nicht da ist. Ich kann zu ihr raufgehen und sie fragen, ob ihr etwas Seltsames aufgefallen ist.« Sofia hoffte auf eine Chance, von dem Geruch und dem widerwärtigen Anblick der Leiche wegzukommen.

»Möchtest du erst mal kurz draufgucken?«, unterbrach Fridell sie und zog an den Ärmeln ihrer weißen Schutzkleidung.

»Ertrunken?« Vera ging zu ihr und rümpfte die Nase über den Gestank.

Fridell schüttelte den Kopf.

»Nix. Sieh dir die Stirn an. Erinnert ziemlich an den Typen, den wir an Mittsommer gefunden haben. Natürlich kann ich vor der Obduktion nichts mit Sicherheit sagen, aber es würde mich nicht wundern, wenn wir es mit einer ähnlichen Mordwaffe zu tun haben.«

Sofia und Kaj sahen sich an. Das dritte Opfer in knapp zwei Wochen. Was ging hier vor?

»Wir haben keine Papiere gefunden, aber ich möchte auch nicht zu viel herumfuhrwerken, ehe wir alles für den Transport eingewickelt haben. Es sieht aber so aus, als wäre das Opfer verschnürt und mit etwas beschwert worden. Ihr solltet also ein paar Taucher runterschicken, um die Gewichte zu finden. Es scheint, als hätte sich das Ganze gelöst und dadurch wäre die Leiche nach oben getrieben. Hier ist der Fehler gemacht worden, die Leiche nicht zu perforieren.«

»Perforieren?«, fragte Vera mit einer Hand vor Mund und Nase nach.

»Wenn man die Leiche richtig perforiert, dann entweichen die Gase, und die Leiche bliebt auf dem Grund.«

Vera verzog angeekelt das Gesicht. »Danke, das genügt.«

Die Gerichtsmedizinerin zuckte gleichgültig mit den Schultern und wandte sich wieder der Leiche zu.

»Könntest du versuchen, den Kopf zu drehen, sodass wir das Gesicht sehen können?«, bat Sofia. »Es könnte jemand von der Insel sein.«

Fridell schnaubte freudlos.

»Also, wenn du diesen armen Menschen nach dem Aussehen identifizieren kannst, dann bist du gut.«

Mit behandschuhten Händen packte Fridell den versehrten Kopf und versuchte, ihn ins Scheinwerferlicht zu drehen. Ihre Finger rutschten ab, und sie musste immer neu greifen. Dicke Haarbüschel hatten sich im Fischernetz verheddert. Sie musste sich sehr anstrengen, sie nach hinten zu streichen, damit sie das ganze Gesicht gut sehen konnten. Als sie mit der Frisur zufrieden war, lehnte sie sich zurück und ließ das Scheinwerferlicht auf die Leiche fallen.

64.

Fredrik setzte sich im Restaurant des Stadthotels an einen Fenstertisch und ließ den Blick über den Fjord von Örnsköldsvik wandern, während er darauf wartete, dass sein Tee abkühlte und er ihn trinken konnte. Es ging auf neun Uhr zu, aber der Frühstückssaal war leer, wenn man mal von ihm selbst absah und von zwei Frauen um die fünfundsechzig, die am Nebentisch saßen. Eine der beiden bestrich sorgfältig ein Knäckebrot mit Butter, die andere surfte auf einem Tablet älteren Modells.

Er hatte in der Nacht nur wenige Stunden geschlafen. Mehrmals hatten ihn Geräusche geweckt, die vom Flur hereingesickert waren, und dann hatte er nicht wieder einschlafen können, sondern immer nur darauf gewartet, dass die Polizei hereinstürmen und ihn festnehmen würde. Doch niemand kam.

Die Erinnerung an den Besuch bei Bodil belastete ihn. Sollte er wirklich noch einmal hinfahren? Er musste. Bodil musste etwas mit dem zu tun haben, was Thomas Nilsson in jener Nacht zugestoßen war. Hatte sie Adam Ceder bedroht und dann ermordet? Aber warum? Was hatte er entdeckt? Ein Gedanke kam ihm: Bodil hatte Aron am selben Tag besucht, an dem er gestorben war.

Hatte sie irgendetwas mit seinem Tod zu tun? Nein, das konnte doch nicht sein. Oder doch?

»Jetzt ist es schon wieder passiert.«

Die Frau am Tisch nebenan zeigte auf ihr Display, und die Freundin ihr gegenüber schlug die Hand vor den Mund.

»Noch einer? Auf der kleinen Insel? Man kann sich wirklich fragen, was aus der Welt noch werden soll.«

Fredrik erstarrte.

»Was ist denn passiert?«

»Noch eine Leiche. Sehen Sie selbst!« Sie hob das Tablet hoch, damit Fredrik etwas erkennen konnte.

Das Nachrichtenbild zeigte ein abgesperrtes Gelände um ein rotes Bootshaus. Das blau-weiß gestreifte Band der Polizei war ganz vorn zu sehen, aber hinten konnte man eine blonde Frau in Zivil erkennen, bei der es sich ohne Frage um Sofia handelte. Die fette schwarze Schlagzeile lautete: »Zweiter Todesfall auf Ulvön in zwei Wochen.« Die Frau reichte Fredrik das Tablet rüber, damit er in Ruhe lesen konnte. Der Text beschrieb, dass in einem Bootshaus in Ulvöhamn eine Leiche gefunden worden sei. Der Besitzer des Hauses war von einer Mallorca-Reise heimgekehrt und hatte die Leiche gefunden.

»Diesmal scheint es sich um eine Frau zu handeln«, sagte die Besitzerin des Tablets kopfschüttelnd zu ihrer Freundin. »Eine Inselbewohnerin.«

Fredrik rang nach Luft.

Ich nehme immer den Steg von Bohmans. Die sind auf Mallorca.

Mein Gott, Marianne! Sie hatte angerufen und von dem Bild erzählt, das ihr fehlte. War das Ganze eine Drohung gewesen, wie Ceder sie erhalten hatte? Und er hatte sie abblitzen lassen. Fredrik murmelte den beiden Damen eine Entschuldigung zu und verließ den Frühstückssaal. Im Foyer blieb er stehen, legte den Akku ins Handy und wählte die Nummer von Marianne. Niemand ging ran. Er legte auf und wählte stattdessen die Onlineauskunft und bekam die Nummer ihres Festnetzanschlusses. Nach sechsmaligem Klingeln wurde endlich der Hörer abgehoben, doch die Stimme am anderen Ende war nicht die von Marianne.

»Hallo, hier ist Fredrik Fröding.«

»Das höre ich.«

»Mit wem spreche ich?«, fragte er, obwohl er sehr genau wusste, wer es war.

»Hier ist Sofia Hjortén von der Polizei Örnsköldsvik.«

Fredrik begriff nichts. Im Hintergrund waren Männerstimmen zu hören.

»Warum gehst du an Mariannes Telefon? Kann ich mit ihr sprechen?«

Sofia schwieg lange, sodass Fredrik schon anfing, sich unbehaglich zu fühlen.

»Wenn du Fragen zur Ermittlung hast, dann kannst du dich an die Leitung der Voruntersuchung wenden.«

»Ist Marianne etwas zugestoßen?«

Das Schweigen am anderen Ende der Leitung war ohrenbetäubend. Er hörte, dass Sofia sich von den anderen im Zimmer entfernte.

»Fredrik, ich kann mit dir nicht über diese Dinge reden. Wir befinden uns mitten in einer Mordermittlung. Nach dir wird gefahndet, ist dir das klar? Wir suchen dich seit Tagen. Wenn du die Dinge für dich nicht noch schlimmer machen willst, dann würde ich dir sehr dringend empfehlen, zum Revier zu fahren und dort Kontakt mit Karim Jansson aufzunehmen.«

»Wo ist Marianne?«

Sofias Antwort kam mit eiskalter Stimme.

»Jetzt fahr aufs Revier, Fredrik, das wäre das Beste für alle.«

Dann legte sie auf.

*

Sofia saß zwischen Caroline Fridell und Kaj im Steuerstand. Es hatte die ganze Nacht gedauert, die richtigen Leute zum Fundort zu bringen, die Leiche zu bergen und sie an Bord des Bootes zu bekommen. Fridell hatte zum zweiten Mal in nur einer Woche von Umeå herunterkommen und dann raus nach Ulvön fahren müssen.

Der kalte Bootsrumpf schien ihnen mit jeder Welle die Kälte in den Rücken zu pressen. Der Geruch vom Meerwasser und von der Leiche, die zwischen ihnen in dem engen Raum auf dem Achterdeck lag, ließ in Sofia die Übelkeit hochsteigen, obwohl die Tür zum Steuerstand offen war. Fridell hatte Spucktüten ausgeteilt, Kaj hatte halbherzig protestiert, aber dennoch eine entgegengenommen und in die Tasche gesteckt, während Sofia ihre auf dem Schoß behielt. Die Gerichtsmedizinerin schien von dem Geruch vollkommen unberührt zu sein, aber Kaj und Vera hielten ihre Jackenärmel auf die Nase und atmeten durch den Mund. Niemand sagte etwas. Die Mitglieder der Besatzung von der Seenotrettung, die einmal mehr wegen des Mangels an Schiffen für die Küstenwache und die Polizei hatten anrücken müssen, diskutierten ab und an den Kurs, aber abgesehen davon herrschte Schweigen. Sofia bezweifelte auch, ob sonst jemand mit ihr gesprochen hätte. Weder Kaj noch Vera hatten das Wort an sie gerichtet, seit sie spät am gestrigen Abend das Revier verlassen hatten. Nur einige Sätze, die man brauchte, um die Identifizierung und den Abtransport der Leiche zu organisieren. Doch ansonsten war die Stimmung zwischen ihnen kühl geblieben.

Sofia lehnte den Kopf an den Bootsrumpf und schloss die Augen. Aller Wahrscheinlichkeit nach würde das hier ihr letzter Arbeitstag als Polizistin sein. Morgen würde sie suspendiert werden, bis die interne Ermittlung begann. In einem Monat oder so würde sie dann wieder Zivilistin sein. Etwas anderes war ausgeschlossen. Sie hatte Informationen zurückgehalten, und im schlimmsten Fall würde sie wegen vorsätzlicher Behinderung einer Ermittlung angezeigt werden. Sie hatte niemandem erzählt, dass Fredrik angerufen hatte, während sie bei Marianne waren. Aber sie hatte ihn gebeten, sich zu stellen. Der Knoten in ihrem Magen war jetzt so fest zugezogen, dass sie kaum mehr Luft bekam. Mit jedem Schlucken meinte sie, den Geschmack von Tod und süßlicher Verwesung zu spüren.

Die Sorge um Tord machte alles noch schlimmer, und außerdem konnte sie nicht länger ignorieren, dass mit ihr irgendetwas nicht stimmte. Sie musste zum Arzt gehen, alles andere war unverantwortlich. Bei ihrem Vater hatte sich der Darmkrebs in Rekordgeschwindigkeit ausgebreitet. Der Arzt hatte sie darauf aufmerksam gemacht, dass diese Krankheit erblich war, und ihr empfohlen, sofort Hilfe zu suchen, wenn sie Magenschmerzen hätte oder sich mit ihren Darmfunktionen etwas veränderte. Und wenn überhaupt, dann war das hier ja definitiv eine Veränderung.

Eine knappe halbe Stunde später legten sie am Steg des Bootsclubs Järved an, ein paar Kilometer östlich des Stadtkerns. Sie hatten gemeinsam entschieden, dass dies der bessere Ort war, denn der Gästehafen in der Stadt würde um diese Zeit voller Touristen auf der Suche nach einem Mittagsrestaurant sein. Ein Leichenwagen und zwei zivile Polizeiwagen warteten bereits auf sie. Wortlos gingen Vera und Kaj zu einem der Autos und stiegen ein. Karim, der hinter dem Steuer saß, winkte ihr, auch zu kommen. Sofia zögerte.

Da ging die Beifahrertür auf, und Vera steckte den Kopf heraus, sodass ihr pflaumenfarbener Haarschopf vom Wind zerzaust wurde.

»Wir haben nicht den ganzen Tag Zeit. Willst du jetzt mit oder nicht?«

65.

Die Bibliothek war voller Journalisten. Die meisten kamen aus Schweden, aber auch ein Norweger und eine Dänin waren dabei. Die Basislautstärke war viel höher, als noch angenehm sein konnte, und in Sofias Kopf dröhnte es nach der schlaflosen Nacht und der Überfahrt von Ulvön im erstickenden Leichengeruch. Eifrige Männer und Frauen trugen Fernsehkameras, Mikrofone und Kabel herum in dem Versuch, für ihre jeweilige Ausrüstung den besten Platz zu ergattern.

Sie hatten die Pressekonferenz sofort einberufen, um den Fund einer weiteren Leiche bekanntzugeben. Das Interesse erwies sich als groß, und Sofia war dankbar, dass der Mord an Mats Dahlman und die mögliche Verbindung zum Mord an Adam Ceder noch nicht Thema gewesen waren. Ebenso wenig hatten die Medien den Überfall auf Tord wahrgenommen. Die verantwortlichen Chirurgen im Krankenhaus von Örnsköldsvik standen in Kontakt mit der Gerichtsmedizin in Umeå, hatten aber noch nicht näher bestimmen können, mit welcher Art von Waffe Tord überfallen worden war. Im schlimmsten Fall, das war Sofia klar, würde es sich um einen Hammer handeln.

Der Besprechungstisch war weggeräumt, und am

kurzen Ende des Raumes saßen Vera und Mattias an einem aufgestellten Klapptisch. Ein Mann in grünem Kapuzenpullover befestigte kleine Mikrofone an ihrer Kleidung. Sofia konnte die Schweißperlen an Veras Haaransatz glänzen sehen. Die Kriminalkommissarin ließ die Reporter noch ein paar Minuten herumräumen, dann räusperte sie sich. Das Gemurmel im Raum verstummte sogleich, und fünfundzwanzig Paar Augen fixierten das Duo ganz vorn. Mattias ergriff in gebrochenem Englisch das Wort:

»Wie bereits berichtet haben wir am gestrigen Tag eine tote Person in Ulvöhamn aufgefunden.«

Eine rundliche Frau von der dänischen *Jyllands-Posten* unterbrach ihn sofort und ignorierte gleichzeitig die zuvor ausgesprochene Bitte, Fragen in einer Sprache zu stellen, die jeder verstand.

»Handelt es sich um Mord?«

»Wahrscheinlich.«

»Besteht ein Zusammenhang zu dem Ermordeten, den Sie an Mittsommer gefunden haben?«, fuhr die Frau in nuscheligem Dänisch fort.

»Das können wir nicht ausschließen«, stellte Vera fest.

Die Reporterin lächelte zufrieden und kritzelte ein paar Zeilen auf einen Block. Serienmorde steigerten den Verkauf.

»Haben Sie die Leiche identifiziert?«

»Ja.«

»Können Sie sagen, um wen es sich handelt?«

Vera warf einen schnellen Blick auf Marie, die ganz außen in der ersten Reihe saß, und nickte dann der

Reporterin zu. Im ganzen Zimmer kratzten Stifte und raschelte Papier, und jeder Hals streckte sich ein paar Millimeter näher zu Vera und Mattias.

»Wir haben im Laufe der Nacht die nächsten Angehörigen informiert, und da bereits Informationen im Netz kursieren, müssen wir leider bestätigen, dass es sich bei der Toten um Christine Karst, die Besitzerin des Ulvö Hotels, handelt.«

Ein Raunen ging durch den Saal.

Es stimmte nur zur Hälfte, dass sie die Angehörigen informiert hatten. Sie waren in Kontakt mit Christines Exmann gewesen, der mit dem ersten Flug nach Umeå gekommen war, wo er Fridell getroffen hatte und bestätigen musste, dass es sich bei der Leiche um seine ehemalige Ehefrau handelte. Allerdings hatten sie immer noch keinen Kontakt zu Gisela Karst herstellen können. Sofia hatte das Gefühl, als würde die Information, dass ihre Tochter gestorben war, sie wahrscheinlich nicht sehr tangieren. Es war schon mehrere Tage her, dass Christine in Alicante hätte ankommen müssen, und sie hatte sich weder die Mühe gemacht, sie zu kontaktieren noch die spanische Polizei aufzusuchen. Viel zu beschäftigt mit ihrer Karriere, heute ebenso wie damals.

Ein Reporter mit kurzem Haar und Brille fand als Erster seine Sprache wieder.

»Wie ist sie ermordet worden?«

»Darüber kann ich leider nichts sagen«, entgegnete Vera.

»Haben Sie irgendwelche Verdächtigen?«

»Auch darüber kann ich leider nichts sagen.«

»Wenn man bedenkt, was erst vor einer Woche passiert ist, müssen Sie aber wahrscheinlich schon davon ausgehen, dass es hier einen Zusammenhang gibt, oder?«

»Das können wir nicht weiter kommentieren, aber es ist, wie gesagt, möglich.«

Der Reporter vom schwedischen *Expressen* schaltete sich ein.

»Wo ist sie gefunden worden?«

»In einem Bootshaus.«

»Das haben Sie bereits gesagt, aber ich wüsste gern wo. Im Wasser?«

»Darauf kann ich Ihnen keine Antwort geben.«

»War es ihr eigenes Bootshaus?«

»Nein.« Vera schüttelte mit zusammengepressten Lippen den Kopf.

»Haben Sie irgendwelche Spuren am Fundort sichern können?«

»Auch dazu kann ich Ihnen leider nichts sagen.«

»Warum gibt es denn noch keinen Verdächtigen?«

Sofia konnte erkennen, dass Vera im Begriff war, die Geduld mit den Journalisten zu verlieren.

»Haben Sie nicht bedacht, dass beide Personen Hotelbesitzer waren? Das könnte doch ein mögliches Motiv sein.«

»Doch, das haben wir bedacht, und wenn Sie jetzt damit sagen wollen, dass wir …«

»Wir befinden uns in einer intensiven Phase der Ermittlung«, unterbrach Mattias, »und würden deshalb diese Pressekonferenz gern abschließen. Wir melden uns wieder, wenn wir mehr Antworten für Sie haben.«

*

Fredrik saß auf dem Bett, die lilafarbenen Verdunkelungsvorhänge vorgezogen. Draußen schien mal für einen kurzen Moment die Sonne durch die Regenwolken, doch er wollte weder sehen noch gesehen werden.

Der Fernsehsender von Västernorrland hatte eben seine Livesendung aus dem Polizeirevier abgeschlossen. Vera Nordlund und Mattias Wikström, die ihn auf Ulvön schon verhört hatten, waren mit einer ziemlich inhaltslosen Pressekonferenz zu sehen gewesen. Denjenigen Journalisten, die Redezeit bekommen hatten, war es nicht gelungen, ihnen mehr Informationen über die beiden Mordfälle zu entlocken. Aber das Wichtigste hatte er doch erfahren – die Tote war nicht Marianne, sondern Christine Karst, Besitzerin des Ulvö Hotels und Tochter der weltberühmten Pianistin Gisela Karst. Dass ein Zusammenhang zu dem Mord an Adam Ceder bestand, war aus den ausweichenden Antworten der Polizisten leicht zu erraten.

Er stand auf und drehte eine Runde in seinem vorläufigen Gefängnis. Die gelb gestrichenen Wände schienen sich nach innen zu lehnen.

Nach ein paar kleinen lokalen Werbespots folgte ein kurzes Interview nur mit dem blonden Fotomodell-Polizisten. Dieselben Fragen, die eben schon auf der Pressekonferenz gestellt worden waren, wurden noch mal gedreht und gewendet in der Hoffnung, ihm neue Informationen entlocken zu können.

»Haben Sie einen Verdächtigen?«

Mattias Wikström strich sich mit der Hand die Haare zurück und sah den Reporter mit ernster Miene an.

»Die Polizei ist sehr interessiert daran, mit einem Mann in Kontakt zu kommen, der schon im Zusammenhang mit dem Mord an Adam Ceder am Mittsommerabend verhört worden ist.«

»Glauben Sie, er könnte der Täter sein?«

»Wie gesagt, wir möchten dringend in Kontakt mit ihm kommen. Er hat in der Mittsommernacht im Ulvö Hotel übernachtet.«

»Gibt es mehr Informationen zu ihm? Eine Beschreibung?«

Mattias Wikström räusperte sich und nickte. Die Begeisterung des Reporters war nahezu mit Händen zu greifen. Das Mikrofon wurde sofort so nah gehalten, dass es fast Wikströms Mund berührte.

»Er ist achtunddreißig Jahre alt, eins sechsundachtzig groß, hat dunkle Haare und braune Augen. Die Person, die wir suchen, wird als extrem gefährlich eingeschätzt. Er wird aus guten Gründen verdächtigt, mindestens zwei Morde begangen zu haben, und leidet unter psychischen Problemen. Der Mann ist in Stockholm wohnhaft, kann sich aber möglicherweise immer noch im Umkreis von Örnsköldsvik befinden.« Er endete damit, dass er sich zur Kamera wendete und die Zuschauer direkt ansah. »Wenn Sie ihn sehen, bitten wir Sie, umgehend Kontakt zur Polizei aufzunehmen.«

66.

Die Ermittlergruppe war schon in der Bibliothek versammelt, als Sofia hereinschlich und sich ganz hinten in den Halbkreis stellte, den sie um das Whiteboard gebildet hatten. Die Stühle standen immer noch kreuz und quer herum. Niemand hatte sich die Mühe gemacht, sie wegzustellen.

Vera ignorierte Sofias Zuspätkommen und konzentrierte sich auf Kaj, der ganz vorn stand und die Bilder auf der Tafel neu arrangierte. Sofia war nur von Veras Gnaden hier, das wusste sie, aber immerhin war sie hier. Noch hatte Vera ihr Vergehen nicht an höherer Stelle berichtet und war damit ein Risiko eingegangen.

Vier Bilder waren nebeneinander aufgereiht. Adam Ceder, Mats Dahlman, Christine Karst und Fredrik Fröding. Alle Bilder außer dem von Fredrik waren perfekt belichtete Studiofotos, die von Websites kamen. Seines war verschwommen und stammte von seiner kaum aktualisierten Facebookseite.

»Christine Karst ist also gestern Abend tot im Wasser bei einem Bootshaus in Ulvöhamn gefunden worden. Ihre Leiche ist in ein Fischernetz gewickelt und wahrscheinlich mit zwei Ankern versenkt worden. Fridell konnte schon nach einem ersten Check sagen, dass die

Kopfverletzungen denen gleichen, die Ceder hatte. Die Gerichtsmedizin in Solna hat bestätigt, dass auch die Verletzungen von Mats Dahlman mit denen der anderen übereinstimmen. Alles deutet darauf hin, dass wir hier von ein paar kräftigen Hammerschlägen auf den Kopf sprechen. Bevor der Obduktionsbericht hier ist, können wir es noch nicht sicher sagen, aber Fridell meint, Karst könne bis zu zwei Wochen im Wasser gelegen haben. Das würde bedeuten, dass sie schon tot gewesen sein kann, bevor Dahlman und Ceder ermordet wurden.«

Vera warf Sofia einen raschen Blick zu, ehe sie fortfuhr.

»Wie ihr wisst, hat es auch einen Überfall auf einen der Inselbewohner, Tord Grändberg, gegeben. Wir müssen mit einbeziehen, dass auch dieser Anschlag etwas mit den anderen Morden zu tun haben könnte.«

Kaj übernahm.

»Die Techniker haben Blutspuren von zwei verschiedenen Personen im Bootshaus gefunden. Wir können annehmen, dass eine davon Karst ist, und es ist nicht abwegig, davon auszugehen, dass es sich bei der anderen Person um Ceder handelt. Möglicherweise ist er dort ins Wasser geworfen worden und vom Wind zum Ufer unterhalb des Ulvö Hotels getrieben worden. Vielleicht hatte der Mörder es auch eilig oder wurde gestört. Oder es war einfach nicht der Plan, ihn zu versenken.«

»Sollte es sich aber zeigen, dass die anderen Blutspuren nicht von Ceder stammen … nun, dann besteht die Gefahr, dass wir ein viertes Opfer haben, das noch irgendwo auftauchen wird«, schob Vera ein. »Und wenn wir richtig Glück haben, dann handelt es sich um das Blut des Mörders.«

Keiner der anderen konnte eine Frage stellen, ehe Kaj mit sicherer Stimme weitersprach.

»Wie ich schon gesagt habe, deutet alles darauf hin, dass wir es mit einem sehr zielstrebigen Täter zu tun haben, der seine Opfer ganz genau auswählt. Die Morde an Christine Karst und Adam Ceder scheinen sorgfältig durchgeplant gewesen zu sein, doch Dahlman ist in seinem Treppenhaus überfallen worden. Da hätte jeder vorbeikommen können, doch der Täter nahm dieses Risiko in Kauf. Wenn wir den Überfall auf Tord Grändberg dazurechnen, der sogar geschah, während Marianne Nordin im Haus war, dann macht es ganz den Eindruck, als würde sich der Täter nicht länger Gedanken darüber machen, erwischt zu werden. Deshalb sollten wir einberechnen, dass wir es möglicherweise mit einer psychisch instabilen Person zu tun haben, die die Konsequenzen ihrer Taten nicht ganz vorhersehen kann.«

Mattias rückte sich in seinem Stuhl zurecht, als wollte er etwas sagen, doch Marie kam ihm zuvor.

»Haben wir jetzt also ganz ausgeschlossen, dass es sich um einen geschäftlichen Zwist handeln könnte? Kann es trotzdem noch einen konkurrierenden Spekulanten auf das Hotel geben, den wir nicht beachtet haben? Jemanden, der bereit war, zum Letzten zu gehen, um seinen Willen durchzusetzen?«

Kaj schüttelte den Kopf.

»Wir haben uns auf die Berührungspunkte zwischen den Opfern konzentriert, die mit einem möglichen Verkauf des Hotels zu tun haben könnten. Was wir jedoch nicht beachtet haben, sind Verbindungen, die weiter zurück in der Vergangenheit liegen.«

Kaj sah Sofia an, ehe er fast entschuldigend das Plastiktütchen mit dem Bild, das sie in Fredriks Lederjacke gefunden hatte, hochhob und es auf der Tafel befestigte.

»Die Kollegen in Stockholm haben das hier gefunden, als sie Fredrik Frödings Wohnung durchsucht haben.«

Er schien sich dazu entschlossen zu haben, Sofia die Schande zu ersparen und die Wahrheit nicht zu verraten. Wie er Vera dazu gebracht hatte, dem zuzustimmen, war ihr ein Rätsel, doch im Moment fühlte sie unendliche Dankbarkeit.

Vera zeigte auf das Bild.

»Wie ihr seht, ist dieses Foto an Mittsommer des Jahres 1979 im Zusammenhang mit einem Sommerlager der Kirche auf Ulvön entstanden. Ich habe heute die Teilnehmerliste aus dem Archiv der Kirchenbehörde der Gemeinde Nätra bekommen.«

Am unteren Rand des Ausdrucks standen jetzt die Namen aller Teilnehmer ordentlich aufgereiht. Mattias marschierte als Erstes zum Whiteboard, um sich das näher anzusehen.

»Verdammt noch mal, das ist ja Christine Karst.«

Karim, der ihm gefolgt war, nickte und zeigte weiter nach unten. Mattias beugte sich vor und stellte lautstark das Offenkundige fest.

»Und Mats Dahlman und Adam Ceder. Aber Teufel noch mal, die Augen sind ja ausgestochen!« Er drehte sich herum und breitete die Hände aus. »Fröding hatte also ein Bild mit allen drei Opfern darauf in seiner Wohnung, er ist psychisch instabil, nimmt Drogen und wohnte im selben Hotel wie Ceder. Er ist es, das habe ich doch die ganze Zeit gesagt.«

»Du meinst, er ist unsere ›aus guten Gründen verdächtige‹ Person?« Maries Stimme klang unerwartet streng. »Ich weiß ja nicht, welche Rolle du meinst, hier zu haben, aber die Leiterin der Voruntersuchung bin immer noch ich.«

Sofia sah, dass Vera den Mund öffnete, um etwas zu sagen, es dann aber bleiben ließ. Es war deutlich, dass Marie es ernst meinte. Es war für sie vielleicht in Ordnung, sich zurückzuhalten, was das Operative anging, doch wenn ihr guter Ruf in Gefahr war, gab es keinen Spielraum.

»Ich entscheide, mit welcher Information wir vor die Medien treten. In Zukunft möchte ich, dass du mit mir sprichst, bevor du dich irgendwelchen öffentlichen Ausschweifungen darüber hingibst, nach wem wir suchen. Oder war dein Ziel vielleicht, dass er erfährt, dass wir ihm auf den Fersen sind?«

»Aber …« Ein Blick von Vera brachte Mattias zum Schweigen.

Kaj räusperte sich.

»Natürlich müssen wir dieses Bild und die ausgestochenen Augen als eine Drohung gegen Adam Ceder betrachten. Etwas anderes ist undenkbar. Aber die Frage ist, ob wir ebenso sicher sein können, dass es Fröding ist, der hinter allem steht.«

»Ich bin derselben Meinung wie Mattias«, sagte Karim vorsichtig. »Wer sollte es sonst sein?«

»Ihr meint also, dass er Adam Ceder, Christine Karst und Mats Dahlman umgebracht haben soll, weil er meinte, seinen Bruder zusammen mit Ceder vor dessen Hotel gesehen zu haben?« Sofia konnte nicht länger an sich halten. Fredrik war kein dreifacher Mörder, und er hatte Tord nicht angegriffen. Das war einfach unmöglich.

Vera sah sie scharf an.

»Es ist überhaupt nicht unmöglich, dass es Fröding war.« Karim griff nach ein paar Heftern und zog ein paar Karten heraus, die er Sofia reichte. »Nach der Verfolgung seiner Handydaten von den Sendemasten, die wir bekommen haben, befand er sich in der Zeit, in der Mats Dahlman laut Gerichtsmedizin wahrscheinlich ermordet worden ist, auf Södermalm in Stockholm.«

Zögernd betrachtete sie die Karten.

»Da«, sagte Karim und zeigte auf die oberste Karte. »Am Ersta Krankenhaus. Das ist nicht sonderlich weit bis zur Krukmakargatan, wo Mats Dahlman wohnte.«

Sofia gab Karim die Ausdrucke zurück. Das bewies nichts.

»Fröding ist im Verlauf weniger Tage nach Stockholm und zurück gefahren«, fuhr Karim fort und zeigte eine weitere Karte mit Punkten, die die Verbindungen zu den Sendemasten zeigten.

»Warum sollte er das sonst tun, wenn nicht, um Mats Dahlman zu ermorden?«, schnaubte Mattias.

Karim nickte zustimmend.

»Und jetzt ist er wieder zurück in Örnsköldsvik. Das letzte Mal hat sich das Handy vor drei Tagen in Bonässund eingewählt. Wir warten auf neue Sendedaten, um die Bestätigung zu bekommen, dass er noch hier ist. Doch er hat hier in der Nähe keine Kreditkarte benutzt.«

Karim gab die Karten weiter an Marie.

»Ich bin auch der Meinung, dass das verdächtig ist, aber was sollte sein Motiv sein?« Sie sah Vera und Kaj an.

»Wir haben keinen anderen Täter«, sagte Mattias empört.

»Was machen wir jetzt?«, fragte Marie.

Vera fixierte Sofia mit ihrem Blick. Die meinte einen Anflug von Mitleid darin zu sehen, war aber nicht sicher.

»Wir finden Fredrik Fröding.«

67.

Ulvön 1979

Mats sitzt im Gras und zupft einen Halm nach dem anderen heraus, ohne dabei auf seine Hände zu schauen. Sein Blick ruht auf den Polizisten, die gerade aus dem Pfarrhof herauskommen. Zwischen sich tragen sie eine Bahre, über die ein weißes Tuch gedeckt ist. Eine Krankenschwester aus dem Dorf ist auch da. Sie wischt sich über die Nase und schüttelt den Kopf. Adam steht zusammen mit ein paar Nachbarn neben ihr. Er weint so heftig, dass seine Schultern zucken. Sie waren Freunde. Jedenfalls soweit man mit Thomas befreundet sein konnte.

Mats kann es einfach nicht begreifen. Dass Thomas tot ist.

Als er heute Morgen aufwachte, war das Haus bereits voller Polizisten, die herumtrampelten und Fotos und Notizen machten. Jeder von ihnen wurde einzeln in einen Raum gebracht, wo Aron und ein Polizist warteten. Die erzählten einem dann, dass Thomas sich ein Seil um den Hals geknotet habe und dann aus dem Giebelfenster gesprungen sei. Sie fragten Mats, ob er seine Eltern anrufen wolle, doch da hatte er dankend abgelehnt. Seiner Mutter wäre das sowieso egal, das hat er schon früh gelernt. Ein schauriger Gedanke fährt ihm durch den Kopf. Waren es womöglich Schuldgefühle, die Thomas dazu gebracht hatten, sich in derselben Nacht, in der … Er will nicht darüber nachdenken. Er schämt sich so schrecklich für das, was sie getan haben, aber er hat es für Marianne getan. Damit sie ihn endlich mal ernst nehmen würde. Er hatte gedacht, sie fände ihn toll, wenn er tat, was sie wollte, und dass sie ihn dann würde haben wollen. Näher ranlassen würde. Er hatte sich so gewünscht, dass sein erstes Mal mit ihr sein würde. Stattdessen war es mit Ester gewesen. Schmutzig und widerwillig. Mats seufzt. Und jetzt war Marianne in ihr neues Zuhause nach Irland gefahren, ohne auch nur Auf Wiedersehen zu sagen.

Er schaut über den Hof. Die Mädchen sitzen in Decken gewickelt und blicken dem Wagen nach, der Thomas' Leiche aufs Festland bringen wird. Siw-Inger umarmt ihre Schwester, und sie weinen. Mehrere andere weinen auch. Ester sitzt vor ihnen im Gras. Jemand hat sie aus dem Rollstuhl gehoben, und sie sitzt mit den Beinen wie ein Kind ausgestreckt da und starrt auf ihr Kleid hinunter. Neben ihr kniet Bodil und streichelt ihr die Hand. Die Heilige im Mittelpunkt, wie immer. Christine sitzt auf Esters anderer Seite. Scheinheilige, verdammte Christine. Als wäre sie Gottes Lamm mit reinem weißem Gewissen.

Die Bahre wird an der Gruppe Kinder vorbeigetragen und in den länglichen Leichenwagen geschoben. Die

Mädchen umarmen sich fester, und ihre Gesichter verzerren sich vor Weinen und Mitleid.

Alle Gesichter, außer das von Bodil.

Kalt erwidert sie seinen Blick.

68.

Es war bereits später Abend. Fredrik lag im Hotelbett und versuchte zu schlafen. Die Sorge nagte an ihm, und er sehnte sich nach der chemischen Wärme einer Tablette. Doch er hielt dagegen; wenn er das hier regeln wollte, dann musste er klar im Kopf sein. Auch wenn die Geschichte immer noch voller loser Fäden war, wusste er doch zumindest, dass er kein Mörder war. Das war das Einzige, was er mit Sicherheit sagen konnte. Er würde niemals jemanden kaltblütig ermorden. Er war nicht die Person, nach der sie suchten.

Alle drei Stunden steckte er den Akku ins Handy und fuhr es hoch, um doch jedes Mal festzustellen, dass er keine Nachricht von Bodil bekommen hatte. Philip hatte ein paarmal angerufen und zwei SMS geschickt mit der Frage, wie es bei ihm voranginge und wie es ihm gehe.

Sein Körper lief im Leerlauf. Er wünschte sich fast schon, dass jemand hereinstürmen, ihm Handschellen anlegen, die Starre durchbrechen und ihm endlich die Anspannung nehmen würde.

Sofias Worte klingelten ihm in den Ohren. *Jetzt fahr aufs Revier, Fredrik, das wäre das Beste für alle.* Sie hatte mit ihm gesprochen, als wäre er ein völlig Fremder.

Keine Spur von Mitleid hatte in ihrer Stimme mitge-
schwungen. Er war nur ein Hindernis auf ihrem Weg
vorwärts. Ein Problem, das zum *Besten für alle* gelöst
werden musste.

Fredrik rieb sich grob das Gesicht. Er musste herausfinden, was passiert war. Bodil hatte Thomas mit
einer Schlinge um den Hals aus dem Fenster gestoßen
und es wie Selbstmord aussehen lassen. Das hatte Marianne angedeutet. Dann war Bodil von Aron weggeschickt worden und ward nicht mehr gesehen. Etwas
in der Art hatten mehrere Personen erwähnt. Vierzig
Jahre später hatte Adam Ceder aus irgendeinem Grund
angefangen, im alten Selbstmordfall zu graben, was
dazu geführt hatte, dass er bedroht und schließlich ermordet wurde. War es Bodil, die Ceder daran hindern
wollte zu erzählen, was er wusste? Aber warum hatte
sie dann auch noch Christine Karst ermordet und Marianne bedroht?

Rastlos wälzte er sich im Bett herum und versuchte,
ein kühles Fleckchen auf dem Kissen zu finden. Die Gedanken an Bodil und die Jugendlichen im Sommerlager
kreisten in seinem Kopf herum. Irgendetwas übersah er
hier. Sowohl Marianne als auch Siw-Inger hatten berichtet, dass Ester gemobbt worden sei. Wäre es möglich, dass Bodil jetzt an denen, die ihre behinderte kleine
Schwester gequält hatten, Rache nehmen wollte? Dass
Ceder erst das bedrohliche Foto bekommen und darauf-
hin angefangen hatte zu graben? Das würde besser zu
dem Mord an Christine Karst und der Drohung gegen
Marianne passen. Wie unwahrscheinlich es auch klang,

war das doch die vernünftigste Erklärung, die er momentan anzubieten hatte.

Obwohl noch keine drei Stunden vergangen waren, griff er nach dem Handy und setzte den Akku ein. Es dauerte eine Ewigkeit, bis sich der weiße Apfel zeigte. Schon bevor er das SMS-Zeichen sah, wusste er:

Er hatte eine Nachricht.

*

Sofia war allein im Revier. Die Kollegen waren für heute gegangen, und hinten im Wirtschafts- und im Drogendezernat war auch niemand mehr. Draußen waren dicke Wolken aufgezogen und bedeckten schon den halben Himmel. Es würde wieder regnen, man spürte es in der Luft.

Sie schenkte sich Wasser aus dem Glaskrug ein, der auf ihrem Tisch stand, und trank einen Schluck. Karim und Mattias waren raus nach Bonässund gefahren, wo Fredriks Handy das letzte Mal mit einem Mast verbunden gewesen war, und würden danach gleich Feierabend machen. Marie hatte die Fähre nach Ulvön genommen, um mit den Technikern zu sprechen, die immer noch im Bootshaus zugange waren, und Kaj war auf dem Weg nach Umeå zu Caroline Fridell, die mit der Autopsie von Christine Karsts Leiche beschäftigt war. Alle Polizisten im Streifendienst hatten Order, nach Fredrik Ausschau zu halten. Sie selbst war zum Schreibtischdienst abkommandiert worden, bis Vera Zeit hatte, darüber nachzudenken, wie es weitergehen sollte.

Sofia rieb sich den Bauch. Die Übelkeit wollte nicht verschwinden. Sie zwang sich, noch einen Schluck Wasser zu trinken, und begann unbewusst, mit den Fingern über die Narbe neben dem Nabel zu streichen. Lange hatte sie daran gearbeitet, diese unbewusste Bewegung zu unterdrücken, aber jetzt waren alte Wunden wieder aufgerissen worden. Der Teufel hole Fredrik und Kaj und diese ganze Ermittlung.

Zum vierten Mal heute wählte sie die Durchwahl zur Intensivstation des Krankenhauses in Örnsköldsvik, erfuhr aber auch nicht mehr, als dass Tord immer noch nicht wieder aus der Narkose aufgewacht war. Sein Zustand war kritisch, aber stabil. Im Laufe des Abends würden sie die Sedierung etwas herunterfahren, um zu prüfen, ob er stabil genug war, um ins Landeskrankenhaus in Umeå verlegt zu werden. Man bat Sofia, sich am nächsten Tag noch einmal zu melden.

Sie wählte die Nummer von Marianne Nordin, doch es ging niemand ran. Sie hatten mit ihr etwas früher am Tag nur eine kurze Zeugenvernehmung durchführen können. Sie war viel zu mitgenommen und erschüttert von dem, was geschehen war. Körperlich ging es ihr zumindest besser als Tord, sie hatte nur ein wenig an der Hand genäht werden müssen. Sofia steckte ihre Schlüsselkarte in das Lesegerät, fuhr den Computer hoch und klickte die Fallakte an. Die Techniker hatten im Bootshaus keine Einbruchsspuren finden können. Marianne hatte nicht sagen können, wer Tord überfallen hatte. Die beiden hatten in der Küche Kaffee getrunken, und er war aufgestanden, um das Fenster vom Wintergarten zuzumachen, als er von einer unbekannten Person, die ins Wohnzimmer eingedrungen war, angegriffen worden war.

Hatte der Überfall etwas mit den Morden zu tun? Es schien, als würde Kaj das glauben, und jetzt, da Christine Karst tot war, blieb Fredrik als einziger Verdächtiger. Doch er konnte es nicht sein. Das durfte einfach nicht sein. Die Ermittlung nahm mit jedem Tag an Umfang zu, aber es fühlte sich an, als würde sie ihnen entgleiten. Die Überwachungsvideos der Fähre waren angefordert worden, und noch einmal gingen die Beamten von Tür zu Tür. Drei parallele Vorfälle, die sich gleichzeitig auf einer Insel mit fünfunddreißig dauerhaften Bewohnern ereignet hatten und untersucht werden mussten. So etwas hatte es in der Geschichte von Ulvön noch nicht gegeben.

Draußen auf dem Flur war das Quietschen von Crocs zu hören, und Sofia erwachte aus ihren Gedanken. Eva steckte den Kopf zur Tür herein und hielt ein Bündel Papiere hoch.

»Wo sind denn alle?«

»Unterwegs. Kann ich dir helfen?«

Eva kam zu ihr und legte das Bündel auf ihren Schreibtisch.

»Neue Listen vom Netzanbieter über die angewählten Funkmasten, die den Ulvön-Fall betreffen. Kannst du dafür sorgen, dass Vera die bekommt?«

Sofia nickte.

»Und Mona Höglund ist hier, um dich zu treffen. Sie hat einfach unten geklingelt. Ich wusste nicht, ob du sie treffen willst, aber sie wirkt sehr angegriffen und hat sich geweigert, wieder zu gehen ...«

Sofia sah zu Eva hoch und dann zur Uhr an der Wand. »Um halb acht Uhr abends?«

Eva nickte.

Als das quietschende Geräusch von Evas Crocs die Treppe hinunter verschwunden war, griff Sofia nach dem Papierbündel, doch noch ehe sie anfangen konnte zu lesen, stand Mona schon in der Tür. Sie hatte geweint und sah grau und eingefallen aus.

»Setzen Sie sich«, sagte Sofia.

Mona ließ sich auf dem Besucherstuhl nieder und nahm die Handtasche auf den Schoß. Sie zupfte konzentriert am Reißverschluss der Tasche, ohne aufzusehen. Als sie schließlich sprach, war es mehr ein Flüstern.

»Es geht um die Überwachungsvideos. Ich war das, die ...« Der Satz endete in Schweigen.

»Sie waren es, die die Videos gelöscht hat?«

»Ja.« Mona nickte und sah Sofia an.

»Warum denn?«

Die andere schluchzte laut.

»Es kam einfach so. Christine hatte mich vorgewarnt, dass er kommen würde. Adam Ceder. Sie wollten sich am Mittsommerabend treffen und die Papiere aufsetzen. Aber sie hatte es mir doch versprochen. Ich sollte das Hotel kaufen können, aber dann sollte es stattdessen an diesen ... an diesen Idioten verkauft werden!« Trotz der Tränen funkelte eine Schärfe in Monas Blick.

»Mona, was ist passiert?«

Mona wischte sich mit dem Pulloverärmel die Augen.

»Ich hatte das Ganze nicht geplant, das schwöre ich!« Sie sah zu Sofia hoch, als würde sie um Zustimmung heischen, aber als die nicht kam, fuhr sie fort.

»Nachdem das Abendessen ausgegeben war, stand ich für eine Weile an der Bar, als er vorbeikam. Er bestellte Whiskey. Ich konnte sofort erkennen, dass er es war.« Mona schnaubte laut. »Dieses anmaßende Arschloch! Aber glauben Sie, dass er mich erkannt hat? Nä, dazu war er sich natürlich zu fein.«

Sofia sah Mona auffordernd an.

»Tut mir leid, aber das regt mich einfach so auf. Das Hotel sollte ja wohl an jemanden gehen, dem die Insel auch wichtig ist, oder?«

Sofia nickte und forderte Mona auf fortzufahren.

»Jedenfalls habe ich leichte Schlafprobleme. Nehme Tabletten, um mich entspannen zu können. Ziemlich starke.«

Sie verstummte kurz.

»Ich habe ihm ein paar Tabletten ins Glas getan.«

»Warum das denn?«

»Ich weiß es nicht. Ich war einfach so wütend. Christine hatte mir versprochen, dass ich die Erste in der Reihe wäre, wenn das Hotel verkauft werden sollte. Sie hatte sogar gesagt, dass ich es zu einem niedrigeren Preis bekommen würde. Und als ich ihn dann gesehen habe, ist mir einfach die Sicherung durchgebrannt. Er war so ein mieser Typ. Ich wollte, dass er das Treffen mit Christine verpassen würde, damit sie kapierte, wie unzuverlässig er war, und es sich anders überlegen würde. Aber dann … dann lag er einfach da. Tot!«

»Sie müssen mir helfen, das zu verstehen, Mona. Was hat das alles mit den Überwachungsvideos zu tun?«

Die Antwort ließ ein bisschen auf sich warten.

»Als ich begriff, dass er tot war, kriegte ich Panik. Ich habe ihn gesehen, als ich den Müll zum Container bringen wollte. Überall Blut und dann die Wunde auf der Stirn …«

»Sie dachten, es sei ein Unfall gewesen?«

Mona sah sie flehend an.

»Ja. Und wenn er hingefallen wäre, dann wäre das doch meine Schuld gewesen, aber dann ist mir das mit dem Streit und dem anderen, der rumgeschrien hat, eingefallen. Der war ja betrunken gewesen. Es war Mittsommer, alle waren besoffen, und …«

»Was passierte dann?«

Mona hob den Blick.

»Nachdem ich Ceder gefunden hatte, habe ich seine Tasche aus seinem Zimmer geholt und habe sie bei diesem Fröding, dem ich ja aufs Zimmer geholfen hatte, abgestellt. Ich dachte, dass die Polizei sie dort finden würde. Als Sie dann aber nichts von sich haben hören lassen, habe ich stattdessen angerufen und von dem Streit erzählt, damit Sie glauben würden, dass er … oh, mein Gott«, jammerte sie. »Was passiert jetzt mit mir? Komme ich ins Gefängnis?«

Mona weinte jetzt hemmungslos, und Sofia legte tröstend eine Hand auf ihren Arm und griff mit der anderen nach dem Telefon. Mona Höglund gab hier kein vorteilhaftes Bild von sich ab, doch war vollkommen klar, dass sie Adam Ceder nicht ermordet hatte. Sofia merkte, wie ein unangenehmes Gefühl sie beschlich. Hatte sie sich vielleicht doch in Fredrik getäuscht? Aber wenn Mona die Tasche in sein Zimmer gestellt hatte, dann konnte er sie Ceder ja nicht entwendet haben.

»Also, jetzt machen wir Folgendes.« Sofia stand auf und half Mona vorsichtig auf die Füße. »Sie kommen mit mir runter in die Arresträume, ich rufe einen Kollegen an, und wir können gemeinsam rausfinden, was vorgefallen ist. Wie klingt das?«

Mona nickte apathisch und ließ sich durch den Flur und die Treppe hinunterführen. Sofia setzte sie beim Wachmann ab und ging in ihr Büro zurück, um Vera anzurufen und ihr zu sagen, was sie wusste. Als sie den Telefonhörer in die Hand nahm, fiel ihr Blick auf die Listen, die Eva gebracht hatte. Sie legte wieder auf, holte sich den Papierstapel heran und blätterte vor zum Datum des aktuellen Tages. Fredrik befand sich nach wie vor in Örnsköldsvik. Er hatte keine Telefongespräche geführt, doch vor wenigen Stunden hatte sich das Handy automatisch eingewählt.

Und zwar bei einem Mast, der weniger als hundert Meter vom Stadthotel entfernt war.

»Kennen Sie diesen Mann hier? Er heißt Fredrik Fröding und könnte Gast bei Ihnen sein.« Sofia hielt der Rezeptionistin ihr Handy vor die Augen, damit diese Fredriks Gesicht besser sehen könnte.

»Leider dürfen wir keine Informationen über unsere Gäste herausgeben«, antwortete sie, ohne das Bild auch nur anzusehen.

Sofia zog ihre Polizeimarke heraus und hielt sie der jungen Frau hin, die einen beunruhigten Blick darauf warf und dann anfing, im Computer zu tippen.

»Erster Stock, zweite Tür links. Soll ich mit raufkommen?«

»Nein, danke.«

Sofia sah auf ihre Armbanduhr. Es war halb neun Uhr abends. Eigentlich sollte sie nicht allein da hinaufgehen, aber Kaj war bestimmt noch nicht aus Umeå zurück. Marie befand sich noch auf Ulvön. Mattias war sicherlich zu Hause, aber sie konnte sein selbstzufriedenes Gesicht nicht noch einmal ertragen. Also zog sie ihr Handy hervor und wählte Karims Nummer. Der hatte doch wieder aufs Revier fahren müssen, um sich um Mona zu kümmern.

»Wie ist es gelaufen?«

»Sie hat die ganze Zeit geweint, seit wir sie in Gewahrsam genommen haben«, antwortete Karim. »Am Ende musste einer der Wachleute sie rauf in die Notfallambulanz der Psychiatrie fahren. Ihr einziges Motiv scheint zu sein, den Verkauf aufhalten zu wollen.«

»Was machst du jetzt?«

»Ich bin auf dem Weg nach Hause zu dem Bier, das ich gerade aufgemacht hatte, als Eva anrief.«

Sofia bat halbherzig um Entschuldigung und wünschte Karim einen schönen Abend, dann legte sie auf. Natürlich könnte sie Vera anrufen, aber das Gespräch würde sicher nicht gut enden. Sie hatte Order, am Schreibtisch zu bleiben, und da befand sie sich ja nicht gerade.

Es störte sie ein bisschen, dass sie sich darauf freute, ihn zu sehen. Hier stand sie vor der Hotelzimmertür eines Mordverdächtigen und strich sich sorgfältig die Haarsträhnen zurück, die sich aus dem Pferdeschwanz gelöst hatten. Als ob es sich um einen verdammten Schönheitswettbewerb handeln würde. Wo war eigentlich ihre Professionalität geblieben? Ein Bild von Fredrik zwischen ihren Beinen, während sie mit dem Rücken am Kühlschrank lehnte, zog vor ihrem inneren Auge vorbei. Das war ungefähr der Moment, an dem alles den Bach runtergegangen war, die Professionalität, die Karriere und der Verstand.

Sofia rückte das Holster unter der Jacke zurecht und machte sich bereit.

Da ging die Tür auf.

Die Reinigungskraft, die aus dem Zimmer kam, gab einen kleinen Schrei von sich und schlug die Hände auf die Brust.

»Haben Sie mich aber erschreckt. Wollen Sie in das Zimmer? Ich bin gleich fertig.«

»Ich bin von der Polizei.« Noch einmal holte Sofia ihre Marke hervor und zeigte sie der dunkelhaarigen Frau, die sofort ein paar Schritte ins Zimmer zurückwich. Sie warf die Mülltüte auf den Wagen und fing schnell an, die Sprayflaschen und Lappen einzusammeln, die sie auf dem Schreibtisch zurückgelassen hatte.

»Lassen Sie alles stehen.«

Die Frau nickte, schob sich an ihr vorbei und verschwand den Flur hinunter.

Sofia schob die Tür mit dem Fuß zu und sah sich um.

Das Zimmer roch muffig und verraucht. Sie zog die Gardinen auseinander und ließ die regenschwere Abendluft durch den Lüftungsspalt hereinziehen. Die Papierstapel auf dem Schreibtisch raschelten im Luftzug. Aus der Steckdose ragte ein Handyladekabel, und das Bett war noch nicht gemacht. Sie unterdrückte den Impuls, mit der Hand über den Abdruck von Fredriks Kopf im Kissen zu streichen.

Er hatte sich zweifellos in diesem Hotelzimmer aufgehalten, und er plante auch zurückzukehren. Sofia beugte sich vor und sah unters Bett, doch da war nichts. Sie hob die Kleider an, die auf den Sessel geworfen waren, und ging dann zum Kleiderschrank.

Da stand sie: Adam Ceders Tasche. Warum hatte Fredrik sie nicht bei der Polizei abgegeben?

Sie zog einen Plastikhandschuh heraus und öffnete die Tasche. Kleider, ein Necessaire und ein Rasierapparat.

Warum zum Teufel hast du diese Tasche behalten, Fredrik?

Der Knoten im Magen war zurück, die Übelkeit überspülte sie. Sofia wich vom Kleiderschrank zurück und sah sich nach einem Papierkorb um. Kaum hatte sie den in der Hand, musste sie sich schon übergeben. Auf allen vieren hockend würgte sie den armseligen Mageninhalt aus sich heraus und wischte sich dann mit dem Handrücken den Mund ab. Das Herz hämmerte im Brustkorb, aber sie schaffte es, sich auf den Schreibtischstuhl zu hieven.

Und da sah sie es.

Im Papierstapel direkt neben ihr, unter einer Dose Pepsi, lag eine abgegriffene Rechnung, auf der Name und Adresse des Empfängers eingekreist waren. Ein Name, den sie kannte.

Was hatte Fredrik vor?

69.

Zum zweiten Mal parkte Fredrik auf dem einsamen Wendeplatz und sah den zugewachsenen Schotterweg hinauf, der zum Haus von Bodil Dirk führte. Er holte sein Handy heraus und las noch einmal die Nachricht:

Kommen Sie allein.
Bodil.

Irgendwie klang das bedrohlich, und ihm wurde wieder klar, wie unmöglich die ganze Situation war. Sollte er einfach hineingehen und fragen, ob Bodil in jener Nacht vor fast vierzig Jahren im Pfarrhof Thomas Nilsson umgebracht hatte? Und jetzt Adam Ceder und Christine Karst? Hallo, sind Sie eine Serienmörderin? Er musste lachen. Was für eine Antwort erwartete er eigentlich? Und was würde er tun, wenn sie Ja sagte?

Er wählte Philips Nummer. Nach ein paarmal Klingeln ging die Mailbox ran.

»Hallo, Philip, ich rufe an, um … ich will einfach nur, dass du etwas weißt, für den Fall, dass was passiert. Ich habe Bodil Dirk gefunden. Ich glaube, dass sie es sein könnte, die hinter der ganzen Sache steckt. Jedenfalls, wenn du mich nicht erreichen kannst, ruf Sofia Hjortén von der Polizei Örnsköldsvik an.« Er gab noch Bodils Adresse an, dann legte er auf und holte ein paarmal tief Luft, um sich zu sammeln.

Als er die Hand auf den Griff der Autotür legte, wurde er von einem heftigen Panikanfall heimgesucht. Kalter Schweiß lief ihm über den Rücken, und er konnte nur noch in abgehackten Stößen Luft holen. Er blieb sitzen, bis sein Atem sich ein wenig beruhigt hatte, und stieg dann aus dem Auto.

Als er ein Stück zum Haus hochgegangen war, konnte er in einem der Fenster im Erdgeschoss ein schwaches Licht erahnen. Ein Schatten huschte an dem geriffelten Glas der Eingangstür vorbei und zeigte ihm, dass er erwartet wurde. Es schauderte ihn. Er drehte sich um, konnte aber vor lauter Gestrüpp sein Auto kaum noch erkennen. Er hoffte inständig, dass er für den Fall, dass etwas passierte, hier Netz haben würde.

Vorsichtig klopfte er an die Tür. Kurz darauf nahm er von innen ein raschelndes Geräusch wahr. Eine Silhouette wurde hinter der Scheibe sichtbar. Er hielt den Atem an. Die Tür ging auf, und eine schmale Gestalt stand in der Öffnung. Sie winkte ihn rasch hinein und zog dann die Tür hinter ihm mit einem Knall zu. In der Diele war es dunkel, doch das Licht aus der Küche half ihm, die magere Frau vor sich zu erkennen. Die Angst tobte in ihm, und er musste den Impuls unterdrücken, sie beiseitezuschubsen und wieder hinauszurennen. Er öffnete den Mund, aber sie brachte ihn barsch zum Schweigen.

»Sind Sie allein gekommen, wie ich gesagt habe?«

Er nickte.

Seine Augen begannen, sich an die Dunkelheit zu gewöhnen, und jetzt sah er, dass sie das Ohr an die Eingangstür gedrückt hatte. Mehrere Minuten lang standen sie so da, bis sie leise murmelnd an ihm vorbei in die Küche hinkte. Fredrik folgte ihr.

Drinnen vorm Ofen wartete ein Rollator.

»Ich habe Rheuma«, erklärte sie kurzangebunden. »Möchten Sie Kaffee?«

Das Innere des Hauses stand in völligem Gegensatz zur Fassade. Jedes Fenster war mit dicken Gardinen und Rollos verhangen, aber auf den Fensterbrettern drängten sich Plastikblumen und Nippes, und an den Wänden hingen gestickte Bilder mit Bibelzitaten. Fredrik zählte rasch mindestens acht Porzellankatzen allein auf den Fensterbrettern in der Küche. Noch nie hatte er so eine bunt durcheinandergewürfelte Einrichtung gesehen, aber erstaunlicherweise wirkte das Zimmer einladend und sauber. Bodil zeigte auf eine zwei Meter lange Kreuzstichstickerei, auf der ein gelbes Blumenarrangement zu sehen war. Sie lächelte stolz.

»Dafür habe ich ein Jahr gebraucht. Schick, oder?«

Mühsam ließ sie sich am Küchentisch nieder und zeigte auffordernd auf eine Schale, die von selbst gebackenen Keksen überquoll. Fredrik setzte sich auf die Küchenbank und nahm sich erstaunt einen Vanillekeks, den er auf einem geblümten Teller ablegte.

»So, Fredrik Fröding. Sie wollen über meine Familie reden, nehme ich an.«

»Wieso glauben Sie das?«

»Warum sollten Sie sonst hier sein? Niemand weiß, wo ich bin oder dass es mich überhaupt gibt. Wenn es Ihnen gelungen ist, das rauszukriegen, dann bedeutet das, dass jemand vom Vedbacksgården geplaudert hat. Das sind die Einzigen, die meine Adresse haben.«

»Ich versuche herauszubekommen, was einem Mann namens Adam Ceder zugestoßen ist. Und es geht auch um einen Jungen, Thomas Nilsson. Er starb 1979.«

Bodil nickte resigniert.

»Sie haben Christine vergessen.« Fürsorglich strich sie das Tischtuch glatt.

Fredrik nickte und versuchte zu verbergen, dass ihm ein Schauer über den Rücken lief. Bodils Stimme war so kalt, dass sie schneidend wirkte.

»Die waren ganz schrecklich zu ihr, das müssen Sie wissen. Ester hat mir alles erzählt, gleich in der Nacht, nachdem es passiert war. Was sie getan hatten. Wie sie über sie hergefallen sind. Er hatte es verdient, auch wenn …«

»Thomas?«

Fredriks Blick blieb an Bodils Händen hängen, die über das Muster der Tischdecke fuhren, als würde sie jeden Stich mit einer unsichtbaren Nadel noch einmal sticken.

Ihr Körper wurde von einem Schluchzen geschüttelt, und sie zog ein Stofftaschentuch aus dem Pulloverärmel, mit dem sie sich die Augen wischte.

»Ja.«

Draußen im dichten Wald um das Haus konnte man die Vögel singen hören, doch in der Küche war es still.

Fredrik war ratlos. War das hier ein Geständnis? Was sollte er jetzt tun?

»Dann waren Sie es also?«, flüsterte er schließlich und legte die Hand auf das Handy in der Jeanstasche.

Bodil sah ihn an.

»Ich? Ich kann doch kaum laufen.« Sie zeigte linkisch auf den Rollator.

»Aber woher wussten Sie dann, dass Christine tot ist?«

Bodil wies auf den Zeitungsstapel neben ihm auf dem Küchensofa.

»Die Welt hat mich vergessen, nicht ich die Welt.«

Fredrik starrte lange auf die Zeitungen, nahm dann die oberste herunter und las die aufgedruckte Adresse auf der Rückseite.

»Asta Norén?«

»Eine von Vaters Kirchgängerinnen hier auf dem Festland. Sie wurde meine Pflegemutter, hat mich formell adoptiert. Fast vierzig Jahre lang war ich Bodil Norén. Nachdem Vater ins Heim gezogen war, blieb ich hier wohnen, damit ich ihn besuchen konnte. Auch um Asta habe ich mich gekümmert, als sie alt wurde. Sie ist schon lange tot, aber die Zeitung kommt weiterhin.«

»Ich verstehe das alles nicht, Bodil. Die Leute auf Ulvön glauben, Sie hätten Thomas getötet. Warum verstecken Sie sich hier in diesem Haus, wenn Sie doch mit dem, was damals geschah, nichts zu tun hatten?«

Bodil schüttelte den Kopf.

»Ich habe niemanden getötet.«

Fredrik musste verstört feststellen, dass er ihr glaubte.

Bodil sah zu den vorgezogenen Gardinen und faltete das Stofftaschentuch umständlich zu einem Viereck. Als sie wieder hochsah, war ihr Blick klar.

»Ester war es.«

»Ester?«

Bodil nickte.

»Ich weiß nicht, wie es vor sich ging. Ich war unten in der Küche und habe versucht, nach dem Fest etwas aufzuräumen. Als ich raufkam, war Thomas bereits tot. Alle glaubten, ich sei es gewesen, sogar Vater.«

»Ester hat ihn getötet?«

Sie nickte.

»Ihre Schwester Ester hat Thomas Nilsson getötet? Aber wie denn? Und warum sind Sie nicht zur Polizei gegangen?«

Voller Scham sah Bodil ihn an.

»Ich hatte nicht das Herz, sie den Rest ihres Lebens im Gefängnis zubringen zu lassen. Sie war krank, müssen Sie wissen. Sehr krank. Als unsere Mutter starb, fing Ester an, Stimmen zu hören. Sie glaubte, heilende Kräfte zu besitzen, Wunden und Krankheiten kurieren zu können. Sie fügte sich selbst Schnittwunden zu, um dann zu versuchen, sie mit Gottes Kraft wieder zu schließen. Vater ist mit ihr zu einem Arzt gegangen, aber die haben nicht sagen können, was es war. Und Vater wusste es auch nicht. Seine einzige Erklärung war, dass Ester auserwählt sein müsse, dass die Stimme, die sie hörte, die Stimme Gottes sein müsse. Und schließlich hatte Thomas durch das, was er getan hatte, sein eigenes Schicksal besiegelt. Also habe ich einfach weggeschaut.«

Bodil schluchzte und sah ihn flehend an.

»Alles, was seither passiert ist, war meine Schuld.«

»Sie meinen, der Brand in Stockholm?«

Sie nickte. Fredrik schob die Kaffeetasse beiseite und stützte die Ellenbogen auf den Tisch. Er rieb sich das Gesicht und versuchte, die Informationen zu sortieren, die er da eben erhalten hatte. Bodil betrachtete ihn, während die Tränen auf das zusammengefaltete Taschentuch tropften.

»Ester hat also eine Schlinge um Thomas' Hals gelegt und ihn aus dem Fenster geschubst? Obwohl sie im Rollstuhl saß?«, fragte Fredrik verwirrt.

»Ja.«

»Aber wer hat dann Adam und Christine ermordet? Und warum?«

Bodils Züge verzogen sich zu einer gequälten Grimasse, und sie schlug die Hände vors Gesicht. Ein Weinkrampf schüttelte sie.

»Bodil?«

Sie schüttelte den Kopf. Fredrik streckte seine Hand über den Tisch und legte sie auf ihren Arm, doch sie zog ihn weg.

»Helfen Sie mir zu verstehen, Bodil. Sie können es mir erzählen.«

Sie ließ die Hände sinken und sah ihn an.

»Ester ist nicht tot.«

Die Stille, die dann folgte, war bleischwer. Bodils Körper zitterte. Irgendwo draußen meinte Fredrik einen Ast knacken zu hören. Erst dachte er, es sei Einbildung, doch dann war das Geräusch wieder zu hören.

»Sie ist da draußen. Ich habe mein ganzes Leben Angst vor ihr gehabt. Sie wird niemals zulassen, dass ans Licht kommt, was sie getan hat.« Jetzt klang Bodil abwesend, unerreichbar.

»Wir müssen hier weg.«

Er stand auf und ging um den Tisch herum, legte die Hand auf Bodils Schulter, doch sowie er sie berührte, schrie sie auf und schlug nach ihm. Sie würde das Haus nicht freiwillig verlassen, das war klar.

»Hören Sie auf mich, Bodil. Wir sind hier nicht sicher. Ich muss Marianne warnen. Vielleicht ist sie als Nächste dran. Vielleicht sind wir die Nächsten. Wir müssen hier weg.«

Noch ehe sie protestieren konnte, griff er nach ihrer Hand und zog sie zur Eingangstür, die er weit öffnete. Zu spät sah er die blonde Frau, die draußen mit erhobener Waffe auf sie wartete.

70.

Es klingelt an der Tür. Vater ist gegangen, hat aber die Wohnungstür nicht verschlossen, damit ich nicht in die Diele rausmuss, wenn jemand kommt. Schnell werfe ich mich in den Rollstuhl und lege die Decke über den Beinen zurecht. Mutter darf noch länger auf dem Boden vor der Schlafzimmertür stehen bleiben.

»Herein!«

Ich setze mich aufrecht im Rollstuhl hin und lächele. Das war knapp. Grade eben noch habe ich das Balancieren auf dem Fußboden geübt. Ich bin inzwischen wirklich gut. Mit Mutters Hilfe habe ich angefangen, meine Beine wieder zu benutzen. Die waren nie kaputt, sagt sie, sondern nur schläfrig. Mit jedem Tag werde ich stärker und kräftiger. Bald werde ich mich vor Vater erheben und zeigen, dass Gott meine Beine zum Leben erweckt hat. Er wird so glücklich sein.

Vergiss nicht, mein Kind, du bist Gottes Auserwählte. In allem, was du tust, hast du Gottes Beifall. Lass dir von niemandem etwas anderes sagen.

Mutters leise Worte stärken mich.

Die Tür fliegt auf und wirft Mutter um, die unter das Bett rutscht. Ich schnappe nach Luft, bin dann aber so erstaunt darüber, wer ins Zimmer kommt, dass ich kurz sogar Mutter vergesse. Auf der Schwelle steht Bodil.

»Ester.« Sie beugt sich vor und versucht, mich zu umarmen, aber ich entziehe mich. Will gar nicht, dass sie hier ist und stört. Wir sind jetzt eine Familie. Mutter, Vater und ich. Sie darf nicht hierherkommen und plaudern. Nicht wahr, Mutter?

Bodil setzt sich aufs Bett.

»Ester. Du musst jetzt die Wahrheit sagen.«

Ich schüttele den Kopf.

»Verstehst du nicht? Wir müssen es Vater sagen. Und der Polizei. Du musst sagen, was du getan hast. Ich kann das nicht mehr länger ertragen.«

Bodil sieht mich flehend an. Als ob das helfen würde. Ich kann das Kichern nicht unterdrücken. Es spritzt einfach zwischen den Zähnen heraus, und Mutter stimmt ein. Sie windet sich vor Lachen, da unter dem Bett, aber Bodil merkt nichts.

»Was ist denn so lustig?«

»Ich habe nichts getan.«

Bodil sieht mich verständnislos an.

»Du hast Thomas getötet.«

»Ich habe niemanden getötet. Wir haben einander geholfen.«

»Wer hat dir geholfen?«

»Mutter.«

Bodil sieht sich verzweifelt im Zimmer um, ihre Augen füllen sich mit Tränen.

»Geliebte Schwester. Mutter ist tot.«

»Sie ist nicht tot! Ich bin ihr Kind. Gottes Auserwählte. Das weißt du ja wohl, Bodil.«

Sie schlägt die Hand vor den Mund und schüttelt den Kopf.

»Sie ist hier. Mutter, komm raus und zeig dich Bodil.« Ich locke Mutter, aber sie ist schüchtern und möchte nicht rauskommen.

Jetzt bricht Bodil in Tränen aus. Sie macht auf dem Absatz kehrt und verlässt das Zimmer. Ich folge ihr im Rollstuhl, nehme Schwung, um über die Schwelle zu kommen, die Vater noch nicht hat entfernen können.

»Wohin willst du?«

Bodil dreht den Schlüssel herum und öffnet die Wohnungstür. Sie steht mit dem Rücken zu mir, doch ehe sie die Tür hinter sich schließt, dreht sie sich noch einmal um, sieht mich aber nicht an.

»Ich gehe jetzt zur Polizei, Ester.«

»Nein, Bodil! Warte. Sag nichts der Polizei. Die werden uns trennen! Sie werden mir Mutter wegnehmen!« Ich höre, wie meine laute Stimme durchs Treppenhaus hallt. »Bitte, Bodil. Ich würde lieber sterben, als Mutter noch einmal zu verlassen!«

Doch Bodil antwortet nicht. Die Tür schlägt zu, ehe ich sie einholen kann. Schnell rolle ich in mein Zimmer zurück und hieve mich aus dem Stuhl. Obwohl wir jede Nacht üben, sind meine Beine noch nicht so kräftig, dass ich rennen kann. Ich krieche unters Bett und puste den Staub von Mutter ab.

»Mutter! Du musst mir helfen. Bodil sagt, sie will zur Polizei gehen. Was sollen wir nur tun?«

Sie schaut mich vorwurfsvoll an.

Mein Kind! Das sollte doch unser Geheimnis sein.

»Verzeih mir, Mutter. Bitte, verzeih mir. Was sollen wir tun? Wir müssen fliehen. Uns verstecken.«

Noch ehe Mutter antworten kann, klingelt in der Küche das Telefon. Ich hinke so schnell es geht dorthin. Ich muss vor dem letzten Klingeln rangehen.

»Bodil?«

Aber es ist nicht Bodil. Die Stimme am anderen Ende ist unverändert, obwohl ich sie seit über einem Jahr nicht gehört habe. Nicht seit dem Mittsommerabend.

»Ich dachte, du wärst in Irland.«

»Meine Eltern sind weiter nach Ghana«, antwortet Marianne bedächtig. »Ich war den Sommer über bei meiner Oma in Dalarna.«

»Ach ja?«

Marianne fährt mit herablassender Stimme fort.

»Jetzt reise ich weiter nach England und gehe dort auf ein Internat. Die Koffer stehen schon fertig gepackt im Hotel, ich fahre morgen. Und du, Heilige? Was hast du vor? Für den Rest des Lebens täglich in den Park rollen und die Vögel füttern?«

Sie lacht.

Mutter sagt im Schlafzimmer etwas, aber ich kann es nicht verstehen.

»In welchem Hotel wohnst du?«

Erst klingt Marianne ertappt, fasst sich aber schnell wieder.

»Im König Carl, wieso?«

Mutter ruft wieder.

»Kann ich vorbeikommen?«, fragt Marianne.

»Warum?«

»Ich soll Aron englische Bibeln aus der Gemeinde bringen. Meine Mutter will das. Hast du gedacht, ich wollte dich besuchen, oder was?«

Dieselbe alte Marianne. Die hat gar nichts gelernt. Hat die Peitsche Gottes nicht verspürt. Aber bald wird Bodil mit der Polizei hier sein. Ich habe keine Zeit für Marianne und ihre Bibeln, ich muss Mutter holen und mit ihr fliehen. Ich schaue ins Schlafzimmer. Vom Bett aus begegnet Mutters Blick meinem. Erst schaut sie mich streng an, dann lächelt sie und nickt.

Da begreife ich. Begreife, was Mutter von mir will.

»Ja, Marianne. Kein Problem. Komm einfach vorbei.«

71.

Bodil bleibt am Springbrunnen auf dem Mariatorget stehen, setzt sich auf eine Bank und betrachtet den barbrüstigen Asengott, der den Hammer über die Midgardschlange erhebt. Das Wasser ist heute abgeschaltet, doch die dramatische Skulptur wirkt trotzdem genauso lebendig.

Sie ist ratlos. Sie liebt Ester. Und sie möchte ihr helfen, aber sie kann nicht länger schweigen. Das schlechte Gewissen frisst sie von innen auf.

Vater wird so enttäuscht sein. Sie hatte ihm doch versprochen, Ester zu beschützen. Und sie hat wirklich alles dafür getan. Hat ihr ganzes Dasein um die Schwester kreisen lassen, hat alle eigenen Bedürfnisse aufgegeben, um die Mutter zu sein, die sie beide verloren haben. Sie hat sogar mitgemacht, wenn Vater darüber gepredigt hat, wie auserwählt Ester sei. Wie sehr Gott sie lieben würde und dass Mutter gestorben sei, um ein Engel zu werden, der über sie wacht. Sie hat dafür gesorgt, dass niemand die Krankheit und die Stimmen bemerkt. Hat die Schuld auf sich genommen und sich von Vater wegschicken lassen. Sie hat alles getan, um die Schwester vor dem Hohn der Kameraden zu schützen. Und dennoch ist es so gekommen.

Bodil merkt, wie ihr wieder die Tränen in die Augen steigen. Sie kann nicht mehr lügen. Ihr Gewissen soll nicht von dem befleckt werden, was Ester getan hat.

Sie steht auf, wischt sich entschlossen die Tränen ab und rückt Bluse und Rock zurecht. Als sie aufsieht, stehen plötzlich zwei Männer da und zeigen auf etwas hinter ihr.

»Es brennt!«

Bodil dreht sich um. Und tatsächlich, es brennt. Schwarzer Rauch steigt zum Himmel. Ohne groß nachzudenken, geht sie zur Wohnung zurück. Erst langsam, aus dem Park hinaus, dann auf die Straße, sie lässt den Rauch nicht aus dem Blick. Dann beginnt sie zu laufen. Das Herz hämmert ihr im Leib. Als sie fast an dem terrakottafarbenen Mietshaus angekommen ist, sieht sie schon die zornig gelben und orangeroten Flammen aus dem Dach schlagen.

Ester. Oh, mein Gott! Ester ist da drinnen und kann nicht raus.

Obwohl sie den Gedanken nicht zulassen will, zerrt er doch an ihr.

Das hier ist meine Schuld.

Vor der Tür hat sich schon eine Menschenmenge angesammelt. Eine Frau mit einem Baby auf dem Arm kommt herausgelaufen und stößt mit einem Mann zusammen, der auf dem Weg hinein ist.

»Bleiben Sie! Sie können da nicht reingehen!«, ruft

die Frau, aber der Mann verschwindet trotzdem mit dem Jackenärmel als Schutz vor Mund und Nase die Treppe hinauf. Bodil erkennt ihn, es ist Vater! Er wird Ester retten.

Alles geht so schrecklich schnell und langsam zugleich. Menschen rennen vorbei, scheinen sich aber in Zeitlupe zu bewegen. Irgendwo weit entfernt ist ein Feuerwehrauto zu hören. Bodil ist wie versteinert. Mehrere Menschen sind da, um sich um die zu kümmern, die aus dem Haus flüchten. Feuerwehrmänner und Rettungspersonal kämpfen mit Drehleiter und Wasserschläuchen. Jetzt hat sich der Brand über mehrere Wohnungen ausgedehnt, und schwarzer Rauch quillt aus den Fenstern. Nirgends kann sie Vater und Ester sehen.

Als sie dasteht, sieht sie, wie sich auf der kurzen Seite des Hauses eine Tür öffnet. Eine langhaarige Figur zieht sich langsam am Geländer aus dem Kellergeschoss. Sie hinkt, scheint verletzt. Die Beine wirken zittrig. Die Silhouette ist so vertraut. Bodil sieht mit zusammengekniffenen Augen durch den Rauch und all die herumlaufenden Menschen.

Das Mädchen bleibt abrupt stehen. Lange sehen sie sich an.

Ester legt den Zeigefinger auf die Lippen und lächelt.

Dann verschwindet sie die Treppe hinauf.

72.

»Stehen bleiben!« Sofia stand breitbeinig da, beide Hände um die Waffe gelegt. Die Stimme im Befehlston. Fredrik ließ die weinende Bodil los, und sie blieben auf der Eingangstreppe stehen. Sofia steckte die Waffe ins Holster.

»Zurück!« Sie zeigte auf die Tür, und er tat, was sie befahl. Sofia eilte schnell die Treppe zu Bodil hinauf, legte beschützend den Arm um ihre schmalen Schultern und lehnte sich vor, sodass ihre Gesichter einander fast berührten.

»Bodil, ich heiße Sofia Hjortén und bin Polizistin. Was geht hier vor?«

Bodil sah auf und blickte Sofia zum ersten Mal an.

»Ester«, flüsterte sie. »Sie müssen Ester finden.«

Ein paar Minuten später saßen sie alle drei im Auto. Sofia saß mit zusammengekniffenen Lippen hinter dem Steuer und fuhr unter Missachtung aller Geschwindigkeitsbegrenzungen, sodass Fredrik sich am Türgriff festklammern musste, um nicht durchgeschüttelt zu werden. Der Skoda seiner Großmutter stand noch in Bodils Auffahrt, aber er war dankbar, nicht selbst fahren zu müssen. Es hatte angefangen zu regnen, und die nasse Straße glänzte gefährlich im Licht der Scheinwerfer.

Im Rückspiegel sah er, wie Bodil ausdruckslos die Straße vor ihnen betrachtete.

»Ist dir klar, wie krank das klingt?«

Er nickte, ohne Sofia zu antworten. Es war krank, aber trotzdem die wahrscheinlichste Erklärung.

»Ich schwöre, wenn du dir das hier hast einfallen lassen, um deinen Kopf aus der Schlinge zu ziehen …«

Er öffnete den Mund, um etwas zu sagen, aber Sofia war noch nicht fertig.

»Ester Dirk soll also Thomas Nilsson ermordet und den Brand überlebt haben und zurückgekehrt sein, um noch drei weitere Menschen umzubringen? Wie soll das möglich sein?«

»Ich verstehe es auch nicht. Warte, was meinst du mit drei weiteren?«

Zum ersten Mal sah Sofia ihn an, wie er da auf dem Beifahrersitz saß.

»Wir haben noch einen Toten in Stockholm. Mats …«

»Mats Dahlman.« Die Stimme vom Rücksitz ließ Sofia und Fredrik zusammenfahren. Sofia begegnete Bodils Blick im Rückspiegel.

»Sie wird sich einen nach dem anderen vornehmen. Alle, die ihr Unrecht getan haben.«

Je mehr Fredrik darüber nachdachte, desto deutlicher wurde, dass Marianne als Nächste an der Reihe war. Deshalb war ihr Foto vom Sommerlager gestohlen worden. Das war eine Warnung von Ester.

»Ich muss zu Marianne. Sie könnte in Gefahr sein.«

Sofia schüttelte den Kopf, doch er sah ihr an, dass sie

ihm glaubte. Am liebsten hätte er vor Erleichterung geweint.

»Du fährst nirgends hin. Ihr kommt beide mit aufs Polizeirevier, ist das klar? Um Marianne und die anderen, die beim Sommerlager dabei waren, kümmern wir uns später.«

»Aber, was wenn …«

»Fredrik«, sagte Sofia in so scharfem Tonfall, dass er verstummte. »Lass das jetzt mal die Polizei übernehmen. Wir werden jemanden zu Marianne schicken, aber erst müssen wir mal das hier klären.«

Sofia nahm ihr Handy und wählte eine Nummer, um dann die Person am anderen Ende schnell auf den neuesten Stand zu bringen.

»Wir suchen Ester Dirk, geboren 1965. Keine Beschreibung. Angeblich soll sie 1980 bei einem Brand auf Södermalm in Stockholm umgekommen sein, es besteht jedoch der Verdacht, dass sie noch lebt und auf freiem Fuß ist. Ich habe Grund zu der Annahme, dass Ester Dirk für die drei Morde verantwortlich ist, in denen wir ermitteln, und für einen vierten an einem vierzehnjährigen Jungen, der 1979 geschehen ist. Sie muss als extrem gefährlich eingeschätzt werden. Ich bin mit zwei Zeugen im Auto unterwegs zum Revier. Wir werden in zwanzig Minuten da sein.«

Sie hatte kaum aufgelegt, da klingelte das Handy. Sie wechselte ein paar Worte mit der Person am anderen Ende, doch Fredrik konnte nicht nachvollziehen, worum es ging. Als sie auflegte, war sie kreideweiß im Gesicht.

»Ich muss ins Krankenhaus.«

73.

Fredriks Blick fiel auf die Schlüssel, die im Fach zwischen den Sitzen von Sofias Volvo lagen, mit dem sie gerade in die Garage des Polizeireviers fuhren. Sie waren an einem braunen Korkball befestigt, und es gehörte nicht viel dazu zu kapieren, dass die zu ihrem Boot gehörten. Schon als er an dem Gedanken vorbeikam, war ihm klar, dass die Idee reiner Wahnsinn war, trotzdem machte er sich bereit. Er lehnte sich gegen die Beifahrertür und sah verstohlen durch den Seitenspiegel zu den Toren hinter ihnen, die sich noch nicht geschlossen hatten. Er konnte nicht in unendlichen Vernehmungen festsitzen, wenn Marianne in Gefahr war. Drei Menschen waren bereits tot, und womöglich war sie die Nächste in der Reihe. Er fühlte sich verantwortlich, als wäre er selbst der Katalysator zu allem, was geschehen war.

Sofia lenkte den Wagen auf einen Parkplatz und griff nach dem Zündschlüssel. Das war seine Chance. In einer einzigen Bewegung riss er den Bootsschlüssel an sich und warf sich aus der Beifahrertür. Die Garagentore fingen gerade an, sich zu schließen, doch er schaffte es noch hindurch, ehe sie zuschlugen. Als er um die Ecke des roten Ziegelsteingebäudes rannte, in dem das Polizeirevier lag, hörte er jemanden hinter sich herrufen, doch sein Vorsprung war schon zu groß. Dafür würde er zur Rechenschaft gezogen werden, das war ihm schon klar, aber wenigstens würde es kein Gefängnis geben. Er war kein Mörder.

*

Sofia rannte fast den weiß gestrichenen Krankenhausflur zur Anmeldung hinunter.

Sie versuchte, nicht an Fredrik zu denken. Dieser Idiot! Was dachte der sich bloß?

Karim, der in der Garage auf sie gewartet hatte, um Bodil und Fredrik in Empfang zu nehmen, hatte eine Streife hinterhergeschickt, um nach ihm zu suchen. Zu Fuß würde er nicht weit kommen. Karim hatte ihr versichert, dass sie auf dem Revier jetzt nicht gebraucht würde und dass sie sich auf Tord konzentrieren sollte. Trotzdem ärgerte es sie schrecklich. Was glaubte Fredrik eigentlich, wer er war?

Als sie ankam, war die verantwortliche Krankenschwester gerade am Telefon. Die solide gebaute Frau gab ihr zu verstehen, sich noch einen Moment zu gedulden. Sofia rang sich ein Lächeln ab, fing aber sofort an, ungeduldig vor dem Tresen auf und ab zu wandern. Nachdem fünf Minuten vergangen waren, konnte sie sich nicht länger beherrschen, sondern riss ihre Polizeimarke aus der Tasche und schob sie der Plaudertasche unter die Nase. Den Blick auf Sofia gerichtet haspelte die noch ein paar abschließende Worte und legte dann auf.

»Meine Güte, was ist denn passiert?« Die Krankenschwester schien völlig außer sich zu sein, weil sie die Polizei hatte warten lassen.

»Ich suche Tord Grändberg. Er ist heute Morgen operiert worden. Ich muss sofort mit ihm sprechen.«

Die Krankenschwester schüttelte entschieden den Kopf. »Das geht nicht. Wir haben die Medikamente ein wenig heruntergefahren, aber Tord schläft jetzt. Er braucht Ruhe.«

»Ich weiß nicht, ob ich mich eben undeutlich ausgedrückt habe, aber ich muss ihn sofort sprechen! Sein Arzt hat mich vor weniger als einer Stunde angerufen und berichtet, dass Tord nach mir gefragt habe. Es sei wichtig!« Sofias laute Stimme hallte durch den Flur, und ein paar Krankenschwestern weiter entfernt drehten sich beunruhigt zur Anmeldung um.

»Und wenn Sie die Chefin der Landespolizei selbst wären. Niemand darf zu ihm hinein. Er schwebt immer noch zwischen Leben und Tod. Ist das klar?«

Sofia war verrückt vor Sorge. Tord durfte nicht sterben. Das ging einfach nicht. Er war der Einzige, den sie noch hatte, der so etwas wie ein Verwandter war. Sie musste ihn sehen dürfen.

»Ich bitte um Entschuldigung für meinen harten Ton, aber ich bin etwas gestresst. Ich bin nicht nur als Polizistin hier. Tord ist meine Familie.«

Die Krankenschwester sah sie skeptisch an.

»Bitte. Ich habe niemanden sonst außer ihm. Tord ist wie ein Vater für mich. Ich will ihn einfach noch einmal sehen, falls er … wenn er …«

Panik überfiel sie, und sie bekam keine Luft mehr. Die Tränen schossen ihr aus den Augen, und sie musste sich vornüberbeugen, weil der Magen so wehtat. Die Krankenschwester kam schnell auf die Füße und umrundete den Tresen. Sofia erbrach sich direkt über den Fußboden, noch ehe sie da war.

»Ja ja, ja ja, alles gut.« Die Schwester strich ihr tröstend über den Rücken. »Sie können aber nicht zu ihm rein, wenn Sie einen Mageninfekt haben. Es geht ihm sehr schlecht.«

Sofia wischte sich mit dem Handrücken über den Mund. In ihrem Magen spannte und zerrte es.

»Ich habe keinen Mageninfekt, ich habe Krebs.«

Eine halbe Stunde später saß Sofia auf einer Trage im Flur und hatte etwas Wasser und ein paar Schmerztabletten im Leib. Die Schwester hatte darauf bestanden, dass sie untersucht würde, aber sie hatte sich geweigert. Am Ende war ihr versprochen worden, dass sie Tord kurz würde sehen dürfen.

Ein paar Zimmer weiter streckte eine Krankenschwester den Kopf aus der Tür und winkte sie heran. Als Sofia Tord mit zugeschwollenen Augen im Bett liegen sah, schnürte sich ihr gleich wieder die Kehle zu. Hinter dem linken Ohr saß eine riesige Kompresse, die von einer Gazebinde gehalten wurde, die man mehrmals um seinen Kopf gewickelt hatte.

Die Schwester hatte ihr erzählt, dass der zerschlagene Schädelknochen das Gehirn hatte anschwellen lassen, was wiederum verhindert hatte, dass er eine massive Gehirnblutung erlitt. Leider bestand immer noch die Gefahr von Blutungen und Thrombosen. Es war nicht sicher, ob er überleben würde, und selbst wenn, dann würde er womöglich nie wieder der Alte sein.

Sofia schlich ins Zimmer, zog sich einen Stuhl ans Bett und setzte sich. Sie legte die Hand über Tords große Pranke und lehnte die Stirn an die gelbe Krankenhausdecke, die über seinen Beinen lag. Er hatte einen Schlauch in der Nase, und sein Atem kam in kleinen Stößen. Sie strich ihm tröstend über die Wange. Ab und zu sah sie zur Tür, in der Angst, dass die Schwester kommen und sie rausschicken würde. Doch niemand kam. Sie war schon fast auf dem Stuhl eingeschlafen, als ein Rasseln in Tords Kehle sie weckte.

»Hallo, mein Mädchen.«

Die Stimme klang gebrochen und heiser.

»Guter Gott, danke, dass du lebst!« Sofia merkte, wie sie wieder anfing zu weinen. »Du hast ja keine Ahnung, was für Sorgen ich mir gemacht habe.«

Tord berührte seinen Kopf, aber der Schmerz ließ ihn das Gesicht verziehen. Sie strich ihm vorsichtig über das graue Haar.

»Alles wird gut, sollst mal sehen. In null Komma nix sitzt du wieder im Boot. Jetzt ruh dich aus, dann reden wir später.«

Sie stand auf, zog sich die Jacke über und streichelte seine Hand zum Abschied. »Ich muss zurück aufs Revier. Wir haben einen Durchbruch in der Ermittlung.«

Sie wollte Richtung Tür gehen, aber Tord hielt ihre Hand mit erstaunlicher Kraft fest. Der Blick hinter den halb geschlossenen, blau geschwollenen Augenlidern sagte ihr, dass sie besser wartete, um zu hören, was er sagen wollte. Also setzte sie sich wieder.

»Was ist denn, Tord?«

»Marianne Nordin. Du musst ... Sie ... Die Narbe auf ...« Er holte tief Luft, und es rasselte furchtbar in seiner Lunge. Die Augen rollten nach hinten, und der Körper begann zu krampfen. Ein lauter Alarm ging los, und eine der Maschinen neben dem Bett fing an zu piepen.

Binnen einer Sekunde war der Raum voller Krankenschwestern und Ärzte. Die Tür knallte vor Sofias Nase zu, und sie stand allein auf dem Flur.

74.

Mit brennender Lunge und mit dem Handy am Ohr rannte Fredrik den knappen Kilometer zum Hafen. Zehnmal ließ er es klingeln, aber Marianne ging immer noch nicht ran. Er gab auf und schob das Handy in die Tasche, während er sich unter den Booten umschaute, die am Steg vertäut lagen. Sofort erkannte er das ungewöhnliche Mahagonischiff wieder, das er an Sofias Steg draußen bei den Norrbysbodarna hatte liegen sehen. Nach ein paar Versuchen ließ sich der Motor starten, und er legte ab.

Früher, vor der *Estonia*, war er auch Motorboot gefahren. Philips Familie hatte ein Boot gehabt, und Hans hatte ihn mehrmals raus nach Sandhamn steuern lassen, was allerdings mehr als zwei Jahrzehnte her war. Es fiel ihm schwer, die Geschwindigkeit zu regulieren, und er fuhr mal zu schnell und dann wieder zu langsam, während das Boot unheilvoll auf den Wellen hüpfte. Der Wind zerrte an ihm, und er war dankbar für die grünen Regenkleider, die er in der Sitzbank gefunden hatte.

Am Steuerstand klebte eine laminierte Seekarte. Jetzt musste er einfach alle Gedanken an anderes loslassen und versuchen, die Karte zu deuten. Wenn er sich bei diesem Wetter zwischen den verschiedenen Buchten verirrte, dann war er verloren.

Über eine Stunde kämpfte Fredrik damit, die Wellen auszufahren und einen möglichst geraden Kurs zu halten, ehe er endlich Ulvön näher kommen sah. Er drosselte die Geschwindigkeit und manövrierte das Motorboot in den Sund zwischen der nördlichen und der südlichen der beiden Inseln. Der Wind wurde schwächer, als er durch die Einfahrt hindurchgefahren war, aber der Regen ließ nicht nach. Vorm Hafen dann wurde Fredrik klar, dass er gar nicht wusste, wo er anlegen sollte. Der Gästesteg beim Laden, wo er von der Fähre gegangen war, war besetzt. Der einzige andere Platz, den er kannte, war der an Bohmans Bootshaus, und so bog er mit viel zu hoher Geschwindigkeit bei dem schmalen Steg ein. An irgendwelche Knoten konnte er sich nicht erinnern, also schlang er nur die Vorleine des Bootes ein paarmal um einen Holzpoller und hoffte, dass das genügen würde.

Das blau-weiße Absperrband der Polizei hing immer noch um das Bootshaus herum. Da hatten sie Christine Karst gefunden. Direkt unter dem Steg, auf dem Marianne und er gesessen, Kaffee getrunken und völlig unwissend geplaudert hatten. Das war so gruselig, dass Fredrik bei dem Gedanken übel wurde.

Vom Bootshaus waren es nur ein paar hundert Meter hinauf zu Mariannes Haus. Fredrik sprintete vornübergebeugt durch den Regen zu der weißen Villa. Zu seiner Erleichterung sah er in einem der Fenster im oberen Stockwerk Licht brennen. Als er eben die Hand auf die Türklinke legte, klingelte sein Handy. Er zog es hervor, in der Hoffnung, dass nun endlich Marianne zurückrief, doch auf dem Display stand »Unbekannte Nummer«.

Das bedeutete höchstwahrscheinlich Polizei, deshalb drückte er das Gespräch weg.

Die Tür war nicht verschlossen. Leise betrat Fredrik die Diele, während ihm das Wasser nur so von den Regenkleidern rann. Ohne die Schuhe auszuziehen, ging er weiter ins Haus hinein.

Marianne war nicht zu sehen, aber auf dem Küchentisch lag ihr Handy, wahrscheinlich leise gestellt. Fredrik fluchte innerlich, dass sich hier in der Gegend offenbar niemand darum scherte, erreichbar zu sein. Warum hatte man überhaupt ein Handy, wenn man es nicht laut stellte? Er drückte auch die Klinke zur Kellertür hinunter, die von der Diele abging, doch die war abgeschlossen. Bestimmt war alles in Ordnung, redete er sich selbst ein. Marianne schlief wahrscheinlich.

»Marianne?« Er schaltete das Licht auf der Treppe ein. »Marianne? Hallo!«, rief er etwas lauter, bekam aber keine Antwort.

Nach kurzem Zögern beschloss er, in den oberen Stock zu gehen. Die Holztreppe knarrte beleidigt, als er hinaufstieg. Aus einem der Zimmer sickerte ein schwacher Lichtschein. Fredrik klopfte an die dicke Kiefernholztür. Als keine Antwort kam, schob er sie vorsichtig auf.

Das Zimmer war romantisch eingerichtet, mit Spitzengardinen und getrockneten Rosen in einer Vase. An der Wand hingen mehrere eingerahmte Fotos, und das Bett bedeckte eine gehäkelte Tagesdecke. Auf einem Bügel am Schrank wartete ein Sommerkleid. Fredrik blieb stehen, um ein Bild anzusehen, das auf der Kommode neben der Tür stand. Mariannes Enkelkind. Dasselbe Bild, das sie ihm auf ihrem Handy gezeigt hatte. An der Wand darüber hingen mehrere ähnliche Fotos. Es schien, als würde das Kind auf allen Bildern dieselbe Kleidung tragen. Als er sich näher beugte, erkannte er, dass in jedem Rahmen immer dasselbe Bild steckte. Insgesamt zählte er zehn Rahmen im Zimmer, und sie enthielten alle das gleiche Bild.

Auf dem Nachttisch neben Mariannes Bett stand ein alter Spielzeugengel. Vorsichtig hob Fredrik ihn hoch. Er hatte weiße Kleider und blondes Haar. Sein Puppengesicht lächelte milde, und die Hände waren zum Gebet gefaltet. Der Stoff der fast durchsichtigen Flügel hatte Flecken, die aussahen wie Rost.

Er wollte den Engel eben zurückstellen, als er hinter sich die Dielen knarren hörte. Fredrik drehte sich herum und sah Marianne im Nachthemd in der Tür stehen. Er fuhr vor Schreck so zusammen, dass er den Engel auf den Boden fallen ließ.

»Mein Gott, hast du mich erschreckt!«

»Fass nichts an!«, rief Marianne mit schriller Stimme. »Du darfst nichts anfassen! Fingere an nichts rum und mach nichts kaputt.«

»Ich wollte nur …«

Sie hielt die Hand hoch, um ihn zum Schweigen zu bringen, und Fredrik begriff sofort, dass irgendetwas hier nicht stimmte. Ihr glasiger Blick sah geradewegs durch ihn hindurch.

»Wir müssen hier weg«, sagte er, »ich habe tausendmal versucht, dich anzurufen. Es klingt total unglaublich, aber Ester Dirk lebt. Sie hat damals im Sommerlager Thomas Nilsson ermordet. Und jetzt ist sie wieder da und hat schon mehrere andere getötet. Du brauchst Polizeischutz!«

Marianne lachte.

»Du glaubst, Ester würde leben?«

»Ja, wir müssen hier weg.«

Marianne nickte nachdenklich, den Blick auf den Engel gerichtet, der am Boden lag.

Langsam begann er, sich unwohl zu fühlen. Es musste irgendetwas passiert sein. Seit er sie das letzte Mal gesehen hatte, schien sie um mehrere Jahre gealtert zu sein. Das Haar war ungekämmt und strähnig, und sie hatte Ringe unter den Augen. Und mit den Augen selbst stimmte auch irgendetwas nicht. Waren die von Marianne nicht braun?

»Wahrscheinlich stimmt, was du sagst, Fredrik. Dass Ester Dirk lebt.«

»Ich rufe Sofia an und bitte sie, herzukommen und uns abzuholen.«

»Gut, gut, mach das. Aber bitte, sei so gut und heb erst Mutter auf. Sie will nicht auf dem Boden liegen.«

Fredrik sah sie fragend an, beschloss dann aber, besser zu tun, was sie sagte. Sie wirkte verwirrt. Er beugte sich vor und griff nach dem Engel.

Mit zwei raschen Schritten war sie bei ihm. Fredrik konnte noch kurz den glänzenden Hammer im Augenwinkel sehen. Das krachende Geräusch, als er seinen Kiefer traf, war das Letzte, was er wahrnahm.

DIENSTAG, 2. JULI

75.

Als Fredrik die Augen öffnete, war es schon Morgen. Ein grauer, diesiger Nebel war vor dem rechteckigen Fenster am oberen Ende der Wand erkennbar. Es roch muffig und feucht, und er begriff, dass er sich in einem Keller befand.

Der Schmerz im Kiefer überfiel ihn wie eine Flutwelle. Einen Augenblick lang meinte er, sich übergeben zu müssen. Auf seinem Hemd waren große Mengen Blut eingetrocknet. Er versuchte, die Hand zu heben, um zu fühlen, wie schlimm es war, doch das ging nicht. Seine Handgelenke waren mit dickem Klebeband an der Armlehne eines Rollstuhls festgeklebt.

Er versuchte, sich loszumachen, aber die Bewegung allein ließ den Kopf vor Schmerz dröhnen, und sein Gesichtsfeld verschwamm. Was zum Teufel war passiert? Wo war Marianne?

Als sein Blick wieder klar wurde, tauchte direkt vor ihm ein Gesicht auf. Er fuhr zusammen und versuchte zurückzuweichen. Ein blumiger Parfümduft vermischte sich mit einem wolkigen Geruch nach Eisen. Er sah auf und begegnete Mariannes Blick. Sie trug eine Perücke mit langen blonden Haaren und schüttelte mitleidsvoll den Kopf. Neben ihr auf dem Boden stand ein Benzinkanister.

»Es ist wirklich zu schade, Fredrik, dass es so enden muss.« Sie setzte sich ein Stück von ihm entfernt auf die Kellertreppe. Hinter ihr war die grüne, schräge Tür des Erdkellers zu erkennen.

Fredrik öffnete den Mund, aber sein Kiefer pochte so, dass er kaum irgendwelche Worte herausbekommen konnte.

»Wer ... du?«

Er klang wie sein Großvater damals nach dem Schlaganfall. Marianne schob die Perücke zurecht und lächelte ihn sanft an.

»Wer ich bin? Ich bin die Auserwählte Gottes. Ich bin Ester.«

Fredrik wusste nicht mehr, was er glauben sollte. Was hatte Marianne da gerade gesagt? Wie konnte sie Ester sein?

»Du ... getötet ...?«

Sie sah ihn erstaunt an.

»Ich nicht. Wir. Mutter und ich. Die werden nie wieder gemein zu mir sein, nicht wahr, Mutter? Niemand wird Gottes Auserwählte anrühren. Und niemand wird tratschen. Überhaupt niemand. Bodil nicht und Tord nicht, Vater nicht und du auch nicht, Fredrik.«

Der Schmerz machte es ihm schwer, sich zu konzentrieren. Die Zunge wollte ihm immer noch nicht gehorchen. Wie ein dicker Brei kamen die Worte aus seinem Mund.

»Elisabeth ... tot.«

»Mutter ist nicht tot. Sie steht doch hier«, zischte Ester und streichelte zärtlich den weißen Spielzeugengel, der neben ihr auf der Treppenstufe stand. »Du musst wissen, Mutter hat mir damals im Auto versprochen, mich niemals allein zu lassen, und das hat sie auch nicht getan. Sie hat ihre Flügel über mich gehalten.« Die Stimme klang kindlich und dünn. »Niemand wird Gottes Auserwählte anrühren. So ist es doch, Mutter? Wer Gottes Geliebte anrührt, soll in der Hölle brennen.«

Sie ist verrückt. Ich werde in diesem Keller sterben.

»Die haben einfach nicht kapiert, dass jemand, den Gott liebt, niemals sterben kann. Nicht einmal, als ich sie mit den Bildern gewarnt habe. Erst als ihr letztes Stündlein geschlagen hatte, haben sie es begriffen, aber da war es zu spät. Nicht wahr, Mutter?«

»Warum jetzt?«

Ester sah auf, als hätte sie vergessen, dass Fredrik da war.

»Als ich nach Ulvön zurückkam, wusste ich, dass es so weit war. Jetzt war es an der Zeit, die Rache zu nehmen, auf die ich mein ganzes Leben gewartet habe.«

Sie stand von der Treppe auf und ging mit dem Engel in der Hand eine Runde um den Rollstuhl.

»Christine kam zuerst. Die so leicht zu beeinflussende, zerbrechliche Christine. Sie leistete kaum Widerstand. Adam auch nicht. So vielbeschäftigt und arrogant und so scharf darauf, seine Krallen in Christines Hotel schlagen zu können. Sie ließen sich wie willige Schafe in den Tod führen. Nur Mats versuchte, gegen mich zu kämpfen, aber mit welchem Erfolg?« Ein Anflug von Ekel zog über ihr Gesicht, als sie seinen Namen nannte.

»Adam ist dann genau unterhalb des Hotels an Land getrieben. Poetischer geht es doch wohl nicht. Ein sicheres Zeichen für Gottes Beifall, dafür, dass wir Sein Werk zur Zufriedenheit zu Ende gebracht haben. Meinst du nicht?«

Fredrik versuchte, den Kopf zu schütteln, aber das ging nicht. Der Schmerz schoss erneut durch seinen Kiefer und weiter in die Schläfen.

»Wo ist Marianne?«

»Asche und Ruß in einem Grab, das nicht ihres ist. Weg. Genau wie Christine, Adam und Mats. Die haben für ihre Taten büßen müssen. Gottes Werk ist bald getan.«

Ester verschwand aus seinem Sichtfeld. Er hörte sie hinter seinem Rücken murmeln, begriff aber schnell, dass sie nicht mit ihm sprach. Vorsichtig setzte er die Füße zwischen den Fußstützen des Rollstuhls ab, und es gelang ihm, den Stuhl so zu drehen, dass er sie über die Schulter sehen konnte.

»Du wirst das Erdenleben in Flammen verlassen, Fredrik, genau wie Marianne auch. Das reinigende Feuer. Und ich, ich werde aus der Asche wiederauferstehen.«

»Nein, warte!«

Ester hockte sich vor ihn und legte die Hand auf sein Knie.

»Hast du Angst?«

Fredrik nickte kraftlos.

»Das musst du nicht. Es tut nur eine kleine Weile weh. Danach bist du frei.«

Sie streichelte dem Engel über den Kopf und ging weg, um die Kellertür aufzuschlagen. Eine gewaltsame Panik ergriff Fredrik. Verzweifelt trat er auf den kalten Fußboden, um wegzukommen, doch er kam nicht vom Fleck.

Das schwache Geräusch des Deckels, der vom Kanister abgeschraubt wurde, schien an den Steinwänden widerzuhallen. Sorgfältig schüttete Ester das Benzin um den Rollstuhl herum aus, dann über seine Beine und Arme. Sie ließ den Kanister los, der klappernd über den Kellerfußboden schlitterte, und sah ihm ein letztes Mal in die Augen.

»Adieu, Fredrik.« Ester lächelte.

Wie in Zeitlupe sah er sie ein Streichholz heben und über das Heftchen streichen.

Ein Funke schlug und verglomm.

Ester lachte und zuckte mit den Schultern. Warf das Streichholz weg und nahm ein neues heraus.

Fredrik schloss die Augen.

Er sah die sanften Augen seiner Mutter vor sich und hörte das klangvolle Lachen seines Vaters. Sah das Meer, Niklas, das Rettungsboot. Und Sofia. Ihre blonden Haare im scharfen Gegenlicht vor der offenen Kellertür. Das schöne Gesicht, tief konzentriert. Neben ihr die hochgewachsene, wolfsähnliche Vera. Aber warum hatten sie Waffen in den Händen? Das passte alles gar nicht.

Ein Schuss wurde abgefeuert. Er spürte einen brennenden Schmerz im Magen.

Dann wurde alles schwarz.

Epilog

In der Tasche des verwaschenen Nachthemds des Landeskrankenhauses steckte das auf lautlos gestellte Handy. Sofia nahm es zum hundertsten Mal heraus, um zu sehen, ob Vera angerufen hatte, doch das Display war leer. Sie blieb vor der gelben, nichtssagenden Stationstür des Krankenhauses stehen und betrachtete die Staubpartikel, die durch die Sonnenstrahlen schwebten. Unzählige Male war sie in den letzten Wochen an dieser Tür vorübergewandert, hatte aber nicht gewagt hineinzugehen. Sie wusste, dass sie es tun sollte. Er brauchte alle Unterstützung, die er kriegen konnte. Und trotzdem schaffte sie es nicht, die Klinke hinunterzudrücken und den Schritt hineinzumachen.

Ein paar Kollegen waren bei ihm gewesen und hatten versucht, ihn zu vernehmen. Sie hatte das Protokoll gelesen, aber daraus ging so gut wie nichts hervor, was da unten im Erdkeller passiert war. Aber Fredrik lebte. Das war die Hauptsache.

Heute würde das Grab von Ester Dirk geöffnet werden. Sofia wäre sehr gern dabei gewesen, aber die Ärztin hatte lautstark protestiert, kaum dass sie die Reise nach Stockholm erwähnt hatte. Sie war schon skeptisch genug, dass sie immer noch arbeitete, auch wenn es nur aus dem Krankenhausbett geschah. Eine Reise kam überhaupt nicht infrage.

Da Ester Dirk 1980 als einzige Person nach dem Brand in der Sankt Paulsgatan vermisst worden war, hatte niemand die Identität des verbrannten Leichnams infrage gestellt. Aron Dirk selbst hatte bestätigt, dass man die Leiche seiner Tochter gefunden hatte, und damit war der Fall geklärt. Doch nach den Ereignissen des Sommers waren sie ziemlich überzeugt davon, dass sie in Ester Dirks Grab die sterblichen Überreste von Marianne Nordin finden würden.

Als Ester anstelle von Marianne den Platz auf dem Internat in Cambridge einnahm, waren Mariannes Eltern längst nach Ghana weitergereist. Das war schließlich alles vor dem digitalen Zeitalter – es gab keine Handys, keine PIN-Nummern, die man wissen musste, keine sozialen Medien, wo man etwas aktualisierte. Eine neue Haarfarbe und ein anderer Haarschnitt hatten genügt. Als Mariannes Eltern dann ein Jahr später am Denguefieber starben, war ein weiteres Hindernis aus dem Weg, und Ester hatte voll und ganz Marianne Nordin werden können. Und das zudem noch mit einem nicht unbedeutenden Erbe in der Tasche.

Vera war nach London gereist, um Marianne Nordins, oder wie nun anzunehmen war, Ester Dirks Exmann zu sprechen. Der war verzweifelt, als er erfuhr, was geschehen war, gab aber zu, lange befürchtet zu haben, dass ihre schwerwiegenden psychischen Probleme schlimm enden könnten. Marianne hatte während der ganzen Ehe unter Hörhalluzinationen und ausgewachsenen Wahn-

vorstellungen gelitten und geglaubt, sie sei von Gott auserwählt. Immer wieder war sie im Laufe der Jahre in die
Psychiatrie eingewiesen worden. Am Ende hatte ihr
Mann es nicht länger ausgehalten und die Scheidung
eingereicht. Als Vera ihn bat, mit ihrem Sohn sprechen
zu dürfen, hatte der Exmann erstaunt den Kopf geschüttelt. Es gab keinen Sohn. Und auch kein Enkelkind.

Das Medienspektakel war der reinste Zirkus gewesen.
Serienmord war extrem selten, und der Fall hatte kolos-
sale Aufmerksamkeit erfahren. Sofia selbst war dem
Aufstand entgangen, da sie ans Krankenhaus gebunden
war, aber Vera hatte sich beklagt, tagelang von Journalisten belagert worden zu sein. Noch immer hatten sie
nicht über Sofias Rolle in all den Geschehnissen gesprochen. Die interne Ermittlung lief noch. Für den Warn-
schuss auf Ester am Ende trug Vera die Verantwortung,
und auch das würde eine interne Ermittlung nach sich
ziehen.

Mattias hatte es auf irgendeine Weise geschafft, nach
Umeå und dort in die Kommunikationsabteilung versetzt zu werden, und Sofia hatte keine Ahnung, wie das
vor sich gegangen war. Sie hatte schon mehrmals sein
braun gebranntes Gesicht in verschiedenen Nachrich-
tenprogrammen auftauchen sehen und nahm an, dass
ihm seine neue Rolle wahnsinnig gut gefiel. Hier hatte
er etwas gefunden, wonach es ihn noch mehr verlangte,
als danach, der Chef zu sein: Medienwirkung. Wäre die
Situation eine andere, dann hätte Sofia nun, da Mattias
anderweitig beschäftigt war, die Gelegenheit ergriffen,
Anspruch auf den Platz als Veras Nachfolgerin zu erhe-

ben. Doch momentan war das nicht aktuell. Selbst wenn sie ihren Job behalten würde, stand doch außer Frage, dass sie in der nächsten Zeit das Krankenhaus verlassen konnte.

Obwohl sich mit der Festnahme von Ester Dirk so viel gelöst hatte, war die Übelkeit nicht vergangen. Nicht einmal, als Tord von der Intensivstation verlegt werden konnte und die Ärzte angedeutet hatten, dass er wiederhergestellt werden würde, ging es ihr besser. Am Ende hatte sie keine andere Wahl gehabt, als einen Termin beim Arzt zu machen. Die Ärztin, die sie untersucht hatte, stellte schnell fest, dass sie ins Krankenhaus musste, und jetzt, fünf Wochen später, war sie immer noch da. Eingesperrt hinter Krankenhaustüren und nur mit der Sorge und ihren eigenen Gedanken als Gesellschaft. Sie hatte die unfassbare Diagnose noch nicht verarbeitet.

Sie hatte mit einer Spucktüte unter dem Kinn dagesessen und sich die Galle aus dem Leib gespuckt, während eine rundliche Krankenschwester ihr tröstend übers Haar strich. Die Bilder vom mageren Körper ihres Vaters, vom Krebs entstellt, waren vor ihrem inneren Auge vorbeigezogen, während sie auf die Diagnose wartete. Der mitleidsvolle Blick der Ärztin, die hereinkam, hatte ihr gleich klargemacht, was sie nun hören würde. Noch ehe sie zu sprechen anfing, war Sofia in Tränen ausgebrochen. Sie hatte Krebs. Sie würde sterben.

Und trotzdem war der Schock größer, als sie je erwartet hätte.

»Ich erinnere mich noch selbst gut, wie das war, meine Liebe. Es ist nicht leicht. Als ich mein Erstes erwartete, habe ich fünf Monate am Stück gespuckt. Es ist ungewöhnlich, dass es so früh anfängt wie bei Ihnen, aber machen Sie sich keine Sorgen. Das geht vorüber.«

Das, was niemals passieren konnte, war passiert.

Sofia hatte selbst nicht daran geglaubt, bis sie das kleine zuckende Herz auf dem Ultraschall sehen konnte. Entgegen aller Erwartung hatte sich ein kleines Leben festgeklammert und angefangen, in ihr zu wachsen, mit allem, was das bedeutete. Die Ärztin hatte ihr erklärt, dass sie unter einer Form extremer Schwangerschaftsübelkeit litt, die nur sehr wenige Schwangere bekamen. Das konnte im Grunde sofort beginnen, sowie das Ei sich in der Gebärmutterwand eingenistet hatte, und dauerte oft bis weit in die Schwangerschaft hinein an. Sofias Fall war aber dennoch so extrem, wie sie es noch nie erlebt hatten.

Sie schaute zu dem noch unsichtbaren Bäuchlein hinunter, streichelte die verblasste Narbe und das kleine Leben, das nun darunter wuchs. Versuchte, sich vorzustellen, wie es sein würde, wenn die Übelkeit mal nachließ, aber das war unmöglich. Alle Freude ertrank in Galle, Tropflösung und Sorge.

»Aber meine Liebe, Sie müssen doch nicht weinen. Das wird so schön werden. Ein Kind zu bekommen wird das größte Glück sein, das Sie je erleben werden. Glauben Sie mir. Ich habe drei Kinder und sieben Enkel.« Die Ärztin hatte sie in ihre große Umarmung

genommen und so lange gedrückt, bis ihr fast die Luft
wegblieb.

»Haben Sie es dem Vater schon gesagt?«

Welchem von beiden?

»Noch nicht.«

Danksagung

Ich möchte damit beginnen, meiner Verlegerin Karin Linge Nordh und dem Strawberry Förlag für die Chance zu danken, meinen ersten Roman veröffentlichen zu dürfen. Und ich möchte meiner fantastischen Lektorin Petra König-Kämpe für ihre unschätzbare Arbeit und großartige Unterstützung danken. Ein großes Dankeschön auch an Niklas Lindblad für den krass schicken Umschlag.

Ich möchte meiner Familie danken, die mich all die Jahre, in denen ich an diesem Roman geschrieben habe, unterstützt, angefeuert und aufgemuntert hat. Vor allem meine Schwester Malin Areklew, die von Anfang an zugehört, gelesen und mir gute Ratschläge gegeben hat, und meine fantastische Mutter Lenita Collén, die mir in meinen Kindertagen Ulvön gezeigt hat. Darüber hinaus möchte ich dem ganzen Collén-Clan danken, der unermüdlich Fragen über Wind, Wasser, Angeln, Schiffe und Aufenthaltsräume beantwortet hat.

Die Polizei in Örnsköldsvik war unglaublich hilfreich, und ich möchte vor allem der Polizeichefin für die Region Norra Ångermanland und der Kriminaltechnikerin der Gerichtsmedizin Gruppe 3 in der Region Nord im Ruhestand, Kjerstin Svedberg, danken, sowie ihren Kollegen, dem Polizeiinspektor für die Region Norra Ångermanland im Ruhestand, Eilert Hägglund und Dick Danielsson, Polizeiintendent und Bereichsleiter für die Region Norra Ångermanland. Dank auch an Kicki Svedberg, frühere Assessorin am Oberlandesgericht und heute Juristin in einer Anwaltskanzlei, und Kim Johansson, Ermittlerin bei der Polizei im Bezirk Skaraborg, sowie Björn Svanberg, Polizeiinspektor der Polizei in der Region Jämtland.

Dann möchte ich Gisela Petterson danken, Oberärztin und Spezialistin für Gerichtsmedizin in der Forensischen Abteilung in Umeå, Anna Jinghede, Gerichtszahnärztin, Doktorandin und Polizei- und Kriminaltechnikerin bei der Polizei in der Region Bergslagen, sowie Fredrik Callsen, Oberarzt in der Klinik für Orthopädie in Örnsköldsvik, für ihre Hilfe mit medizinischen Fakten zu Lebendigen wie Toten.

Ein großes Dankeschön an die Facebookgruppe Ulvöhjälpen für die freundliche Aufnahme und die Antworten auf alle meine Fragen über die Insel. Ein besonderer Dank gilt Johan Norgren, Kapitän auf der MS Ulvön, und Bettan Nordqwist.

Last but not least möchte ich meiner Schriftstellerkollegin Lina Bengtsdotter danken, die ihre Finger mit im Spiel hatte, als das hier alles passierte.

Alle Figuren im Buch sind frei erfunden, und eventuelle Ähnlichkeiten mit existierenden Personen sind reiner Zufall. Ich habe mir ein paar Freiheiten genommen, aber so gut es ging die Umgebung von Ulvön und rund um Örnsköldsvik so zu beschreiben versucht, wie sie aussieht. Alle etwaigen Fehler sind meine eigenen. Das gilt auch für die Schilderung der Arbeitsmethoden und Routinen im Gerichts- und Gesundheitswesen.

Ich bin so unglaublich froh, endlich die Gelegenheit bekommen zu haben, Ulvön auf die Landkarte der Kriminalromane zu setzen. Diese schöne, magische Insel sollte ein selbstverständliches Ziel auf einer Rundreise durch Schweden sein. Und die Mutigen müssen dann natürlich auch Surströmming probieren!

Lina Areklew
Stockholm, 6.4.2020

Unsere Leseempfehlung

Unsere Leseempfehlung

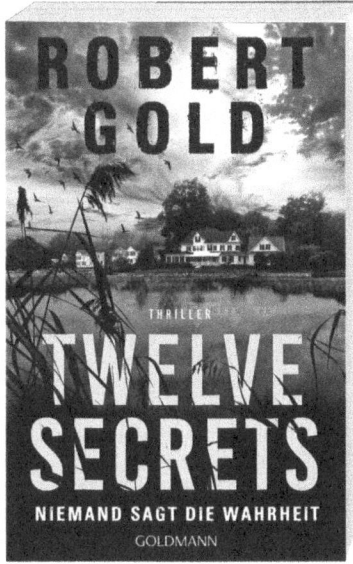

416 Seiten
Auch als E-Book
erhältlich

Ben Harpers Leben änderte sich für immer, als sein älterer Bruder scheinbar grundlos getötet wurde. Weder Ben noch seine Eltern kamen je über den Verlust hinweg. Zwanzig Jahre später ist Ben einer der besten Journalisten des Landes und lebt wieder in seiner Heimatstadt. Als ein Mordfall neue Hinweise zum Tod seines Bruders liefert, beschließt er, zusammen mit der Polizistin Dani Cash der Wahrheit auf die Spur zu kommen. Doch je mehr er in die Ermittlungen eintaucht, desto verdächtiger werden diejenigen, die ihm am nächsten stehen …